34 倪匡珍藏限量紀念版

原振俠傳奇之

血咒

（含：血咒．海異）

倪匡 著

無窮的宇宙，
無盡的時空，
無限的可能，
與無常的人生之間的永恆矛盾，
從倪匡這顆腦袋中編織出來。

——金庸

目錄

血咒

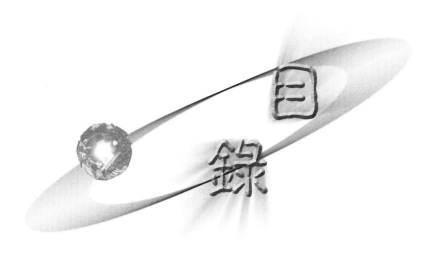

目錄

海異

血咒

第一部：小寶圖書館的產生

對於喜愛追尋、吸收知識的人來說，圖書館是一個最好的去處。任何圖書館，從世界上最大的、收藏書籍最多的，到小型的、流動的，都給人以一種莊嚴肅穆的感覺。人一走進去，看看那麼多書籍，就可以知道：自己在出來的時候，會和進去時不同，因為已經在書本上，得到了新的知識。

書本，一直是人類用來記錄文化發展的工具。如今，雖然已有其他的方式來替代，像電腦資料的儲存，錄影或錄音，拍成電影等等。但是通過文字和紙張組合成的書本，仍然是人類文明的象徵。

不知道你有沒有注意到，書，其實是很奇怪的東西，它們千變萬化，有著完全無法統計的類別和內容，但是它們在外表上，幾乎是相同的：字印在紙上，如此而已。

當你一書在手之際，不打開來閱讀，完全無法知道它的內容是甚麼，它只是一本書，一厚疊或者一薄疊印有文字的紙張而已。但是當你閱讀之後，你就可以知道它的內容了。

一本書和另一本書的不同，可以相去幾百萬光年。一本書講的是如何烹飪中國的四川菜，但另一本書講的卻是巫術的咒語，可是它們有一個共同的名稱：書。

而圖書館，就是儲放著許多書，供人閱讀的地方。

小寶圖書館是一個十分奇特的圖書館。看這個圖書館的名字，像是一個兒童圖書館，專門收藏兒童讀物的。但事實上卻大謬不然，小寶圖書館，可以說是世界上收藏玄學方面書籍最豐富的一家圖書館。舉凡討論如今人類科學還不能徹底解釋的種種怪異現象的書籍，小寶圖書館可以說應有盡有。

而它的另一個特色是，它收藏的醫學方面的書籍，也是數一數二的。這是說，在小寶圖書館之中，不但有現代醫藥的書籍，還有古代醫藥書籍，甚至於探訪美洲印第安人的醫術，非洲黑暗大陸上的巫醫術等等的書籍，也應有盡有。而中國醫藥的書籍，更可以肯定是全世界之冠。

這樣的一個圖書館，為甚麼會有那樣稚氣的一個名字呢？曾經有不少人詢問過，所得的答案是：那是因為創辦人為紀念他的女兒，所以才設立了這樣一個圖書館的。

小寶，就是創辦人的女兒，據說，五歲就死了。而這個小女孩，聰穎過人，自小就喜歡看書，所以她死了之後，創辦人就把他的大部分財產用去創設圖書館。如果創辦人只是一個普通人，就算設立一個圖書館，也不會有多大的規模，可是這個創辦人，夭折的小女孩的父親，卻不是普通人。

在這個世界知名的亞洲大城市的南邊，有一大片平原，是用這個人的名字命名的。在這個大城市的中心區，已被譽為世界重要的金融中心的城市心臟地帶，有一條摩天大廈林立的街道，也用他的名字。

這個人的名字是盛遠天。

盛遠天可以說是一個極神秘的人物，他逝世已經好多年了，可是由於他的一生，充滿了神秘的色彩，他一直還是人們茶餘飯後的談話資料。有關他的事蹟，也不斷被人當作傳奇來寫成書。

盛遠天大約是四十年前來到這個城市的。四十年前，這個城市的地位，和如今相比，相去十萬八千里。盛遠天從甚麼地方來，完全沒有人知道，他好像全然沒有親人，和他一起來的，是一個樣子很怪的，看來十分瘦削的小姑娘。

說這個小姑娘「樣子怪」，倒並不是口傳下來的。事實上，當年曾見過這個「小姑娘」，而還在世的人，可能已是寥寥可數了。但是這個「小姑娘」有五幅畫像留下來，就懸在小寶圖書館的大堂之中，和盛遠天的五幅畫像排在一起。

附帶說一句，小寶圖書館的大堂之上，一共有十三幅畫像。任何人，只要一進小寶圖書館的大廳，就可以看到這十三幅畫像。因為整個看來寬敞宏大的大廳之中，幾乎沒有別的陳設——建築是專為圖書館而設計的，大廳十分方整，有著四根四方形的柱子，由於經費極充裕，所以建築物保養如新，那十三幅畫像，就懸在對大門的一幅牆上。

在十三幅的畫像之下，永遠有各種各樣的鮮花放著，這是創辦人盛遠天親自設計的，規定任何人不能更改這種佈置。

這十三幅畫像，也曾引起過不少人的研究，其中最使人感到興趣的一幅，是第十三幅。這一幅畫像何以會使人感到興趣，以後再說，先說其餘的十二幅。

所有的畫像，一定全出自一個畫家之手，但由於畫家根本沒有署名，所以究竟這些畫是哪一位畫家的心血結晶，已經不可查考了。也有人說，這些畫全是盛遠天自己畫的，因為在那時候，根本沒有一個成名畫家有這樣的畫風。而一個畫家如果能畫出那麼好的人像畫來，沒有理由不成名的。

所有的畫，全是黑白兩色的炭筆畫，畫得極其細膩傳神。每一根頭髮，皮膚上的每一絲皺紋，都清晰可見，比起最好的攝影來，光線明暗的對比更加強烈。

由於畫像的筆法是如此上乘，所以畫像給人以極度的立體感。當凝神細看時，就像是真的有人在觀賞者的對面一樣。

十三幅畫像，不但是畫中的人如此，連背景也一絲不苟。有一幅是以臥房作背景的，甚至床上所懸的蚊帳上的搭子，都清晰可見。

這十三幅畫像，一共分為六組，懸掛在牆上，每一組之間，相隔大概一公尺左右。

第一組的兩幅，一幅是一個留著唇髭的中年人，約莫四十歲左右，瘦削，從他身邊的桌椅比例來看，這個中年人的身形相當高，比普通人要高得多，中國人這樣高身量的人並不多見。

有人計算過，他的身高，至少有一百九十公分。

這個中年人穿著一件綢長衫，手中拿著一柄摺扇，可以看出，扇子是湘妃竹的扇骨。扇子可見的一面，寫的是草書，每一個字雖然極小，還可以看得出，寫的是後蜀詞人歐陽炯的一首「浣溪沙」：「相見休言有淚珠……」，書法家是晚清名書法家何紹基。

這個中年人，就是盛遠天。

在第一幅畫像中看來，盛遠天的樣子很給人以威嚴的感覺。然而，他的眼神之中，卻帶著極度的憂鬱，這種憂鬱感甚至給人以沉重的壓力，叫人在看這畫像之際，有點不敢和他的目光相接觸。

由於盛遠天是這樣一個富有傳奇性的人物，所以他的畫像，也是眾多人研究的對象。有一個心理學家就曾發表他研究的心得，說畫家如此活靈活現，傳神地畫出了盛遠天的這種眼神，可以從他的這種眼神之中，推測盛遠天的心理狀況。他斷定盛遠天一定是心中充滿痛苦，而且懷著一種莫名的恐懼，幾乎無時無刻，不受這種恐懼和痛苦的煎熬！

這位心理學家的這種說法，立時受到了各方面的駁斥。盛遠天在世時的生活情形，已經無人知道，但是他那麼富有，誰會有了那麼多錢，還生活在痛苦和恐懼的煎熬之中？那似乎太不合情理了。

心理學家對於他人的指責，也無法反駁，但是他仍堅持自己的意見。因為在另外幾幅盛遠天的畫像之中，他的眼神都是如此沉重、哀痛和憂鬱。

第一組畫像，在盛遠天畫像旁邊，緊貼著的一幅，就是那個被人認為「樣子很怪」的小姑娘。從畫像上看來，其實那小姑娘十分美麗，有著尖削的下顎，靈活又大的眼睛，高挺的鼻子。可是不知為甚麼，總給人以「怪怪的」感覺。

這個美麗的小姑娘，梳著兩條粗大的辮子，穿著當時大戶人家女孩子所穿的刺繡衣服，在精細的炭筆畫中，甚至可以看出刺繡所起的那種絨頭。那實在是十分美麗的一個小姑娘，或者說，一個少女。不過看起來，真是很瘦。

使人覺得她「樣子很怪」的原因，多半是由於她看來穿了那樣的衣服，有一種很不習慣的樣子。這種感覺是很難形容的，譬如說，一個來自中國偏僻農村的中國鄉下人，忽然叫他穿上全套西裝，看起來，沒有甚麼異樣，但總給人以「怪樣子」的感覺。

這個「小姑娘」，就是當年和盛遠天一起，突然在這個城市出現的。沒有人知道她從哪來，叫甚麼名字，只知道她後來和盛遠天結了婚。小寶，就是她和盛遠天所生的女兒。

而且，似乎從來沒有聽到她開口說話，連盛遠天似乎也從來不對她講話，可能她是一個先天性的聾啞人。但其中詳情也沒有人確切知道，因為盛遠天已經不怎麼見人，這個「小姑娘」更是躲起來不見人的。

在第二組兩幅畫像中，盛遠天看來仍然是老樣子，但是卻穿著西服。那「小姑娘」，這時看來，已經是一個十分成熟美麗的少婦，也穿著西服。

這可能是他們新婚後的繪像，在這組繪像中，那成熟美麗的少婦，看來極自然。所以有人推測，她可能不是中國人，所以在第一幅畫像中，穿了中國衣服，便給人以「怪樣子」之感。

第三組畫像是三幅，除了盛遠天和他的妻子之外，是一個看來極可愛的女嬰。那女嬰和她的母親十分相似，就是小寶。

第四組，也是三幅：盛遠天和他的妻女，小寶已經有三、四歲大小，騎在一匹小馬上，看來依然可愛。

第五組畫像又變成了兩幅，那可能是小寶夭折了之後畫的，盛遠天看來蒼老了不少，眼神中那種憂鬱更甚。而他的妻子的神情，則充滿了一種無可奈何的悲哀。

這十二幅畫像，大約前後相隔了七、八年左右。

奇怪的是第六組，孤零零的一幅。那幅畫像，懸在牆的最左邊，畫的是一個男嬰。畫中的男嬰，看來出世未久，眼睛閉著，皮膚上有著初生嬰兒的那種皺紋。看起來，實在是一個普通的嬰兒，只不過在胸口部分，有一個黑色圓形的胎記。

神秘是在，根本沒有人知道這個男嬰是甚麼人，為甚麼他的畫像會掛在這裡？

自然，也有人推測過，這個男嬰，有可能是盛遠天的兒子。

但這個推論，似乎是不能成立的。像盛遠天這樣的大富豪，如果有一個兒子，焉有他人不知道之理？

事實是，盛遠天和妻子同年去世，和他出現在這個城市之際一樣，盛遠天去世時沒有任何親人。

而負責處理盛遠天身後事和他龐大財產的，是一個名字叫作蘇安的人。這個蘇安，也相當傳奇，他的事蹟，倒是街知巷聞，盡人皆知，他被譽為最誠實的人。

蘇安在二十歲那一年，是搖著一隻小船，接載擺渡客人的窮小子。有一次，有一個乘坐他船隻的人，帶著一隻皮箱，當小船搖到半途時，這個客人心臟病發作，在臨死之前，囑咐蘇安，小心保管這隻箱子，通知他的兒子，把箱子交給他。

當時在船上，只有蘇安和那個客人，時間又在午夜，完全沒有人知道，連那個客人，也不相信蘇安真會做到這一點。蘇安一直不明白，那客人在吩咐完了之後，為甚麼會突然哈哈大笑起來。他一直不明白，但聽他講起經過的人都明白，那是客人自己也不相信，世上真會有那麼誠實的人之故。

可是蘇安的確是一個誠實的人，他完全照那心臟病發作的人的話去做。等到死者的兒子趕來，也幾乎不相信世上有那麼誠實的人！因為那箱子中，全是大額的鈔票和有價證券。那個死者是一位外地來的投資者，箱中的一切，價值之高，可以在當時開辦一家規模十分大的銀行，而那正是這位死者未竟的目的。

那家銀行後來還是成立了，蘇安被聘為銀行的安全顧問，可是他卻甚麼也不懂，只是坐領高薪。但是他誠實的故事，卻傳了開去。

盛遠天是怎樣找到蘇安的，經過也沒有人知道。總之，蘇安成了盛遠天的總管，盛遠天的財產，交給他保管；盛遠天的遺囑，交給他執行。

蘇安在到了盛家的第二年結婚，盛遠天培植他的幾個兒子，指定盛氏機構的主要負責人，必須是蘇家的子弟。他相信誠實是遺傳的，靠得住的人的後代，一定也靠得住。

事實上，蘇家的三個兒子，將盛氏機構，打理得有聲有色。而且一直遵照盛遠天的遺囑，把每年盈利的一部分，用來擴充小寶圖書館的藏書，和改善圖書館的設備之用。

這就是小寶圖書館，何以如此完善的原因。

關於盛遠天，盛遠天的妻子等人，以後還會有很多事情，會把他們牽涉出來，那等到事態發展到那時候再說。

小寶圖書館有一條和別的圖書館不同的禁例，那就是館中的絕大多數藏書，是不能借出去的，只能在圖書館中閱讀。所以，整幢圖書館之中，一共有九十六間十分舒適的閱讀室。閱讀室的舒適程度，絕對超過上等家庭中所能有的設備。

小寶圖書館說起來是公開的，但是要申請那張閱讀證，卻相當困難。

申請閱讀證的資格，也就是說，能夠出入小寶圖書館的人，都要經過嚴格的審查。條件印成一本小冊子，根據管理委員會說，是盛遠天生前親自規定的，自圖書館開放以來，一直被嚴格執行著。

如今，發出去的閱讀證，不超過三千份。申請人必須有一定的學識，在學術上有一定的成就，或者是科學家、文學家、藝術家等等。一般來說，申請一份小寶圖書館的閱讀證，其困難程度，約莫和申請加入這個城市最貴族化的上流社會俱樂部相仿。

原振俠持有小寶圖書館的閱讀證。由於原振俠是醫生，那是專業人士，符合申請的條件，而圖書館中又有許多醫學方面的書籍。醫生要申請閱讀證，一般來說，不會被拒絕。

原振俠在有空的時候，或者有需要的時候，會駕上一小時車，到小寶圖書館來，或是為了尋找參考資料，或是為了進修。小寶圖書館在這個城市的南郊，距離市區相當遠。

那一天，雨下得很大。原振俠為了要找尋一份多年之前，由美國三位外科醫生聯合發表的一份病例報告，冒著雨，駕車在公路上疾駛。

雨勢實在大得驚人，車前窗上的雨刷不斷來回擺動，可是看出去，一片水煙迷濛，視程不超過五公尺。雨點打在車頂上，發出急驟的聲音，車輪過處，水花濺起老高。雖然公路上的車很少，但是原振俠還是把車子開得相當慢。所以，當他到小寶圖書館時，天色已經黑了下來。

附帶說一句，小寶圖書館是二十四小時開放的，不管你甚麼時候來，一定有工作人員殷勤招待，使你能夠在最好的環境下閱讀。

所以，原振俠倒並不怕天黑。只不過當天黑下來，而雨勢並不變小之際，那種環境，實在不是很令人感到愉快的。本來，車子應該停在停車場，但由於雨實在太大，所以這一次，原振俠把車子直駛到了大門口停下。

雨那麼大，天色又黑了下來，原振俠估計在這時候，不會有甚麼人再來圖書館看書，他把車停在門口，多半也不會妨礙他人的。

他停好了車，打開車門，吸一口氣，直衝出去，奔上大門口的那幾級石階，衝進了建築物。這個過程，至多不會超過三秒鐘，可是雨水卻已順著他的褲腳，往下直淌，令他很狼狽。

他一面抹著臉上的雨水，一面把閱讀證取了出來。進門之後，是一個接待廳，有工作人員接待前來看書的人。原振俠交出了閱讀證，在一本簿子上簽了名，職員十分客氣地向原振俠打著招呼，原振俠道：「好大的雨！」

職員道：「是啊！」

原振俠向門口指了指，道：「由於雨太大，所以我將車子就停在門口，不要緊吧？」

職員笑著，道：「不要緊，今晚怕不會有甚麼人再來。你看，七時之後，除了你之外只有一個人，比你早到了十分鐘。」

原振俠並沒有在意，就向大堂走去。大堂，就是那懸掛著十三幅畫像之處。雖然沒有人，可是一樣燈火通明，強力的射燈，二十四小時不斷地照射著那些畫像，畫像之前，也照例堆放著各色鮮花。

圖書館都是很靜的，小寶圖書館尤然。小寶圖書館的另一條禁例是，如果有人在館內，發出任何聲響，足以令得任何人感到討厭者，一經投訴，沒有警告，閱讀證就立時要取消。

所以，有不少人，來小寶圖書館之前，是要特地換上軟底鞋的。而不幸染上感冒的人，就算想來圖書館，也得先考慮考慮。

平時，原振俠來的時候，總嫌整幢建築物之中，實在太靜了。讀書固然需要幽靜的環境，但是當周遭實在太靜的時候，會給人以一種窒息感，也不是十分舒服的事。不過這時，由於雨勢實在大，噗噗的雨聲，打破了寂靜，至少令得建築物中的氣氛，比較活潑一些。

由於燈光特別集中在那十幾幅畫像上，所以任何人一進大廳，視線自然而然，會向那幅牆轉過去。原振俠已經很詳細地看過那些畫像，也曾對神秘的盛遠天和他的妻子感到過很大的興趣，想多知道一些他們的生平。但當他知道那是極困難的事之後，就放棄了。

這時，原振俠望過去，看到有一個穿著黑西裝的男人，正一動不動地，站在最左的那幅畫像之前。

原振俠一看到了那個人，心中就想：這個人，一定就是門口接待的那個職員所說的，十分鐘之前來的那個人了！他難道是第一次來嗎？為甚麼那麼專注地看著畫像？

如果他是十分鐘前就來了的話，那麼，他看這些畫像，至少已有十分鐘了！

那人站得離畫像很近，原振俠只看到他的背影，看到他身上的黑西裝上衣，濕了一大片。這個人身形相當高，也很瘦，左手支著一根拐杖，左腳微微向上縮著，看來他的左腿受過傷。

這個人一動不動地站著，原振俠向他走近，在他身後經過時，又向那人看了一眼，看到那個人的側面。他看來大約三十歲左右，有著俊俏的臉型，和略嫌高而鉤的鼻子。他正盯著那幅男嬰的畫像，看得極其出神。

原振俠並沒有出聲，在這裡，即使是熟人，見了面之後，也最多互相點頭而已，儘量避免說話，何況是一個陌生人。而那人對於在他身後走過的原振俠，也根本沒有加以任何注意。

原振俠走進了走廊，推開了一扇門，那是圖書館的目錄室。全館的藏書，在目錄室中，都有著詳細的資料，自從五年前開始，目錄已由電腦作資料儲存。

在目錄室當值的，是一個樣子很甜的女職員，原振俠向她說了自己所要的那本書的名稱，女職員在電腦鍵盤上操作著，不一會，就道：「你要的那本書編號是四一四四九，在四樓，十四號藏書室！」

原振俠向女職員致謝，向外走去。當他來到目錄室的門口之際，看到那個穿黑西裝的人，剛好推門走了進來。那人在進來的時候，左腳略帶點跛，需要用手杖，他走得相當緩慢。

原振俠剛好和他打了一個照面，禮貌上，原振俠向那人微笑了一下。可是那人卻一點反應也沒有，看他的神情，像是失魂落魄一樣，注意力一點也不集中。

正由於這個人的神情十分古怪——到圖書館來的人，尤其是這種時候，這樣天氣，來到圖書館的人，都是專門來找書的，怎會有這種恍惚的神情？

所以，原振俠忍不住，回頭看了他一下。

那人進了目錄室之後，像是不知道該如何才好。那女職員在桌子後，向他微笑，道：「先生，你需要甚麼書？」

原振俠已轉回了頭，準備走出去了，可是就在這時，他聽得那女職員，發出了一下驚恐之極的尖叫聲來！

雖然大雨聲令得圖書館中不是絕對地寂靜，但畢竟還是十分靜的，所以那女職員的一下尖叫聲，聽起來簡直是極其淒厲。而且那一下尖叫聲，來得如此突然，令得原振俠整個人都跳了起來，立時轉過身去。

當他轉過身去時，他看到那樣子十分甜美的女職員，指著才進來的人，神情驚恐到了極點，張大了口，講不出話來。

照女職員的這種神情來看，一定是才進來的那個人，有甚麼令人吃驚之極的舉動才對。可是這時，那人望著驚怖之極的女職員，一副莫名其妙的樣子，分明是連他自己，也不知道那女職員為甚麼要指著他尖叫。

原振俠怔了一怔，對眼前發生的事，全然不知道該如何去理解才好。這時候，那女職員像是緩過了一口氣來，仍然指著那人，道：「先生，你……的……腿……在流血！在流血！」

女職員這樣講了之後，那人陡地震動了一下。原振俠這時正在注視那人，對他的一切，都看得十分清楚。

任何人，當有人驚怖地告訴他，他的腿在流血之際，一定會震動，這種反應很正常。接下來正常的反應，自然是低頭去看看自己的腿。

可是那人的反應，卻十分怪異，在震動了一下之後，他仍然拄著拐杖，直挺挺地站著，並不低頭去看自己的腿，而臉色則在那一剎間，變得煞白。

反倒是原振俠，經那女職員一指，立時向那人的腿上看去。一看之下，他也不禁「颼」地吸了一口氣！

那人穿著黑色的西裝，褲子也是黑色的。可是雖然是黑色的褲子，叫水弄濕了，或是叫血弄濕了，還是可以分得出來的。

這時，那人的左腿，褲管上，正濡濕了一大片，原振俠一看就可以肯定，那是血浸濕的。而令得他如此肯定的原因之一，當然是由於鮮紅的血，正順著那人的褲腳，在大滴大滴向下滴著！

這種情景是極其恐怖的，地下鋪著潔白的磚，鮮血一滴滴落在上面，濺成一小團一小團殷紅的血液。那人是站定之前就開始滴血的，所以在白磚上，有一條大約一公尺長的血痕，看來更是怵目驚心！

原振俠一看到這等情形，並沒有呆了多久，立時鎮定了下來。他一面向前走去，一面道：「你受傷了！先站著別動，我是醫生！」

那人抬起頭，向原振俠望來。

那人向原振俠望來之際，臉色真是白得可怕。原振俠是醫生，接觸過各種各樣的病人。以他的經驗而論，只有大量失血而死的人，才會有這樣可怕的臉色。如今這個人雖然在流血，但是少量的失血，不致於令得他的面色變得如此難看。他面色變得這樣白，自然是因為心中有極度的恐懼，導致血管緊縮所造成的！

所以，原振俠忙道：「別驚慌，你的左腿原來受過傷？可能是傷口突然破裂了，不要緊的！」

原振俠說著，已經來到了那人的身前，伸手去扶那人。原振俠原來是想，先把那人扶到沙發上，坐下來，再察看他的傷勢的。

可是，原振俠的手，才一碰到那人的身子，那人陡然一伸手，推開了原振俠。他那下動作的力道相當大，原振俠完全沒有防到這一點，所以被他推得向後跌出了一步。那人喘著氣，道：「不必了，我不需要人照顧！」

當他這樣說的時候，他的神情，真是複雜到了極點——驚恐、倔強、悲憤，兼而有之。

這時，雨勢已經小了下來。雨勢是甚麼時候開始變小的，原振俠也沒有注意，只是四周忽然靜了下來。除了那人和女職員的喘息之外，就是鮮血順著那人的褲腳，向下滴下來時的「答答」聲。

原振俠又吸了一口氣，道：「你還在不斷流血，一定需要醫生！」

那人的聲音，突然變得極尖厲，幾乎是在叫著：「醫生！醫生！」

他一面叫，一面拄著拐杖，大踏步地向外走去，隨著他的走動，在白磚地上，又出現了一道血線。

他是向門外走去的，看樣子是準備離去。

原振俠本來就是在準備離去時，聽到了女職員的驚叫聲，才轉回身來的。而目錄室只有一扇門，所以那人要離去的話，必須在原振俠的身前經過。

原振俠當然不知道那人高叫「醫生」是甚麼意思，只聽得出他的叫聲之中，充滿了憤懣和譏嘲，像是醫生是最卑視的人一樣。但在這時候，原振俠卻不理會那麼多——這人在流血，不斷地流血，會導致死亡，而他又確知附近沒有醫院。他是一個醫生，有責任幫助這個人，不論這個人有多古怪。

所以，當那人在他身前經過之際，他一伸手，緊抓住了那人的手臂，神情堅決地道：「到那邊坐下來，讓我看看你的傷勢！」

那人被原振俠一把抓住，立時轉過頭來，神情冰冷地望向原振俠。那種冷峻的神情，令得原振俠陡然一怔，在剎那之間，他依稀感到那種冷峻神情，他像是在甚麼地方見過的，可是印象卻又十分模糊。

原振俠當然無暇去細想，他既然已打定了主意，那人那種冰冷的眼光，也就不能令他退縮。他又把剛才那句話，再重複了一遍，那人卻冷冷地道：「我說不必了！」

在他講話之前的那一段短暫的靜寂時間，那人仍然在流血，血滴在地上，仍然發出聲響。那女職員這時，又發出了一下低呼聲，也向前走了過來，急匆匆向門口走去。看情形她已恢復了鎮定，要出去尋人來幫助。

圖書館中，每一間房間的隔音設備都十分完善，是以即使那女職員剛才發出一下驚呼聲，只要門是關著的話，外面還是聽不到的。

那人一看到女職員要向門外走去，忙道：「小姐，請等一等！」

女職員站定，仍然是一臉驚怖之色。那人緩了一口氣，道：「請不要再驚動他人，我無意驚嚇你們，我不知道時間上的變易，會弄得如此之準！」

那人的口齒絕不是不清，但是原振俠聽了他的話之後，陡然呆了一呆。他迅速在心中，把那人的話重複了一遍，那是：「請不要再驚動他人，我無意驚嚇你們，我不知道時間上的變易，會弄得如此之準！」

一點也不錯，原振俠完全可以肯定，剛才出自那人之口的，是那幾句話，可是他卻全然不懂這兩句話是甚麼意思！

他在一呆之後，立時問：「你說甚麼？」

那人用力一掙，掙脫了原振俠抓住他手臂的手，道：「沒有甚麼，我不想嚇你們，流點血，不算甚麼，我實在不需要醫生！」

他說著，又向外走去。當他來到門口之際，原振俠道：「附近沒有醫院，你這樣一直滴著血走出去，任何人都不會讓你離去！」

那人震動了一下，突然解開了領帶，抽下來，然後把手杖夾在脅下，俯身，用十分熟練的動作，把領帶緊緊地綁在他的左腿膝蓋上大約二十公分處。

然後，他又直起身子來，神情依然冷漠，望也不望原振俠一下，就走向門口，推門走出去。

那女職員神情駭然地望著原振俠，顫聲道：「先生，這……這……」原振俠望著地上的血痕，雖然他是一個醫生，也有怵目驚心之感。他急於想追出去看那個人，所以他道：「如果你不是太怕血的話，把它們抹乾淨！」

那女職員現出害怕之極的神情來，道：「怕，怕，我……很怕血！」

原振俠道：「那等我來抹！」

他說著，就待去拉開門，可是那女職員卻抓住了他的手臂，現出十分害怕的神情來。原振俠嘆了一聲，道：「小姐，別怕，那人不會是甚麼吸血殭屍——」他本來是想說說笑話，令得氣氛變得輕鬆一點的。可是他卻沒有想到，那女職員剛才所受的驚恐實在太甚了，她一聽得原振俠這樣講，心中的驚恐更甚，又發出了一下尖叫聲。

原振俠不禁啼笑皆非，忙道：「等我回來再抹，我要出去看看那人！」

女職員連忙道：「我不敢一個人留在這，我和你……一起去！」

原振俠無法可施，只好任由那女職員跟著他，一起向外走去。當他走出目錄室之際，看過去，走廊中一個人也沒有，他急急走向大堂，那女職員緊緊地跟著他。大堂也沒有人，顯得分外空蕩。原振俠急步走出大堂，看到那個職員，正一臉不以為然的神色，原振俠道：「那穿黑西裝的人——」那職員「哼」地一聲，道：「才走，哼，他不是來看書的，一下子就走了！」

原振俠忙轉身向那女職員揮了揮手，拔腳向外面就奔。當他跳下石階之際，他看到一輛車子，正亮著燈，自原來停著的地方倒退出來。

雨勢雖小了，但還是在下雨，天色十分黑暗，原振俠只可以依稀看到，駕車的就是那個人。

他連忙打開自己的車門，就在這時，那輛車已發出「轟」的一聲響，速度陡地加快，向前疾駛出去。

原振俠一聽得那輛車子引擎所發出的聲響，心頭便已涼了半截。他沒有看清那是甚麼車子，但是這一下聲響已告訴他，那輛車子的引擎性能是超卓的，也就是說，那輛車子，絕不是他駕駛的那種普通小房車所能追趕得上的！原振俠苦笑了一下，放棄了追逐的念頭。

原振俠本來是想駕車追上去，再堅持看顧那人的傷勢。但知道追不上，而且對方拒絕的神態，又是如此堅決，他也只好放棄了。

他目送著那輛車子發出的燈光，迅速遠去，轉身走上石階，再進入圖書館，看到女職員正和門口的那個職員，在說著目錄室中發生的事。

原振俠對那個人的行動，也感到十分怪異，但是看到驚怖的情緒正在蔓延，他就道：「別太緊張，很多人受了傷，是不願意接受別人幫助的。」

那女職員欲語又止，指著目錄室的那個方向。原振俠向門口那職員道：「對了，我看需要一條抹布，和一些水，把那些血跡——」那個職員連連點頭，神情十分感激。

二十分鐘後，目錄室的血跡已被抹乾淨，看來就像任何事故都沒有發生過一樣。可是那女職員，卻再也不敢獨自留在目錄室中，走到門口，和那個職員坐在一起。

原振俠也來到了門口，道：「剛才那位先生，進來的時候，當然也辦過登記手續的？」

他是想知道那個人的名字和身分，來滿足一下好奇心。可是那職員卻搖頭道：「沒有！」

這個答案倒是出乎原振俠意料之外的，他「哦」地一聲，道：「我不知道小寶圖書館，可以允許沒有閱讀證的人進來！」

那職員忙道：「不，他有閱讀證。不過他有的那種證，是特別的，是發給地位十分高，身分極特別的貴賓的。」

原振俠揚了揚眉，他並不知道小寶圖書館有這樣的制度。自然，小寶圖書館純粹是私人創辦的，愛訂立甚麼古怪的制度，旁人完全無法干涉。他問：「例如甚麼樣的人，才有成為特別貴賓的資格？」

那職員道：「例如每年各項諾貝爾獎金的得獎人。」

原振俠無話可說，可是剛才那個人，看來不過三十歲左右。若不是他的神情看來，給人以一種陰森怪異之感，這個人實在是一個年輕人。

這樣的一個年輕人，有可能在學術上已有了極高的成就嗎？當然不是沒有這個可能，世界上既然有十三歲的博士，自然也可以有三十歲的天才科學家。但是問題是，如果有這樣的成就，那麼這個人的知名度一定極高，他的照片出現在公眾前的次數也不會少，可是原振俠卻從來也沒有見過這個人。

原振俠一面想，一面道：「哦，這樣說來，這個人可能是一個重要的大人物了？」

那職員道：「誰知道——」原振俠陡地一揮手，道：「他就算不用登記，也一定會把那張特別閱讀證讓你看看。證件上不是有名字嗎？你是不是想得起來？」

職員搖頭道：「特別證件上沒有持證人的名字，只有編號。當那人向我出示證件的時候，我就感到十分奇怪。」

原振俠忙問：「他所持的證件編號，有甚麼特別？」

「那是第一號！」職員回答。

原振俠更感到奇怪：「第一號，也就是說，他是第一個持有特別證件的人？」

職員道：「是啊，那是不可能的。原醫生，你想想，小寶圖書館成立，已將近三十年了，除非這個人出生沒多久，就獲得特別閱讀證，不然，第一號證件，一定很早就發出去，他這年紀，怎麼趕得上？」

原振俠不禁苦笑：「你的懷疑很有道理，可是當時你為甚麼不問？」

原振俠的話中，有了責備的意味，那令得這個職員感到了不快。他並不直接回答原振俠的話，只是翻了翻眼睛，打開了抽屜，取出了一本小冊子來，道：「請你自己看看，其中有關特別貴賓的那一章！」

原振俠一看那本小冊子的封面，有著「小寶圖書館規則」字樣。他取過小冊子來，翻到了「特別貴賓」的那一章，看到有如下的條款：

「本圖書館有特別貴賓閱讀證，證件為純銀色，質地特別，無法假冒。每張特別證，均經本館董事會鄭重討論之後發出。凡持有特別證件進入本館者，本館所有職員，不得向之發出任何問題，必須對特別貴賓，絕對尊重，違此規則者開除。」

那職員道：「看到了沒有？我敢問嗎？」

原振俠的心中更是奇怪，這條規則，看來是為了尊重特別貴賓而設的，但是總給人有另有目的之感。但另外的目的是甚麼呢？卻又說不上來。

原振俠合上了小冊子，道：「對不起，我不知道有這樣的規則。」

當他合上小冊子之際，他看到小冊子的最後一頁上，有兩個名字，那是：「董事會主席盛遠天，副主席蘇安」。

那職員道：「只要來的人能出示特別證件，就算明知他是偷來的，我們也不能問！」

原振俠有點無可奈何，看來要找那個受傷的人，是十分困難的了。他想起了自己來圖書館的目的，就隨便又說了幾句話，轉身走開去。

當他走開去之際，他聽得那女職員在道：「持有特別證件的人，有權索閱編號一到一百的書，其他人是不能看的，那究竟是甚麼書？」

原振俠絕無意偷聽人家的談話，可是圖書館中居然有一些書，是只准特別貴賓索閱的，這未免使他感到不平。在他的心目中，書是全人類的，不應該有一些書，只能規定由甚麼人看，不能給另外的人看。所以，他放慢了腳步，繼續聽下去。

那職員道：「是啊，那是些甚麼書？」

女職員道：「我也不知道，我來工作的時候，館長通知我，如果有人來借這個編號內的書，要立刻通知他，由他親自來取。那一到一百號的書，連書名也沒有，只有編號！」

那職員「哼」了一聲，道：「盛遠天這個人，一直就是神神秘秘的，他錢多，愛怎樣就怎樣……」那職員又講了一連串不滿意的話，原振俠也沒有再聽下去，就上了樓。

當晚，原振俠找到了他要的書，看了，也做了劄記。當他離開小寶圖書館的時候，已經是將近午夜時分了。當他離開的時候，看到那樣子很甜的女職員，還在門口和男職員在一起。原振俠向他們點頭，打了一個招呼，那女職員神色仍有餘悸。

原振俠一面向外走著，一面回想著在目錄室中發生的事，心想也難怪那女職員害怕，一個人忽然一面走，一面流血，這總是一件十分詭異的事情。

當他走出了圖書館時，雨已經停了，地上到處全是積水。圖書館的燈光，反映在積水之中，閃著光，看起來有一種幽奇詭異之感。

原振俠來到了車旁，當他打開車門時，向整座圖書館望了一眼，心頭有一種感覺，只感到在這座圖書館中，像是蘊藏著無數秘密一樣。

他感到自己之所以有這樣的感覺，可能是因爲圖書館的創辦人盛遠天的一生，充滿了傳奇性的緣故。盛遠天是一個富翁，富翁的一生總是神秘色彩相當濃厚的，美國的大富翁霍華休斯，曾經躲起來二、三十年不見外人！

原振俠想著，已準備跨進車子去。也就在這時，突然有一輛車子，以極快的速度，疾駛了過來，一下就到了近前，車頭燈的光芒，射得原振俠連眼都睜不開來。

原振俠一方面給這輛突然駛來的車子嚇了一大跳，連忙用手遮住了刺目的燈光，一方面心中也不禁十分惱怒，心想這輛車子的駕駛人，實在太莫名其妙了！這裡是圖書館，哪有心急要看書，急成那樣的！如果這裡是醫院，那倒還說得過去！

就在原振俠才一伸手，遮住了刺目的燈光之際，那輛疾駛而來的車子，已經發出刺耳的剎車聲，停了下來。原振俠可以看到，車子在急剎車停車之際，車身急速地打了一個轉，由此可知它駛來的速度，是何等之高！

而車子在打著轉停下來之際，離原振俠的車子，不到一公尺。若不是那輛車子的駕駛人，有著超卓的駕駛技術的話，一定會撞上來了！

原振俠不知道那輛車子的駕駛人是甚麼人，但是他卻自然而然，在心中生出了一陣反感，想等那人下了車之後，責斥他幾句，所以他站在車旁。

那輛車子才一停下，車門就打開。一個人自車中以極快的動作出來，喘著氣，立時向原振俠道：「對不起，我來遲了！」

原振俠怔了一怔，他並沒有和任何人約在這裡見面，那人這樣對他說，自然是誤會了。可是這時，原振俠就站在圖書館前，燈光相當明亮，那人照說沒有認錯的道理。原振俠向那人打量了一下，那人正急急向原振俠走近來。

那人大約三十歲左右年紀，衣著十分整齊，全套黑色的禮服。看來是才從一個需要如此服裝的隆重場合之中，趕到這裡來的。

他的神情顯得十分焦急惶恐，但儘管如此，他那方型的臉，顯出他是一個相當精明能幹和有決斷力的人。原振俠只是約略覺得他有點臉熟，但絕非是曾見過面的熟人。

那人來到了原振俠的身前，自他的上衣口袋中，取出雪白的手帕來，抹著汗，又重複著剛才那句話：「真對不起，我遲到了，唉，那些該死的應酬！」

原振俠看到他的神情這樣惶急，倒把想要責斥他的話，全都縮了回去。他只是訝異地反指著自己：「我？你趕著來，是爲了我？」

那人抱歉地笑著：「是，先生，你怎麼稱呼？」

原振俠心中更加疑惑，這個人，飛車前來見人，卻連要見的人怎麼稱呼都不知道，這豈不是怪之已極。他忍不住道：「你不知道自己要來見甚麼人？」

那人道：「當然知道，見你！」

原振俠聽得那人這樣說法，真以爲那人是喝醉酒了，因爲他的話，簡直是前後矛盾之極。可是作爲一個醫生，原振俠倒立時可以判斷出，那人並沒有喝醉酒，神智看來也清醒得很，只不過他說的話，無法叫人明白而已。

原振俠在呆了一呆之後，又道：「這樣說來，你並不認識我的？」

那人道：「是啊，我不認識你的，不過我等你前來，已等了好久了！」

原振俠心中，更是怪異莫名，他只好攤了攤手，道：「我還是不明白——」那人一下車之後，就和原振俠急速地講著話，只是極短的時間。而被那人停車時急刹車所發出的聲響驚動，出來看是怎麼一回事的男女職員，這時已走了出來。

那兩個職員一看到那人，便一起用十分恭敬的聲音，叫了起來：「蘇館長！」

一聽得那兩個職員這樣稱呼那人，原振俠的心中，就更加愕然！

「蘇館長」！那當然是這個人，是小寶圖書館的館長了！原振俠對盛遠天這個神秘人物也知道一些，知道盛遠天的總管姓蘇，而這個姓蘇的總管有三個兒子——目前掌管盛遠天龐大財產的，正是蘇總管的三個兒子。眼前這個人，年紀不過三十左右，那自然是蘇總管三個兒子中的一個了。

原振俠雖然在一下稱呼之中，就明白了那人的身分，可是他仍然莫名其妙，不知道何以蘇館長會趕著來看他。他和對方，並沒有任何約會！

在原振俠愕然之際，蘇館長已向那兩個職員一揮手，道：「你們自管自去工作！」

那兩個職員，立時又恭謹地答應了一聲，向蘇館長鞠躬，走了回去。

蘇館長吁了一口氣，神情也不像剛才那麼惶急了。這時，他看來十分穩重，看得出他年紀雖然輕，但是已經肩負著相當重的責任。他伸出手來，要和原振俠握手，原振俠的心中雖然充滿了疑團，但禮貌總不能不顧，便和蘇館長握了握手。

蘇館長道：「請進，我的辦公室很幽靜，可以詳談！」

原振俠仍然莫名其妙，道：「蘇館長，你是小寶圖書館的館長？」

蘇館長連連點頭，原振俠攤著手：「我真不明白，你為甚麼要和我詳談？」

原振俠這樣問對方，那是很合情理的。因為對方的一切行動言詞，都令他如墜五里霧中，他自然想知道「詳談」是為了甚麼。

可是，蘇館長的回答，卻令得他更加莫名其妙——不論蘇館長的回答是要和他談甚麼，原振俠都不會比這個回答更驚訝。因為蘇館長的回答是：「我也不知道！」

原振俠在驚訝之餘，感到了有一種被戲弄的惱怒。如果不是蘇館長的相貌，看起來那麼厚重誠實，他真要用不客氣的言詞來對付了。

他「哼」了一聲，已經表現出十分不耐煩來：「你也不知道我們之間要談甚麼，那還有甚麼好談的？」

蘇館長反倒現出十分訝異的神情來，望著原振俠。看樣子，他不怪自己的話莫名其妙，反倒有點責怪原振俠的意思。他在呆了一呆之後，道：「我們總要談一談的，是不是？」

原振俠苦笑一下，真的不明白是怎麼一回事，但是看對方如此堅持的神情，原振俠也無法可施，只好點了點頭。他和蘇館長又進了圖書館，那兩個職員又連忙站起來迎接。

等到他們兩人進入了大堂，蘇館長的神態，忽然有點異樣，望了望那十三幅畫最後的一幅，又望了望原振俠，像是想把原振俠和那幅畫中的嬰兒，作一個比較，然後又喃喃地說了一句甚麼話。

原振俠全然不知道，他這樣做是甚麼意思，他們出了大堂，上了電梯，一直到頂樓。

這時，整座圖書館中，簡直靜到了極點，他們相互之間，甚至可以聽到對方的呼吸聲。蘇館長來到了一扇門前，轉動著門上的密碼鎖，打開了門。

門一打開，裡面的燈光自動亮著。原振俠看到，那是一間佈置精雅，十分宏偉的辦公室，鋪著厚厚的地毯。

進了辦公室之後，蘇館長將門關上，神情很凝重，道：「我平時很少來這間辦公室，事情太忙，哦，我忘了介紹我自己，我姓蘇——」他說著，取出了名片來，交給原振俠。原振俠接過來一看，名片上的頭銜倒不多，只有兩項：遠天機構執行董事，小寶圖書館館長。

原振俠知道遠天機構的龐大，這個執行董事控制下的工廠和各種事業，是無法一一列出來的。而名片上印著的名字，是蘇耀西。

原振俠道：「我姓原，原振俠！」

蘇耀西作了一個手勢，請原振俠坐下來，原振俠仍然一點也不知道對方想幹甚麼。原振俠坐了下來之後，把自己的身子，舒服地靠在絲絨沙發上，然後望著蘇耀西，對方這樣請他進來，總是有目的的。

蘇耀西也望著他，看情形，像是在等原振俠先開口，兩個人互望著，僵持了將近一分鐘。原振俠雖然不知道如何開口才好，可是他也忍不下去了，皺著眉，道：「蘇先生，談甚麼？」

蘇耀西像是如夢初醒一樣，震了一震，才道：「是……是……請問……原先生，是不是現在就看？」

原振俠更是莫名其妙：「看甚麼？」

蘇耀西呆了一呆，道：「看……你……原先生，你……難道……」

原振俠看出蘇耀西說話支吾，神情像是十分爲難，他忙道：「不要緊，你只管說好了！」

蘇耀西這才吸了一口氣，道：「看圖書館中編號一到一百號的藏書！」

蘇耀西這句話一出口，原振俠先是陡然一呆，但是在極短的時間內，他就甚麼都明白了。

他明白，鬧了半天，蘇耀西是認錯人了——蘇耀西要見的人不是他，而是那個持有特別貴賓證的那個人！

他實在忍不住，「哈哈」大笑了起來！

原振俠聽圖書館的職員提起過，只有持有特別貴賓證的人，才能有資格索閱那一部分藏書。如今蘇耀西這樣說，證明他是認錯了人！

在原振俠縱聲大笑之際，蘇耀西極其愕然地望著他。原振俠在那一剎間，心中「啊」地一聲，感到十分後悔。他想到自己不應該大笑的，對方認錯了人，自己何不將錯就錯，看看那編號自一到一百的，究竟是甚麼樣名貴罕見的書籍？

但是原振俠起了這樣的念頭，也不過一轉念間的事，這種鬼頭鬼腦的事，他還是不屑做的。他止住了笑聲，道：「蘇先生，你認錯人了！」

蘇耀西本來坐在原振俠的對面，一聽得原振俠說他認錯了人，他陡然站了起來，道：「我……認錯了人？」

原振俠道：「是啊，你要找的人，是持有特別貴賓證第一號的，是不是？」

蘇耀西張大了口：「不是你？」

原振俠搖頭：「不是我，那人早走了，大約是三小時之前就走的！」

蘇耀西雙手揮著，一時間，倉皇失措，至於極點。

原振俠看到蘇耀西這樣神情，心中也不禁歉然，道：「真對不起，我不是有意冒充的，而是你根本不給我任何解釋機會！」

蘇耀西的神情鎮定了些，苦笑了一下：「真是的，是我太魯莽了，對不起。那……那位先生爲甚麼不等我，就走了呢？」

原振俠還沒有回答，蘇耀西又道：「職員有責任，一見持有特別貴賓證的人來到，就要通知我的。可是，今晚我恰好參加一個十分隆重的宴會，在那種場合帶著突然會發出聲響的傳呼機，是十分令人尷尬的事，所以職員的通知，我沒有接到，等到宴會完了，我才知道的！」

原振俠氣道：「我既然不是你要見的人，你不必向我解釋這些經過。」

蘇耀西也啞然失笑：「是！是！」

原振俠十分好奇：「蘇先生，你要見的那人是甚麼人？如果你根本不知道他是誰的話，何以這樣惶急？」

蘇耀西道：「那人他持有第一號的特別貴賓證啊！」

原振俠又問：「那又有甚麼特別？」

蘇耀西道：「第一號的貴賓證——」他才講了一句，就陡地停了下來，一副失言的樣子，而且轉過了頭去。

原振俠還想再問下去，蘇耀西已經道：「對不起，請你別再發問，我也不會再回答你。」

原振俠有點窘，爲了解嘲，他聳聳肩：「這是一項特殊的祕密？」

蘇耀西只是悶哼了一聲，並沒有回答，而且，擺出明顯地請原振俠離去的神態來。

原振俠不禁有點啼笑皆非，只好向門口走去。他在拉開門的時候，才轉過頭來，道：「你要找的那位先生，是因爲他的左腿受傷流血，而急著離去的。」

蘇耀西神情訝異：「你說甚麼？」

原振俠作了一個手勢：「詳細的情形，你可以去問目錄室的那個女職員，對不起，再見！」

原振俠推開了那間佈置優美的辦公室，乘搭電梯下去，出了大堂。兩個職員對原振俠的態度十分恭敬，原振俠忍不住好笑，道：「你們的館長認錯人了，他以為我是那個有特別貴賓證的人！」

他沒有多耽擱，就上了車，駛回家去。一路上，他的思緒十分混亂，總覺得在小寶圖書館，盛遠天的生平之中，有著許多不可告人的祕密。

原振俠一面駕車，一面想著。這時，夜已經很深了，公路上一輛車子也沒有，原振俠將車子開得十分快。他接連在高速下轉了幾個彎，對自己的駕駛技術，感到很滿意。

他又以更高的速度轉過了一個彎。那彎角的一邊，是一片臨海的平地，原振俠在轉過去之際，依稀看到有一輛車停著。

雖然是在靜僻的公路旁，有一輛車停著，也並不是甚麼出奇的事，不足以令得原振俠停下車來察看。可是他一瞥之間，卻看到就在車旁的一株樹上，像是有一個人，緊緊抱著樹身，一動也不動。

由於車速十分快，原振俠不能肯定自己看到的是不是事實。他在衝出了幾百公尺之後，才陡地停了車，然後，掉轉頭，再慢慢地駛回去。

到了那個彎角處，他已經看清楚了，的確，有一個人，正把他的身子，緊貼在樹幹上。單從他的這種姿勢看來，已可以感到這個人的內心，充滿了痛苦。而且原振俠立即認出了這個人，就是他在小寶圖書館遇見的那個人！

原振俠感到驚訝之極，這個人的左腿受了傷，在流血。原振俠以爲他離開之後，早就去找醫生了，怎麼也想不到，他會在這曠野之中停留了那麼久！

他爲甚麼不去找醫生？原振俠在剎那之間，想到的第一個理由是：他受了槍傷或刀傷，而受傷的原因，是和犯罪有關的，所以他不敢去找醫生！

但是原振俠又立時推翻了這個想法——一個因犯罪原因而受傷，不能去找醫生的人，也決計沒有理由，把自己留在曠野之中的！

原振俠一面迅速地想著，一面早已打開了車門，向那人奔了過去。他並沒有令車頭燈直射向那個人，所以當他來到那人身前的時候，那人附近的光線，也不是太明亮。但是那已足以使原振俠看清那人的情形了。

那人雙臂，緊緊地抱著那株樹，身子用盡氣力地靠在樹身上，可以看得出，他的身子在微微發抖。他的臉，也緊貼在樹身上，樹皮很粗糙，他這樣子，應該感到十分不舒服，可是看他的情形，卻像是一點也不覺得。原振俠先是看不到他的臉，要繞著樹，轉了半個圈，才看到了他的臉。

那人臉上的神情，也叫原振俠嚇了一大跳。原振俠從來也沒有在一個人的臉上，看到過這樣深刻的痛苦——他臉上的肌肉扭曲著，雙眼睜得極大，額上和鼻子上全是汗，神情不但是痛苦，而且驚恐絕倫！

原振俠在一震之後，還沒有開口，那人充滿了絕望的眼神，已緩緩向原振俠移了過來。

原振俠忙道：「你的傷……怎麼了？你需要幫助，別拒絕他人對你的幫助！」

由於在圖書館中，那人曾拒絕過原振俠的幫助，所以他在說這幾句之際，語氣中帶著責備。同時，他伸手過去，抓住了那人的手臂。

當原振俠一碰到那人的手臂之際，那人陡然發出了一下如同狼嗥也似的慘叫聲來。這種慘叫聲，在這寂靜的曠野中聽來，簡直是駭人之極。原振俠陡地嚇了一跳，自然而然，縮了一下手。

他才一縮手，那人已放開了樹身，陡然在原振俠的面前跪了下來。在原振俠還未曾明白發生了甚麼事，正在極度的錯愕間，那人的雙臂，已緊緊抱住了原振俠的雙腿，同時，以一種聽來嘶啞、悽慘而絕望的聲音叫著：「救救我！世界上總有人可以救我的，救救我！」

不但他的哀求聲在發顫，連他的身子，也在劇烈地發著抖。一個人若不是他內心或肉體上的痛苦已到了極點，是決計不會有這種情形出現的。

原振俠忙抓住了他的手臂，道：「起來再說，起來再說，不論甚麼困難，總有法子解決的！」

原振俠其實一點也不知道那人遭到了甚麼困難，而且事實上，世界上有太多的困難，是根本沒有法子解決的，但是他在這樣子的情形下，除了這樣說之外，也沒有別的話可以說。

那人聽了原振俠的話，好像略爲鎮定了一些，抬起頭，向原振俠望來。他仍然跪在地上，是仰望向原振俠的。當原振俠和他那充滿了絕望的眼神接觸之際，心頭也不禁發涼。他用力把那人拉得站了起來，道：「放心，我是醫生，一定會盡可能幫你。你能不能自己駕車？不能的話，我送你到我服務的醫院去。」

那人喃喃地道：「醫生！醫生！」

這已經是第二次，當原振俠提及自己是醫生的時候，那人作出這樣的反應。原振俠不能肯定，這人這種反應想表示甚麼，但是在感覺上，卻給人以這個人對醫生十分輕視之感。

原振俠當然不去計較那些，因爲眼前這個人，的確需要幫助。他扶著那人走向自己的車子，等到來到車旁時，那人深深地吸著氣，已鎮定了很多，臉上也漸漸恢復了原振俠第一次見到他時的那種冷峻。

當原振俠打開車門，請他上車之際，那人猶豫了一下，又向原振俠望了一眼。可能是原振俠的神情十分誠懇，那人竟然沒有拒絕，就上了車。

原振俠也上了車，那人坐在他旁邊，原振俠一面駕著車，一面向他看去。在黑暗中看來，那人的臉色蒼白得可怕，雙眼失神地望向前方。原振俠又向他的左腿看了一下，看到他左腿上，仍然紮著領帶，流血好像已停止了，不過褲腳上的血跡，還是可以明顯地感覺得出來。

原振俠沉聲道：「血止了？」

那人自喉間發出了一下古怪的聲音來，算是回答。然後，突然問：「你是哪裡畢業的？」

原振俠呆了一呆，醫生被人家這樣考問資歷的情形，並不多見。要不是原振俠對這個人存著極度好奇的話，他才不會回答這個問題！

他在一呆之後，道：「日本輕見醫學院。」

他畢業的那家醫學院，並不是很著名的，普通人未必知道，可是那人居然「嗯」地一聲：「輕見博士是一個很好的醫生，我上過他的課，他還好麼？」

原振俠陡地一震，一時之間，幾乎把握不定駕駛盤。他索性踏下了剎車，望著那人，一時之間，不知道該說甚麼才好。

那人的話，真是叫原振俠震動，他說他上過輕見博士的課，那是甚麼意思？

那人卻並不望向原振俠，只是苦笑一下：「幹甚麼那麼驚奇？世界上不是只有你一個人，才上過醫學院！」

原振俠更訝異：「你……我們年紀相仿，可是我不記得有你這樣的同學。」

那人淡然道：「我是在輕見博士歐遊的時候，經過我們的學校講學時，聽他的課的。」

原振俠立時問：「你是哪一間的——」那人回答：「柏林大學醫學院。」

原振俠不禁苦笑起來，他曾一再在那人的面前，表示自己是一個醫生。絕未想到，對方也是一個醫生，而且資歷還比他好得多。

那人又發出了一下苦澀的笑聲來：「那又怎樣？我還是英國愛丁堡醫學院的博士！」

原振俠更說不出話來，他繼續駕車，在過了幾分鐘之後，他才道：「這樣說，你需要的幫助，和你所受的傷是無關的了？」

那人一聽，緊緊地閉上了眼睛，並不回答。

過了好一會，他才道：「不，你錯了，和我的……傷，有關聯。」

原振俠越來越好奇，由於事情實在太奇怪，他連問問題，也不知道從何問起才好。沉默了一會之後，那人才又嘆了一聲，道：「我的名字是伊里安・古托。」

這又大大出乎原振俠的意料之外，這個人看起來分明是中國人，可是卻有一個西班牙式的名字！他不由自主，又向那人看了一眼，注意地看起來，那人是有一點不像是純粹的中國人。

原振俠問：「古托先生，你──」古托道：「我從巴拿馬來。」

原振俠又向他望了一眼，心中在想：這是一個怪人，他有著那麼好的學歷，能有一張小寶圖書館的特別貴賓證，那也不算是甚麼奇怪的事了。看來，古托並不是一個多話的人，自己能引得他講了那麼多話，已經很不容易了！

既然古托是一個極具資歷的醫生，那麼他腿上的傷，自己實在不必太過關切，倒是他的神態看來如此痛苦絕望，值得注意。

原振俠想到這裡，嘆了一聲：「人生不如意事十常八九，古托先生，看來你的精神十分頹喪，總要看開些才好！」

原振俠也知道自己這種空泛的勸慰，是不會起甚麼作用的。但在古托未曾說出，他究竟有甚麼心事之前，他也只好這樣說。

原振俠料不到，自己的話，竟然引起了古托的強烈反應。他陡然之間，現出咬牙切齒，惱恨之極的神情來，道：「頹喪？我豈止頹喪而已！我簡直恨不得立刻死去！但是，在未曾明白這件事的真相之前，我死不瞑目，所以才苟延殘喘地活著！」

古托的這幾句話之中，表現了他對生命的極度厭惡。原振俠不禁心頭亂跳，他想也未曾想到過，一個人對自己的生命，會如此厭惡，如此要把它提早結束！

看古托在講這幾句話時的神情，他雙手緊握著，指節骨發白而發出格格的聲響，令原振俠感到了一股極度的寒意，一時之間，不知道該如何說才好，他只好默默地駕著車。

一直等到快駛近市區，他一直感到車廂之中的氣氛，沉重之極，令得他如果不設法去打破的話，他也會承受不起。

他吸了一口氣，問：「你有甚麼不明白的事？」

古托的喉間，發出了一陣怪異的「格格」聲：「等到了你的醫院，我會讓你知道……這件事……我從來沒有讓任何人知道。」

原振俠在古托發顫的聲音之中，聽出了他的意思。他把手在古托的肩上，輕輕拍了一下，道：「我叫原振俠，你可以把我當作朋友！」

古托激動起來——看來他是一個十分熱情的人，只是不知道有甚麼致命的痛苦在折磨著他，所以使他的外表看來，變得冷峻和怪異。

古托雙手掩住了臉，發了一會顫，才道：「本來我也有不少朋友，但是自從……自從……發生了變化之後，我疏遠了他們。唉，原，你準備聽一個很長的故事！」

原振俠道：「不要緊，事實上，我在圖書館中一見到你，就覺得你不是普通人！」

古托苦澀地笑起來：「是太不普通了！」

在這之後，他們兩人之間，又保持了沉默，但是氣氛已和剛才完全不同。剛才他們幾乎是陌生人，但是現在，憑著至誠的一番對話，把他們之間的距離拉近了不少。

車子駛進了市區，由於是深夜，街道上看來仍然十分淒清。

等到車子駛進了醫院的大門，停了下來，古托才道：「原，我不想任何別的人，參與你我之間的事！」

原振俠一口答應：「好，你腿上的傷勢，我想我們都可以處理。你可以到我的辦公室去，需要甚麼藥物，請你告訴我，我叫人取來。」

在原振俠想來，古托本身是醫生，對他自己的傷勢如何，自然有深切的瞭解，需要怎樣治療，自然不必自己多出主意。

可是古托的回答，卻出乎原振俠的意料之外，他道：「藥物？不需要任何藥物！」

原振俠一時之間，不明白他這樣說是甚麼意思，古托也沒有作進一步的解釋。他們一起下了車，古托在行動之際，雖然有點步履不便，但是也不需扶持。原振俠看到他腿上，像是沒有血再流出來。

原振俠一面和值班的醫生護士打著招呼，一面帶著古托向內走去，到了他的辦公室之中，請古托坐下，把門關上。

古托望了原振俠一下：「你肯定不會有人來打擾？」

原振俠點頭：「肯定！」

古托嘆了一聲：「我自己也不知道，為甚麼要對你這樣信任。從現在起，我保證你所看到的情形，是超乎你知識範疇之外的！」

他一面說著，一面解下了紮在腿上的領帶。

原振俠聽得古托這樣講，心想他的傷處可能十分怪異。但不論是甚麼樣的傷，都不會超過一個醫生的知識範疇之外，古托的話，可能太誇張了！

他看著古托解下了領帶。由於他的腿曾流血，血濕透了褲腳，也沁在綁在褲子外的領帶上，所以領帶上也染著血跡。

古托解開了領帶之後，雙手突然劇烈地發起抖來。然後，他深深吸了一口氣，撩起了他左邊的褲腳來。當他把褲腳撩過膝蓋時，原振俠已經看到了那個傷口。

傷口在左腿的外側，膝蓋之上十公分處。

如果是一個普通人，或者是一個對血天生有恐懼感的人，看到了這樣的一個傷口，自然會感到害怕。可是作爲一個醫生來說，這樣的傷口，實在太普通了。

傷口是一個相當深的洞，深洞並不大，直徑只有一公分。傷口附近的皮肉翻轉著，鮮紅色的肉，和著濃稠的、待凝結而未曾全部凝結的血，看起來，當然不會給人以舒服的感覺。

在傷口上，本來有一方紗布覆蓋著。古托在撩起褲腳的時候，把紗布取了下來。

原振俠只看了一眼，就以極肯定的語氣道：「你受了槍傷，子彈取出來了沒有？」

在醫學院時，法醫學是原振俠主修的科目之一，而且成績優異。所以原振俠一看到古托腿上的傷口，立時可以肯定那是槍彈所造成的。而且，他還立即可以聯想到許多問題。

例如，他可以知道，子彈是從相當遠的距離發射的，雖然造成了傷口，可是一定未傷及腿骨，因爲古托還可以走動。原振俠也可以從傷口處看出來，射擊古托的手槍，口徑不會太大，如果是點三八口徑的手槍，子彈射進肌肉時，所造成的傷口會更大得多。

這時，傷口附近，只有濃稠的血沁出來，所以原振俠又推斷，子彈可能還在肌肉之中！

當原振俠這樣說了之後，古托抬起頭來：「你說這是槍傷？」

原振俠道：「絕對肯定，子彈——」古托陡然一揮手，打斷了原振俠的話頭：「槍傷！從任何方面來看，這傷口是子彈造成的。有經驗的人，甚至可以肯定，那是點二五口徑的小手槍的結果！」

原振俠點頭：「我同意這樣的判斷。」

古托聲音嘶啞：「可是，我一輩子沒有見過手槍，也從來沒有人向我射擊過！」

原振俠怔了一怔，一時之間，他不知道古托這樣說是甚麼意思。沒有人向他射擊過，那麼他腿上的傷口是怎麼來的？這一定是槍彈所造成的傷口，不可能是別的利器。

所以，當古托否認那是槍傷之際，原振俠除了勉強地乾笑了幾聲之外，無法作出別的反應。古托有點悽慘地笑了起來：「你不相信，是不是？那麼，再請你看看，我是甚麼時候受傷的？」

原振俠用一柄鉗子，鉗了一小團棉花，先蘸了酒精，再用這團棉花，在傷口附近，輕輕按了幾下，道：「大約在四到五小時之前。」

古托乾澀地笑了一下：「是在你見我流血的那時候？」

原振俠「唔」地一聲：「差不多。」

古托長嘆了一聲，神情又變得極度憤懣和絕望：「如果我告訴你，這個傷口，在我腿上出現，已經超過兩年了，你相信不相信？」

原振俠立時搖頭，那是一個受過嚴格醫學訓練的人，聽到了這樣的說法之後，本能的反應。然後，他盯著古托：「你有後期糖尿病？有梅毒？」

有原振俠所說的那兩種病症，都可能使得傷口久久不癒，這是普通的醫學常識。

古托緩緩地搖著頭，從他的神態來看，他不可能在說謊。

原振俠又道：「你一直不去治療它，所以——」他才講到一半，就沒有再講下去。本來，他以為古托可能是一個精神不平衡的人，有一種精神病患者，會自己傷害自己的肢體，從中獲得不正常的快感。但是原振俠立即又想到，人的肌肉組織，有自然的恢復能力，就算不經過任何治療，兩年多了，傷口也早應該癒合了，而且，傷口並沒有發炎潰爛的跡象，絕不可能拖上那麼久的！

原振俠在住口不言之後，實在不知道該說甚麼才好了，他只好怔怔地望著古托。古托道：「請你再仔細觀察一下傷口！」

原振俠吸了一口氣，花了大約五分鐘時間，仔細觀察著。他所得的結論，和他第一眼看到時並無改變。

古托覆上了紗布，放下了褲腳，道：「我很失望，你為甚麼不奇怪傷口並不繼續流血！」

原振俠忙道：「我正想問，可能是子彈在裡面，恰好壓住了主要的血管。」

古托緩緩搖頭：「不是，完全不是。」

古托在講了那句話之後，便不再說甚麼。原振俠指著傷口，道：「你至少應該治療，那是小手術，先把傷口縫起來——」古托陡然顯得十分不耐煩，厲聲道：「我早已經說過了，你看到的情形，超乎你的知識範疇之外，你偏偏要用你的知識來處理！」

原振俠也有點生氣，道：「用一塊紗布蓋著，總不是辦法！你——」古托接上了口，道：「你以為我沒有治療過？當它才一出現之後，我就一直在治療它，可是……可是……」古托講到這，身子又劇烈地發起抖來。

原振俠看到了這等情形，心中也不禁駭然：「可是一直醫不好？」

古托十分無助地點了點頭，原振俠道：「怎麼可能？那是不可能的事！」

古托道：「當一件事情已經發生時，請別說它不可能，只是我們不明白其中的道理而已！」

原振俠吸了一口氣，看來古托還是一個十分理智的人，他的話十分有道理。當然，那得先要肯定這個傷口，真是在兩年前發生的才好，而原振俠這時，並不完全相信這一點。

他揮了揮手，道：「我是說——」古托再一次打斷了他的話：「你先聽我說，我腿上的傷口是怎麼來的！」

原振俠拽過一張椅子，在古托的對面，坐了下來。

古托雙手抱著頭，彎著身，把頭埋在兩膝之間。過了好一會，才抬起頭來，道：「我對你說的一切，每一個字，都是實在的情形。不管事情聽起來如何荒謬，你接受也好，不接受也好，你必須知道，我所說的，全是事實！」

原振俠見古托說得十分沉重，他也神情嚴肅地點了點頭，道：「我知道，你說的全是事實。」

古托又隔了一會，才道：「我腿上的傷口，是突然間出現的！」

原振俠有點不明白，傷口怎麼會「突然出現」呢？傷口，一定是被其他東西造成的。不過他並沒有問，只等著古托說下去。

古托抬頭，怔怔地望著燈，面上的肌肉不斷在抽搐著，神態十分驚怖。他又把剛才的話，重複了一遍，然後，吞了幾口口水，道：「那一天晚上，我正在參加一個宴會，時間是接近午夜時分。」

原振俠挪動了一下身子，使自己坐得比較舒服一點，因為看起來，古托像是會有冗長的敘述。

古托又道：「我在巴拿馬長大，我的身世十分怪異，這……我以後會告訴你。總之，那天晚上的宴會，是為我而設的，慶祝我從英國和德國，取得了醫學博士的頭銜歸來。我還要到義大利去修神學，歡迎和歡送，加在一起，出席宴會的人十分多——」

第二部：古托的傷勢難明

宴會的主持人，是巴拿馬大學的校長。古托是這家大學的高材生，十九歲就修畢了課程所規定的全部學分，是有史以來大學最年輕的畢業生。大學校長作宴會的主持人，原因當然不止這一點，也爲了他的女兒芝蘭，她是全國出名的美人，和古托之間，有著特殊的感情。

芝蘭比古托小一歲，身形長得很修長，有著古銅色的皮膚，全身都散發著難以形容的熱情和美麗，而且氣質高貴出俗。整個中南美洲的貴介公子，都以能和她共同出遊爲榮，可是芝蘭卻只對古托有興趣。

當宴會進行到酒酣耳熱的階段，主人請賓客翩翩起舞之際，古托和芝蘭隨著音樂的節奏旋轉著，就令得不知多少人羨慕。巴拿馬副總統的兒子，全國著名的花花公子，就憤怒地脫下了白手套，想向古托拋過去，幸好在他身邊的人，及時阻止，這個花花公子悻然離去。

芝蘭也感到大廳中的氣氛有點不很好，她已經一連和古托跳了三段音樂，兩個人都沒有停止的意思。芝蘭把她的臉頰，輕輕地偎著古托，兩個人都覺得對方的臉頰在發燙，芝蘭低聲說：「到陽台去？」

古托點了點頭，帶著芝蘭，作了兩個大幅度的旋轉，已經到了大廳的一角。他一手仍然輕摟著芝蘭柔軟的腰肢，一手推開了通向陽台的門。

陽台十分大，擺滿了各種各樣的花。花的自然香味，加上芝蘭身上散發出來的女性的醇香，令得古托深深地吸了一口氣。

出乎他們兩人意料之外的是，陽台的一角有兩個人在。那兩個人看到了古托和芝蘭，微微鞠躬，卻並沒有離開的意思。

那是兩個保安人員，由於宴會有不少政要參加，所以保安措施相當嚴密。這未免令得古托和芝蘭都感到相當掃興，但他們還是來到欄杆前，望著花園，在黑暗中看來，平整的草地，就像是碩大無比的毯子一樣。

古托和芝蘭都一樣心思，伸手指了指草地。

陽台上既然有人，他們就想到，那麼大的花園，總可以找到一個不被人打擾的角落。古托自歐洲回來，芝蘭還是第一次見他，兩人都有很多話要說，需要一個安靜的角落。

年輕男女，心意相通，大家都想到了同一件事，那會令得他們的心中，充滿了甜蜜之感。他們會心地笑著，一起轉過身，又向大廳走去。

就在這時候，事情發生了。

先是那兩個保安人員，突然之間，發出了一下充滿了驚懼的叫聲。古托和芝蘭立時回頭，向他們看去，都帶著責備的神情。

可是那兩個保安人員的樣子，卻驚惶莫名，指著古托，張大了口，說不出話來。古托看到他們指著自己的左腿，連忙低頭看去。

就在這時，芝蘭也發出了一下驚呼聲，而古托自己，更是驚駭莫名！那天晚上，古托穿著整套的純白色衣服，顯得十分瀟灑出眾，而這時候，他白色的長褲上，已經紅了一大片，而且紅色正在迅速擴展。

任何人一看到了這一點，都可以立即聯想得到——那是受傷，在流血！

古托一點也不覺得疼痛，只是覺得麻木，一種異樣的麻木自左腿傳來。而且，他可以清楚地感到，自己在流血，那種生命泉源自身體中汩汩流出來的感覺，十分強烈，也十分奇特，古托陡然叫起來：「我在流血！」

這時，那兩個保安人員也恢復了鎮定。一個過來扶住了古托，另一個奔進了大廳，大聲宣佈：「有狙擊手在開槍，請各位儘量找隱蔽的地方，以策安全！」

剎那之間，大廳之中，尖叫聲響成了一片！混亂的程度，就像是陡然翻開了一塊石板，石板下的螞蟻在拚命趨逃陽光一樣。

更多的保安人員奔過來，古托立時被扶進書房。花園中所有的水銀燈都亮著，一隊軍、警聯合組成的搜索隊，在花園中展開搜索。

在寬大的書房中，至少有七、八個醫生在。芝蘭挨在古托的身邊，緊握著古托的手，古托仍然不覺得疼痛，可是血在向外湧出來的感覺，依然奇異強烈。

他的褲腳已被剪了開來，任何人都可以看得出，他左腿上的傷口，是槍彈所造成的。血正在汩汩向外湧出來，濃稠而鮮紅，看得人心驚肉跳。

一個醫生，已經用力按住古托左腿內側的主要血管，另一個醫生正把一件白襯衫，按在傷口之上。可是血完全止不住，還在不斷湧出來，那件按在傷口上的白襯衫，一下子就染紅了。

有人叫道：「快召救護車！」

混亂之中，在那人叫喊之前，竟然沒有人想到這一點！所以，救護車是在古托左腿被發現流血之後二十分鐘才到達的。

古托被抬上擔架，送上救護車，芝蘭一直在他的身邊。當救護車開始離去的時候，參加宴會的軍政要人，也紛紛登上了他們的避彈車，在保安人員的護送下，呼嘯著離開。

古托在救護車上，仍然在流血，可是他的神智十分清醒，甚至一直不覺得痛。反倒是他看到芝蘭那種焦慮惶急的神情，覺得心痛。他笑著道：「我不致於有資格成爲行刺的對象，一定是有人覺得我和你太親熱了！」

芝蘭低著頭，一聲不出，把古托的手握得更緊。古托感到一絲絲的甜味，直沁入心頭，腿上的創傷對他來說，簡直是微不足道之極了！

這時，古托仍然一直在流血。在救護車上的醫護人員，已經在傷口的附近，用彈性繃帶緊紮了起來，帶子陷進了肌肉之中，而且在傷口上，灑上了令肌肉和血管收縮的藥劑。

在這樣的緊急處理之下，就算傷口再嚴重，血也該止住了，至少，不應該再這樣大量湧出來了。可是，掩在傷口上的紗布，卻仍然不住地一塊又一塊換，一方紗布才覆上去不久，就被血浸透了。以致用鉗子鉗起紗布來的時候，血會自紗布上滴下來。

一個醫護人員忍不住叫道：「天呀，這樣流血不止，是……是……」他沒有說下去，只是在喉間發出了「咯」的一聲響，止住了話頭。不過，他說下去或是不說下去，都是不重要的，誰都知道，這樣大量而迅速的失血，如果不能止住的話，那很快就會死亡！

古托本來是躺著的，這時，他坐起身子來。以他所受的醫學訓練來判斷，醫護人員的做法十分對，誰都是這樣做，血應該止住的了。

可是，血還在流著。由於傷口附近緊紮著，麻木的感覺越來越甚，但是血向外在湧著的感覺，也越來越強烈，他開始感到事情有點不對了。

不過這時，他只不過是開始有了怪異的感覺而已。

後來，事情的怪異，比他開始時那種怪異的感覺，不知道嚴重了多少，怪異了多少！

古托的臉色開始蒼白。本來，他是一個運動健將，有著十分強壯的體型和健康的膚色，可是這時，在救護車的車廂之中，他的臉色卻白得和車壁上的白色差不多！

大量的失血，當然會令人的面色變白。但這時，主要還是因為心中突然升起的一股莫名的恐懼：為甚麼流血一直不止呢？

如果他自己不是一個醫生的話，他一定會想到，自己可能是一個血友病患者，而以前一直不知道。血友病患者因爲先天性的遺傳，血液之中缺少了抗血友病球蛋白，使得凝血功能受到破壞，受了傷之後，就會一直流血不止。可是在多年的醫學課程中，古托曾不止一次，把自己的血抽出來作化驗，他可以絕對肯定，自己的血液成分，絕對正常！

可是，爲甚麼會一直在流血呢？

當他的心中感到莫名的恐懼之際，芝蘭立刻感覺到了，因爲被她握著的古托的手，也變得冰冷。芝蘭沒有別的好做，只是在急速地祈禱，祈禱救護車快一點駛到醫院。古托一直盯著自己的傷口，一直到他被抬進了急救室，他仍然盯著自己的傷口。

幾個醫生負責照料古托，一個醫生道：「可能是特種子彈，射中人體之後，會造成異常的破壞，所以血才不止！」

古托苦笑著道：「就算把我整條腿鋸下來，也不過流這些血吧！」

古托被推進X光室，拍了照之後，又推回急救室。就在從X光室到急救室途中，血突然止住了，血不再湧出來，還是古托突然感到的。或者說，血向外湧出來的那種感覺，突然消失了！

他也立刻叫道：「血止了！」

他一面叫，一面揭開了蓋在傷口上的紗布來。血止了，沒有血再流出來，只是一個傷口，看來十分可怕。這樣的一個傷口，完全沒有血流出來，這也是絕對怪異的事情。

就在這時候，走廊之中，有一個身形十分肥胖的女工經過。那女工是一個土著印第安人，胖得在走動的時候，全身的肉在不斷地顫動。

她剛好經過古托的身邊，在醫院的走廊之中，醫院的女工走來走去，是十分平常的事，誰也不會注意的。跟在古托身邊的醫生，也只是以十分訝異的神情，注視著傷口。可是那女工，卻突然之間，發出了一下極其驚人的尖叫聲來！

那一下尖叫聲，真是驚天動地。已有確切的科學證據，證明胖子能發出比常人更尖銳的高音來，這是為甚麼女高音歌唱家身型都很肥胖的原因。那個肥胖的女工，這時所發出的那一下尖叫聲，簡直可以將人的耳膜震破。所有的人，要在一兩秒鐘之後，才能夠從這樣可怕的叫聲所造成的震駭之中，定過神來，向聲音的來源看去。

他們看到那女工盯著古托腿上的傷口，神情驚駭莫名，張大了口，像是她口中含著一枚滾燙的雞蛋一樣。她的雙眼，突得極出，身子不由自主在發抖，以致她兩腮的肥肉，上下像是波浪一樣地在顫動。

一個醫生在定過神來之後，叫道：「維維，甚麼事！」

那女工喉間又發出了「咯」的一聲響，有兩個人怕她再次發出那種可怕的尖叫聲，立時掩上了耳朵。可是她沒有再叫，只是騰騰騰地後退了幾步。由於她的身軀是這樣沉重，當她在後退之際，甚至於整個地板都在震動。然後，她雙手掩著臉，以想像不到的高速度奔了開去，轉眼之間便轉過走廊，看不見了。

幸而在她急速的奔跑中，並沒有撞到甚麼人，不然，以她的體重和奔跑的速度，被她迎面撞中的人，非折斷幾根肋骨不可！

這個女工的一下尖叫和她奇異的行爲，在當時，並沒有引起多大的注意。至於古托後來，特地又去拜訪這個名字叫維維的女工，那是日後的事了！

傷口的血已止，雖然情形很不尋常，但總算是一種好現象，大家都鬆了一口氣。古托被送進手術室，等候X光照片洗出來之後，就可以開刀把槍彈取出來。可是在十五分鐘之後，當準備實施手術的醫生，盯著送來的X光片看的時候，他的神情，就像是看到了他的妻子，在大庭廣眾之間進行裸跑一樣。

根本沒有子彈！

子彈如果還留在體內的話，通過X光照片，可以清楚地看出來，就算深嵌入骨骼之內，也一樣可以看得出來。可是，根本沒有子彈！

根本沒有子彈，子彈上哪裡去了呢？不會在古托的體內消失，唯一的可能，是穿出了身體。可是那一定要有另一個傷口，因爲子彈是不會後退的，但是在古托的腿上，只有一個傷口。

手術室中的所有人，包括古托自己在內，在呆了將近兩分鐘之後，一個醫生才道：「我們……判斷錯誤了？那不是槍傷？是由其他利器造成的？」

這時，心中最駭異莫名的是古托自己。

古托根本不知道自己是怎麼受傷的。他和芝蘭靠著陽台的欄杆，在一大簇紫蘿蘭前面站著，然後轉身準備走回大廳去，就在這時候，兩個保安人員發現他在流血。

在這樣的情形下，他受傷的唯一可能，是有人在相當遠的距離之外，向他射擊。而且，他腿上的傷口，也正是子彈所形成的傷口，所以誰也不曾懷疑到這一點。可是如今，根本就找不到子彈！

古托隱隱感到，自從自己開始流血起，不可思議的事越來越多。他心中的駭異，比起其餘人來，不知道強烈了多少倍，因爲事情發生在他的身上！

當時，他只覺得喉頭乾澀，勉強講出一句話來：「既然沒有子彈，把傷口……縫起來吧！」幾個醫生一起答應著。沒有子彈在體內，這是不可思議的事，也許他們每一個人，都對這種怪事有自己的看法，但是卻沒有人把自己的看法講出來。或許是由於他們的看法，和他們所受的科學訓練，完全相違背的緣故。

傷口的縫合手術在沉默的情形下進行，局部痲醉使古托一直保持著神智清醒，當他從手術室被推出來時，芝蘭急急向他奔了過來。但在這以前，古托看到她和一個身型十分健碩的男人在講話。

芝蘭的神情，充滿了關切。古托立時握住了她的手，道：「沒有甚麼事，一星期之後，我一定可以打馬球！」

芝蘭鬆了一口氣，指著那個男人：「這位是保安機構的高諾上尉，他說你受的傷，不是槍傷。真是荒謬，他們自己找不到槍手，就胡言亂語！」

古托怔了一怔，那時，高諾上尉已向古托走了過來。他樣子十分嚴肅，有點令人望而生畏之感，他先自我介紹了一下，才道：「我不是胡說八道。兩位，雖然我們找不到槍手，但是我卻檢查了古托先生換下來的長褲，在長褲上，全然沒有子彈射穿的痕跡！」

古托又震動了一下，高諾又道：「子彈是不可能不先射穿古托先生的褲子，就進入古托先生的大腿的，小姐，是不是！」

芝蘭蹙著眉：「當然是！」

高諾攤了攤手，道：「這件事真奇怪，照我看，只有兩個可能。一個是當古托先生中槍的時候，正把褲腳捲起來，好讓子彈不弄破褲子，直接射進他的大腿之中。請問一聲，古托先生，當時你——」古托悶哼了一聲：「當然不是，不必追究槍傷了，X光片證明，根本沒有子彈！另一個可能是甚麼？」

高諾「啊」地一聲：「另一個可能，是你在當時捲高了褲腳，有人用利器在你腿上刺了一下！」

芝蘭狠狠地瞪了高諾一眼，古托緩緩搖頭：「當然也不是！」

高諾的雙目之中，射出凌厲的目光來：「古托先生，我推理的本領，到此爲止了！請問，你究竟是怎麼樣受傷的？我有責任調查淸楚。」

古托剎那之間，感到十分厭惡：「我也不知道，而且，我根本不知道自己是怎麼受傷的。發現我在流血的那兩個人，是你的手下？」

高諾「嗯」地一聲：「我問過他們，然而他們的話，像是謊話！」

古托苦笑了一下：「不，他們沒有必要說謊！」

高諾的神情仍然十分疑惑，他來回走了幾步，才道：「對不起，我真是不明白，懷疑一切是我職業上的習慣，我真的不明白。」

古托揮著手，表示不願和他再談下去：「我也不明白，真不明白！」

古托雙手抱住了頭，聲音發顫：「我真不明白！」這句話，他一連重複了七、八遍之多。

原振俠也不明白。在古托的敘述中，他甚至找不到問題來發問。那並不是說他沒有疑問，而是他明知問了也不會有答案。

古托是怎麼受傷的？連古托自己都不知道，世上有甚麼人會知道？

原振俠並不懷疑古托敘述中所說一切的真實性，古托絕沒有任何理由，去編造這樣一個無稽荒唐的故事來欺騙他。可是古托的敘述，卻將原振俠帶進了一團濃稠莫名的迷霧之中！

當古托的敘述告一段落之際，原振俠一句話也說不出來。古托在過了一會之後，才慢慢抬起頭來：「我的話，把你帶進了迷宮，是不是？」

原振俠立即承認：「是的，而且是一個完全找不到出路的迷宮！」

古托苦澀地笑著：「任何迷宮一定是有出路的，只不過我還沒有找到。我在這迷宮之中，已經摸索了兩年了！」

原振俠不由自主，乾嚥了一口口水，聲音顯得極不自然：「這傷口，真的已超過了兩年？」

古托哼了一聲，自顧自道：「在迷宮中摸索了兩年，而且還是黑暗的迷宮，連一絲光明都看不見。我已經完全絕望了，不想再追尋下去，我……」他講到這裡時，略略轉過頭去，發出極度悲哀的聲音：「我不想再摸索下去，就讓我帶著這個謎死去好了！」

他的雙眼空洞而絕望，原振俠不是第一次接觸到這樣的眼光。他在第一次時，就感到這種眼光十分熟悉，直到這時，他才陡地想了起來！

是的，這種看來全然絕望的眼光，在小寶圖書館大堂上，那幾幅畫像之中的盛遠天，就有著這樣的眼神！幾乎是完全一樣的，充滿了疲倦和絕望，對生命再不感到有任何半絲樂趣的內心感受，所形成的眼神！

原振俠呆了片刻，才道：「以後呢？當時，傷口不是縫起來了麼？」

古托像是在夢囈一樣：「以後……以後……」

一直到深夜，芝蘭才離去，古托當晚，連半分鐘也沒有睡著過。

那時候開始，他的心中已經有了一個謎。不過，那時候他心中的謎很簡單，只是不明白他腿上的傷口是怎麼來的。

如果要講現實的話，絕沒有可能他腿上的傷如此之重。那麼顯而易見的一個大傷口，流了那麼多血，可是，他的褲腳上卻一點破損都沒有！

不論是槍傷也好，是刀傷也好，要弄傷他的大腿，就必須先弄破他的褲子，這是再明白不過的道理了。可是褲子上一點也沒有破損，只有血跡。

那麼，傷口是怎麼來的呢？

理智一點的分析，似乎是可以達到一個結論了：傷口是由他的身體自動產生的！

然而，古托這時，已經可以說是一個醫生。他知道，人的身體是不會無緣無故，突然出現一個這樣深的傷口的！

那麼，傷口是怎麼來的呢？

懷著這樣的謎，古托當然睡不著，一直到天色將明，他才朦朦朧朧有了一點睡意。但是，就在他快要睡著的時候，傷口上一陣輕微的聲響，把他驚醒了。他陡然坐了起來，一時之間，實在不知道發生了甚麼事，但是的確有聲響自傷口傳出來！

古托緊緊地咬著牙，忍住了要大叫的衝動，極迅速地把裹紮在傷口上的紗布解了開來。

當他解開紗布之後，他整個人都呆住了！

他實在沒有法子相信自己親眼看到的事實，但是，他卻又清清楚楚地看到了這個發生在他眼前，發生在他身上的事實！

他看到，他腿上的傷口，像是活的一樣——這樣的形容，或者不是怎麼恰當，應該說，他傷口附近的肌肉，像是活的一樣——這樣說，也不妥當，他腿上的肌肉，當然是活的，可是由於他眼前的事情實在太怪異了，他實在不知道如何形容才好。

總而言之，他看到他腿上傷口附近的肌肉，正在向外掙著，想掙脫縫合傷口的羊腸線。羊腸線相當堅韌，並不容易掙斷，傷口附近的肌肉，看起來像是頑固之極一樣，竭力在掙動，有一股線斷了，另一股線，把肌肉扯破，血又滲出來。

他從來也沒有看到過肌肉會進行那麼頑強的掙扎，更何況那是他自己的肌肉，他腿上的肌肉！

人體上的肌肉，有隨意肌和不隨意肌之分，腿上的肌肉是隨意肌，那是他的神經系統可以控制它活動的肌肉。可是，這時候，那部分的肌肉，看來完全是自己有生命的，根本和他一點關係也沒有。他看著自己的大腿，像是看著完全不是在他身上發生的事！

那些肌肉，向外扯著、翻著、扭曲著，目的只是要把縫合傷口的羊腸線掙斷！

古托全身發著抖，在看到了這樣的情形之後，不到一分鐘，他的全身都被冷汗濕透了！他想叫，可是張大了口，卻一點也發不出聲來！他實在不想看自己腿上的肌肉，那麼可怕而醜惡地在蠕動，可是他的視線卻盯在那上面，連移開的力量都沒有！

他不知道經過了多久，直到肌肉的掙扎得到了成功——縫合傷口的羊腸線，有的被掙斷了，有的勒破了肌肉，脫離了肌肉，順著他的大腿，滑了下來。

古托可以清楚地看到，他大腿上的肌肉，在完全掙脫了羊腸線之後，就靜了下來。在他腿上的，仍然是那個很深的傷口，像是槍彈所形成的傷口一樣。

又不知過了多久，古托才突然哭了起來，他實在不知道在他的身上，發生的是甚麼事，他希望那只不過是一場噩夢。但是，他的神智卻十分清醒，清清楚楚知道，那不是夢，那是事實！

古托陷進了極度的恐懼之中，不知道該如何才好。事實上，任何人有他這樣的遭遇，都會和他一樣，在極度的驚懼之中，不知如何才好。

他只是盯著自己腿上的傷口，身子發抖，流著汗，汗是冰冷的，順著他的背脊向下淌。一直到天色大亮，射進病房來的陽光，照到了他的身上，同時他又聽到了腳步聲，他才陡地一震，用極迅速的手法，把紗布再紮在傷口上，同時把被他肌肉弄斷的羊腸線，掃到了地上。

當他做完那些之後，病房的門推開，醫生和護士走了進來。醫生問：「感到怎麼樣？」

出乎古托的意料之外，這時他竟然異常鎮定。

在他獨自一個人發呆、驚惶、流汗之際，他已經十分明白，有怪異莫名的事，發生在他的身上。他是一個受過高等教育的人，對於人體的結構，發生在人體上的種種變化，尤其是他的專長。他也知道，在這樣的怪事之前，吃驚是沒有用的，他已下定了決心，一定要找出這種怪誕莫名的事的原因來。

所以，當醫生問他感到怎樣時，他用異常鎮定的聲音回答：「很好，我想立即辦理出院手續！」

醫生怔了一怔，道：「你的傷勢——」古托不等醫生講完，立時伸了伸他受傷的腿，表示自己傷勢並不礙事。

當他在這樣做的時候，他腿上的傷口，並沒有給他帶來疼痛，反倒是他有一種強烈的、近乎荒謬的感覺——他感到傷口附近的肌肉，正在對他發出嘲笑。肌肉怎麼會嘲笑它的主人？這是不可能的事！但是在親眼看到，肌肉會如此頑固地把縫合傷口的羊腸線扯斷的怪狀之後，似乎沒有甚麼是不可能的了！

古托一面伸著腿，一面彎身下床：「看，根本沒有事，幾天就會好。我懂得照料自己，不想在醫院中躺著。」

他說著，又走動了幾步。一個護士在這時叫了起來：「先生，你身上全濕了！」

古托自然知道身上全被冷汗濕透了，濕衣服貼在他的身上，給他以一種冰涼濕膩的感覺。他若無其事地回答：「是啊，昨天太熱了！」

醫生望著古托：「如果你一定要離開的話——」古托猛地一揮手：「我堅持！」

醫生作了一個無可無不可的手勢，又交談了幾句，就走了出去。十五分鐘後，古托已換好了衣服，走出了病房。當他走出病房時，他看到了那個胖女工。

那個胖女工站在走廊的轉角處，看她的樣子，像是一直在那裡，盯著古托的病房。可是當古托推門走出來之際，她又故意轉過頭去。

古托記得，當自己的傷口，停止流血之際，這個叫維維的印第安胖婦人，曾發出一下可怕的尖叫聲。當時，任何人，包括古托在內，都認爲那只是傷口血肉模糊，十分可怕，所以引起了她的驚叫，所以誰都沒有在意。

但這時，古托在經歷了這樣的怪異事情之後，他又看到了那個胖婦人，心中不禁陡地一動。雖然他看出，那胖婦人又想注意他，又在避免他的注意，他還是逕自地向她走了過去。

當古托向她走過去之際，那胖婦人現出手足無措、驚惶莫名的神色來。她一定是過度驚惶，以致她分明是想急速地離去，可是肥大的身軀卻釘在地上，一動也不能動，只是發著抖。

古托一直來到了她的面前，她除了一身胖肉，在不由自主發抖之外，全身只有眼珠還能自主轉動。而她眼珠轉動的方向也很怪，一下子上，一下子下，不是望向古托的臉，就是望向古托的傷口。

古托的心中更是疑惑，他看出那胖女人對他存著極度的恐懼，所以，他儘量使自己的聲音，聽來柔和而沒有惡意：「你有話要對我說，是不是？」

那個叫維維的胖女人陡然震動了一下，兩片厚唇不住顫動著，發出了一些難以辨認的聲音來。古托聽了好一會，才聽得她在道：「沒有！沒有！」

古托又向前走了一步，胖女人突然後退。她本來就站在牆前，這一退，令得她寬厚的背，一下子撞在牆上，發出了一下沉重的聲響。

古托嘆了一聲，道：「你別怕，有一些極怪的事，發生在我的身上。如果你有甚麼話要對我說，只管說！」

古托一面說著，一面自身邊取出了一疊鈔票來，鈔票的數字，至少是醫院女工一年的收入了。他把鈔票向對方遞去，可是胖女人的神情更驚恐，雙手亂搖，頭也跟著搖著，表示不要。

古托感到奇怪：「你只管收下，是我給你的！」

胖女人幾乎哭了起來：「我不能收你的錢，不能幫助你，不然，噩運會降臨在我的身上！」

古托更奇怪：「噩運？甚麼噩運？」

胖女人用一種十分同情的眼光，望著古托，使古托感到她心地善良。可是接著她所講的話，卻令古托怔愕。

胖女人苦笑著，道：「先生，噩運已經降臨在你的身上了，是不是？」

古托一怔之下，還未曾來得及有任何反應，胖女人又道：「先生，咒語已經開始生效了，是不是？」

古托在怔愕之餘，一時之間，實在不知道該對胖女人的話，作出甚麼樣的反應。咒語？那是甚麼意思？難道說，發生在自己身上的怪事，是由甚麼咒語所造成的？

這實在太可笑了！咒語，哈哈哈！

如果不是古托本身的遭遇實在太過怪異，他一定會哈哈大笑起來。但這時，他卻笑不出來，只是勉力定了定神，使自己紊亂的思緒略為平靜一下，他問：「對不起，我不懂，請你進一步解釋一下！」

胖女人瞪著眼。當她努力使自己的眼珠突出來之際，模樣看來極其怪異，她道：「咒語，先生，你的仇人要使你遭受噩運，這種咒語，必須用自己的血來施咒。先生，你曾使甚麼人流過血？使甚麼人恨你到這種程度？」

由於胖女人說得如此認真，所以古托實在是十分用心地在聽，可是他還是不明白對方在說些甚麼！咒語，咒語，胖女人不斷地在提到咒語，而古托所受的高等教育，使他根本不相信世上有咒語這回事！

古托皺著眉：「我沒有仇人，也沒有使人流過血，你的話，我不懂！」

胖女人的神情更怪異：「一定有的，血的咒語，施咒的人，不但自己要流血，而且還要犧牲自己的生命！」

古托聽得有點喉頭發乾，搖著頭：「我不會有這樣的仇人！」

胖女人還想說甚麼，可是就在這時，一個醫生走了過來，道：「維維，你又在胡說八道些甚麼？」

胖女人連忙轉身，急急走了開去。古托充滿了疑惑，轉頭問醫生：「這個女人——」醫生笑著，搖頭：「這個女人是從海地來的，你知道海地那個地方，盛行著黑巫術，從那裡來的人，也多少帶著幾分邪氣。這個胖女人，就堅信黑巫術的存在，和這種人說話，能說出甚麼結果來？」

古托「哦」了一聲，望著胖女人的背影，半晌不出聲，心中不知想甚麼才好。當他離開醫院之前，他想通知芝蘭一下，可是拿起電話，號碼撥了一半，就放下了電話來。

因為這時，他想到，發生在自己身上的事，實在太怪。這種事，要是讓芝蘭這樣可愛的女郎知道了，會有甚麼樣的結果？

古托並不是一個膽小的人，可是他的膽子再大，也提不起勇氣來，去向自己心愛的女郎，說出發生在他身上的怪異！

等把這件事解決了再說吧！他心中那樣想。

離開了醫院之後，古托直接回到他的住所。那是巴拿馬市郊外，一幢十分精緻的小洋房。

第三部：巫術中最高深的血咒

原振俠一直在用心聽古托的敘述。當古托詳細地講述他和那胖女人的交談之際，原振俠曾顯得十分不耐煩，但是還是沒有表示甚麼。

原振俠和古托兩人所受的教育，基本上是相同的，他的反應自然也和古托當時一樣，實在忍不住想笑。咒語？那真是太可笑了！

原振俠耐著性子，一直沒有打斷古托的敘述。可是當他聽到古托說到自己的住所，是一幢十分精緻的小洋房時，陡然想起有關古托的許多不合理的事情來，他揮了揮手，道：「等一等！」

古托靜了下來，望著原振俠，等著他發問。

原振俠看出古托精神狀態十分不穩定，所以，他儘量使自己的語調客觀，不令古托感到任何刺激。他道：「古托先生，你……我記得你曾經告訴過我，你是一個孤兒，在孤兒院長大的？」

古托緩緩地點了點頭。

原振俠攤了攤手：「可是在你的敘述中，你看起來卻像是一個豪富人家的子弟。你受過高等教育，參加上流社會的宴會，和大學校長的女兒談戀愛，又有自己的獨立洋房。這些都需要大量的金錢，請問你的經濟來源是甚麼？」

古托苦笑了一下：「問得好！」

原振俠揚眉：「答案呢？」

古托道：「我也不知道！」

原振俠陡地站了起來，立時又坐下。一個人連自己的經濟來源都不知道，卻盡情在享受著它，這實在是太豈有此理的事了。

原振俠沒有說甚麼，只是乾笑了兩聲，表示他心中對這個答案的不滿。

古托自然可以感到這一點，他道：「關於這些，是不是可以遲一步再說？」

他說著，指了指腿上傷口的部位。原振俠感到自己因為古托的敘述，而被古托這個人，帶進了一種十分恍惚的境地之中，他道：「好，你是不是需要喝一杯酒？我們離開這裡，到我住所去坐坐，怎麼樣？」

古托抬頭，四面看了一下，道：「也好！雖然不論到甚麼地方，對我來說，全是一樣的。」

古托的那種絕望的悲觀，表現在他每一個神情，每一個動作，每一句話之中，實在是很容易使他人受到感染的。原振俠又皺了皺眉：「不如這樣，喝點酒，或者會使你振作一些！」

古托沒有再說甚麼，站了起來。原振俠在圖書館見到他的時候，他是有一根拐杖的，但在大樹下發現他之後，他的拐杖已經失去了。這時，古托在向外走的時候，顯得有點一拐一拐。

原振俠並沒有去扶他，只是和他一起向外走。

由原振俠駕車，到了他的住所之後，原振俠倒了兩杯酒，古托接過酒來，一口就喝了下去。

可能是酒喝得太急了，古托劇烈地咳嗽了起來，然後道：「我曾經想用酒來麻醉自己，但是我不是一個酒徒，所以我採用了別的方法。」

原振俠吃了一驚，道：「你——」古托極其苦澀地笑了一下，慢慢地捋起他的衣袖來。當原振俠看到他的左臂上全是針孔之際，不由自主閉上了眼睛。

古托解嘲似地道：「據說，大偵探福爾摩斯，也有和我同樣的嗜好！」

原振俠感到十分激動，他叫了起來：「福爾摩斯根本不是一個真實的人！」

古托立即道：「我也不是一個真實的人！我生活在噩夢之中。沒有一個真實的人會像我那樣，身上有一個洞，永遠不能癒合，而且，每年到了一定的時間，就會大量流血！」

原振俠實在不知道說甚麼才好，發生在古托身上的事，真像是不真實的，他要找方法去麻醉他自己，這種心情，也極可以瞭解。他沒有再說甚麼，只是俯身向前，把古托捋起的衣袖，放了下來。

古托緩緩地道：「再說說在我身上發生的事！」

原振俠吸了一口氣，再替古托斟了酒。

回到了住所後，古托第一件事，就是取出他家中的外科手術工具來。他是醫學院的高材生，像縫合傷口這樣的事，在他來說，真是輕而易舉。他先替自己注射了麻醉針，然後自己動手，又把傷口縫了起來，傷口附近的肌肉，似乎並沒有反抗。

古托縫好了傷口之後，對自己的手法，感到相當滿意。然後，他又敷了藥，把傷口用紗布紮了起來。

就在這時，有人按門鈴，他的管家來稟報道：「芝蘭小姐來了！」

古托深吸著氣，迎了出去，在客廳中見到了芝蘭。芝蘭的打扮十分清雅，眼有點腫，本來，這種情形是美容上的大障礙，但古托知道，那是她爲自己擔心而形成的，心中格外覺得甜蜜。

戀人在這樣的情形之下見面，當然有說不完的話，也不必細表。在他們交談了大約半小時之後，芝蘭忽然蹙著秀眉，道：「還沒有查到是甚麼人害你的？」

古托的心中一凜，含糊地道：「是啊，事情好像很複雜，好在我傷得不是很重——」他才講到這，陡然停了下來。就在那一剎間，他感到傷口的肌肉又在跳動，他連忙伸手按向傷口。芝蘭看到了他的動作，關心地問：「傷口在痛？」

古托只感到自己手按著的地方，傷口附近的肌肉，不止是在跳動，而且，即使是隔著紗布和褲子，古托也可以感到，傷口附近的肌肉，開始在掙扎，緩慢而又頑固地在掙扎，目的是要掙脫縫合傷口的羊腸線。

又來了！

同樣的情形又發生了！

古托將右手加在左手之上，用力按著，想把蠕動的肌肉的動作按下去。可是那種力量如此之大，他根本沒有法子按得住！

古托的臉上開始變色，不過芝蘭卻還沒有注意。她一面沉思著，一面道：「會不會是那個花花公子在害你！」

古托由於極度的驚恐，聲音也變得粗暴，他嘎著聲問：「哪一個花花公子？」

他一面說，一面用盡了全身的氣力，向下按著。那種力量，幾乎已足夠使他的腿骨折斷的了，但是傷口附近的肌肉，還在頑固地向外掙著，他已經感到，一股羊腸線已經斷裂了！

芝蘭嘆了一聲：「就是那個副總統的兒子，他一直在纏著我——」她講到這裡的時候，抬起頭，向古托望來。直到這時，她才注意到古托的神情是那麼可怖，臉色是那麼難看——古托咬牙切齒，臉上每一條肌肉都在用力，蒼白的臉上，已經滿是汗珠，氣息粗濁，痛苦而又驚惶。

芝蘭嚇得呆了，陡然叫起來：「古托，你怎麼了？」

她一面叫著，一面向古托走近去。

這時候，古托已經接近瘋狂的邊緣，在他身上發生的事，實在無法不令他發瘋。當芝蘭向他走近之際，他嚷著：「走開，別理我！」

芝蘭完全手足無措了，自從她是一個小女孩開始，就從來沒有受過這樣粗暴的待遇。她還是伸出手來，想去碰一碰古托，表示她的關切，可是古托卻大叫著，用力揮手，格開了她的手背。

古托用的力道是如此大，以致芝蘭整個人失去了重心，跌倒在地上。古托的聲音，聽來是極其淒厲的，他叫著：「別理我，快走！聽到沒有，快走！快滾！」

古托嚷叫到後來，用了最粗俗的言語，這種語言，全是芝蘭完全沒有聽到過的。芝蘭驚恐得無法起身，而古托已經向內疾奔了進去。

他奔進了房間，用力扯下了褲子。他還來得及看到他腿上，傷口附近的肌肉，在作最後的努力，才縫上去的羊腸線，又全被掙脫了！

古托只是望著傷口喘著氣，淌著汗，剎那之間，他只覺得天旋地轉，昏了過去。

他是被他的管家和僕人弄醒的，那已是他昏迷了將近一小時之後的事情了。

芝蘭當然已經走了。在接下來的幾天中，芝蘭的父親曾經試圖和古托聯絡，如果古托肯去向芝蘭道歉的話，事情完全可以挽回。但是古托將自己關在房間裡，甚麼人也不見。

在那幾天中，他固執地一次又一次縫合著傷口，可是一次又一次地被掙開，傷口依然是傷口。到後來，他甚至不替自己注射麻醉針，咬緊牙關，忍受著疼痛，一定要把傷口縫合起來。半個月之後，他放棄了。又半個月之後，傷口附近，本來已幾乎撕成碎條的肌肉癒合了，留下那個烏溜溜的洞，依然還在。

古托對著那個傷口，扯自己的頭髮，把自己的身體向牆上撞，痛哭、號叫，也同時使用各種各樣的治療方法，可是一點用處也沒有。

古托在一個月之後，離開了巴拿馬，開始他的旅行，到世界各地去訪問名醫，來醫治他的傷口。

他的傷口，就算是一個醫科學生看了，也知道最直接的治療方法，是將之縫起來。但是古托知道那是沒有用的。他也沒有勇氣，再看一遍自己的肌肉掙脫縫合線的情景，所以他一律拒絕。

古托真是試盡了所有的方法。在非洲，一個土人嚼碎了好幾種草藥，敷在他的傷口之上，並且把另一個身上全是可怖疤痕的土人找來，告訴他，這個土人曾受到黑豹的襲擊，遍體傷痕，就是靠那幾種草藥治好的。但是，草藥敷在古托的身上，沒起作用。

古托也曾遇到一個中國人，是一位中醫。那位中醫告訴他，在中醫來說，醫治久久不能癒合的傷口，最有效的一種中藥叫「地龍」。當古托弄明白了所謂「地龍」，原來就是蚯蚓之後，他也毫不猶豫，把蚯蚓搗爛了敷上去，可是，傷口依然是傷口。

從一個國家到另一個國家，古托完全生活在噩夢之中。正如他自己所說，如果不是他個性堅強，堅決想弄明白發生在自己身上的究竟是怎麼一回事，他早已忍受不了而自殺了！

當他再回到巴拿馬的時候，恰好是一年之後的事。他沒有通知任何人，下了機，就租了一輛車，直駛回家。他的管家看到了他，覺得十分詫異，問：「先生，你是回來參加婚禮的？」

古托怔了一怔，婚禮？甚麼婚禮？

他很快就知道那是甚麼婚禮了——芝蘭和副總統的兒子的婚禮，一個電視台還轉播著婚禮進行的實況。

古托木然地看著披著婚紗的芝蘭在螢幕上出現，他甚至沒有一點懷念，也沒有一點哀傷，這一年來，他簡直已經麻木了。他看出，盛裝的芝蘭，美麗得令人心直往下墜，可是芝蘭看起來，一點也不快樂。

在過去的一年中，古托和芝蘭完全不通音訊。他也無法想像，自己腿上有一個那麼怪異的洞，還能和一個女人共同生活。

那一個晚上，當他一個人獨自站在陽台上發怔之際，傷口又開始流血。血順著他的褲腳向下流，流在陽台的地上，順著排水的孔道向下流去。

古托只是怔怔地看著自己的傷口流血，並不設法去止血，因爲他知道那是沒有用的。他站著一動也不動，看著濃稠的血，自他體內流出來的血，發出輕微的淙淙聲，自陽台的下水道流下去。

約莫三十分鐘，和第一次流血的時間一樣，血自動止了。古托感到昏眩，他身子搖晃著，支持到可以使他來到床邊，然後，他倒向床，睜著眼，望著天花板，直到天亮。

像這樣的不眠之夜，古托也早已習慣了，他也早已習慣了注射毒品。只有在注射了毒品之後，他才能在半昏迷的狀態之中，得到短暫的休息。第二天傍晚，他又悄然離開了巴拿馬，繼續去年的旅程。

又過了將近一年，古托已經完全絕望了！那時候，他想起了以前連想都不去想的一件事——一個叫維維的胖女人，曾經告訴過他，發生在他身上的怪事，是和黑巫術的咒語有關的。

一件本來是絕不在考慮之列的事，但是到了一個人，已經在絕望的邊緣上徘徊了那麼久之後，就會變成唯一的希望了。

古托仍然不相信甚麼咒語不咒語，可是在眼前一片漆黑的情形下，他不得不去碰觸任何有可能使他見到光明的機會。

他再回到巴拿馬，到了那家醫院之中。經過將近兩年極度恐懼、疑惑、悲憤的生活的折磨，古托的外型也改變了，他變得瘦削、冷峻和陰森，給人的感覺，是他看來像是地獄中出來的一樣。

他到醫院中去打聽那胖女人，那胖女人卻已離開醫院了，輾轉問了很多人，才算是有了胖女人的住址。古托依址前去的時候，是在傍晚時分。

那是一條陋巷，兩邊全是殘舊的建築物。那些房子的殘舊，使得走在巷子中的人，感到那些屋子隨時可能倒坍下來，把在巷子中的人，全都埋進瓦礫堆中一樣。

在狹窄的巷子中，有一股霉水的氣味在蕩漾著，一個污水潭中，有一群赤足的小孩在嬉戲。

古托走進巷子之後，問了幾個人，才在一道附搭在一幢磚屋旁的木梯前站定。木梯是用水果箱的木板搭成的，通向一間同樣材料搭成的屋子——那只能算是一個大木箱子。

古托踏著搖晃的、會發響的樓梯走了上去，到了那個大木頭箱子的門口，問：「維維在家嗎？」

他連問了兩聲，才聽到裡面傳出了那胖女人的聲音：「去……去……明天再來！今天我沒有錢！」

古托吸了一口氣：「我不是來收帳的，是有一些事要問你！」

古托一面說，一面已伸手去推門——那是一塊較大的木板，虛掩著。

他推到一半，門自內打開，維維看來更胖了，胖得可怕。然而，當她看到古托的時候，她的神情，卻像是見了鬼一樣。

古托苦笑：「你還記得我？」

胖女人雙手連搖：「我不能幫你甚麼，真的不能幫你甚麼！」

古托嘆了一聲：「我不是來要求你的幫助。只是兩年前，你對我說過一些話，我完全沒有在意，現在我想再聽一遍。」

胖女人眼簾低垂，望向古托的左腿。古托沉聲道：「它還在，那個不知怎麼來的傷口，一直在……」胖女人嘆了一口氣，又望向古托。大概是古托那種絕望、哀痛的神情感動了她，她嘆了一口氣，擺了擺手，示意古托進來。

古托在她的身邊擠了過去，那個大木箱子中有一股難以形容的臭味，而且也根本沒有地方可以坐。古托只好站著，等胖女人轉過身來，他才道：「兩年之前，你提及過咒語——」胖女人憐憫地望著古托：「是，我……在醫院，第一眼看到你的傷口時，我就知道那是血咒語所造成的。」

古托屏住了氣息，因爲那陣陣的臭味實在太難聞了：「爲甚麼呢？」

胖女人嚥了一下口水，道：「因爲我見過，在我很小很小的時候，我見過。」

古托的神經陡然之間，緊張了起來：「和我一樣，腿上……出現了一個洞？」

胖女人搖頭：「不，看起來像是被刀砍的。我的叔叔，是一個巫師，那個人來向我的叔叔求救，真是可怕極了。在他的右肩上，看起來，就像被割甘蔗的利刀，重重砍過一刀一樣，肉向兩邊翻著，紅紅的，可是又沒有血流出來，真可怕——」當她講到這裡的時候，她真的感到害怕，以致一身胖肉都發起抖來。她抖得如此之劇烈，令得古托彷彿聽到了她肥肉抖動的聲響。

古托不由自主提高了聲音：「有救？」

胖女人嘆了一聲：「當時，我正在幫我叔叔舂草藥，我叔叔是很有法力的巫師，地位也很高——」古托陡然尖叫了起來：「別管其他的，告訴我，是不是有救？」

胖女人的聲音變得緩慢而低沉：「當時，我叔叔講的話，我記得很清楚。他一看到那人展露了傷口，就整個臉色都變了，然後問：『多久了？』」

「那人哭著回答：『一年多了，流過兩次血，求求你，再這樣下去，我不能活了，真是活不下去了！』」古托的面肉不由自主地在跳動著，這正是他在心中叫了千百遍的話：再這樣子下去的話，實在沒有法子再活了！胖女人又道：「我叔叔搖頭，嘆了一聲：『我沒有法子，你是中了咒語，血的咒語。你一定曾經令得一個人恨你恨到了極點，這個人用他自己的血和生命來施咒，要令你在噩運和苦痛中受煎熬。』」

胖女人講到這，向古托瞟了一眼。古托語音乾澀：「我沒有，我一生之中，絕沒有令得甚麼人恨過我，要令我……在這種悲慘的境地中生活！」

胖女人緩緩搖著頭，像是不相信古托的話。古托的口唇顫動著，他想要辯解幾句，可是卻並沒有發出聲音來。辯解有甚麼用？那個傷口就在他的腿上！

他向胖女人作了一個手勢，示意她繼續講下去。胖女人道：「當時，那人就哭了起來，叫嚷著，我記不得他叫嚷些甚麼了。好像是他在表示後悔，同時要我叔叔救他，因為我叔叔是當地最出名的巫師。」

古托不由自主喘起氣來：「你叔叔怎麼說？」

胖女人道：「我叔叔說：『我沒有辦法，真的沒有辦法，血咒是巫術中最高深的一種法術，我連施咒都不會。據我知道，整個世界上，只有一個人懂得施血咒的方法。至於解咒的方法，我連聽也沒有聽說過！』那個人聽了之後，本來就蒼白的臉色，變成了一片灰色……先生……你怎麼了？那個人的臉色，就像你現在的一樣！」古托的身子搖晃著，已經幾乎站立不穩了，但是他還是勉力挺立著，道：「我沒有甚麼，那個人……後來……怎麼樣了？」

胖女人吞了一口口水：「那個人……兩天之後……發了瘋，在甘蔗田裡，奪下了一柄割甘蔗的刀，割斷了自己的喉嚨。」

古托發出了一下呻吟似的聲音來，向外面直衝了出去，他幾乎是從那道樓梯上滾跌下去的。

他自己十分清楚地知道，只要他的意志力略爲薄弱一點，他也早已結束了自己的生命了！他也不記得自己是如何離開那條陋巷的了。胖女人的話，令得他思緒一片渾沌，本來就是一片黑暗，現在黑暗更濃更黑了！

咒語，血的咒語，巫術，黑巫術中的最高深的法術……這一切，全是不可接受的，但是卻又縈迴在古托的腦子之中，驅之不去。古托自己問自己：「是不是應該相信這些事呢？」

古托實在無法令自己相信這些事，雖然他把一切經過詳細地敘述著，但是他仍然無法相信。

原振俠也可以感到這一點，他感到古托根本不相信那胖女人的話。即使在完全沒有出路的絕望境地之中，他仍然不認爲去尋求咒語的來源，是一條出路。這可以從古托惘然、悽哀的神情中看得出來。

原振俠沉聲道：「巫術和咒語，畢竟太虛玄了些！」

古托苦笑了一下：「我的遭遇這樣怪異，或許正要從虛玄方面去尋求答案！」

原振俠揮著手：「如果是這樣的話，那我們從小所受的教育，便白費了！」

古托的聲調有點高昂：「或許我們從小所學的，所謂人類現代文明，所謂科學知識，根本一文不值。至少，它們就無法解釋在我身上發生的現象！」

原振俠不想和他在這個問題上爭論下去，他問：「後來又怎樣？」

古托道：「我隱居了六個月，不瞞你說，在這六個月之中，我搜集了很多有關巫術方面的資料，詳細閱讀它們。我已經可以說是巫術方面的專家了！」

原振俠「哦」地一聲，並沒有表示甚麼意見。

古托欲言又止：「我不想和你討論巫術和咒語，就在這時候，是我三十歲的生日了，我根本完全忘記了自己的生日——」原振俠陡地一揮手：「等一等，你的生日？」

古托揚了揚眉：「是，我的生日，每一個人都有生日的，有甚麼值得奇怪？」

原振俠感到了有一種被欺騙的憤怒，道：「可是，你說你是一個孤兒！」

古托微側著頭：「是的，這就關連到我的身世了。我對我的身世，直到現在為止，還一無所知，我完全不知道自己的父母是誰。可是……可是我從小就受到極好的照顧，我想，王子也不過如此！」

原振俠更不明白了，他並不掩飾他的不滿，所以他的話中，充滿了諷刺的意味：「孤兒院照顧孤兒，會像照顧王子一樣？」

古托並不直接回答這個問題，他只是道：「在我很小很小的時候，我自然甚麼也不知道。但在我一開始懂事起，我就知道，我和所有其他的孩子不一樣，是受著特別照顧的。」

原振俠望定了古托，古托吸了一口氣：「我長大的孤兒院，規模相當大，設備也十分好，有好幾百個孩子，全是和我同年齡的。他們每八個人睡一間房間，可是我卻有自己單獨的房間，還有人專門看顧我。我的飲食、衣服，全比旁的孩子好了不知道多少，而且，當我和任何孩子發生爭執之際，所有的人都一定站在我這一邊。直到我有了是非觀念之後，我才知道，完全是我不對的事，所有人也都曲意維護我！」

原振俠又諷刺道：「聽起來，這孤兒院倒像是你父親開的！」

原振俠這樣說，當然是氣話。天下哪有人開了孤兒院，讓自己的兒子可以在孤兒院中，受到特別照顧這種怪事！

古托沒有直接回答這個問題，只是報之以苦笑。由於他的笑容看來是如此之苦澀，那倒令得原振俠感到過意不去，他沒有再說甚麼，只是又替古托斟了一杯酒。

古托緩緩轉動著酒杯，道：「在我應該受教育的時候，我也不和其他的孩子一起上課，而是每一個科目，都有一個私人的教師——一直到很多年之後，我才知道我從小以來接觸過的教師，全是這方面的專家！」

他略頓了一頓，問：「你覺得我的英文發音怎樣？」

古托的英文發音，是無懈可擊的正宗英國音。原振俠相信，由他來唸莎士比亞劇中的獨白，絕對不會比李察波頓來得差。原振俠點頭道：「太好了！」

古托道：「那是由於一開始教我英文的老師，是特地從倫敦請來的；我的法文老師，是從巴黎特地請來的。等到我可以進中學時，我就進入了當地一間最貴族化的中學。在這樣的中學之中，一個來自孤兒院的學生，是應該受到歧視的，可是我卻一點也不。和在孤兒院中的情形一樣，我是一個受著特別照顧的學生，孤兒院院長給我的零用錢之多，比任何最慷慨的父親更多，那使得我在中學時期，就有當時最時髦的敞篷跑車！」

原振俠忍不住問：「古托，一個人到了中學，不再是小孩子了，難道你沒有對自己的這種特別待遇，發生過任何疑問？」

古托喝乾了酒：「當然有，不單是我自己有疑問，連我的同學，他們也有疑問。由於我的樣子，十分接近東方人，所以同學一致認定，我一定是東方哪一個國家的王子，將來要做皇帝的，所以才會受到這樣的特別照顧。」

原振俠問：「你相信了？」

古托搖著頭：「當然不信，於是我去問孤兒院院長。」

原振俠欠了欠身子，有點緊張。

從原振俠第一眼看到古托開始，就覺得這個人有著說不出口的怪異。如今聽他自述從小在孤兒院長大的經過，更是怪得無從解釋。看來，這自然和他的身世有關，那麼，孤兒院院長的回答，就十分重要。

古托沉默了片刻：「我第一次問，院長沒有回答，只是笑著說：『享受你能享受的吧，孩子，這是你應得的。你的學業成績這樣好，真使人欣慰！』我當然不能滿足於這樣的回答，幾乎每天都去追問他一次。我已經可以肯定，在他的心中，對我的身世來歷，一定蘊藏著巨大的祕密，我非逼他講出來不可！」原振俠附和著：「是啊，一個少年人，是對自己出身最感興趣的時候。」

古托的聲音，有點急促：「可是不論我如何威逼利誘，軟硬兼施，那頑固的老頭子，始終一句也不肯透露。我那時年紀還輕，甚至用了不少不正當的手段——」他講到這裡，現出了深切後悔的神色來，雙手搓著，嘆了好幾下。原振俠並沒有追問他「不正當的手段」是甚麼，想來一定是極其過分的。

古托靜了片刻，才繼續道：「到後來，院長實在被我逼不過了，他才說：『孩子，你一定會明白你的身世的。當然是因爲你太早明白的話，對你沒有好處，才對你隱瞞的，你要明白我的苦衷！』聽得他這樣說，我只好放棄了，我又不能真的把他拋進汽油桶去燒死！」

原振俠吃了一驚，知道古托所謂「不正當的手段」之中，至少有一項是威脅著，要把從小照顧他的孤兒院院長，在汽油桶中燒死！如果古托用了這種方法，而仍然不能逼問出他自己身世來的話，那真是沒有辦法了。古托又沉默了一回，才道：「在院長那邊，得不到結果，我當然不肯就此放棄。反正我要用錢，似乎可以無止境地向院長拿，他也從來不過問，所以我花了一筆錢，從美國請了幾個最佳的調查人員來，調查我的身世。」

古托講得興奮起來，臉也比較有了點血色。原振俠用心聽著，他早就想問，爲甚麼不請私家偵探去調查。

一個人，在現代社會生活，一定有種種紀錄可以查得出來的。

古托道：「那幾個調查人員，真的很能幹，一個月之後，就有了初步的結果。」

原振俠「哦」地一聲，大感興趣，古托道：「初步的調查結果是，我是在我出世之後的第七天，由院長抱進孤兒院來的。」

調查報告寫得十分詳細，記載著那一天的年月日，和後來院長告訴古托的生日，只差七天。所以古托知道，自己是出世七天之後，就進入孤兒院的。

調查報告還指出：「在一個名叫伊里安・古托的孩子進了孤兒院起，本來是設備十分簡陋，只收容了三十多個棄兒的孤兒院，大興土木，擴建孤兒院。原來在孤兒院附近的土地，也全由孤兒院購買了下來。孤兒院方面得到的金錢援助，據調查所得，來自瑞士一家銀行的支援。調查到了瑞士銀行，真抱歉，所有的調查，一碰到了瑞士銀行，就非觸礁不可，它們不肯透露任何祕密。我們透過了種種關係，只能查到這一點：有一個在瑞士銀行的戶頭，可以無限制地支援巴拿馬一間孤兒院經濟上的所需，只要這家孤兒院的負責人，說出戶頭的密碼，就可以得到任何數目的金錢。至於這個戶頭爲甚麼要這樣做，戶頭的主人是誰，不得而知。

「孤兒院的經濟來源既然如此豐足，所以在不到兩年時間內，這家孤兒院中的孤兒，可以說是變成世界上最幸福的孤兒。而其中一個，更受到特別照顧的，是伊里安・古托。孤兒院的院長，是一個極度虔誠的天主教徒，一個對孤兒教育有著狂熱的宗教家和教育家，他的忠誠程度是絕對不用懷疑的。孤兒院雖然有著可以隨意運用的金錢，但是他把每一分錢都用在孤兒身上，自己的生活過得十分清苦，而他也以此爲樂，院長是一個配得上任何人對他尊敬的人。

「我們的調查到此爲止。很可惜，根據調查所得，我們只能假定，古托先生是一個大有來頭的人物，但是他究竟有甚麼來頭，全然無路可循。」

古托嘆了一聲，道：「是真的，院長的伙食，和院中的兒童是一樣的，他真是個值得尊敬的好人。」

原振俠道：「調查等於沒有結果！」

古托吸了一口氣：「也不能算是完全沒有結果。以後，我又委託了好幾個偵探社去作過調查，得回來的報告都是大同小異。那至少使我明白了一點：我是個大有來頭的人物，有人要我的日子過得極好！」

原振俠攤了攤手：「這一點，大約是不成問題的了。照顧你的人，把照顧你的責任，交給了忠誠可靠的院長，而他顯然也做到了這一點。問題是：那個要照顧你的人是誰？」

古托自己拿起酒瓶來，斟著酒，喝著：「我想世界上，只有院長和那個人自己知道，他們不說，這就永遠是祕密。我曾設想過，可能我是一個有某種承繼權的人，時機一到，一公布我的身分，我就是一個國家的君主。」

原振俠抿著嘴——這種設想雖然很大膽，但也不是沒有可能，在權力鬥爭中，常有這樣的事發生。

古托又道：「我也想到過，那個照顧我的人，可能是我家庭的大仇人。他害死了我的父母，又感到極度的內疚，是以才用金錢來作彌補，拚命照顧我。」

原振俠揮著手：「這太像是小說中的情節了！」

古托十分無可奈何：「你別笑我，我作過不下兩百多種設想，只有這兩種比較接近。後來，我想反正我有用不完的金錢——等到我中學畢業之後，進入了大學，院長把那個瑞士銀行戶頭的密碼告訴了我，於是我隨便要多少錢，都可以直接向銀行要。有一次——」他講到這裡，頓了一頓，現出一種相當古怪的神情來，道：「有一次，我想知道那個銀行戶頭，究竟可以供應我多少錢，那是我大學快畢業的那一年。我就利用這個密碼，向那家瑞士銀行要了七億英鎊！」

原振俠陡然吃了一驚：「你要那麼多錢幹甚麼？那可以建造一艘核能動力的航空母艦了！」

古托有點苦澀：「我只想知道那個照顧我的人，財力究竟有多麼雄厚？結果，銀行方面就像是我只要七英鎊一樣，一口答應了下來。那令我覺得，這個戶頭，真正和我自己的戶頭一樣，我實在不必再去考驗它甚麼，所以，這筆錢我又存了回去。」

原振俠嘆了一聲：「真是怪極了，這個照顧你的人，實在對你極好！」

古托深有所感：「是的，自己的父母，也未必有那麼好。不過近兩年來，因為發生在我身上的怪事，我沒有再追究下去。」

他望了原振俠一眼：「現在，又該說回我三十歲生日那天發生的事了。那時，我由於發生在我身上的事，幾乎過著與世隔絕的生活。可是那天一早，就有人來找我，一見面就對我說：生日快樂。由於怪異的事已經太多，我也不去追問，何以一個陌生人會知道我的生日的了。」

古托講到這裡，又補充一下：「更何況，我那時是在瑞士的一個別墅中，也根本沒有甚麼人知道我住在那裡！」

原振俠又欠了欠身子，發生在古托身上的怪異事情，真的不少！

古托當時住的那個別墅，在瑞士日內瓦湖畔。不是超級豪富，自然不能在瑞士的日內瓦湖邊上擁有別墅。而超級豪富之間，最喜歡互相炫耀，只不過古托從來也沒有接受過鄰居的邀請。

他在這間別墅中已經住了好幾個月，當地的郵差，幾乎每天都把一大包郵件送來給他，那是他向世界各地書店，訂購的有關巫術的書籍。而他就在幽靜的環境之中，懷著痛苦、迷茫的心情，不分日夜地閱讀著這些書籍，和聽著各種古怪咒語的錄音帶，觀看著各種有關巫術的紀錄片。希望把發生在他自己身上的怪事，和維維所說的巫術聯結起來。

他雖然這樣做，但是由於在根本上，他不相信有巫術這回事存在，所以可以說並沒有甚麼收穫。那天是他的生日，他自己根本忘記了。

當他的管家來告訴他，有一個自稱是羅蘭士•烈的中年男人，堅持要見他之際，他連看也懶得向管家手中的名片看一眼，就揮著手道：「不見！」

管家鞠躬而退，但是不到十分鐘，他又回來了，手中仍然拿著名片，道：「那位烈先生說，他是專爲了主人你的生日而來的，三十歲的生日！」

古托陡地一怔，抬起頭來去看案頭上的日曆，可是日曆已有一個多月未曾翻動了。

他問管家：「今天是——」管家告訴了他日子，古托咬了咬下唇，是的，那是他的生日，三十歲的生日。他感到奇怪，從管家的手中接過名片來，看看那位烈先生的頭銜。名片上印著：「倫敦烈氏父子律師事務所」的字樣。

古托記不起來和這個律師事務所有過任何來往，也不知道對方是如何知道自己的生日的。由於他對自己的身世一直未曾弄清楚，他立即想到：一個知道他生日的人，是不是對他的身世，也會知道呢？所以，他吩咐管家：「請他進來！」

爲了使自己看起來比較振作一點，他在來客未曾走進書房之前，又替自己注射了一劑毒品。然後，端坐在書桌後的高背椅上，等候來客。

管家帶著客人走了進來，那是一個四十歲左右，看起來是標準英國紳士，滿面紅光的英國人。他一走進書房，就道：「古托先生，生日快樂！」

古托作了一個手勢，請他坐下。等管家退了出去，古托才道：「烈先生，你不覺得你的造訪，十分突兀麼？」

烈先生現出不好意思的神色來：「是的，但是職務上，我非來見你不可，而且一定要今天，在你三十歲生日這天來見你。」

古托吸了一口氣：「關於我的生日——」烈先生揮了揮手，道：「古托先生，我認爲你還是停止問問題，讓我來解釋，更容易迅速地明白事情的經過。事實上，我也很忙，我已訂下了兩小時之後起飛的班機，要趕回倫敦去。」

古托沒有說甚麼，只是看來很疲倦地揮了一下手，表示同意了烈先生的建議。

烈先生咳嗽了一下，清了一下喉嚨：「古托先生，多年之前，我們曾受到一項委託，要我們在你三十歲生日那天來見你。」

古托悶哼了一聲，烈先生又道：「委託人是誰，當時我還小，是家父和委託人見面的。在律師事務所的紀錄之中，無可稽考，而家父也逝世了。」

古托「嗯」地一聲，他明白，那是叫他不要追問委託人是誰。而他也感到了興趣，因爲那個神秘的委託人，可能就是一直在暗中照顧他的那個人。

烈先生把一隻公文箱，放到了他的膝頭上，道：「委託人要我們做的事，看來有點怪異，但我們還是要照做。」

古托瞪大了眼：「你要做甚麼？」

烈先生又清了一下喉嚨：「問你一個問題，這個問題，一定要請你照實回答。古托先生，請留意這一點：這個問題你一定要據實回答！」

古托有點不高興，但他還是忍了下來，道：「那至少要看是甚麼問題！」

烈先生一方面在執行他的職務，一方面可能也感到，委託人的要求有點怪異，所以他倒很同情古托的態度。他道：「是甚麼問題，我也不知道，問題是密封著的，要當你的面打開。」

他說著，打開了公文箱，自一個大牛皮紙袋之中，取出一個信封來，信封上有著五、六處火漆封口。

烈先生給古托檢查了一下，自桌上取起一把剪刀來，剪開了信封，抽出一張卡紙來，看了一下，臉上神情，怪異莫名。

古托吸了一口氣，等他發問，烈先生要過了好一會，才能問出來：「古托先生，在你的身上，可曾發生過不可思議的怪事情嗎？」

一聽得問出來的是這樣的一個問題，古托整個人都震動了起來！他震動得如此厲害，以致他無法控制自己劇烈的發抖。不但他的全身骨骼，在發出「格格」的聲響，連他所坐的椅子，也發出聲響來。

剎那之間，他根本無法好好地去想，他所想到的只是一點：在自己身上發生不可思議的怪事，那還是兩年前的事。爲甚麼在多年前，就有這樣的問題擬定了，在今天向自己發問？爲甚麼？爲甚麼？

他臉色灰白，汗珠不斷地滲出來。烈先生在問了問題之後，由於問題十分怪異，他正在對著寫著問題的紙搖頭。等到他抬起頭來，看到了古托的這種神情之際，他大吃了一驚，連忙站了起來，疾聲問：「古托先生，你怎麼了？你怎麼了？」

這時，古托也正用力以雙手按著桌面，想要站起來。可是他卻發覺，由於太震驚了，以致全身一點氣力也沒有，根本無法站起來。

他看到烈先生正在向他走來，連忙作了一個手勢，示意對方不要接近他。

虧得近兩年來，由於怪異的事發生在他的身上，使得他習慣於處理震驚。他取出了手帕，抹著臉上的汗，同時儘量使自己鎮定下來。他甚至控制了自己的聲音，不令之發抖，道：「這真是一個怪異的問題，是不是？」

烈先生的神情極度無可奈何：「是的，很怪異。」

古托問：「我想知道，問題的答案是肯定的或是否定的，會有甚麼不同？」

烈先生考慮了一下，又看了一些文件，道：「合約上並沒有禁止我回答這個問題。我可以告訴你，如果你的回答是否定的，根本沒有甚麼怪異的事在你身上發生過，那麼，我就立即告辭，我的任務已完成了！」

古托「哦」地一聲，望著烈先生。

烈先生停了片刻，又道：「如果真有一些怪異的事，發生在你的身上，那麼，就有一樣東西要交給你。」

古托心中的疑惑，已經升到了頂點，他問：「甚麼東西？」

烈先生道：「對不起，我不知道，那是密封著的，沒有人知道是甚麼。」

這時候，古托已經恢復了相當程度的鎮定。他緩緩站了起來，然後深深地吸了一口氣：「烈先生，請你把那東西給我。確然有一些怪異莫名的事，發生在我的身上！」

烈先生望著古托，大約望了半分鐘左右，才道：「那麼，我就應該把那東西給你！」

他一面說著，一面已經把一個小小的信封，遞給了古托，信封也是密封著的。

古托望向原振俠：「你猜他給我的東西是甚麼？」

原振俠作了一個「猜不到」的表情。古托道：「就是小寶圖書館的特別貴賓卡，第一號。」

原振俠仍然沒有作聲，心中的疑惑也到了極點，他實在無法想像那是甚麼意思——三十歲生日，一個信用超卓的律師，一張圖書館的貴賓卡，一個怪問題。這一切，看來全像是不規則的、支離破碎的「拼圖遊戲」，但是卻又全然無法拼湊成一幅完整的圖畫。

古托道：「當時，我真是呆住了！」

古托接過那個小小的信封來的時候，心中還在想著：裡面不知是甚麼？

他經歷之怪，已經到了幾乎任何怪事，都不能再使他動心的地步了。但是當他打開信封，看到了那是一張圖書館的貴賓卡之際，他也不禁為之怔呆。

貴賓卡製造得極其精美，質地是一種堅硬的輕金屬。真不明白一個圖書館，製造這樣貴重的借閱卡的真正用意何在。

貴賓卡上印有多種文字，古托可以認出其中的許多種，但是第一行的中國文字，他卻不認識。他沒有學過中文，他只是知道那是中文而已。

在那時候，古托已經知道，自己從小到大所受的教育，也是早經安排的。甚至一開始，就苦心地、並不直接地培養他對醫學的興趣，好讓他長大之後，自動地要求進入醫學院進修。

這張圖書館的貴賓卡，是不是也是那個照顧他的人，所安排的呢？

由於古托用盡了方法，都無法查得出那個照顧他的人是誰，他的心中，對那個人已經有了一種極度的厭惡感。所以，當他一看到信封中的東西之後，神情便變得十分難看，面色鐵青，厲聲問：「這是甚麼鬼東西？是誰叫你交給我的？」

古托的神態已經不客氣之極，但是烈先生卻仍然保持著標準英國紳士的風度：「第一，我根本不知道該交給你的東西是甚麼。第二，我也根本不知我的委託人是甚麼人！」

古托陡然感到無比的憤怒，他的一生，從出生之後第七天起，就一直在接受安排，發生在身上的事，全然無法自己作主。那個安排者是甚麼？是命運之神，可以主宰他的一切？

這兩年來，他的生活不正常——無邊的痛苦一直在折磨他，他的心態早就有點不正常，他自己深知這一點，憑藉著他所受的高深教育，他竭力克制著自己，也真要憑藉著無比堅強的意志力，他才不致於變成一個瘋子。可是到了這一刻，他的忍受超越了極限。

他是沒有理由對遠道而來，執行委託的烈先生發作的。但是一個人，當他超越了忍受的極限之際，是不會再去理會應該或不應該的了。

他陡地大叫起來：「見你的鬼！」

他一面叫著，一面把那張卡，向著烈先生直飛了過去。那張卡來得這樣突然，烈先生全然無法躲避，一下子就砸在他的額角上。

烈先生向後退出了一步，古托一面發出狂暴和痛苦交織的呼叫聲，一面又把那隻信封撕成粉碎，抓起桌上的裁紙刀，向烈先生直衝了過去！

直到這時候，烈先生才大叫了一聲，來不及轉身，就以極快的速度向後退去。當他退到門口之際，一下子撞在聽到呼叫聲而趕來的管家身上，兩個人一起跌倒在地。烈先生那時，也顧不得他英國紳士風度了，他來不及起身，就在地上急速地爬了開去。

古托衝到門口，仍然大叫著，把手中的裁紙刀用力向門上插去。門是橡木，十分堅實，裁紙刀又不夠鋒利，而古托的力量卻是那麼大，所以這一插的結果是，裁紙刀「啪」地一聲，當中斷成了兩截。

古托的手中，仍然握著半截斷刀，抵在門上，不斷地喘著氣，汗水涔涔而下。掙扎站起身來的管家，嚇得不知如何才好。

古托已鎮定了下來，他揮手叫管家離去，同時，他也發現，被他撕成了碎片，散了一地的信件之中，另外有一張寫著字的紙在。由於貴賓卡重，信封一打開，就跌了出來，所以未曾看到字條。這時，他才發現字條也連著信封，被自己撕碎了。

管家遲疑著，還沒有退去，古托已直起身來，道：「將地上的紙片，全拾起來，一角也不要剩下！」

管家虔敬地答應了一聲，古托自己則拾起了落在地上的貴賓卡。烈先生早已跑得蹤影全無，留下了他的小圓帽，一直未曾再回來拿。

古托來到書桌前坐下，仍然在喘著氣。他抹了抹汗，等到管家把所有的碎紙片全都拾了起來，他才知道剛才不斷地撕著，將那信封至少撕成了超過一百片。

等到管家把碎紙片全都放在桌上，躬身而退之後，古托把信封的紙張和字條的紙張分開來，拋掉了信封的部分，然後，把字條部分，小心拼湊著。幾十片紙片，漸漸地拼湊起來，在字條上，寫著一句西班牙文：「到圖書館去一次，孩子！」

古托在事後，絕想不出甚麼理由來，可是當時，他一看到了那句話，就像是覺得有一個自己最親愛的人，一面撫摸著他的頭，一面在說著這句話一樣。對一個自小是孤兒的人來說，這種感覺尤其強烈。他只覺得心中一陣發酸，眼淚忍不住就簌簌地落了下來。他一直在流淚，落在桌上的淚水之多，竟令得有幾片小紙片浮了起來。

古托無法拒絕這句話的邀請。

「所以，我就來了，到那個圖書館去。那圖書館的名稱真怪，小寶圖書館！」古托的聲音聽來有點遲緩：「要不是我來，我也不會遇上你。可是，我被迫甚麼也沒有看到就離去，因爲我的腿上，又開始淌血了！」

古托講到這裡，臉色蒼白可怕，他不由自主在喘氣，額上的汗珠滲了出來。

他道：「我知道，每年到這一天，我的腿上……一定又會冒血，就是第一次……那傷口莫名其妙出現的那一天。可是我算起來，還有一天，才輪到那日子，誰知道……這傷口的時間算得那麼準，連美洲和亞洲的時差都算在內，一定是這一天，這一刻……」他講到後來，聲音尖銳之極。原振俠忙又遞酒瓶給他，可是他卻搖著頭，一面發著抖，一面自袋中取出一隻小盒子來，打開盒子，求助地望著原振俠。

原振俠看到盒子中是一具注射器和一些藥液，不禁嘆了一口氣，那是毒品！當然在這樣的情形下，原振俠無法勸他戒毒，只好拿起注射器，替他注射。

古托在一分鐘之後，長長地吁了一口氣。

古托在吁了一口氣之後，雙手掩住了臉，過了一會，才放下手來：「這是全部經過，信不信隨你，我從來也沒有對任何人講過。」

原振俠沉默了片刻，才道：「我當然相信！發生在你身上的怪事，便足以證明。古托先生，在你走了之後，也有一些事情發生。」

古托在沙發上靠了下來，神態十分疲憊。原振俠便將他走了之後，圖書館的館長蘇耀西，錯認他是貴賓卡的持有人的經過，詳述了一遍。

古托看來一點興趣也沒有，原振俠又道：「你或許對這個圖書館的創辦人，一無所知！」

古托瞪著眼，並沒有甚麼特別的反應。原振俠道：「創辦人叫盛遠天，是一個充滿了神秘色彩的傳奇人物——」原振俠把他所知，有關盛遠天的事，講給古托聽。古托表現得出乎意料之外的平靜，或許是他剛才注射毒品，對他的神經產生了鎮定的作用，或許是他對盛遠天的事，感到了極度的興趣。

等到原振俠講完，古托又呆了片刻，突然問了一句聽來毫無頭緒的話：「你有甚麼意見？」

原振俠一呆：「甚麼意見？」

古托挪動了一下身子：「你不覺得這個盛遠天，和我之間有一定的關係？那是甚麼關係？」

原振俠怔了一怔，他並沒有想到這一點。可是給古托一提之後，他立時想起，當他和古托初見面的時候，他就覺得，古托眼神中所顯出來的那種痛苦、絕望的神情，像是十分熟稔。後來，他也想起了，在小寶圖書館的大堂之中，那些畫像上的盛遠天的雙眼之中，就有著類似的神情！

然而，這就能證明盛遠天和古托之間，有著某種關係嗎？原振俠想了片刻，才道：「我看不出有甚麼關係，只是據我所知，那種貴賓卡，並不胡亂給人，可能是由於盛遠天的主意……」原振俠說到這裡，就說不下去，因爲他也弄糊塗了。贈送那張貴賓卡，如果是盛遠天的主意，那盛遠天和古托之間，一定有極深的淵源，而且，那個奇怪的問題，又是甚麼意思呢？如果在古托身上，並沒有發生過甚麼怪事，貴賓卡就不必送了。送卡的人，又怎知在古托身上，可能會有怪事發生？

疑問一個接一個湧上來，沒有一個有答案，那真使人的思緒，紊亂成一團無法解開的亂麻！

隔了一會，古托才緩緩地道：「我到了小寶圖書館之後，進入大廳，就看到了那十來幅畫。」

原振俠還在思索著那些疑問，是以他只是隨口道：「是的，任何人一進大堂，非看到那些畫不可，它們所在的位置太顯眼了。」

古托像是在自顧自說話一樣：「盛遠天回來時所帶的那個小姑娘，後來成爲他的妻子，我可以肯定，那是中美洲的印第安人。甚至我更可以肯定，她來自海地，是海地中部山區的印第安部落的人。我在中美長大，對那一帶的人比較熟悉，別人不會注意畫像上左足踝上的幾道橫紋，我卻知道那是某一種印第安女子的標誌。只要她們一會走路，就要接受這幾道橫紋的紋身。」

原振俠聽得有點發呆，古托又道：「你說那女子，幾乎沒有甚麼人聽到過她講話？如果她是一個啞巴的話，那就更……更怪異了。」

原振俠忙問：「怎麼樣？」

古托深深地吸了一口氣：「據我所知，在海地中部山區，一個巫師，如果有了女兒，自小就要把女兒毒啞，令她不能講話，目的是爲了防止她洩露巫師的祕密！」

原振俠不由自主，喉際發出了「咯」的一聲響，吞下了一口口水。一個巫師的女兒！那和發生在古托身上的怪事，是不是有聯繫？他遲疑了一下：「不見得……啞女全是巫師的女兒吧？」

古托苦澀地笑了一下，道：「當然不是所有的啞女全是巫師的女兒，不過盛遠天到這個城市來之前，曾在中美洲居住過，那是毫無疑問的事。在那個女子成了他妻子的那幅畫像中，你有沒有留意到他的一個奇異的飾物？」

原振俠只好搖了搖頭。他去過小寶圖書館好多次，也對那個充滿了神秘色彩的大豪富盛遠天十分感興趣，曾經仔細地看過那些畫像，但是卻並沒有留意到古托所說的那一點。

古托道：「那也不能怪你，那個飾物雖然畫得十分精細，但就算特地指給你看，你也不會留意。因爲我是在那裡長大的，所以我一看到那個銀質的錶墜，上面有著半個太陽，太陽中有著一種古怪神情臉譜的圖案，我就知道那是來自美洲土人的製作，而且，是巴拿馬土人的製作。」

原振俠的聲音聽來像是有氣無力，那是由於他也想到了一些事，感到了極度的震驚所致。他道：「而你……是在巴拿馬長大的！」

古托沉聲道：「是，我在巴拿馬的一個孤兒院中長大——」他特地在「孤兒院」三個字上，加重了語氣，然後又重複了不久以前，他問過的那個問題：「你不覺得我和盛遠天之間，有一定的關係？那是甚麼關係？你的意見怎樣？」

原振俠的思緒一片混亂，他也隱隱覺得，盛遠天和古托之間，可能有著千絲萬縷的關係，但困難就在於理不出一個頭緒來。他甚至於又想到了一點：古托自小就獲得無限制的經濟支援，這樣雄厚的財力，也只有盛遠天這樣的豪富，才負擔得起！

但是，他們兩者之間，有甚麼關係呢？

原振俠回答不上來，他只好道：「我沒有確定的意見，你自己有甚麼感覺？」

原振俠只問古托「有甚麼感覺」，而不問他「有甚麼意見」，是因爲原振俠知道，古托曉得有盛遠天這個人，也是他才告訴他的，古托自然更不可能有甚麼具體的意見了！

古托皺著眉，站起來，來回踱著步。過了好一會，他才突然站定，盯著原振俠：「你曾仔細看過那些畫像？」

原振俠點著頭，古托又問：「哪一幅畫像，最吸引你？」

原振俠有點惘然：「我也說不上來。」

古托疾聲道：「你知道哪一幅畫最吸引我？」

原振俠直視著古托，沒有說話，古托道：「那幅初生嬰兒的畫像！」

原振俠「啊」地一聲，是的，他第一次在小寶圖書館的大堂之中，見到古托時，就看到古托怔怔地站在那幅嬰兒的畫像之前。然而，原振俠卻不知道，一個初生嬰兒的畫像，爲甚麼會特別吸引他的注意。

古托極深地吸了一口氣，道：「我希望你對那幅嬰兒的畫像，有深刻的印象，你看——」他說著，突然做了一個很古怪的動作——解開了他上衣的扣子，用近乎粗暴的手法，拉開了他的襯衫，讓他的胸膛袒露出來，同時轉過身子，把他的胸向著原振俠。

原振俠只錯愕了一秒鐘，就整個人都呆住了！

他錯愕，是因爲他不知道古托這樣做是甚麼意思，難道他的胸口，也有一個定期流血的洞？而他驚呆，是因爲他立時看到，在古托的胸口，並不是太多的胸毛之下，有著一個圓形的黑色胎記！而那個嬰兒的畫像上，也明顯地，在胸口，有著一個黑色圓形的胎記！

原振俠在驚呆之餘，又不由自主，吞了一口口水。古托放下手來，十分緩慢地把鈕扣一顆顆扣上，道：「對一個有同樣胎記的人，總不免特別注意一些的，是不是？」

原振俠已忍不住叫了起來：「你，你就是那個嬰兒，是盛遠天的兒子！」

古托的神情極其怪異，原振俠在叫出了這句話之後，神情也同樣怪異，因爲事情就是那麼怪異！

如果古托是盛遠天的兒子，那他怎會在孤兒院中長大？盛遠天爲甚麼要把自己唯一的兒子，送到孤兒院去？

當原振俠初聽古托敘述，他在孤兒院中受到特殊待遇之際，原振俠曾開玩笑地說：看來這間孤兒院像是你父親開的！但那始終只是開玩笑的話，怎有可能是真的？但是古托的無窮無盡的經濟支援、同樣的胎記……這又是怎麼一回事？

存在於原振俠心中的疑問，同樣也存在於古托的心中，所以兩人同樣以怪異的神情互望著。過了好一會，原振俠才道：「我看，答案可能會在小寶圖書館之中！我曾聽說，有特別貴賓卡的人，可以有權借閱編號一到一百號的藏書。而這些藏書，是放在保險箱中，只有蘇館長一個人才能打得開！」

古托不由自主地咬著手指：「那又怎樣，看了這些藏書之後，會有甚麼幫助？」

原振俠苦笑：「那要等看了之後才知道！」

古托緩緩搖著頭，喃喃地道：「真是怪異透頂，不過總要去看一看的！」

原振俠本來想告訴他，小寶圖書館是二十四小時開放的，要去，現在還可以去。但是他看到古托的神態，極其疲累，他就沒有說出來。

他只是道：「明天去吧，你可以睡在我這裡，你可要聽些音樂？」

古托道：「不用，我就坐在這裡好了！」

古托昂起了頭，抱頭靠在沙發的背上，一動也不動。可是他卻並不是睡著了，他只是睜大眼，不知望向何處，身子一動也不動。

顯然他已習慣於這樣出神，原振俠叫了他幾下，他沒有反應，也就不再理會他，自顧自去睡了。

第二天早上，一早原振俠就醒了，他向客廳一看，古托已經不在了。原振俠怔了怔，起床，到了客廳，看到古托留下一張字條。

古托在字條上寫著：「謝謝你肯傾聽一個荒誕的故事，我告辭了。」

字條上也沒有寫明他離去的時間。原振俠不禁感到十分氣惱，可是繼而一想，古托的一生，如此怪異，令得他的脾氣變得古怪和不近人情，似乎也可以原諒的了。他不知道古托住在甚麼地方，也沒有和他聯絡的法子。

當天，原振俠在到了醫院之後，只覺得自己精神恍惚，完全無法集中，想的全是發生在古托身上的怪事。他和幾個同事，提到了傷口不能癒合的事，所得到的答覆，例如患有先天性梅毒，後期糖尿病等等，會導致傷口不癒合，這全是他早已知道了的事。

而且，古托腿上的傷口，問題還不在於是不是癒合，而是這個傷口，是突如其來的，而且會定期流血。更駭人的是，傷口附近的肌肉，像是受著一種神秘之極的力量控制，堅決和肌肉的主人作著對抗！

原振俠也不由自主地想到了巫術，他一想到這一點時，就禁不住苦笑：巫術，真有這種力量存在麼？

到了中午休息後，原振俠實在忍不住，他想，古托一定會到小寶圖書館去的，何不打電話到圖書館去查問一下。

可是，當電話接通了之後，他得到的回答卻是：「對不起，今天我們沒有接待過有貴賓卡的人。」

原振俠呆了一呆，古托沒有到圖書館去，這實在是出乎意料之外的事。昨晚，他甚至以爲自己是盛遠天的唯一兒子！

原振俠放下了電話，呆了片刻，想起了昨晚見過面的蘇耀西來。看昨晚蘇耀西這樣氣急敗壞的樣子，像是十分重視持有第一號貴賓卡的人，原振俠覺得自己有責任，告訴他一下古托的來龍去脈。於是，他按照蘇耀西名片上的電話號碼，撥通了之後，接聽的是一個嬌滴滴的聲音：「蘇耀西先生祕書室！」

原振俠道：「請蘇先生聽電話。」

那嬌滴滴的聲音回答：「對不起，先生，你沒有預約時間？」

原振俠悶哼了一聲：「我不知道打電話也要預約時間，他在不在，我有重要的事！」

那聲音道：「你需要預約，把你的姓名、電話號碼留下來，把你要對蘇先生講的事，大致說明一下，再告訴我們你最適宜聽電話的時間，蘇先生會安排覆電話給你的時間！」

如果不是對方的聲音那麼嬌嫩動聽，原振俠已忍不住要罵起來了。他悶哼一聲：「蘇耀西自以爲他是甚麼？」

對方顯然不是頭一次聽到這樣的問題了，立時答道：「蘇先生就是蘇先生，如果你不喜歡這樣的安排，可以取消通話。」

原振俠憋了一肚子氣，大聲道：「好，那就取消好了！」

他忍不住罵了一句：「甚麼東西！」然後才放下了電話，不由自主搖著頭。

蘇耀西當然是商場上的重要人物，掌管著許多企業，可是他這樣子的作風，也未免太過分了。找尋古托的路子都斷絕了，原振俠也沒有辦法，真的只好如古托所說的那樣，當作是「聽了一個荒誕的故事」。

然而原振俠卻知道，那不是故事，是一件怪誕不可思議的事實，他等待著古托來和他聯絡。

一連三天，古托音訊全無，原振俠忍不住，心想，到小寶圖書館去看看，或許會有點收穫。至少，可以再去仔細觀察一下那些畫像。

第四部：充滿了謎團的人

當天晚上，晚飯之後，他駕車出發，到了小寶圖書館，進入了大堂。

那些畫仍然掛在牆上，原振俠看著畫，果然發現那女子在第一幅畫中，足踝部分有著三道橫紋。而古托提及的那個錶墜，是在第三組的畫像中，那錶墜下的圖案，畫得十分精細。但如果不是對這種圖案有特別認識的人，還是不會注意的，雖然所有的畫，都畫得那麼精細和一絲不苟。

最後，原振俠站到了那幅嬰兒的畫像之前，凝視著。嬰兒胸前那圓形的胎記，看起來形狀多少有點不同，那可能是隨著人體的長大而帶來的變化，但是位置卻和古托胸前的那塊，完全一樣的。胎記是人體的色素凝聚，集中表現在皮膚上的一種普通的現象，幾乎每一個人都有，但是位置如此吻合，說是巧合，那未免太巧了。

在盛遠天的傳奇中，並沒有提及過他有一個兒子。畫像中這個嬰孩是甚麼人，完全沒有人知道，只不過他的畫像掛在這裡，所以大家都推測那是盛遠天的兒子，如果是，那麼，這男嬰的下落呢？

原振俠只覺得盛遠天和古托之間，充滿了謎團，看來自己是沒有能力可以揭得開的了。

他在大堂中停留了相當久，心中的謎團一個也沒有解開，已準備離去。當他轉過身來，他陡然一呆。

有兩個人，當原振俠轉過身來時，正走進大堂來。那兩個人中的一個，正是與他打一個電話，都要先登記預約的蘇耀西，另外一個，相貌和蘇耀西十分相似，年紀比他大。兩人一面走進來，一面正在交談，蘇耀西道：「真怪，他應該再來的，為甚麼只是露了一面，就不見蹤影了？」

另一個道：「是啊，這個人一定是一個極重要的人物，他有第一號的貴賓卡！」

蘇耀西的語氣，十分懊喪：「我們甚至連他叫甚麼名字都不知道，人海茫茫，不知上哪裡去找他才好！」

聽得蘇耀西這樣說，想起打電話給他，要他聽聽電話都那麼難，原振俠不禁感到一股快意。他轉過身來，迎了上去，道：「對不起，我無意中聽到你的話，那個人的名字，叫伊里安・古托。」

原振俠本來以為，如果古托的經濟來源的背後支持者，是遠天機構的話，那麼蘇耀西聽了這個名字，一定會有奇訝之感的。

可是，看蘇耀西的神情，他顯然是第一次聽到這個名字，他只是神情惘然地「哦」了一聲。那個年紀較長的，瞪了原振俠一眼，相當不客氣地問：「你怎麼知道？」

原振俠回答：「我和他曾作了幾小時的長談！」

蘇耀西忙問：「他現在在哪裡？」

原振俠道：「我不知道，我也正在找他！」他略頓了一頓，又道：「我找他比較困難，你們財雄勢大，有了他的名字，要找他自然比較容易──還有，他用的是巴拿馬的護照。」

蘇耀西直到這時，才認出原振俠是那天晚上他誤認的人來，指著原振俠：「哦，原來是你……」原振俠道：「是的，那天晚上我離開之後，在半路上遇見了他！」

那年長的有點不耐煩，向蘇耀西道：「老三，盛先生的遺囑之中，只是說如果持有第一號貴賓卡的人來了，我們要盡一切力量接待和協助，並沒有說我們要去把他找出來，我看等他自己來吧！」

從稱呼中，原振俠知道了那人是蘇耀西的大哥，那是遠天機構中三個執行董事之一。他們全是盛家總管蘇安的兒子，名字很好記：蘇耀東、蘇耀南、蘇耀西。

蘇耀西遲疑了一下，道：「大哥，據我看，那個人既然有第一號貴賓卡，那麼，他……有可能和盛先生有一定的關係！」

蘇耀東聽了之後，皺起了眉不出聲。

原振俠對眼前這兩個人，本來並沒有甚麼好感。尤其是蘇耀東，神態還十分傲慢，有著不可一世的大亨的樣子。

可是看了這時候他們兩人的情形，原振俠的心中，不禁對他們存了相當的敬意。因爲聽他們的言語，看他們的神態，他們真是全心全意在為盛遠天辦事，在為盛遠天著想。看來盛遠天是揀對了人，在現今社會中，再找像他們這樣忠心耿耿的人，真是不容易了。

原振俠本來不想再說甚麼，但基於這份敬意，他又道：「豈止是關係而已，可能有極深的淵源！」

蘇氏兄弟一聽得原振俠這樣說法，都陡然吃了一驚，急急問道：「甚麼淵源？」

他們的神態不可能是作偽，那就更加難得了。因為如今，他們掌管著遠天機構天文數字的龐大財產，如果一個和盛遠天極有淵源的人出現，對他們的利益，顯然是有衝突的。可是看他們的樣子，卻非但不抗拒，而且十分歡迎，關心。

原振俠嘆了一聲：「你們真的未曾聽說過伊里安・古托這個名字？」

蘇氏兄弟互望了一眼，一起搖頭。

原振俠指著那幅嬰兒的畫像，問：「這個嬰兒是甚麼人，你們自然是知道的了？」

原振俠以為以蘇家兄弟和盛遠天的關係，他們一定知道那嬰兒是甚麼人的。可是蘇家兩兄弟的反應，卻出乎他的意料之外！

蘇耀東首先搖頭道：「不知道，我們問過父親，他也說不知道。他還告誡我們說，盛先生沒有主動向我們說的事，我們千萬別亂發問！」

蘇耀西接著道：「所以，我們一直不知道這個嬰兒是甚麼人，你為甚麼特別提起他來？」

雖然只是短短的對話，但是原振俠已經可以知道，這兩兄弟一板一眼，有甚麼說甚麼，是十分忠實的人。他又問：「那嬰兒不是盛遠天先生的兒子？」

蘇耀西搖頭道：「那只不過是好事之徒的傳說！」

原振俠深深吸了一口氣，他本來想問：如果盛遠天真有一個兒子，忽然出現了，你們怎麼辦？但是他想了一想，並沒有把這個問題問出來，只是道：「那位古托先生十分怪，他在巴拿馬的一家孤兒院中長大，身世不明，但是他有一個幕後的經濟支持者，一直不露面。」

蘇氏兄弟對原振俠的話，分明不感興趣，蘇耀西還維持著禮貌，「哦哦」地應著，蘇耀東的脾氣看來更耿直，已經轉身要走開了。

原振俠接著道：「他的那個隱身支持者，財力十分雄厚。有一次，古托要了七億英鎊，那家瑞士銀行，連問都沒有問，就立即支付了！」

原振俠看出對方對自己的話沒有興趣，但是他話說了一半，又不能不說下去，所以才勉強把話講完。他也決定，一說完就走，不必再討沒趣了。

可是，他那幾句話才一出口，蘇氏兄弟兩人陡然震動了一下，剎那之間，神情訝異之極，盯著原振俠，像是原振俠的頭上，長著好幾個尖角一樣。

原振俠看出，他們對那幾句話的注意，絕不是七億英鎊這個龐大的數字，而是另有原因的。

蘇耀東在不由自主地喘著氣，他問：「古托先生……對你講起這些話的時候，有沒有囑咐過你，不可以轉告給別人聽？」

原振俠道：「沒有，雖然他說，這是他第一次對人說起這些事情！」

蘇耀西道：「那麼，你是可以把古托先生所說的，轉告我們的了？」

原振俠對他們兩兄弟這種一絲不苟的作風，十分欣賞，他道：「我想應該沒問題。」

兩兄弟又互望了一眼，蘇耀西道：「原醫生，請你到我的辦公室去詳細談談，好嗎？」

蘇耀東直到這時，才介紹他自己，他向原振俠伸出手來：「我叫蘇耀東。」

原振俠和他握著手，三個人一起到了蘇耀西的辦公室。原振俠把古托獲得神秘經濟支援，那支援幾乎是無限制的一切，講了一遍。蘇氏兄弟十分用心地聽著，等到原振俠講完，他們不約而同，長長吁了一口氣。由此可見，他們在聽原振俠講述的時候，心情是如何緊張。

他們沉默了一會，蘇耀東才道：「原醫生，我可以告訴你，對古托作無限制經濟支援的，是遠天機構！」

原振俠曾作過這樣的推測，但這時由蘇耀東口中得到了證實，也使他感到震動。更令得他大惑不解的一個問題是：「那你們怎麼連古托的名字，都沒有聽說過呢？」

蘇氏兄弟對這個問題，好像有點爲難，欲言又止，並沒有立即回答。

原振俠忙道：「如果你們不方便說的話，就不必告訴我！」

兩兄弟略想了一想，才道：「事情和盛先生的遺囑內容有關，本來是不應該向別人透露的，但是那位古托先生把你當作朋友，我們自然也可以把你當作朋友！」

原振俠明知道眼前這兩個人是商界的大亨，可是他卻一點也沒有受寵若驚之感，只是半嘲笑地道：「謝謝！」

蘇氏兄弟有點不好意思，所以蘇耀西表明了自己的身分：「原醫生，你要知道，我們兄弟三人，雖然負責管理遠天機構，但是遠天機構的所有財產，都不是我們的。當然，我們可以隨意支配這些財產，不過盛先生信任我們，我們自然要對得起他的信任！」

原振俠點頭：「是，你們的忠誠，真是罕見的！」

對於原振俠由衷的讚揚，兩人都很高興。蘇耀東道：「盛先生的遺囑內容，十分複雜。其中有一條，是要我們在瑞士的一家銀行的密碼戶頭之中，保持一定數量的存款，這個『一定數量』的標準是：『維持一個人最最奢侈的揮霍的所需』！」

原振俠怔了一怔：「這幾乎是無限制的！」

蘇耀東攤了攤手：「也不算無限制，譬如說一架私人的噴射機，售價不會超過一千萬英鎊，南太平洋的一個小島，售價大抵是兩千萬英鎊，至於日內瓦湖邊的別墅，那只不過是小花費而已。所以，我們歷年來，留存在這個戶頭中的錢，大約是一億英鎊左右。」

原振俠苦笑了一下，一億英鎊，只不過是供一個人盡可能的奢侈揮霍！那筆錢，當然是給古托用的，盛遠天為甚麼對古托那麼好？

蘇耀東繼續道：「至於使用這個戶頭中存款的是甚麼人，我們卻不知道，一直不知道！」

原振俠感到訝異：「那你是怎麼知道，古托先生的經濟來源是遠天機構？」

蘇耀西道：「是由於你剛才的那幾句話！」

蘇耀東插言：「事情還是需要從頭說起。遺囑中還特別註明，如果戶頭的存款不夠支付，銀行方面，會作無限量的透支，但在接到銀行透支的情形出現之後的十天，必須把透支的數字，填補上去，不論這數字多大！」

原振俠已經有點明白了，他「啊」地一聲：「那七億英鎊！」

蘇耀西點頭：「是的，幾年前，我們忽然接到了銀行的透支，這個戶頭一下子被人提了七億英鎊！」

蘇耀東吸了一口氣，這時，他的神情看來仍然非常緊張，當時的情形如何，可想而知。他道：「遠天機構雖然財力極雄厚，可是在十天之內，要籌措七億英鎊的現金，也是相當困難的事。我們三兄弟，足足有一個星期未曾睡過覺，運用各方面的關係，調集現金，又在股票市場上拋售股票——」蘇耀西嘆了一聲：「我們的拋售行動，幾乎令得亞洲、美洲、歐洲的幾個主要股票市場，面臨崩潰，造成了金融的大波動。如果不是忽然之間銀行又通知，提出去的七億英鎊，突然又原封不動存了回來的話，情形會變得怎樣糟糕，誰也不敢說。」

蘇耀東吁了一口氣：「我最記得，有一家大企業的股票，我們開始拋售時，每股是十九元美金，三天之後，就跌到了七元六角！當時我在股票市場，眼都紅了，我們要現金，別說七元六角，三元也要賣了！」

原振俠聽得發呆，他對金融市場的波動，不甚瞭解，但是從蘇氏兄弟猶有餘悸的語氣之中，卻可以聽出當時情形的兇險。

而這一切，只不過是古托想知道一下，那個戶頭對他的經濟支援，究竟到何種程度而引起的！

在那場金融波動之中，可能不知有多少人傾家蕩產，也可能不知有多少人自此興家。若是告訴他們，這一切全只不過是一個人，一轉念間而發生的，只怕殺了他們的頭，也不會相信！

沉默了一會之後，蘇耀西才道：「所以你剛才一提起了七億英鎊這個數字，我們就知道那個戶頭的使用人，是古托先生。」

原振俠道：「這樣看來，那是毫無疑問的事了！」

蘇耀西又道：「而他又持有第一號的貴賓卡，盛先生在他的遺囑中說：不論甚麼時候，持第一號貴賓卡的人出現，就要給他任何支援和方便！」

蘇耀東神色凝重：「這位古托先生和盛先生，一定有極深的淵源！」

原振俠直截了當地道：「我認為他就是大堂上畫像中的那個嬰兒，因為他的胸口，有一個胎記，位置和畫像中的嬰兒一模一樣！」

蘇氏兄弟更是訝異莫名，而神色也更加凝重。原振俠道：「現在的問題是：那個嬰兒，是盛先生的甚麼人！」

兩人嘆了一聲，齊聲道：「這，只好去問我們的父親了。」

蘇氏兄弟的父親，自然就是蘇安，盛遠天的總管。

原振俠道：「是，不過首先的要務，是先把古托找出來。他在我的住所不告而別之後，一直沒有再和我聯繫過，在他身上還有一些十分怪異的事發生著，我怕他會有意外。」

蘇氏兄弟吃了一驚，望著原振俠，想他講出「怪異的事情」的具體情形來，但原振俠卻沒有再說下去，他們也不再問。

蘇耀西拿起了電話，找到了他的一個下屬，吩咐著：「用最短的時間，聯絡全市所有的私家偵探社，運用私人關係聯絡警方，並且由你支配，運用機構的力量，去尋找一個人。這個人的名字是伊里安・古托，走起路來，有點微跛……」蘇耀西根據原振俠的話，描述著古托的樣子。原振俠在一旁補充：「他十分嗜酒，而且還要定期注射毒品。」

蘇耀西在電話中說了，放下了電話，詢求原振俠的同意：「原醫生，你是不是要和我們一起去見家父？有你在，說話比較容易些。他從小對我們管教極嚴，我們看到了他，總有點戰戰兢兢的。」

原振俠忽然想起了一個問題：「蘇先生，要是令尊忽然打電話給你，你的秘書室也要他先預約麼？」

蘇耀西現出尷尬的神情來：「當然不，他有和我們的直通電話，原醫生你——」原振俠揮了揮手：「沒有甚麼，想來是求你們的人多，所以才有這樣的規矩！」

蘇耀西道：「我馬上下命令改！」

原振俠搖頭：「不必了，那位秘書小姐的聲音，真是叫人聽了繞樑三日！」

兩人都輕鬆地笑了起來，不過原振俠看出他們憂心忡忡，那自然是爲了古托的事。

出了圖書館，原振俠駕著自己的車，跟在蘇氏兄弟的豪華大房車後面。蘇安住的地方，就是當年盛遠天住的大宅，離小寶圖書館並不太遠，但是已經是在郊區相當僻靜的地方了。

那所巨宅，建在一大片私人土地的中心。盛遠天顯然是有意，要把他自己和人群隔離，所以圍牆起得又高又廣，距離最近的公路，也要用望遠鏡才能看得到那所巨宅。在兩公里之前，已經進入了私家的道路，有大鐵門阻住去路。鐵門是無線電遙控的，蘇氏兄弟的車子在前面，打開了門，駛進去，原振俠的車，跟在後面。向前看去，全是高大的樹木，漆黑沉沉，充滿了神秘和幽靜之感。

進了鐵門之後，又駛了好一會，才看到了那所巨宅。那是一所真正的巨宅，純中國式的。傳說是盛遠天在起這所巨宅之際，完全依照了在上海西郊，明朝著名的大學士徐光啓的宅第來造的。

徐光啓在中國歷史上的地位，不但是一個政治家，而且是一個科學家。他和羅馬傳教士利瑪竇合作，翻譯了《幾何原本》，是中國最早介紹近代數學的人。由於上海西郊有了他的府第，那地方的地名就叫「徐家匯」，那是極宏麗的建築，宰相府第，不知有多少人住。

可是盛遠天造了那麼大的房子，卻自始至終，只有幾個人住。如今，真正的主人是蘇安，變得只有他一個人住了。整幢巨宅，看起來幾乎完全被黑暗所包圍，只有一個角落，有一點燈光透出來。

看來，蘇安比他的三個兒子更盡忠職守，以遠天機構今日的財力而論，輕而易舉，可以建造一座核能發電廠，但是蘇安卻還在為遠天機構節省電費，連多開一盞燈都不肯！

原振俠一直到停了車，和蘇氏兄弟一起走進那所巨宅，才忍不住道：「令尊太節省了吧，連多開點燈都不肯！」

蘇耀東苦笑：「他就是這樣的人，盛先生信任他，他就全心全意為盛先生工作。上個月，他還辭退了一個花匠，說他可以擔任那份工作！」

原振俠由衷地道：「你們三兄弟也有同樣的精神！」

蘇耀西笑了起來：「我們至少不會刻薄自己，我們知道我們應得的是甚麼，心安理得。」

他們說著，經過了一個大得異乎尋常的大廳。雖然光線略為黑暗，但是還是可以看出，大廳中放著許多藝術品。單是那一排比人還高的五彩瓷瓶，只怕世界上任何博物館的收藏，都沒有那麼多。

經過了大廳之後，是一條長長的走廊，在走廊的盡頭處，才有燈光露出來。

在和有燈光露出來之處，還有三十公尺左右，蘇氏兄弟已經大聲叫了起來：「阿爸，我們來了，還帶來了一個客人！」

蘇氏兄弟一叫，走廊盡頭處的一扇門打開，一個人走了出來。原振俠本來以爲，走出來的會是一個老態龍鍾的老者，但卻不是。那人的腰肢十分挺，身形也很高大，聲若洪鐘，大聲道：「我知道了，你們的汽車，好像越來越大了，哼！」

這種責備，蘇氏兄弟像是聽慣了一樣，他們互相作了一個鬼臉，並不答理。

他們加快了腳步，向前走去，到了那人的面前。原振俠跟著走過去，看出那是一個六十開外的老人，可是精神卻十分好，面貌和蘇氏兄弟十分相似。

這時，蘇耀西正以一種原振俠聽不懂的中國方言，快速地說著話。事後，原振俠才知道，蘇安是浙江省寧波府四明山裡的山地土著，那種四明山裡的山地土話，講得快起來，就算是寧波人，也不容易完全聽得懂。

不過，原振俠卻可以知道，蘇耀西是在向他的父親介紹自己，和說關於古托的事。

蘇安現出了訝異之極的神情來，不住望向原振俠。等到蘇耀西講完，原振俠才走向前，道：「蘇老先生，你好！」

蘇安忙道：「請進來，請進來慢慢說！」

當他們走向蘇安房間之際，蘇耀西仍然在不斷地說著。一進房間，原振俠不禁呆了一呆，房間中陳設之簡單，真叫人不能相信！

房間中唯一的一張椅子，是一張破舊的籐椅，讓給原振俠這個客人坐。蘇氏父子三個人，就坐在一張硬板床的床邊上。

蘇耀西還在說著有關古托的事，蘇安聽著，一面發出「啊」、「哦」的聲響來。

突然之間，蘇安用力在床板上拍了一下，憤然道：「那一次，我們籌措現金，王一恆那個王八蛋，竟想趁機用低價併吞遠天機構的大廈，真混蛋！」

原振俠聽得怔呆了一下，蘇安的話，至少使他明白了，那次古托的行動，帶給他們的困擾是多麼大，但他們還是忠誠地執行著盛遠天的遺囑。他們甚至考慮出售遠天機構總部所在的大廈，而王一恆這個亞洲豪富，卻趁機壓低價錢。

王一恆，原振俠想起這個亞洲豪富的同時，又不由自主，想起了黃絹。王一恆是不是把黃絹追求到手了呢？王一恆自己已經有了一幢大廈，如果他還想要就在隔鄰的另一幢大廈，大可用公平的價格來交易，為甚麼還要壓低價錢？人的貪婪，真是無限的嗎？

（王一恆的事，在《迷路》中有詳細的敘述。）

原振俠十分感慨，覺得眼前的蘇安，雖然掌握著龐大的財富，但絕沒有據爲己有的貪念，那真是難得之極了。

蘇耀西大致上把事情講完，才問：「阿爸，圖書館大堂的畫像中，那個嬰兒是誰？」

蘇安默不作聲，神情是在深深的沉思之中。隔了好久，蘇安還是沒有開口。蘇耀東性子急，好幾次要開口再問，都被他的弟弟阻止，蘇耀東只好向原振俠望來，要他開口。

原振俠先咳嗽了一聲：「蘇先生，那個嬰孩，有可能是盛先生的兒子嗎？」

蘇安神情苦澀，喃喃地道：「如果是就好了，盛先生真是好人，不應該……不應該連個後代都沒有！」

原振俠呆了一呆：「你不知道盛先生有沒有兒子？」

蘇安抬起頭來，神情還是很難過：「小寶死後，盛先生和夫人都很難過，大約過了半年，他們就出門旅行去了，一直到將近一年後才回來，以後就再也沒有離開過。如果他們有孩子，只有一個可能，是在那次旅行中生的。可是盛先生那麼愛小孩，他要是有了孩子，爲甚麼不帶回來呢？真是！」

原振俠的心中，充滿了疑惑：「難道盛先生和他的夫人，從來也沒有透露過，有關這個嬰兒的事？」

蘇安嘆了一聲：「盛先生是一個很憂鬱的人，他不知道有甚麼心事，可以經常一個人呆坐著半天一聲不出，也不准人去打擾他。至於夫人，唉！我本來不應該說的，她根本是一個啞子！」

蘇安在說了這句話之後，頓了一頓，又補充道：「她或許不能說是啞子。別的啞子，至少還能發出一點伊伊啊啊的聲音來，可是夫人完全不能出聲，我從來也沒有聽到她發出任何聲音來過！」

原振俠想起了古托所說的，有關巫師女兒的事，不由自主，打了一個寒戰。

蘇安又嘆了一聲，神情感慨系之：「我真的不明白盛先生有甚麼心事？他真是不快樂到了極點。後來小寶小姐出世了，才看到他的臉上，時時有點笑容，可是那種笑容，也是十分短暫的，反倒是他以十分憂愁的眼光，看著小寶的時候多！」

原振俠向蘇氏兄弟望去，蘇氏兄弟也現出茫然的神色來。蘇耀西道：「我們見到盛先生的次數極少，我們小時候，只有每年過年，阿爸才帶我們向盛先生叩頭。關於他的事，阿爸也很少對我們講！」

蘇安再嘆了一聲，在他的嘆息聲中，充滿了對他主人的懷念。他又道：「盛先生真是好人，他對我那麼信任，給我三個兒子唸最好的學校，培養他們成才，從來也不過問他們花了他多少錢。可是他自己卻一點也不快樂，真不知道爲甚麼！」

蘇耀東想了一想，道：「或許是因爲小寶小姐夭折的緣故？」

蘇安的嘆息聲更悠長：「不，小寶小姐在世的時候，他已經夠痛苦的了。小姐出世，他難得會有點笑容，可是小姐死了之後，他整個人……就像是一個活死人一樣。自那次旅行回來之後不久，他開始吸鴉片，看樣子是想麻醉自己。」

原振俠的心中陡然一動——盛遠天的痛苦根源是甚麼呢？照常理來推測，他那麼富有，而且，他喜歡做甚麼就做甚麼，沒有人能管得到他，他不應該有痛苦的！可是聽蘇安的敘述，蘇安對他主人的最深刻的印象，就是他的主人是一個痛苦、不快樂的人！

令得原振俠心動的是，古托有著花不完的金錢，有著良好的學歷，要是不明底蘊，誰也想不到古托為甚麼要痛苦得幾乎不想活下去！

畫像中盛遠天那種痛苦，絕望的眼神，看來和古托如此相似，是不是在盛遠天的身上，也有著非令他痛苦不可的事發生著？

如果有的話，蘇安是不是知道？原振俠把這個問題問了出來，蘇安卻搖著頭。

原振俠跟著又問：「那麼，小寶，盛先生的女兒，是怎麼死的呢？」

這是一個十分普通的問題，小寶已經死了，人人都知道，死總有死因的。雖然一個可愛的小女孩在五歲就死了，是一件很悲慘的事，但是原振俠也絕未想到，當自己提出這個問題來之際，蘇安的反應，會這樣特異！

蘇安本來是坐在床邊上的，聽得原振俠這樣問，整個人突然彈了起來。接著，又重重坐了下來，全身不由自主發起抖來，神色灰敗，現出吃驚之極的神情來。他的這種反應，不單原振俠嚇了一大跳，蘇氏兄弟更是大吃一驚，齊聲叫道：「阿爸！」

但蘇安卻立時作了一個手勢，示意他們別出聲。他大口喘著氣，過了好一會，才漸漸回復鎮定，吁了一口氣，道：「我知道遲早會有人，向我問起這個問題的，奇怪的是，這麼多年來一直沒有人問我，直到今天，原醫生，才由你，幾乎是一個陌生人，向我提出來！」

原振俠有點莫名其妙：「我不覺得這個問題，有甚麼特別的地方！」

蘇安苦笑了一下，重現駭然的神情：「可是小寶小姐的死……卻死得……特別之極！」

房間中的光線本來就不是十分明亮，四周圍又是黑沉沉一片，而且十分寂靜。蘇安在講那句話的時候，聲音不由自主地發著顫，更令得聽的人，不由自主感到一股陰森的鬼氣，都不約而同，屏住了氣息，聽蘇安說盛遠天的女兒，那五歲的小女孩小寶的死因。

可是蘇安卻又現出十分難以啓齒的神情來，過了半晌，又嘆了一聲。

蘇耀東道：「阿爸，事情已經隔了那麼多年，不論當時的情形怎樣，你都可以說出來了！」

蘇安雙手緊握著拳，神態緊張到了極點。終於他一咬牙，下定了決心，一開口，連聲音都變了。他道：「照我看來，小寶小姐……是被盛先生……殺死的！」

蘇安的這一句話一出口，輪到蘇氏兄弟和原振俠三個人，直彈了起來！

原振俠彈起得極其匆忙，把那張破舊的籐椅也弄翻了。三個人彈起了身子之後，張大了口，瞪著蘇安，半句話也講不出來。

即使蘇安說小寶是被一條有九個頭、會噴火的毒龍咬死的，他們三個人也不會更驚訝的了！可是蘇安卻說小寶是被她父親殺死的！

這，實實在在是絕無可能的事！

但，蘇安又實實在在不是會說謊的人！

蘇氏兄弟的驚訝，更比原振俠爲甚，因爲這樣說的人是他們的父親，而且事情又和他們有關。所以，原振俠比他們先從驚恐中恢復過來。

他迅速地把蘇安剛才的話想了一遍，感到蘇安的話十分奇特——甚麼叫「照我看來」，事實是怎樣的？爲甚麼蘇安有他自己的意見？

原振俠忙問：「蘇先生，『照你看來……』那是甚麼意思？」

蘇安剛才那句話，是鼓足了勇氣之後才講出來的。話一出口之後，他所表現的驚恐，不在聽到他說話的那三個人之下。

這時，給原振俠一問，他更是全身發著抖，一句話也講不出來。直到這時，蘇氏兄弟才一起叫了起來：「阿爸，你胡說些甚麼？」

蘇氏兄弟只怕從小到大，未曾用這樣的語氣，對他們的父親說過話，可是這時，實在忍不住了！

小寶是她父親盛遠天殺死的！這實在太荒謬了，絕對不可能有這種事情發生的！

蘇安的身子繼續發著抖，喉間發出一陣陣「格格」的聲響。蘇氏兄弟雖然責備他們的父親胡說八道，可是看到蘇安這種樣子，蘇耀西連忙從熱水瓶倒了一杯茶，送到他的面前。

蘇安用發抖的手捧著茶杯，喝了幾口，才道：「我……我……因為這句話……在我心中憋了好多年，實在忍不住了，才脫口講出來的……照我看來……是這樣，或許我根本不該這樣想，但是……唉……我不知道該怎麼說才好！」

蘇安的話，講得極其凌亂。原振俠聽出一定是當時的情形，令得蘇安有小寶是被盛遠天殺了的感覺，所以他才會這樣的。

因之，原振俠道：「蘇先生，你別急，當時的情形怎麼樣，你只要照實講出來，我們可以幫你判斷，也許可以解開繫在你心中多年的結！」

蘇安連連點頭：「是！是！我怎麼沒有想到這一點……唉，我只不過是一個鄉下人，甚麼都不懂，是盛先生抬舉我。你們全是唸過書的人，當然比我明白道理！」

蘇耀西握住了他父親的手，使之鎮定，蘇安皺著眉，過了片刻，才道：「事情就像是昨天發生的一樣，每一件事，我都記得清清楚楚。那時，我並不住在這間房間，而是住在二樓。傭僕很多，他們全住在樓下，我住在二樓，是因為盛先生有甚麼事吩咐我做的時候，比較方便一點。而且，小寶小姐也十分喜歡和我玩，要是我住在樓下的話，她年紀小，樓梯走上走下，總有摔跤的可能，所以——」蘇耀東打斷了他的話頭：「阿爸，知道了，那時你住在二樓！」蘇安的話，實在太囉唆了一些，難怪蘇耀東會忍不住。蘇安立時嚴厲地瞪了他一眼，嚇得蘇耀東立時不敢出聲。看來蘇氏兄弟十分孝順，他們本身已經是商場上的大亨，但是對父親仍然十分害怕。

蘇安繼續道：「那天晚上，小寶小姐不肯睡，是我先帶她到花園玩，玩得她疲倦了，在我懷裡睡著了，我才抱她回房裡去睡的。小姐睡的，是一間套房，就在盛先生和夫人的房間旁邊，有門可以相通的。我把小姐放在床上，先生和夫人，還過來看她——」蘇氏兄弟和原振俠互望著，心中的疑惑，也更增了一層。因為從蘇安的敘述聽來，有一點至少可以肯定的：小寶死於意外，並不是死於疾病。

因為「那天晚上」，她是玩疲倦了才睡著的！

他們本來還有另外的想法，認為蘇安所說盛遠天殺了他女兒，或者是由於小寶有了病，盛遠天不肯請醫生，以致耽擱了醫治之類。那種情形，在激憤之下，蘇安也可以說，是盛遠天殺了小寶的。

但是如今看來，顯然不是這樣！那麼，蘇安指責的「殺人」是甚麼一種情形呢？

三個人的神情都十分緊張，蘇安嘆了一聲，續道：「盛先生和夫人一起走過來，到了床邊。夫人照例一聲不出，只是用手帕，幫小寶抹著額上的汗，盛先生望著小寶，卻說了一句話……」

小寶的臥室相當大，堆滿了各種各樣的玩具，幾乎當時可以買得到的，適合這個年紀兒童玩的所有玩具全在了。不但如此，屋子的一角，還有好幾個籠子，養著寵物，包括了四隻長毛白兔、一對松鼠、一隻又肥又綠，看來樣子很滑稽的青蛙，和一隻花紋顏色美麗得不像是真的東西一樣的金線青龜。

小寶的床，放在一扇門的附近，那扇門，是通向盛氏夫婦的臥室的。

抱著小寶的蘇安，騰不出手來開門，所以，他來到盛氏夫婦臥室的門前，輕輕用足尖敲了幾下門。開門的盛夫人，她看著睡著了的小寶，現出十分愛憐的神情來。

蘇安知道夫人雖然從來不發出任何聲音來，但是卻可以聽到聲音的，所以他低聲道：「小姐睡著了！」

他一面說，一面走進房中。這時，他看到盛遠天，正坐在一張安樂椅上，背對著他，面向著陽台，通向陽台的門打開著。

從盛遠天所坐的這個位置看出去，可以看到大海。盛遠天也老是這樣坐著看海發怔，一坐就可以坐好久，蘇安也看慣了。

他一面走進去，一面仍然道：「先生，小姐睡著了！」

盛遠天並沒有反應，仍然一動不動地坐著，這種情形，蘇安也習以為常。這時，夫人已推開了通向小寶臥室的門，讓蘇安走進去。

蘇安進去之後，把小寶輕輕地放在床上，夫人取出手帕來，替小寶抹著額上的汗。放下小寶之後，蘇安後退了一步，這才發覺盛遠天不知在甚麼時候，已經走了過來，望著小寶，道：「這孩子！」

他說的時候，還伸手去輕點了一下小寶的鼻子。

盛遠天這時的行動，並沒有任何怪異之處，完全是一個慈愛的父親，看到了因玩得疲倦而睡著的女兒時的正常反應。

蘇安低聲道：「小姐玩得好開心！」

盛遠天已轉身走了開去，夫人向蘇安笑了一下，表示感激他帶著小寶去玩。

蘇安向夫人鞠躬，他對這位絕不出聲，但是在無聲之中，表現出極度溫柔的夫人，十分尊敬。然後，退出小寶的臥室。

當他退出臥室之際，他看到的情形是：盛遠天輕輕摟住了他妻子，兩個人一起站在床前，看著熟睡的女兒，一副心滿意足的樣子。

這一切，看起來都絕對正常，所以當不久以後，變故突然發生之際，蘇安實在手足無措。那不能怪蘇安，事實上，任何人在那樣的情形之下，都會是這樣的！

蘇安在離開了小寶的臥室之後，回到了自己的房間之中。他的房間，在二樓走廊右邊的盡頭處，而小寶和盛氏夫婦的房間，在走廊的正中，兩者相距，大約是三十公尺左右。

蘇安回到房間之後，由於剛才在花園中陪小寶玩了很久，成年人陪兒童玩耍，是一件十分吃力的事，所以他出了一身汗。

他先洗了一個澡，然後，舒服地躺了下來，拿起一把蒲扇，有一下沒一下搧著。他已經熄了燈，準備搧得疲倦了，也就睡著了。

就在他快要朦朧睡過去之際，他突然聽到一陣急驟的腳步聲。那分明是有人在走廊中急急奔了過來，而且，正是奔向他的房間的。

蘇安吃了一驚，陡地坐了起來。

他才一坐起，就聽到了一陣聽來簡直令人心驚肉跳之極的擂門聲。那種擂門聲之叫人吃驚，簡直是叫人知道，如果不立刻開門的話，門立刻就要被打破了！

蘇安更是吃驚——他知道二樓除了他之外，只有盛遠天、夫人和小寶三人，而這三個人，全都沒有理由用這樣的方式來敲門的！

他一面疾跳了起來，一面叫道：「來了！來了！」

他幾乎是直衝向門前，將門打開。門一打開之後，他更是驚怔得出不了聲，站在門口的是盛夫人！

盛夫人的神情，惶急之極，張大了口，可是卻一點聲音也沒有發出來！

盛夫人在神情如此惶急的情形之下，都發不出聲音來，那可以證明她真是不能出聲的人，比尋常的啞子更甚。

雖然盛夫人一點聲音也沒有發出來，但是蘇安立時可以感到，有甚麼極不尋常的事情發生了！他還未曾來得及問，盛夫人已一面拉著他的衣袖，一面指著他們的臥室那個方向。

這時，蘇安也聽到，在主人的臥室那邊，有一種聲響傳來。那是一種聽來十分可怖的聲響，像是有人用被子蒙著頭，然後再發出聲嘶力竭的呼叫聲一樣。叫喊的聲音，十分鬱悶可怖。

蘇安這時，已來不及去分辨清楚那聲音是在叫嚷些甚麼，他一下子掙脫了盛夫人，拔腳向前就奔。當他奔到主人臥室的門口之際，那種叫嚷的聲音，還在持續著。似乎翻來覆去，叫的只有同一句話。

蘇安完全聽不懂那句話，但是那句話的音節，十分簡單，尤其是在這樣的情形下，反覆地聽在耳中，給他的印象，也就特別深刻。

所以，蘇安雖然只是一個鄉下人，並沒有甚麼語言天才，但是這句話，他還是牢牢記在心中。

這一點，十分重要。蘇安自己不懂這句話是甚麼意思，但是因爲他記住了那句話的發音，所以後來，他有機會去問人，這句話是甚麼意思。

當時，蘇安來到房門口，看到房門虛掩著，而房間內有那麼可怕的嚷叫聲傳出來，蘇安當然不再顧及甚麼禮節，他陡然撞開了門。

門一撞開之後，他怔了一怔，因為主人的臥室之中，看來並沒有甚麼異樣，而且不見有人。那叫嚷聲是從小寶的睡房中傳出來的，而從主臥室通向小寶臥室的那扇門卻關著。

同時，蘇安也已聽出，那種聽來十分可怕的叫嚷聲，正是盛遠天的聲音。雖然那叫嚷聲中充滿了恐怖、仇恨、怨毒，但是蘇安還是可以聽出，那是盛遠天的聲音！

蘇安在那一剎間想到的念頭，十分滑稽，他大聲，隔著門叫道：「盛先生，小姐才睡著，你這樣大聲叫，要把她吵醒了！」

蘇安叫著時，盛夫人也已經奔了進來。盛夫人一奔進來，就用力敲著通向小寶臥室的那扇門，她敲了沒有幾下，門內又傳出了盛遠天一下可怕之極的呼叫聲。盛夫人停止了敲門，面色灰白，全身劇烈在發著抖。

她口中不能出聲，可是身子抖動得如此劇烈，全身骨節都發出了「格格」聲。

由於盛遠天剛才那一下叫喊實在太駭人，蘇安也已嚇呆了。這時，陡然靜了下來，除了盛夫人全身的骨節在發出「格格」聲之外，沒有任何聲響。

蘇安全然手足無措，他根本不知道發生了甚麼事。在他還未曾從混亂之中鎮定過來之前，盛夫人雙眼向上翻，人已經昏了過去，軟癱在地上。

蘇安驚叫了一聲，連忙奔了過去，用力用指甲掐著盛夫人的人中，想令她醒過來。

也就在這時，「卡」地一聲響，那扇門打了開來，蘇安抬頭看去，看到盛遠天走了出來。一時之間，蘇安非但不能肯定走出來的是盛遠天，他甚至不能肯定，走出來的是一個人！

盛遠天是完全像遊魂一樣飄出來的，他面色可怕，簡直是又青又綠。而更可怕的是，他全身上下，都被汗濕透了。格子紡的短衫，緊貼在他的身上，全是濕的，連褲子都是濕的。被汗濕透了的頭髮，漿在他的額上，順著髮尖，大滴大滴的汗水，還在向下落著。

蘇安驚得呆了，張大了口，卻一點聲音也發不出來。盛遠天在走出來之後，眼珠居然還會轉動，他轉動著眼，向蘇安望來。

這時候，盛夫人也已醒了過來，正在掙扎著起身。盛遠天口唇劇烈發著抖，向著盛夫人，講了兩句話。那兩句話，蘇安也聽不懂，也沒有法子記得住。

盛遠天的那兩句話，聲音十分低，盛夫人在聽了之後，陡然像一頭豹子一樣，跳了起來，一下子向盛遠天撞了過去，撞得盛遠天一個踉蹌，幾乎跌倒。

而接下來發生的事，更是看得蘇安目瞪口呆。他看到盛夫人撲向前之後，對盛遠天拳打腳踢，手抓著，口咬著，像是要把盛遠天撕成碎片一樣。

蘇安再也想不到，平時那麼柔順的盛夫人，忽然之間，像是惡鬼附身一樣！他在驚急之餘，只是不斷地道：「有話好說！有話好說！」

蘇安究竟是十分老實的鄉下人，如今的情形是如此怪異駭人，他卻還將之當成是普通的夫妻相打一樣：「有話好說！」

盛遠天一點也沒有反抗，只是站著不動，他身上的衣服已被撕破了，胸上、臉上，也被抓出了好幾道血痕，可是他還是呆立著不動。

蘇安看著實在不像話了，想上去把盛夫人拉開來再說，可是他還沒有動，盛遠天已經道：「蘇安，你出去！」

盛遠天的話，蘇安是從來不敢違背的，可是這時，他居然也猶豫了一下，沒有立即出去。盛遠天又大喝一聲，聲音尖厲無比：「蘇安，你出去！」

隨著盛遠天的那一聲大喝，蘇安嚇得倒退了幾步。盛夫人也雙手一鬆，身子向後倒，重又昏厥了過去，盛遠天伸手去扶她，兩個人一起跌倒在地。

蘇安想過去扶他們，盛遠天指著門，聲音更可怕：「出去！」

蘇安不敢再停留，連忙退了出去，可是他也不敢走遠，就在走廊中站著。

當他站在走廊裡的時候，他腦中亂成一片，只是在想著：「吵成這樣，小寶小姐倒沒有吵醒，要是她醒了，看到這種情形，一定嚇死了！」

房間中再也沒有聲音傳出來。好幾次，蘇安忍不住想去敲門問問，是不是還有事，可是想起剛才盛遠天，那麼嚴厲地呼喝他出去，他又不敢。

過了很久——蘇安由於心緒紊亂，不知道究道是多久，大約是二、三十分鐘，他才看到門打開，盛遠天走了出來。盛遠天像是估計到了蘇安會等在走廊中一樣，看見了他，並不感到十分驚訝，只是用一種聽來疲倦之極的聲音道：「蘇安，快打電話，叫救護車！」

蘇安又吃了一大驚：「先生，救護車？這……這，誰要救護車？」

盛遠天的神態，看來疲倦得半句話也不願意多說，只是軟弱地揮了揮手：「快去！」

蘇安奔下樓，先打了電話，又叫醒了幾個僕人，在下面等著，然後又奔上去。盛遠天還站在房門口，看到蘇安奔了上來，他招手示意蘇安走過去。

蘇安來到了盛遠天的身前，盛遠天呆木地不出聲，仍然在不斷冒汗。看到主人痛苦成這樣子，蘇安心裡十分難過，他道：「先生，你有甚麼事，只管對我說好了！」

盛遠天長長地嘆了一口氣，道：「蘇安，我們不但是主僕，而且是朋友！」

蘇安倒真的知道，盛遠天這句話，並不是故意要他歡喜。事實上，盛氏夫婦和外界，完全斷絕來往，他的確是他們最親近的朋友！

蘇安點了點頭，眼圈有點發紅。盛遠天再嘆了一聲，把手放在蘇安的肩頭上，用聽來艱澀無比的聲音，一字一頓地道：「小寶死了！」

蘇安一聽，整個人都呆住了！一時之間，蘇安實在無法相信自己的耳朵：小寶死了？

他瞪大眼，張大口，雙手看來有點滑稽地揮舞著。當他望向盛遠天之際，發現盛遠天神情之悲哀傷痛，絕對不能是裝出來的！蘇安呆了好久，才啞著聲音叫出來：「小寶死了？」

盛遠天的身子，像是因爲痛苦而在緊縮著，面肉抽搐，他已經說不出話來，只是點了點頭。蘇安已經出了一身汗，他的聲音變得自己也認不出來，帶著像破鑼一樣難聽的嘶哭聲，他叫著：「我要去看小姐，我要看她！她好好的，怎麼一下就……死了？」

蘇安說著，向前衝去，但是盛遠天卻阻住了他的去路。蘇安難過得再也沒有法子站得住，他雙腿發軟，不由自主，跪倒在地上。

當他跪倒在地上之際，他已經抽噎著哭了出來。突然之間，他覺出有人抱住自己，當他淚眼模糊看出去時，看到抱住他的是盛遠天，盛遠天也跪在地上，抱住了他，哭得比他更傷心！

蘇安從來也沒有看到過盛遠天哭，只看過他痛苦地發呆。這時，他先是呆了一呆，接著，又哭了起來。可是他可以極其肯定地感覺出來，不論自己感到多麼傷心難過，哭得多麼悲切，自己的傷心程度，絕不如盛遠天的十分之一！

盛遠天哭得全身都在抽搐，以致救護車來了之後，醫護人員要用力扶住他，才能使他的身子伸直。

接下來發生的事，蘇安也有點模糊了，那是他傷心過度的緣故。他只記得，盛夫人變得出奇地冷靜，縮在屋子一角的一張椅子上，一動也不動。盛遠天仍然不斷地發出哀傷之極的哭聲，那種哭聲，感染了屋子中的每一個人，心腸再硬的人，聽到了盛遠天這樣的哭聲，也忍不住會心酸落下淚的。

止了。

蘇安一把眼淚，一把鼻涕，但是他是主子的總管，還得照應著一些事情的進行。擔架抬出來之際，小寶的全身都已覆上了白布。蘇安想過去揭開白布看看，被一個警官阻止了。

警官的樣子十分地嚴肅，蘇安啞聲叫著：「小姐是怎麼死的？」

那警官冷冷地道：「我們會調查！」

蘇安當時呆了一呆，調查？爲甚麼還要調查？難道會有甚麼人，害死小寶小姐不成？

擔架抬上救護車，救護車響起「嗚嗚」的聲音駛走。蘇安回到了二樓，盛遠天喘著氣：「蘇安，你跟我一起到醫院去！」

司機立即準備車子，到了醫院。一個醫生走出來，用他看慣了不幸事故，職業性的聲音道：「真替你難過，孩子已經死了！」

那醫生轉過頭去，向一個警官道：「死因是由於窒息，死者的頸部，有明顯的繩子勒過的痕跡！」

蘇安連自己也不明白，何以當時，在一聽得醫生那樣說的時候，他會不由自主，向盛遠天望了一眼。但接著，他又打了自己一下，小寶的死，不論如何怪，總不能說是她父親害死她的！

小寶的死因，後來經過警方的調查，警方的調查報告十分簡單：「死者盛小寶，五歲，死因由於頸際遭繩索勒緊而致窒息死亡。在死者的床邊，發現致死的繩索，是兒童跳繩用的玩具，一端纏在床頭。死者之死，推測是由於死者睡覺中轉身，頸部恰好為枕旁的繩索勒住，以致窒息死亡，純屬意外事件。」

當晚，從醫院回去之後，盛遠天曾啞著聲，對蘇安道：「警察來調查的時候，別胡亂說話。」

蘇安立即答應，他絕不會做任何對他主人不利的事情，這一點是絕對可以肯定的。

盛遠天抽噎了幾下，又道：「別對任何人說起今晚上的事……」接著，他發出了苦澀之極的一下笑聲。蘇安寧願再聽到他哀傷地哭，而不願再聽一次他那種可怕的笑聲。盛遠天又道：「或許，在我死了之後，你倒不妨對人說說。」

蘇安當時心中一片混亂，只是機械式地答應著盛遠天吩咐他的一切。

小寶死後，就葬在自己住宅的後花園中。巨宅住的人少，本來已經夠陰森的了，原來有小寶在，一個跳跳蹦蹦的小女孩，多少能帶來一點生氣。小寶死了之後，巨宅更是陰森，每當夜幕低垂時，簡直給人以一種鬼氣森森的感覺。雖然報酬優厚，但是在接下來的三個月之中，還是有不少僕人離開了。

在小寶死後的第一個月中，盛遠天沒有說過一句話。足足一個月之後，他才道：「蘇安，我要為小寶建立一座圖書館。」

盛遠天說做就做，圖書館的籌備工作展開，請了許多專門人才來辦這件事。當圖書館館址開始建造之時，盛遠天和盛夫人去旅行了。

盛遠天夫婦旅行回來，圖書館的建築已經完成，大堂上留下了一大幅牆，那是盛遠天一早就吩咐設計師留下的。他回來之後第二天，就親自督工，把那幾幅畫像掛了上去。

蘇安神情惘然地搖著頭：「所以，畫中的嬰孩是誰，我也不知道！」

原振俠皺著眉：「根據你的敘述，事情的確很怪，小寶死得很離奇，但是也不能排除意外死亡的可能，為甚麼你剛才——」

蘇氏兄弟也說：「是啊，為甚麼你說……照你看來，小寶是……盛先生殺死的呢？」

蘇安重重嘆了一聲：「當時，盛先生吩咐我不要亂說，我真的甚麼也沒有說過。可是我這個人是死心眼，心裡有疑問，就一直存著，想要找出答案來。在許多疑點中，我有的有了答案，有的沒有。」

原振俠等三人望定了蘇安，蘇安臉上的皺紋，像是在忽然之間多了起來。他道：「第一，當晚是我抱了小姐上床睡覺的，我記得極清楚，小姐的床頭，根本沒有跳繩的繩子在！」

原振俠陡地吸了一口氣，蘇氏兄弟也不禁發出了一下呻吟聲來。蘇安又道：「而事後，卻有一條繩，一頭繫在床頭上，那個結，小姐根本不會打的。」

各人都不作聲，蘇安又道：「那天晚上，夫人先來找我，在小姐的房門外，聽到盛先生不住地在叫著，夫人去敲門，想把門弄開來，結果昏了過去。盛先生出來之後，夫人簡直想把他打死，夫人平時那樣溫柔，爲甚麼忽然會這樣？是不是她知道了甚麼？或者看到了甚麼？」

蘇耀西苦笑道：「就算她還在，也無法回答這個問題，因爲她根本不能出聲！」

蘇安苦笑了一下：「還有，最主要的就是盛先生在叫著的那句話——」他講到這裡，把那句話，講了一遍。原振俠一聽，就陡地嚇了一跳：「蘇先生，你再說一遍！」

蘇安又說了一遍，原振俠的神情怪異之極。蘇安苦笑道：「原先生，你聽得懂？」

原振俠吞了一口口水：「你說得不是很準，但是聽起來，那是一句西班牙文，在說：『勒死你！』」

蘇氏兄弟互望，不知所措。蘇安道：「是的，你是第三個人，這樣告訴我的了！」

一時之間，沒有人說話，人人的神情難看之極。過了好一會，原振俠才將那句話重複了一遍，蘇安連連點頭，表示當時盛遠天在叫著的，就是這句話。

蘇耀東忍不住叫了起來：「這……太沒有道理了！盛先生爲甚麼要勒死自己的女兒？而且，阿爸，你說小寶死了之後，盛先生十分傷心？」

蘇安連連嘆氣：「是的，他十分傷心，真的傷心，可是……我心中的疑問，仍然不能消除。爲甚麼盛先生在小姐的房間，不住地叫著這句話？爲甚麼夫人要和先生拚命？」

蘇耀東苦笑，他父親有這樣的疑問，實在也是情理之中的事，任何人經歷過當時的情形之後，都會有同樣的懷疑的。

原振俠一直皺著眉：「警方的調查——」蘇安搖著頭：「警方來調查的時候，我全照盛先生的吩咐做。而且盛先生……可能也花了點錢，警方的調查報告，只是那麼一回事。再說，要不是……從頭到尾經歷過當時的情形，誰會想到盛先生會……」蘇安講到這，難過得講不下去。

蘇耀西也嘆了一聲：「阿爸，別去想這些事了，小寶小姐死了，盛先生和夫人也都死了，事情已經全都過去了！還想他幹甚麼？」

蘇安苦澀地道：「是你們要來問我的！」

原振俠忙道：「以後情形又怎樣？」

蘇安道：「以後，盛先生就教我怎麼做生意，他說要把他所有的財產都交給我管理，要我執行他的遺囑，絕不能違背他的意思。」

原振俠訝異莫名：「那時，他的身體不好，有病？」

蘇安苦笑：「沒有病，但是他看來越來越是憂鬱，夫人的態度也有點轉變，兩個人經常一坐老半天，一動也不動。我勸過他很多次，直到有一次，盛先生對我說了一句話，我聽了真是難過，可是又答不上來——」

第五部：不可測的一種恐怖

盛遠天坐在陽台上，望著海，秋風吹來，有點涼意。他的妻子坐在陽台的另一角，兩個人都一動也不動。蘇安推門進來時，他們兩人已經這樣地坐著，蘇安站了十多分鐘，他們還是這樣坐著。

蘇安實在忍不住，來到了陽台邊上，叫了一聲。盛遠天一動也不動，也沒有反應。蘇安對盛遠天十分忠心，看到主人這樣情形，他心中極其難過。

蘇安下定了決心，有幾句話，非對盛遠天講一講不可。人怎麼可能長年累月，老是在那樣的苦痛之中過日子？

蘇安再叫了一聲，盛遠天仍然沒有反應，蘇安鼓足了勇氣道：「盛先生，你心中究竟有甚麼心事？說出來，或者會痛快一些！」

盛遠天震動了一下，但立時又恢復了原狀。蘇安把聲音提高：「盛先生，你總不能一直這樣過日子的啊！」

這句話，看來令得盛遠天印象相當深，他半轉了一下頭，向蘇安望了一眼，然後，又轉回去，仍然望著海：「對，不能一直這樣過日子！」

盛遠天同意了他的話，那令得蘇安又是興奮，又是激動，忙又道：「盛先生，你可以好好振作，找尋快樂——」盛遠天揮了一下手，打斷了蘇安的話頭，用十分緩慢的語調說著：「不，我可以不這樣過日子，根本不過日子了，那總可以吧？」

蘇安陡然震動了一下，有點不知所措。他想勸盛遠天，可是卻引得盛遠天講出了這樣的話來，那是他絕沒有想到的事！

盛遠天看出了蘇安那種手足無措的樣子，他勉強牽動了一下臉上的肌肉。看起來，他像是想笑一下，但是由於他的心情，和笑容完全絕緣，是以這一下看來像笑的動作，竟給人以毛骨悚然的恐怖之感。

盛遠天接著道：「蘇安，不關你的事，其實是我自己不好，早就該下定決心了。等了那麼多年，結果還不是一樣，白受了那麼多年苦！」

蘇安急急地道：「先生，你……還說苦？」

盛遠天的喉間，發出了幾下「咯咯」的聲響來，道：「蘇安，我不求活，只求死，這總可以吧？」

蘇安怔住了，他雙手亂搖，有點語無倫次，氣急敗壞地道：「盛先生，算我剛才甚麼都沒有說過，算我甚麼也沒有說過！」

盛遠天看來要費很大的氣力，才能把他的手抬起來，揮了兩下，示意蘇安出去。

蘇安沒有辦法，只好退了出去。他在房門口，又站了一會，看到盛遠天和盛夫人，仍然一動不動地坐著。

這時，天色已漸漸黑了下來，在暮色中看來，他們兩個人，根本不像是生人！活人就算一動不動，也不會像他們兩人那樣，給看到的人以一種那麼陰森的感覺，這種感覺，真可以叫人遍體生寒！

蘇安退了出去之後，一再搖頭嘆息，一面忍不住落下淚來。

自那次之後，他也不敢再去勸盛遠天了！

「盛先生的心中，一定有一件極其創痛的事。小寶小姐沒死之前，他已經難得有笑容了，小姐死後，唉，他那時，根本已經死了一大半了！」蘇安感嘆著。

原振俠問：「那麼，後來，盛先生是怎麼死的？」

蘇安的面肉抽動了兩下，回答得很簡單：「自殺的。」

看來盛遠天是怎麼死的，連蘇氏兄弟都不知道，所以當蘇安的話一出口之後，兩人也嚇了一大跳。蘇安喃喃道：「先生真是活不下去了。他為甚麼不想活，我不知道，可是當一個人，真是活不下去時，除了死亡外，是沒有別的辦法的了！」

原振俠吸了一口氣：「他自殺……那麼盛夫人呢？」

蘇安聲音有點發顫：「兩個人一起……死的。」

原振俠呆了一下，蘇安不說「兩個人一起自殺的」，而說「兩個人一起死的」，那是甚麼意思？他望向蘇安，蘇安站了起來，走到窗前，推開了窗子，指著外面，道：「那邊有一間小石屋，你們看到沒有？」

循著蘇安所指處，可以看到花園的一角，在靠近圍牆處，有一間小小的石屋。這間小石屋，看起來，和整幢宏偉的建築，十分不相稱。可是小石屋的周圍，卻種滿了各種各樣的鮮花。

天色相當黑暗，小石屋看去相當遠，本來是看不很清楚的，但是從小石屋中，卻有著燈光透出來，燈光看來昏黃而閃耀不定，不像是電燈。

蘇安一面指著那間小石屋，一面道：「在先生和夫人死後，我替他們點著長明燈。他們兩人都很喜歡花，我在屋子的附近，種滿了花，算是紀念他們！」

蘇耀西「啊」地一聲：「原來是這樣，他們是死在那屋子中的？」

蘇安像是完全沒有聽到蘇耀西的話一樣，自顧自道：「在那天之後，第二天，盛先生就吩咐在那裡起一間小石屋。你們看到沒有，這屋子很怪，只有一個小小的窗子，可是有兩根煙囪。」

原振俠早已注意到了，小石屋的屋頂上有兩根煙囪，以致令得整間屋子看起來十分怪異，就像是一座放大了的爐灶一樣——原振俠一有了這樣的感覺之後，不由自主，打了一個冷顫！

原振俠張大了口，想問，可是他剛才想到的念頭，實在太可怕了，以致他竟然問不出來。

蘇安在繼續說著：「當時，誰也不知道盛先生忽然之間，起了這樣的一間小石屋，有甚麼用處。很快，不到三天就起好了。小石屋起好之後，盛先生就不准別人走過去，只有我去看過一次，屋中甚麼也沒有。接下來的三、四天，盛先生和夫人在做些甚麼，完全沒有人知道——」

原振俠打斷了蘇安的話頭：「我不明白，他們是躲了起來？爲甚麼他們在做甚麼，沒有人知道？」

蘇安道：「不是這意思，是他們在做的事，沒有人知道是甚麼事！」

各人都揚了揚眉，仍然不懂。蘇安道：「你們聽我說，看是不是可以明白他們在幹甚麼！」

原振俠作了一個請詳細說的手勢，蘇安吸了一口氣：「先生吩咐，去買七隻猴子，把猴子殺了，就在那間小石屋中，夫人……夫人下手殺的。把猴子的血，塗得小石屋的地上、牆上，到處都是，先生把七隻死猴子的頭敲得粉碎！」

蘇安在講述之際，神情還在感到害怕。蘇氏兄弟苦笑了一下，蘇耀東道：「我看盛先生的精神已經有點不正常了，或許他早已有精神病！」

蘇耀東一面說，一面向原振俠望去，徵詢他的意見。原振俠點頭道：「有可能，有種憂鬱性的精神病，患者會做出很多怪異的行動來。」

蘇安搖頭道：「不，先生沒有神經病，他在做那些事的時候，十分鎮定。他……他還要我……去找一個大膽的人，他出極高的價錢，要七個男人的骷髏，和七個女人的骷髏！」

原振俠和蘇氏兄弟一聽到這裡，陡然站了起來，神情真是駭異莫名。盛遠天夫婦在幹甚麼？說他們是瘋子，他們又未必是，但是除了瘋子之外，誰會要那麼多死人的骷髏頭？

蘇安的身子也在不由自主發著抖，這正是當時，他聽到了盛遠天的吩咐之後的反應。

蘇安的身子在發著抖，講起話來，也變成斷斷續續：「先生……你……要這些……東西幹甚麼？」

盛遠天的神態十分冷靜：「你別管，照我的意思去辦，花多少錢都不要緊！」

蘇安吞著口水：「是，先生，你——」蘇安還想說甚麼，盛遠天已經板起了臉來，揮手叫蘇安離去。當時，就是在那小石屋之前，盛夫人在屋子裡邊，不知在幹甚麼。

蘇安是一個老實人，他並沒有甚麼好奇心，他只不過因爲盛氏夫婦的行動太怪，所以，當他們兩人在小石屋中時，蘇安爲了關心他們，曾就著那個小窗子，偷偷向內張望。這才看到盛夫人用一柄鋒利的尖刀，刺進綁著的猴子的心口，然後揮動著猴子，使猴子身中噴出來的鮮血，灑得到處都是。

他也看到，盛遠天用力把猴子的頭，摔向石屋的牆，一直摔到猴子的頭不成形爲止。然後，七隻猴子的屍體，就掛在牆的一角。

當他看到盛夫人把尖刀刺進猴子的身體，竟連眼睛都未曾眨一下之際，他實在不敢相信自己的眼睛！

而如今，盛遠天又要七個男人的骷髏，七個女人的骷髏！再接下去，他不知道還要甚麼？蘇安儘管唉聲嘆氣，但是主人的吩咐，他還是照做。有錢，辦起事來總容易一些，只要有人肯做，偷掘一下墳墓，也不是難事，花了一大筆錢之後，十四個骷髏有了。當蘇安又發著抖，把十四個死人骷髏交給盛遠天之際，盛遠天道：「我的事，不要對任何人說起！」

蘇安連連點著頭，主人的行爲這樣怪異，他要是講出去，生怕人家會把他也當作神經病。

盛遠天又道：「我還要——」蘇安一聽，幾乎整個人都跳了起來！盛遠天還要甚麼？要是他要起七隻男人的腳，七隻女人的腳來，那可真是麻煩之極了！

盛遠天並沒有注意到蘇安的特異神情：「我還要七隻貓頭鷹，七隻烏鴉。」

蘇安答應著，那雖然不是容易找的東西，但總還可以辦得到。盛遠天又道：「明天，最遲後天，會有一箱東西送來。一到，你立刻拿到這裡來給我！」

蘇安自然不敢問那是甚麼，盛遠天已經轉身，進了那間小石屋。蘇安想立時去小窗口偷看一下，盛遠天如何處置那十四個骷髏，但是他只向前走了一步，想起盛遠天對他完全相信，一點也不提防的神情，他覺得自己起意去偷窺主人的行動，十分不應該。他感到了慚愧，就未曾再向前去，急急去辦主人吩咐辦的事了。

第二天下午，當七隻貓頭鷹和七隻烏鴉送到之後，蘇安將牠們交到小石屋去給盛遠天。再回到宅子時，兩個穿著藍色制服的送貨人，已把一隻大箱抬了進來，正在問：「誰來收貨！」

蘇安忙道：「我！就這一箱？」

兩個送貨人點著頭，蘇安簽了字，推了推箱子，並不是很重。箱子貼著不少字條，說明箱子是從甚麼地方運來的。

蘇安並不是很看得懂，但是箱子是由航空公司空運來的，他卻可以肯定。他想：那箱子中的東西，一定十分重要，盛先生曾吩咐過立即送去給他的。

由於盛先生的行動十分怪，蘇安在這些日子中，一直嚴禁其他的僕人走近那小石屋，他自己一個人，搬著那隻箱子，來到了小石屋前。當他來到小石屋之際，聽到自屋中傳出可怕的烏鴉叫聲來。

蘇安大聲道：「盛先生，航空公司送來的東西到了！」

他叫了兩聲，盛遠天的聲音才自內傳出來：「你把箱子打開，把箱中的東西從窗口遞給我！」

蘇安答應了一聲，撬開箱子來。看到箱子中的東西時，他不禁發呆。

箱子拆開之後，裡面是七隻相當粗大的竹筒，密封著，是用紙和泥封著的，封口的工作相當粗糙。蘇安拿起一隻竹筒來，很明顯地可以感覺得到，竹筒內裝的是液體，他搖了一搖，發出了水聲來。

蘇安把竹筒遞到窗口，盛遠天的手自窗中伸出來，把竹筒接了進去。當盛遠天伸出手來之際，蘇安又嚇了老大一跳。

幸而近日來他見到的怪事太多了，所以他居然沒有叫出聲來——盛遠天伸出來的手上，沾滿了血！

一共七隻竹筒，分成七次，遞了進去。箱子中除了七隻竹筒之外，還有一大包，看來是用一種闊大的樹葉包著的東西。

那包東西相當輕，可是體積比較大，小窗子塞不進去。蘇安隔著窗子，道：「盛先生，還有一包東西，因爲窗子太小塞不進來！」

盛遠天在裡面道：「你把它拆開來好了！」

蘇安在解開樹葉的包紮時，雙手又不由自主發起抖來，不知包著的是甚麼東西。

他一共解開了三層樹葉，才看到裡面的東西。他看了那些東西，雙眼發定，不知道那有甚麼用處。

在三重樹葉的包裹之下，是七塊相當大的樹皮，大小差不多，有五十公分長，三十公分寬。樹皮相當厚，看起來是用十分鋒利的刀，自樹上割下來的。

蘇安把七塊樹皮疊在一起，自小窗中塞了進去。當他在這樣做的時候，發現樹皮的背面十分潔白，有赭紅顏色的許多古怪花紋在。

遞進了樹皮之後，蘇安後退了一步。在這些過程之中，石屋中已經有烏鴉的叫聲、貓頭鷹的叫聲傳出來，但由於蘇安沒有向內看，所以他不知道那些烏鴉和貓頭鷹，遭到了甚麼樣的處置。

蘇安後退了一步之後，問：「先生還有甚麼吩咐？」

盛遠天的聲音自內傳出來：「沒有了，記得，不要走近來，明天一早，你再來。」

蘇安答應著，離了開去。事情怪異透頂，他走出一步，就回一回頭，唉聲嘆氣回到了大宅中。天黑之後，他一直在等盛氏夫婦回房間來，但盛氏夫婦一直沒有來，午夜之後，蘇安睡著了！

蘇安講到這裡，現出了懊喪之極的神情來，握著拳，在床板上重重打了一下。

他一面嘆息著，一面道：「我太聽從盛先生的吩咐了，如果我等到半夜，未見他們回臥室來，到那小石屋去看一看，可能就不會有那些事發生了！」

原振俠和蘇氏弟兄都不出聲，在蘇安的敘述裡，他們都感到有一件詭秘莫名的事，正在進行著。將要發生的事，一定十分可怖，而且，是屬於不可測的一種恐怖，那令得他們三個人，都有遍體生寒的感覺。

隔了一會，原振俠才道：「如果盛先生他決定了做甚麼事，我想你是沒有法子阻止的！」

蘇耀東比較性急，問：「第二天早上你去看盛先生了？發生了甚麼事？」

蘇安的神情看來更加難過，他先是連連嘆息，然後才道：「第二天一早我就醒來，我是被一些人的叫鬧聲吵醒的。盛先生喜歡靜，最怕人發出喧嚷聲來，所以我一聽得有人吵鬧，立刻跳了起來，推開窗子，看到有五、六個僕人，正在大聲說話。我喝阻他們，他們一起指著那間小石屋，叫我看。我一看之下，不禁嚇了一大跳，那小石屋在冒煙！不但煙囪在冒煙，窗口在冒煙，連石塊和石塊的隙縫中，也有煙冒出來！要不是屋子已經燒得很厲害，絕不會有這樣情形出現的！」

蘇安講到這，又不由自主喘起氣來，再喝了一口水，才又道：「我心中焦急，還抱著希望，心想可能盛先生和夫人不在小石屋中。我忙奔出了房間，來到他們的臥房前，叫了兩聲，沒有人答應，我……幾乎是將門撞開來的！」

房門撞開，蘇安只覺得遍體生涼，房間中沒有人！

他不由自主，發出了一下驚呼聲，直奔下樓，奔了出去，問所有他碰見的人：「看見盛先生沒有？看見盛先生沒有？」

有一個僕人指著小石屋，道：「像是……聽到盛先生……有一下叫聲，從那屋子裡傳出來……」蘇安大聲問：「多久了？」

聽到的人遲疑道：「好久了，至少……有兩三個鐘頭了！」

蘇安也來不及去責備那個僕人為甚麼不早說，他發足便向那小石屋奔去。在他離開那小石屋還有好幾步遠的時候，就感到一股灼熱，撲面而來，而整幢小石屋，仍然在到處冒煙。

在這樣的情形下，任何人都一看就可以知道，如果有人在那小石屋之中的話，毫無疑問，一定已經燒死了！

蘇安在那時候，一則是由於自小石屋散發出來的熱氣逼人，像是整幢屋子都被燒紅了一樣，一則是由於心中的焦急，所以轉眼之間，已經汗流遍體。但他還是勇敢地衝到了小石屋的門前，一面叫著，一面用手去推門。他的手才一碰到門，「哧」地一聲，手上的皮肉已灼焦了一大片。

蘇安也顧不得疼痛，揮著手叫道：「快來，快準備水，快！快！」

他一面叫著，一面不敢再用手去推門，而改用腳去踢。他穿的是橡膠底的軟鞋，在門上踢了沒有幾下，就因爲被鐵門燒得太熱了，整個鞋底都貼在鐵門上熔化了。如果不是他縮腳縮得快，他非受傷不可！

這時，有僕人匆匆忙忙擔了水來。可是一桶一桶水潑上去，不論是潑在牆上也好，潑在門上也好，都發出刺耳的「哧哧」聲，潑上去的水立時因爲灼熱而成一團團的白氣，一點用也沒有。

蘇安急得團團亂轉，有的人叫道：「趕快通知消防局，這……火，我們救不了！」

蘇安喘著氣：「打……電話，快去打電話！」

一個僕人奔回屋子去打電話，蘇安仍然叫人一桶桶水潑向石屋。雖然他明知那樣做，根本無濟於事，可是在心理上，他彷彿每潑上一桶水，就可以使在石屋中的盛氏夫婦，感到涼快點一樣。

由於盛家的大宅在郊外，等到消防車來到之際，已經是差不多四十分鐘以後的事了。石屋仍在冒煙，但已沒有剛才之甚。

消防車來到，找尋水源，接駁好了消防水喉，又花去了將近半小時。等到大量的水，射向石屋之際，開始仍然是一陣「哧哧」響。消防隊長已經問明了屋中有人，他搖頭道：「屋中有人？起火多久了？這樣子燒了兩三個鐘頭了？嘿嘿，嘿嘿！」

蘇安忙道：「長官，怎麼樣？」

消防隊長攤了攤手，道：「那比火葬場的焚化爐還要徹底，只怕連骨頭都燒成灰，甚麼都不會剩下了！」

蘇安像是全身被冰水淋過一樣地呆在那裡，一動也不動。等到消防隊長認為安全時，他指揮著消防員，用斧頭劈開了門。

雖然火早已救熄，但是門一被劈開之後，還是有一股熱氣，直衝了出來。令得劈門的幾個消防員，大叫一聲，一起向後退出了幾步。

又向屋子內射了幾分鐘水——屋中有很多焦黑的東西，都是很細碎的焦末和灰燼，隨著射進去的水，淌了出來。向內看去，屋子仍然濃煙瀰漫，而且，有一股十分難聞的氣味，自屋中湧了出來，令得人人都要掩住了鼻子。

蘇安的聲音之中，帶著哭音，叫道：「盛先生！盛先生！」

他一面叫，一面走近屋子，向屋內看去。一看之下，他先是一怔，隨即他陡地叫了起來：「先生和夫人不在屋子裡！」

蘇安在那一剎間，心中的高興，真是難以形容。因爲這時，屋子裡雖然還有煙，可是已看得很清楚，屋中根本是空的，甚麼也沒有！

蘇安叫著，轉過身來，樣子高興之極，揮著手。消防隊長和兩個消防員，已經進了那小石屋，蘇安跟了進去，一面嗆咳著，一面道：「原來屋子裡沒有人！」

消防隊長轉過頭來，用十分嚴厲的目光，瞪著蘇安。蘇安還以爲隊長是在怪他，謊報了小石屋中有兩個人，所以才對他生氣，他忙道：「對不起，長官，對不起，我以爲他們在屋裡！」

消防隊長聽得蘇安這樣說，神情不知是笑好，還是哭好。他嘆了一聲，指著石屋的一角，道：「你自己看。」

蘇安一時之間，不知道隊長叫他看甚麼，因爲隊長所指的角落，甚麼也沒有。只有在地上，有一點焦黑的東西在，也看不出是甚麼。

可是，當他仔細再一看之際，他卻陡然之間，連打了兩個寒戰！

消防隊長所指的，並不是地上，而是在牆角處的牆上。石屋中的牆，幾乎已被煙燒成黑色的了，可是就在那牆角上，卻有一處，黑色較淺，形成影子模樣的兩個人身體的痕跡！看起來，詭異恐怖，叫人毛髮直豎！

蘇安的身子發著抖，聲音發著顫：「這……這……長官，這是甚麼？」

隊長又嘆了一聲：「他們被燒死的時候，身子是緊靠著這個牆角的，所以，才在牆上留下了這樣的印子！」

蘇安只覺得喉頭發乾，他要十分努力，才能繼續說出話來：「那麼……他們的屍體呢？」

隊長指著地上那些焦黑的東西，那些東西，看起來不會比兩碗米粒更多，道：「屍體？這些，我看就是他們的遺骸了！」

蘇安的身子搖晃著，眼前發黑，幾乎昏了過去。他掙扎道：「兩個人……怎麼會……只剩下……這麼一點點？」

消防隊長的聲音很冷靜，和蘇安的震驚，截然相反，這或許是由於他職業上必需的鎮定。他道：「焚燒的溫度太高了，人體的每一部分，都燒成了灰燼，連最難燒成灰的骨骼，在高溫之下，也會變成灰燼的。剛才用水射進來的時候，可能已沖掉了一部分，還能有這一點剩下來，已經很不錯了！」

蘇安實在無法再支持下去了，他發出了一下呻吟聲，腿一軟，就「咕咚」跌倒在地上！

蘇耀西的聲音也有點發顫：「盛先生和夫人……真的燒死在……那小石屋中了？」

蘇安苦澀地道：「當然是！唉，我那時，又傷心又難過，真不知道怎麼才好。偏偏又因為盛先生將他的財產，全都通過了法律手續委託我全權處理，警察局的人還懷疑是我謀殺了他們，真正是豈有此理！有冤無路訴，放他媽的狗臭屁，這樣想，就不是人！」

蘇安越講越激動，忽然之間，破口大罵了起來。罵了一會，喘著氣道：「幸而後來查明了，起火的時候，我在睡覺。唉，我真不明白，盛先生和夫人，就算要自殺，也不必用這個法子，把自己燒成了灰！」

原振俠一直在思索著，他總覺得，蘇安的敘述，不可能是說謊。但實在太過詭異了，其間一定有一個關鍵性的問題在，可就是捕捉不到！

蘇安繼續道：「他們兩人只剩下了那麼一點骸骨，我就只好收拾起來，用一隻金盒子裝了，葬在小寶小姐墳墓的旁邊，唉，唉！」

在蘇安的連連嘆息聲中，原振俠陡然問道：「蘇先生，小石屋中，應該還有一點東西的！」

蘇安睜著淚花亂轉的眼睛，望定了原振俠。原振俠做著手勢：「還有那七個男的骷髏，七個女的骷髏，貓頭鷹甚麼的，是你交給盛先生的。」

蘇安長嘆一聲：「你想想，連兩個活生生的人，都沒剩下甚麼，別的東西，還不是早化灰了！你看我的手掌，當時只不過在門上輕輕碰了一下，足足一個月之後才復原，現在還留下了一個大疤！」

蘇安說著，伸出手，攤開手掌來。果然在他的手掌上，有一個又大又難看的疤痕。

原振俠苦笑了一下，蘇安的話是有道理的，連兩個活人都變成了灰，還有甚麼剩下的？

蘇氏兄弟也是第一次，聽他們的父親講起這件事來，他們互望了一眼，蘇耀西道：「爸，那小石屋是鎖著的吧？鑰匙在哪？我們想去看看！」

原振俠也有這個意思。蘇安一面搖頭嘆息，一面打開了一個抽屜，取出一隻盒子來，又打開盒子，然後，鄭而重之，取出了一把鑰匙來，道：「你們去吧，我……實在不想再進那小石屋去！」

蘇耀西接過了鑰匙來，三個人又一起離開了蘇安的臥室。當他們離開的時候，蘇安坐著在發怔，滿是皺紋的臉上，神情悲苦。當年發生的一連串怪異的事，在他的心中一直是一個謎。這些年來，他督促著三個兒子，忠誠地執行著盛遠天的遺囑，可是他心中的謎，卻始終未能解開。他知道，以他自己的智力而言，是無法解得開這個謎團的了，旁人是不是可以解得開呢？解開了謎團之後，對盛先生來說，究竟是好還是不好呢？蘇安的心中，感到一片迷惘，忍不住又長長地嘆了一口氣。

原振俠和蘇氏兄弟，走在走廊中，仍然可以聽到從房中傳出來的蘇安的嘆息聲。

他們都不出聲，一直到離開了屋子，走到了花園中，蘇耀西才道：「盛先生真是太神秘了！」

原振俠道：「你不覺得『神秘』這個形容詞，不足以形容盛遠天？他簡直……簡直是……詭秘和妖異。他用那樣的方法生活，又用那樣的方法自殺，沒有一件事，是可以用常理去揣度的！」

蘇耀東緩緩地道：「阿爸說得對，盛先生的心中，一定有著一件傷痛已極的事！」

原振俠「哼」地一聲：「包括他用繩子勒死了自己的女兒，也是因為他心中的傷痛？」

蘇氏兄弟的心中，對盛遠天都有著一股敬意，原振俠的話令得他們感到很不快，蘇耀西忙道：「那只不過是家父的懷疑！」

原振俠老實不客氣地道：「你們別自欺欺人了，根據敘述，如果當時經歷過的是你們，你們會得出甚麼樣的結論來？」

蘇氏兄弟默然，無法回答。他們一面說，一面在向前走著，已快接近那間小石屋了。花園很大，四周圍又黑又靜，本來就十分陰森，在接近小石屋之際，那種陰森之感越來越甚。三個人都不由自主，放慢了腳步，互望著。

原振俠道：「看一看，不會有甚麼！」

蘇氏兄弟苦笑了一下，鼓起勇氣，來到了小石屋之前，由蘇耀西打開了鎖，去推門。那道鐵門，由於生銹的緣故，在被推開來之際，發出極其難聽、令人汗毛直豎、牙齦發酸的「吱吱」

聲來。

鐵門一推開，彷彿還有一股焦臭的氣味，留在小石屋之中。

他們三人，剛才聽了蘇安的敘述之後，都想要到這裡來看一看。但由於蘇安的敘述那麼駭人，令得他們都有點精神恍惚，他們都忘了帶照明的工具來，直到這時才發現。

幸好小石屋中有蘇安在事發之後裝上的長明燈，那是一盞大約只有十燭光的電燈。在昏暗得近乎黃色的燈光下，看起來更比漆黑一團還要令人不舒服。

一進小石屋，他們就看到了在一個牆角處，牆上那顏色比較淡的人影，真是怵目驚心之極。

蘇耀西首先一個轉身，不願意再去看，原振俠想深深吸一口氣，竟有強烈的窒息之感！那小石屋中，空空如也，實在沒有甚麼可看的。而且，處身在那小石屋之中，那種不舒服之感，叫人全身都起雞皮疙瘩，有強烈的想嘔吐之感。

他們三人不約而同，急急退了出來，才吁了一口氣。原振俠問：「盛遠天的遺囑之中，一點也沒有提及，他自己為甚麼要生活得如此詭秘？」

蘇氏兄弟嘆了一聲：「沒有。」

原振俠苦笑道：「如果……古托是盛遠天……這樣關心的一個人，盛遠天又要他到圖書館來，他又有權閱讀一到一百號的藏書，那麼，我想在這部分藏書之中，可能有關鍵性的記載在！」

蘇耀西「嗯」地一聲：「大有可能！」

原振俠提高了聲音：「那我們還等甚麼，立刻到圖書館去，去看那些藏書！」

蘇氏兄弟聽得原振俠這樣提議，兩人都不出聲。原振俠訝道：「怎麼，我的提議有甚麼不對麼？」

蘇耀東直率地道：「是！那些藏書，只有持有貴賓卡的人才有權看，我們是不能私下看的！」

原振俠十分敬佩他們的忠誠，他問道：「權宜一下，也不可以？」

蘇耀西立即道：「當然不可以！」

原振俠悶哼了一聲，有點爲自己解嘲似地道：「我倒想知道，小寶圖書館發出去的貴賓卡，究竟有多少張？」

蘇耀西的神情有點無可奈何：「不瞞你說，只有一張，那編號第一號的一張！」

這個答覆，倒也出乎原振俠的意料之外，他道：「那麼，就是說，只有古托一個人，可以看那一部分藏書了？」

蘇氏兄弟點著頭，表示情形確實如此。原振俠攤了攤手：「那就盡一切可能去找古托吧，希望你們找到他之後，通知我一下！」

蘇氏兄弟滿口答應，兩人先送原振俠上了車，又折回花園去。原振俠在歸途上，依然神思恍惚，好幾次，他要強迫自己集中精神，才能繼續駕車。

古托已經夠怪異的了，可是盛遠天看來更加怪異！這兩個如此詭異的人之間，究竟是甚麼關係？從年齡上來判斷，他們絕不可能是朋友、兄弟，只有一個可能，他們是父子！但是古托若是盛遠天的兒子，何以要在孤兒院中長大？

原振俠的心中，充滿了疑團。回到家中之後，他洗了一個熱水澡，可是一樣得不到好睡，做了一夜亂七八糟的怪夢，甚至夢見了有七隻貓頭鷹，各自啣了一個骷髏，在飛來飛去！

第二天，當他醒過來之後，他想到了一件事：盛遠天臨死之前做的那些怪事，看起來，像是某一種邪術的儀式，是不是和巫術有關？

原振俠有頭昏腦脹的感覺，到了醫院之後，連他的同事都看出他精神不能集中，勸他休息一天。原振俠並沒有休息，強迫自己集中精神工作。下午，他接到了蘇耀東打來的電話：「原醫生，找到古托先生了！」

原振俠精神一振：「他怎麼樣？」

蘇耀東道：「他的情形很不好。原醫生，有甚麼方法，可以令得一個三天來，不斷在灌著烈酒的人醒過來？」

原振俠一怔，立時明白：「他喝醉了？」

古托的精神十分痛苦，他酗酒，注射毒品，都是爲了麻醉自己，這一點是原振俠早就知道了的。

蘇耀東長嘆了一聲：「你最好趕快來，帶一點可以醒酒的藥物來，他在黑貓酒吧，地址是——」事實上，是沒有甚麼藥物可以把血液中的酒精消除的，但總有一些藥物，可以令得人振作些。所以原振俠就找了一些適用的藥物，向醫院告了假，駕著車，到黑貓酒吧去。

黑貓酒吧是一個中型的酒吧，原振俠才一推門進去，就嚇了一大跳。只見酒吧中橫七豎八，躺滿了人，所有的人，都幾乎是全裸的。男人不多，至少有十七、八個女性，大都年紀很輕，身材健美，臉上本來可能有很濃的化粧，但這時看來，每個女人的臉上，都像是倒翻了油彩架子一樣，有的人摟成一團，有的縮在一角，酒氣沖天。

一個胖女人，正在和蘇耀東講話。蘇耀東一看到原振俠進來，忙迎了上來，指著胖女人道：「這是老闆娘，老闆娘，你向原醫生說說情形。」

胖女人眨著眼，道：「這位先生，是三天前來的，那時，我們已經快打烊了——」她一面說，一面指著一個角落。原振俠向她所指的方向看去，看到古托赤著上身，穿著長褲，躺在地上。在他身邊，是兩個吧女，還有一個吧女枕在他的肚子上，看來他醉得人事不省。

原振俠跨過了躺在地上的那些人，來到了古托的身邊，推開了他身邊的吧女。

蘇耀東也跟了過來，兩個人合力想把古托從地上拉起來，放在椅子上。可是喝醉了酒的人，身子好像特別重，尤其這時候，古托醉得如此之甚，全身的骨骼，像是再也不能支撐他的身體一樣。

兩個人用盡了氣力，才勉強把他弄到一張小沙發上。古托人雖然坐著，可是頭部以一種看來十分可怕的姿勢，歪向一邊，口角流著涎沫，臉色可怕之極。

蘇耀東駭然道：「有沒有人醉死的？」

原振俠苦笑了一下：「醉是醉不死的，不過你看他現在這種情形，隨時可以出意外。最容易發生的意外是頸骨斷折，那就非死不可了！」

蘇耀東想去扶直古托的頭，但古托已醉得頸骨一點承受力都沒有了，扶直了又歪向一邊。原振俠把他的身子移下一點，令他的頭向後仰，靠在沙發背上，這才好了一點。

老闆娘也跟了過來，敘述著古托來的時候的情形：「他一來，就不讓我們休息，要喝酒，並且說誰陪他喝酒的，他就照正常的收費十倍付錢……老天，他身邊的錢真多！他要我暫停營業，不讓別人進來，所有的女孩子都陪他。後來，他又拉了看門的、酒保、打手一起喝，不斷地喝。在開始幾小時後，他就醉了，可是他還是不斷地喝著，真是，開了幾十年酒吧，沒有見過這樣的客人！」

原振俠看著爛醉如泥的古托，嘆了一聲，心裡對他寄以無限的同情。像古托這樣的生活，除了拚命麻醉自己之外，實在也沒有別的法子可想了！

他問老闆娘：「他的錢，夠不夠付三天的酒帳？」

老闆娘倒很老實：「還有多的，在我這裡——」原振俠慷他人之慨：「不必找了，你拿了分給酒吧裡的人好了，這位先生是我們的朋友，我們要把他帶走！」

老闆娘高興莫名，忙道：「他的衣服我也收好了，我知道他一定是個大有來頭的人物，所以一直看著他，怕他出意外。今天私家偵探找了來——他是甚麼人？是中東來的大富豪？」

原振俠懶得理，示意蘇耀東和他一起，去扶起古托來。當他們兩人，半挾半扶，把古托抬出去之際，老闆娘還在問：「他為甚麼那麼痛苦？當他還能講話的時候，他跪在地上，向每一個我這裡的女孩說，他比她們任何一個人都要痛苦！」

原振俠和蘇耀東都不去睬她，老闆娘一直到門口，還在問：「他那麼有錢，為甚麼還要痛苦？真不明白，有那麼多錢的人，還會不快樂！」

原振俠心中苦笑了一下。老闆娘當然不明白，世界上很多人，有了錢就快樂，但是也有些人有錢一樣不快樂。古托和盛遠天，都是典型的例子。如果把盛遠天的事，講給老闆娘聽，只怕她更要把腦袋敲破了，也不明白。

蘇耀東和原振俠兩人，合力把古托弄上了車，令他躺在車子的後座，他們坐在旁邊。蘇耀東道：「是一個私家偵探找到他的。從種種跡象來看，他和盛先生，有一定的關係，我看先把他弄到我那裡去，好不好？」

原振俠本來想把古托送到醫院去的，聽得蘇耀東這樣講，他想了想，道：「蘇先生，他……他……有點古怪，到你家裡去，可能不是很方便。」

蘇耀東「哦」地一聲：「那就這樣，我辦公室有附設的休息室，設備很好，把他送去，派人照顧，等他酒醒了再說！」

原振俠同意了他的提議，蘇耀東就吩咐司機開車。

蘇耀東的辦公室，在遠天機構大廈的頂樓。大廈在城市的商業繁盛區，那是全世界地價最高的地區之一，足可以和紐約的長島，東京的銀座，鼎足而三。

在遠天機構六十六層高大廈旁邊的，就是王氏機構的大廈。王氏機構的董事長王一恆，就曾想在遠天機構要籌現款的時候，用低價把遠天機構的大廈買下來。

當蘇耀東的車子駛進了大廈底層的停車場之後，事情倒比較容易了。車子直接停在蘇耀東私用的電梯門口，扶出了古托來，進入了看起來像是小客廳一樣，裝飾豪華的電梯之中。

出了電梯，有兩個穿著制服的男僕，迎了上來，扶住了古托。

這幢大廈的頂樓，全部由蘇耀東使用，一邊是他的辦公室，另一邊就是他的「休息的地方」。事實上，那是裝飾極豪華舒適的一個地方，有寬大的臥房，外面平台上還有游泳池。

看起來，蘇安雖然一直自奉極儉，但是蘇氏兄弟的看法和他們的父親略有不同。他們對盛遠天忠誠，可是卻也享用著他們應得的享受。

把古托扶到了床上之後，除了等他自己醒來之外，沒有別的方法可想。蘇耀東吩咐兩個僕人，一步也不能離開地看顧他。

他本來想要原振俠留下來，原振俠搖頭道：「我醫院還有事，而且看他的樣子，十二小時之內不會醒過來。這樣好了，我下班之後，到這裡來陪他，只要他一醒，就可以和他交談了。」

蘇耀東道：「恰好我們的老二，才從歐洲回來，你來的時候，可以見見他！」

原振俠順口答應著，蘇耀東道：「耀南是專門負責外地業務的，他的辦公室在巴黎。」

原振俠一時之間，不明白何以蘇耀東告訴他這些，所以他望著蘇耀東，準備聽他進一步的解釋。蘇耀東吸了一口氣，來回踱了幾步，示意原振俠坐了下來，道：「原醫生，我們雖認識不多久，可是我已經把你，當作可以共享秘密的朋友。」

原振俠淡然道，「謝謝你！」

他講得很客氣，絕不因為蘇耀東看重他，而感到有甚麼特別。雖然，蘇耀東掌握著一個龐大的金融機構，但是那在原振俠的心目中，卻不算是甚麼。

從窗口望出去，可以看到王氏機構的大廈更高，也是在頂樓，就是王一恆的辦公室。亞洲大富豪王一恆，就曾熱切地要他加入機構服務，但原振俠仍然願意當他自己的醫生。

原振俠望著窗外，想著王一恆，又想起了黃絹，這個世界上權勢最強的女人，心裡不禁一陣難過，不由自主，嘆了一口氣。蘇耀東自然不知道原振俠在想甚麼，聽他忽然無緣無故嘆了一聲，也不禁呆了一呆。

原振俠忙道：「我是在想我自己的事，你想對我說甚麼？」

蘇耀東又想了一下，向臥室指了一指：「這位古托先生，也是你的朋友？」

原振俠點頭：「是的，他也和我分享了一個屬於他的最大秘密。」

蘇耀東步入了正題：「如果，古托先生和盛先生，有著血緣的關係，或者其他的關係的話，你知道，這裡面就牽涉到十分複雜的問題！」

原振俠皺起了眉：「金錢、財富的問題？」

蘇耀東忙搖手道：「你誤會我的意思了。我的意思是，我們一家，都在忠實執行盛先生的遺囑，如果有人和盛先生的關係，比我們更親近，那麼，我們就可以卸下責任，把一切交給他了！」

蘇耀東這樣說法，倒確然很令原振俠感到意外！這世界上，只有拚命爭奪財富的人，哪有相讓財富的人？

原振俠笑著，懷著對蘇耀東的欽佩，道：「這，等確定了他的身分之後，再說也不遲。而且，我想古托也不會有興趣，處理繁重的商務！」

蘇耀東伸手在臉上重重撫摸著，道：「誰有興趣！我的興趣是研究海洋生物，你想不到吧，我是海洋生物學博士。可是如今卻要做一個大機構的董事長，真是乏味透了！真希望能把這個擔子卸下來，可是盛先生的遺囑卻非執行不可！」

蘇耀東在這樣講的時候，樣子顯得極度地疲乏和無可奈何。看來簡直就是一個外面有一班朋友等著他去踢足球，而他卻非關在房間做功課的小學生一樣！

原振俠不禁長嘆了一聲，喃喃地道：「每一個人，都有每一個人的煩惱！」

他說著，站起來告辭。看著送他出來的蘇耀東，帶著一副不情不願的樣子，走向另一邊，他的辦公室。原振俠突然叫住了他，等蘇耀東轉過身來，原振俠才道：「蘇先生，其實你可以把機構的事，交託給能幹的人，自己去研究海洋生物！」

蘇耀東望了原振俠片刻，嘆了一聲：「那是我做夢也在想著的事！」

各位，別以為蘇耀東和原振俠這時的對話，沒有甚麼特別的意義。的確，那和《血咒》這個故事，關係不大，但是另有一個離奇之極的故事，在日後發生的，卻和這段對話，有著相當密切的關係。當然，那是以後的事情了，在原振俠和古托兩人，也有了很多怪異的遭遇之後的事。

原振俠離開了遠天機構的大廈，先回到酒吧旁取了車。當他經過酒吧門口的時候，看到很多人聚在酒吧門口，在交頭接耳閒談，可能是在談論著古托的豪舉。

原振俠再到遠天機構大廈，是晚上十時左右了。他才駛到門口，一個司機就迎上來，問明了他就是原振俠之後，恭恭敬敬地請他上私用電梯。到了頂樓，原振俠看到蘇耀東、蘇耀西，還有一個穿著打扮都極時髦，體格魁偉的年輕人，一看面貌就可以知道，他是蘇家的老二蘇耀南。

蘇耀南看來爽直坦誠，一看到原振俠，就一個箭步跨上來，和原振俠握手。

他一面用力搖著原振俠的手，一面道：「聽大哥和三弟說起，阿爸說的有關盛先生的事，原醫生，我可以肯定，他們臨死之前，是在進行一種巫術的儀式！」

原振俠道：「我想也是，但是你何以如此肯定？」

蘇耀南一面向內走去，一面道：「我見過！我見過進行巫術儀式的人，把烏鴉和貓頭鷹的眼珠挖出來，燒成灰，據說，那樣可以使得咒語生效。」

蘇耀西在一旁解釋道：「二哥最喜歡這種古靈精怪的東西，從小就這樣，他甚至相信煉丹術！」

蘇耀南一瞪眼，道：「你以為我是為甚麼，唸大學時選擇了化學系的？」

原振俠笑了起來。這三兄弟年紀和他相彷，性格雖然各有不同，但是爽朗則一，是很可以談得來的朋友。

蘇耀南一直在說話，他的話，證明他是一個充滿了想像力的人：「還有男人和女人的骷髏，這也是巫術中重要的東西。據說把一個骷髏弄成粉，再加上適當配合的咒語，就可以使得這個骷髏生前的精力，全都為施巫術的人所用！」

各人進了客廳，坐了下來，蘇耀西為每人斟酒。蘇耀南一面喝酒，一面仍在滔滔不絕：「所以我可以肯定，盛先生一定精通巫術，他要在臨死之前，用巫術做一件大事！不知道他想幹甚麼？照阿爸所說的那種陣仗看來，如果巫術有靈，他簡直可以把阿爾卑斯山分成兩半了！」

原振俠搖著頭道：「不對吧！他們兩個人，自己也賠上了性命！」

蘇耀南的樣子顯得很神秘，向前俯著身，道：「由此可知他們在施術的時候，意志是何等堅決！」

原振俠笑了起來，直率地道：「我看你對巫術是外行，我們這裡有一個巫術的大行家在，不知道他醒了沒有？」

原振俠一面說，一面指著臥室。蘇耀東道：「動過幾下，又睡了。」

原振俠道：「我們去看看他！」

一行人向臥室走去，看到古托仍然攤手攤腳躺在床上，一動也不動。來到床邊的時候，就聞到了一股刺鼻的酒味。

原振俠翻開了他的眼皮看了看，道：「事情是沒有事情的。我想，明天一早，你們要找一個醫生來，替他進行靜脈鹽水注射，五百ＣＣ夠了，這樣會使他比較容易清醒一些。」

蘇耀西道：「今天晚上，我們準備在這裡陪他，原醫生你是不是也參加？」

原振俠道：「好，那就由我來替他進行鹽水注射好了，我要去準備應用的東西。」

蘇耀南道：「好極了，很高興認識你。我看，你也不必稱我們為蘇先生，我們也不稱你為原醫生了，大家叫名字，好不好呢？」

原振俠笑著：「當然好，叫你們蘇先生，你們三個人一起搶著答，很彆扭！」

大家都笑了起來，原振俠先告辭離去，大半小時之後他再來，花了十來分鐘，把鹽水瓶掛著，讓生理鹽水緩緩注入古托靜脈之中。

他們四個人就在臥室中閒談，先是天南地北，到後來，話題集中在探討盛遠天神秘的來歷身上。蘇耀南道：「我看，盛先生和巫術，一定有過極深的關係，小寶圖書館創立之後，他特別吩咐，要蒐集這方面的書。」

蘇耀西搖頭道：「這樣說，首先要肯定的，是否真有巫術的存在！」

蘇耀南忙道：「當然有，怎麼會沒有巫術？否則，又怎麼會有那麼多書籍去記載它們？」

蘇耀西笑了起來：「二哥，你別和我抬槓。我的意思是，巫術是不是真有一種神秘的力量，可以通過古怪的儀式和莫名其妙的咒語，使得一些不可能發生的事發生？」

蘇耀南被他的弟弟問得講不出話來。持著酒杯的原振俠，那時真想把發生在古托身上的事，講了出來。但是在未曾得到古托的同意之前，他不能隨便暴露人家的秘密，所以他忍住了沒說甚麼。

蘇耀南大聲道：「我舉不出實際的例子來，但是這不等於事實不存在！」

蘇氏兄弟可能是從小就爭慣了的，蘇耀西立時道：「二哥，這是詭辯。照你這樣說法，你可以說有三頭人的存在，有六隻腳的馬存在，只不過舉不出實在的例子來而已！」

蘇耀南更被駁得說不出來，就在這時，一個微弱的聲音，發自床上：「如果有事實存在，就可以由此證明，巫術確有一種神奇的力量麼？」

原振俠一聽，首先站了起來：「古托，你醒了！」

古托仍然躺著不動，只是睜開眼來：「醒了相當時間，在聽你們講那位盛先生的事，請原諒我的插言！」

原振俠來到了床邊，指著並排站在床邊的蘇氏三兄弟，向古托作了一個介紹。古托問：「我是不是和那位盛先生，有甚麼關係？」

原振俠吸了一口氣：「不能肯定，但是古托，你從進入孤兒院起，一直到你可以在瑞士銀行戶頭中，隨意支取金錢，這一切，都是他們三位忠實執行盛遠天遺囑的結果。那次你想試一下，究竟可以在戶頭裡拿多少錢，把他們害得很慘！」

原振俠把那次遠天機構爲了籌措現金的狼狽情形，節略地說了一下。古托默默地聽著，有點淒然地笑了一下。

原振俠又道：「我相信，委託了倫敦的一位律師，要在你三十歲生日那天找到你，問你一個古怪的問題，把一件禮物給你的那個人，也是盛遠天！」

原振俠所說的這件事，蘇氏兄弟都不知道。蘇耀東性急，立時問：「怎麼一回事？」

古托深深地吸了一口氣：「我們之間互相要說的事太多了，先讓我聽聽所有有關盛遠天的一切！」

原振俠等四人，把椅子移近床前，盡他們所知，把盛遠天的一切說給古托聽。

古托一直只是默默地聽著，有時，看起來甚至像是睡著了一樣。那是大醉之後的虛弱，事實上，他一直在極用心地聽。

只有在敘述到兩處經過之際，古托才不由自主地，發出了一下驚呼聲。一次，是講到小寶死的時候的情形，說到蘇安知道了盛遠天所說的那句話，是「勒死你」之際。第二次，是說到盛遠天夫婦，在石屋中，要蘇安去弄那些古怪東西時，古托不但驚呼了一聲，而且道：「他們……他們要燒死自己！」

蘇耀南忙問：「你怎麼知道？是爲了甚麼？」

古托卻沒有回答，只是揮著手，示意繼續講下去。

等到講完，古托的樣子很難看，口唇在不斷顫動著，可是又沒有聲音發出來。過了好一會，他才道：「原醫生，我的事情，請你代說一下，好不好？」

原振俠遲疑了一下，古托已經道：「甚麼都說，包括我腿上的那個洞！」

他一面說，一面掙扎著，吃力地要去捋起褲腳來，給他們看他腿上的那個洞。蘇氏兄弟互望著，神情驚疑，他們都不知道「腿上的一個洞」是甚麼意思。

原振俠制止了古托的動作，道：「好，我來講，等講到的時候，再請你……」他作了一個手勢。

古托閉上了眼睛，神色慘白。

而原振俠就開始講有關古托的事。

蘇氏兄弟聽得目瞪口呆，蘇耀南不斷喃喃地道：「巫術！巫術！」

蘇耀東搖頭：「可是，古托先生並沒有得罪任何人啊，誰在他的身上施了巫術？」

原振俠一面在敘述古托的事，一面也在聽他們低聲議論。這時，他聽得蘇耀東這樣講，心中陡地一動，只覺得遍體生涼，一時之間，竟然停止了敘述，要定了定神，才能繼續說下去。

原振俠在那一剎間所想到的是：古托的一生，絕沒有招惹任何人向他施巫術的可能，可是他腿上的那個洞，卻是這樣怪異！如果肯定了那是有人施巫術的結果，那麼，是不是施術者心中的懷恨，到了極點，而古托又和被施術者懷恨的人，有深切的關係，所以才連帶遭了殃呢？

如果這樣設想成立的話，那麼，第一個中巫術的人是誰？是盛遠天？

事情似乎越來越複雜，越來越不可解了。

等到原振俠把有關古托的事講完，蘇耀東已首先叫了起來：「請阿爸來！古托先生毫無疑問，是盛先生的兒子，一定是！」

原振俠道：「我也這樣想過，可是怎樣解釋孤兒院中長大一事？」

蘇耀東答不上來，蘇耀西道：「我們不必猜測了，我看，圖書館中只准古托先生閱讀的那些書籍之中，一定有著答案！」

這時，五百ＣＣ的生理鹽水已經注射完畢。古托雖然依舊臉色蒼白，但是精神已經好了很多，時間也已經接近天亮了！

古托緩緩地道：「我想也是，三十歲生日，那律師來找我，如果在我身上沒有甚麼怪事發生過，我根本不必知道世上有一個圖書館叫小寶圖書館。但在我身上有怪事發生過的話，我就得到那張卡，有權來閱讀那批書。可知那批書，對我有極大的關係。」

蘇耀東望著古托：「你覺得可以走動麼？」

古托慘然一笑：「不能走動，我也立即要爬去！」

他掙扎著要坐起來，手背撐在床上，臂骨發出格格的聲響來，可知他身子虛弱之極。蘇氏兄弟過去扶他起來，吩咐僕人送來補品。古托只是隨便喝了兩口，穿上了襯衫，提著外套，雖然每跨出一步，身子就不免搖晃一下，可是卻不要人再扶他。

等到他們全上了車，蘇耀南才問：「古托先生，何以你聽到盛先生死前的準備，就知道他們一定會燒死自己？」

古托沉默了一會，才道：「他們要用自己的生命，使得一種惡毒的詛咒失效，就必須燒死自己，才能產生那種對抗力量。」

古托的話說得雖然簡單，但是已經夠明白了。可是聽得古托這樣說的人，卻都有一種陷身虛幻莫名的境界之感。

他們全是受過高等現代化教育的人，對他們來說，巫術，咒語，那只不過是傳說中的現象，是一種實際上不存在的東西。

可是，如今，活生生的事實卻擺在他們面前；和他們的知識完全相違背的現象，就在眼前。那種心境上的迷惘和徬徨，就像是一個一輩子靠竹杖點路的瞎子，忽然之間失去了竹杖一樣！

他們也更同情古托，因爲他們還只是旁觀者，已經這樣失落和不知所措，古托卻是身受者，心境上的悲痛、徬徨，一定在他們萬倍之上！

古托在說了之後，四個人都不出聲，古托又道：「這是我在一本書上看到的！」

蘇耀南道：「我不明白，這是很矛盾的事。再惡毒的咒語，也不過使人死而已，要使這種咒語失效，反倒要犧牲自己的生命，而且是自焚致死！這又是爲了甚麼？好像沒有法子講得通！」

蘇耀西苦笑了一下：「講不通的事情太多了！」

古托的喉間發出了一下聲響，像是要講話。但是當各人向他望去之際，他卻又不出聲，只是口唇還在不住地發顫。

原振俠道：「我看一定有原因的，或許是原來的詛咒實在太惡毒，如果不用這種方法令之失效的話，怕會……會使靈魂都受到損害？」

古托陡然叫了起來：「事情已經夠複雜的了，別再扯到靈魂的身上好不好？」

原振俠作了一個手勢：「對，其實，我看小寶圖書館中的藏書，一定可以解釋這許多複雜的事。對不起，我想下車，先回去了。」

古托立時望向原振俠：「原，你生氣了？」

原振俠嘆了一聲，伸手在古托的肩頭上拍了一下：「當然不會，古托，我們是朋友，你有甚麼事要我幫忙的，我一定不會推辭！」

古托望了原振俠片刻，才道：「這是你答應過的！」

原振俠慨然道：「答允就是答允！」

古托點了點頭，坐直了身子，道：「那就請你一起到小寶圖書館去！」

原振俠的神情，十分為難。

原振俠的為難，是有道理的。古托已和蘇氏兄弟相遇，他們之間，可能有著極深刻的關係，而他，只不過是古托偶然相遇的朋友。

而且，在到了小寶圖書館之後，古托有權看的那些書，可能牽涉到極多的秘密，不能大家一起看。那麼，去了又有甚麼作用呢？

不過這時古托既然這樣要求，原振俠也不好意思再拒絕，他點了點頭，算是答應。

在駛向小寶圖書館的途中，蘇耀南說了最多的話，提出了很多問題。但這些問題，全是原振俠早在自己心中，不知問過了自己多少遍的，根本沒有答案。

車子在圖書館前停下，五個人一起走進去。值夜班的職員，看蘇氏三兄弟在這樣的時間，同時出現，有點手足無措。

蘇耀西向職員擺了擺手，示意他不必忙碌，就帶著各人，來到了他的辦公室。當他們經過大堂的那些畫像之前的時候，每一個人，都不約而同，向那幅初出世的嬰兒畫像，望了一眼。他們都不出聲。因為在酒吧中找到古托的時候，古托是赤著上身的，古托在接受鹽水注射的時候，也赤著上身，所以，他們都看到過古托胸前的那塊胎記。

那畫中的嬰兒，就是古托。這幾乎在他們的心中，都已經是肯定的事了！

問題就是，畫中的嬰兒，究竟是盛遠天的甚麼人？

到了蘇耀西的辦公室之後，他先打開了一扇暗門。那暗門造得十分巧妙，要接連按下七個按鈕，才能使之移了開來。

在暗門之後，是一具相當大的保險箱。蘇耀西轉動著鍵盤上的密碼，道：「自從我當館長以來，我還是第一次開啓這具保險箱。」

號碼轉對了之後，他在抽屜中取出鑰匙，開了鎖。保險箱的門，顯然十分沉重，他要用很大的氣力，才能將之打了開來。

人人都以為，保險箱打開之後，就可以看到編號一到一百的書本了。在這以前，各人的心中也都在疑惑，覺得再珍貴的書，也不必保管得那麼妥善！

但是，保險箱打開之後，各人都呆了一呆。因為他們看不到書，他們看到的，是一隻相當大的金屬盒子，足足佔據了保險箱內的一半。蘇耀西招了他二哥過來，兩人一起把那金屬箱子搬了出來。

那金屬箱子一望而知，是用十分堅固的合金鑄成的，放在地上，到人的膝頭那麼高，是一個正立方形的箱子。

蘇耀西檢查了一下，發現並沒有甚麼可供打開的地方，只有在一邊接近角落部分，有一道縫。在這道縫的附近，刻著一行字：「開啓本箱，請用第一號貴賓卡」。

蘇耀西「啊」地一聲，後退了一步，把那行字指給古托看。蘇耀南道：「嗯，那張貴賓卡，原來是磁性鑰匙。要是遺失了的話，恐怕沒有別的方法，可以打得開這隻金屬箱了！」

古托一聲不出，只是緊抿著嘴，取出了那張貴賓卡來。當他把貴賓卡向那道縫中插去之際，他的手不禁在發抖！

他心情緊張是可以理解的，他期望他身世的秘密，發生在他身上的種種怪事，都可以通過打開箱子而得到解決。要是萬一打開箱子來，裡面甚麼也沒有的話，古托真是不知怎麼才好了。

由於他的手抖得如此之劇烈，要原振俠幫著他，才能把那張貴賓卡完全塞進去。塞了進去之後，發出一陣輕微的「格格」聲響，那隻箱子的箱蓋，就自動向上彈高了少許。古托一伸手，就將箱蓋打了開來。

那隻箱子，自然是經過精心設計的，內中裝有強力的電池，使得磁性感應箱蓋彈起。

古托一揭開了箱蓋之後，只看到箱內有一個極淺的間格，上面放著一張紙，紙上整齊地寫著幾行字。蘇氏兄弟一看到那幾行字，就發出了「啊」的一聲，原振俠向他們望過去，蘇耀南低聲解釋著他們的驚訝：「這是盛先生的字，我們看得多了，認得出筆跡。」

原振俠已看出，那幾行字是西班牙文，古托盯著看，旁人也看到了。那幾行字是：

「伊里安‧古托，我真希望你看不到我寫的這幾行字，永遠看不到。如果不幸你看到了，你必定得準備接受事實。所有的事實，全在這箱子之中，是我親筆寫下來的。當你打開箱子的時候，不論有甚麼人在你的身邊，都必須請他離開，你一定要單獨閱讀這些資料。孩子，相信我的話，當你看完之後，你就知道我為甚麼會這樣叫你！

盛遠天」

在署名之後，還有日期，算起來，那日子正是古托出世之後一年的事。古托發出了一下十分古怪的聲音，一下子把那個間格提了起來，拋了開去。

取走了那個間格之後，箱子中，是釘得十分整齊的幾本簿子，每一本有五、六公分厚，和普通的練習簿差不多大小。

古托不由自主喘著氣，伸手去取簿子，原振俠向蘇氏三兄弟使了一個眼色。三人知道原振俠的意思，既然盛遠天鄭而重之地說明，只准他一個人看這些資料，他們就不適宜在旁邊。

蘇耀西道：「古托先生，我們在外面等你，如果你有甚麼需要，只管用對講機通知我們！」

古托像是沒有聽到一樣，只是用十分緩慢的動作，伸手入箱，把第一本簿子，取了出來。

而原振俠等四人，也在那時候，悄然退了出來。

他們來到了辦公室外的會客室，蘇耀南道：「他不知道要看多久？」

蘇耀東苦笑了一下：「不論他看多久，我們總得在這等他！唉！有幾個重要的會議，看來只好改在小寶圖書館來進行了！」

蘇氏三兄弟接著便討論起他們的業務來，原振俠一句話也插不進去。他望向窗外，已經晨曦朦朧了。他道：「我現在回醫院去，在上班前，還可以休息一下。古托要是找我，請通知我！」

蘇耀南還想留他下來，原振俠一面搖著頭，一面已經走了出去。

他回到了醫院，只休息了一小時，就開始繁重的工作了。到了中午，他接到了一個電話：

「古托先生還沒有出來，只吩咐了要食物。」

到他下班之前，蘇耀西又在電話中告訴了他同樣的話。原振俠回到了家中，到他臨睡前，蘇耀西的聲音，聽來疲倦不堪：「古托先生還在看那些資料！」

原振俠有點啼笑皆非，問：「他究竟要看到甚麼時候？應該早看完了！」

蘇耀西道：「是啊，或許看完了之後，他正在想甚麼，我們也不敢去打擾他！」

第六部：盛遠天與吧女瑪麗

蘇氏三兄弟不但不敢去打擾古托，也不敢離去，一直在外面的會客室中等著。他們三個人，全是商場中的大忙人，這間會客室，也成了他們三個人的臨時辦公室，單是秘書人員，就超過了十個。

古托一直到第三天，將近中午時分，才推開門，緩步走了出來。

古托一走了出來，看到會客室中，鬧哄哄地有那麼多人時，他嚇了一跳。而這時在會客室中的人，忽然之間看到一個面色慘白，雙眼失神，頭髮不但散亂，而且還被汗水濕得黏在額上的人，搖搖晃晃，走了出來，也是人人愕然。尤其當他們看到蘇氏三兄弟，一見那人出現，就立時甚麼都不管，恭而敬之迎了上去之際，更是大爲訝異。

古托只走了一步，看到人多，就向蘇氏三兄弟招了招手，示意他們進辦公室去，三人忙走了進去。

在會客室中，一個看來也像是大亨一樣的人，不耐煩地叫道：「蘇先生，我們正在商量重要的事情！」

蘇耀東連頭也不回，只是向後擺了擺手：「你不想等，可以不等！」

那大亨狀的人臉色鐵青，站起來向外就走，但是他還沒有走到門口，就苦笑著走了回來，重重地坐了下來。他當然是有所求於遠天機構的，以遠天機構的財力而言，還會去求甚麼人？

蘇氏三兄弟進了辦公室，看到那隻箱子已經合上，所有的資料，自然也在箱子之中。古托的聲音聽來又嘶啞又疲倦，他道：「三位，我不能向你們多說甚麼——」他說到這裡，深深吸了一口氣：「原來我是盛遠天的兒子，是我母親知道懷孕之後，他們一起到巴拿馬，生下我的。這就是他們那次旅行的目的！」

蘇氏三兄弟互望著，一時之間，不知說甚麼才好。

古托作了一個手勢，續道：「遠天機構的一切照常，我也仍然可以在那個戶頭中支取我要用的錢，我只改變一件事！」

蘇氏三兄弟神情多少有點緊張，古托緩慢地道：「你們三位，除了支取原來的薪水之外，每人還可以得到遠天機構盈利的百分之十——去年整個機構的盈利是多少？」

蘇耀東不由自主，吞了一口口水道：「去年的盈利是九億英磅左右。」

古托道：「你們每人得百分之十，我有權這樣做的，你們請看！」

他說著，把桌上的一份文件，取了起來，交給蘇氏兄弟。文件很清楚寫著：「伊里安・古托有權處置遠天機構中一切事務。盛遠天」蘇氏三兄弟感激得說不出話來。古托向他們苦笑了一下：「我要去找原振俠，你們的業務太忙，我不打擾你們了！」

蘇耀南連忙道：「古托先生，發生在你身上的那些怪事，你——你——」古托揮了揮手：

「如果事情可以解決，我會告訴你們，如果不能解決，我看也不必說了！」

當他講到這裡之際，他神情之苦澀，真是難以形容，連聲音也是哽咽的。蘇氏三兄弟齊聲道：「如果你要人幫忙，我們總可以——」古托搖頭：「不必，我去找原振俠，你們替我準備車子，叫人搬這箱子上車，我要去找原振俠。」

他說著，就雙手抱著頭，坐了下來。蘇耀西注意到，送進來的食物，他幾乎連碰都沒有碰過。箱子中的資料，當然已經給了他一定的答案，可是爲甚麼他看起來，更加痛苦了呢？

把遠天機構每年的盈利，分百分之十給他們每一個人，這自然是慷慨之極的行動。但是他們三人都不是貪財的人，他們覺得有盡一切能力，幫助古托的必要！

他們望定了古托，都不知道該如何開口才好。古托只是托著頭，道：「你們照我的意思去做就是！」

三人嘆了一聲，蘇耀南拿起電話，叫人來拿箱子，準備車子，接著，又打電話到醫院，通知了原振俠。

原振俠在醫院門口等了沒有多久，一輛由穿制服的司機駕駛的大房車就駛來。司機打開後座的車門，原振俠看到古托正雙手抱著頭，坐在車中。古托身子沒有動，只是道：「請上車，我有太多的話對你說！」

原振俠苦笑了一下。他的工作，是不能隨便離開崗位的，但古托似乎完全不理會這一點。

原振俠遲疑了一下之後，道：「古托，我得先去交代一下——」古托尖聲叫了起來：「等你交代完畢，我只怕已經死了！你是醫生不是？見到一個你可以救的垂死的人，你不準備救？」

原振俠嘆了一聲，沒有再說甚麼，上了車，坐在古托的身邊。古托吩咐司機，駛到原振俠的住所去。原振俠「嘎」地一聲：「我住的是醫院的宿舍，照我現在這樣的行為，非給醫院開除不可！」

古托立時道：「我造一座醫院給你，全亞洲設備最完善的！」

原振俠十分不滿古托這樣的態度，譏嘲道：「從甚麼時候起，你對生命又充滿熱愛了？」

古托卻不理會他的嘲弄，立即道：「在看了那麼多的資料之後！」

原振俠不由自主，深深地吸了一口氣。古托的話已經說得很明白了，那些資料之中，一定包含了盛遠天的全部秘密，連發生在古托身上的怪事，一定也已經有了答案！

這是原振俠急切想知道的事，他盯著古托，希望古托快快把那幾大本資料的內容告訴他。可是古托只是緊抿著嘴，過了半晌，他才道：「這些資料中所寫的東西實在太多，我無法向你轉述。只能告訴你一點，我是盛遠天的兒子，是在巴拿馬出世的。」

原振俠「哦」地一聲：「那一定是他們那次長期旅行間的事，可是——」古托揚起了手，阻止原振俠再講下去，只是道：「我需要你幫助，我們要一起去做一件近代人從來沒有做過的事。所以，你需要瞭解全部的事實，那一箱資料，就在車後，你要仔細全部閱讀！」

原振俠大感興趣，忍不住轉頭向車後看了一眼，最好立刻就可以看到。

古托忽然又長長嘆了一聲，不再說甚麼。車子到了醫院宿舍門口，司機打開了車門之後，再打開行李箱，把那隻合金箱子，搬進了原振俠的住所。

一進去，古托就打開了箱子，道：「全部東西都在裡面，我只取走了一張遺囑，說明我可以全權處理遠天機構的任何事務！」

原振俠一面拿起了一本簿子來，一面望著古托：「你如何實施你的權力？」他相當喜歡蘇氏兄弟，所以才這樣問了一句。古托把他處理的方法講了出來，原振俠也很代古托高興。

古托望著原振俠：「如果你答應幫我忙，不論事情辦得成辦不成，你可以得到遠天機構每年盈利的百分之二十！」

原振俠搖著頭：「古托，如果我答應幫你，或者是為了我自己的好奇、興趣，或者是為了你需要幫助，或者是為了其他八百多個原因，但絕不是為了金錢。這一點，你最好早點弄明白！」

原振俠的話，說得已接近嚴厲了，古托在怔了一怔之後，由衷地道：「我弄明白了，對不起——如果你不介意的話，我想先借用你的浴室，再借用你的臥房，好好休息一下。我估計你看那些東西，至少要好幾小時！」

原振俠揮了揮手，打開了那簿子來——自從他打開了第一頁之後，古托做了些甚麼，他根本不知道。他全副精神，全被那些記載吸引住了。

要說明一下的是，那箱子中的幾本簿子，全是手寫的文字。所謂「編號一到一百號」的書籍，只是一個掩飾。

那些文字，全是盛遠天寫下來的，可以說是他的傳記，也可以說是他的日記。所有的記載，有的時候，十分凌亂，也有的時候，講的全是一些日常生活上瑣碎的事情，事業上的事，一點意義也沒有。但是很多部分，卻是驚心動魄，變幻莫測，看得人心驚肉跳，連氣也透不過來。

等到原振俠終於抬起頭來時，天早就黑了，古托在床上睡得正甜。原振俠的思緒極亂，他只是怔怔地望著窗外閃爍的燈火。

盛遠天的自敘，是需要經過一番整理，才能更明白他的一生。而他的一生，和古托身上發生的怪事，有著極密切的關係。

經過整理之後，盛遠天的自述，有著多種不同的形式，有的是日記形式，有的是自傳形式，有的是旁述的形式。

還要請注意的是，原振俠在看這些記載時的反應和他的想法，當時就表達出來，比較好些。所以把他的想法，用括弧括起來，凡是在括弧中的語句，全是原振俠的反應和想法。

以下，就是盛遠天記載的摘要：

我叫盛遠天，在我開始執筆寫下這一切的時候，所有發生的事，都已發生了。

人人都知道我是一個神秘的、富有的人，但我的出身極其貧窮。自小，在鄉間的時候，就喪失了父母，在十歲之前，我是流落在窮鄉僻壤的小鄉鎮間的一個小乞兒，曾經捕捉過老鼠來充飢。這一段日子並不模糊，但是距離現在太遠了，所以並不值得多提，我只是說明，我的出身，是何等貧苦。

在以下的記述中，我所寫下的每一個字，都是真實的。由於這些記述，孩子，只有你一個人可以看到，而當你看到的時候，我又早已死了，所以我不必諱忌甚麼。在記述中，你可以看到，我絕不是一個人格完美的人，我和世上大多數人一樣，貪婪，拚命追求金錢、狠心、自私，幾乎沒有美德。

有時候我自己想想，我在一生之中，做了那麼多有缺美德的事，極可能是和我童年時過度的貧困有關係。在我懂事以來，我所受的教育，其實只有一項：為了生存，為了不致於凍死、餓死，甚麼事都要做。旁人挨餓，挨凍，不關我的事，重要的是我自己不能凍死、餓死！

雖然日後我無情無義，自私狠毒的目的，並不是為了求最低限度的生存，但是根本的觀念，一定就是在那時形成的。

我無意為自己辯護，只是想讓你知道，我是怎樣的一個人，和我所記述的，每一個字都是事實！

到了我十歲那一年，一個人認作是我的堂伯，收留了我，不久，他就帶著我到了美國。他是一個體格十分強壯，脾氣十分殘暴的人。他到美國是去做工，他帶我到美國去的目的，究竟是甚麼，我一直都不瞭解。或許，他覺得自己做工，沒有知識，一輩子不能出頭，所以想培養我，將來可以報答他。

在美國，我由十歲住到二十二歲，這是痛苦不堪的十二年。我的堂伯把我送進學校，在學校中，我受盡同學的欺負，又幾乎每天要挨他的毒打。當我還只是一個十二歲的少年時，所挨的毒打之慘，講出來沒有人會相信，我只是咬緊牙關忍受著，絕沒有哼過一聲。

在美國中學畢業之後，我在一家工廠之中，找到了一份低級職員的工作。我的堂伯就開始靠我供養他，他又開始酗酒，脾氣更壞。終於，在我二十二歲那年，我不再顧他，離開了他，不理他的死活，向南方逃走。

從那天晚上我離開他之後，我一直未曾見過他，後來也打探不到他的消息。

人生的際遇，有時真是很奇怪的。當我還只是一個小乞丐的時候，如果不是忽然有這個人，自稱是我堂伯的話，我始終只是鄉間的一個流浪漢，絕不可能遠渡重洋到美國去，我的一生自然也不是這樣子了。而如果我的一生不是這樣，孩子，世上當然也不會有你，伊里安・古托這個人！

某一個你完全不相識，想也想不到的人的一個莫名其妙，或者突如其來的念頭，會影響到你的一生，這真是玄妙而不可思議的。

我向南方逃，由於我的體格很壯，又能吃苦耐勞，一路上倒不愁沒有工作。當然，那全是低下的工作，我在肯塔基種過煙草，在阿拉巴馬搬運棉花，也在密西西比河的小貨輪上，做過水手。這樣混了五年，我看起來，就像是一個典型的美國土著，有不少人還認為我是印第安人。

在我二十七歲的那一年，也是由於一個極度偶然的機緣，我又走上了另一種生活的道路。人生的變化，有時真是無法可以預測的！

事情是開始在一個小酒吧中。

小酒吧中亂糟糟，煙霧迷濛，幾乎連就在對面的人，都看不清楚。每一個人都被煙燻得半閉著眼——口倒是個個張得老大，方便向口中灌酒。

蹩腳音樂震耳欲聾，盛遠天和一個年紀至少比他大十歲的吧女，就在這個小酒吧的一角調情。他認識那個老吧女已經有一個多月了，「買」過她幾次。那老吧女看來像是墨西哥人，有一對很深沉的眼睛，而更重要的，是她有超特的性技巧，所以儘管年紀大了，仍然可以在酒吧中混下去。

這個吧女有一個極普通的名字：瑪麗，但是有一個不平凡的外號：「啞子瑪麗」。

啞子瑪麗真是啞子，啞得一點聲音都不會出，也沒有人知道她是哪裡來的，瑪麗這個名字，也是酒吧老闆替她取的。在這種小酒吧中當吧女，會不會出聲倒並不重要，只要她是一個女人，而且有超特的性技巧，自然會不斷地有生意上門。

盛遠天不是喜歡啞子瑪麗，但是他正當青年，生理上需要洩慾。啞子瑪麗能令他在生理上得到快樂，他也就慷慨地付給啞子瑪麗更多的錢。

那天晚上，盛遠天才領了工資，他買了一條相當廉價的銀鍊子，銀鍊子上有一朵粗糙的玫瑰花，也是銀製的。當他們在一角，盛遠天一手用力搓捏著她碩大但已經鬆軟的乳房時，一手把那條鍊子取了出來，示意這是他送給她的禮物。

盛遠天的意思，只不過是想瑪麗高興一下，在「服務」的時候，格外賣力而已。可是他卻沒有想到，瑪麗一看到盛遠天把鍊子送給她，立刻現出激動之極的神情來，雙眼之中，淚花亂轉，口唇劇烈地顫動著。看她的樣子，是竭力想講一些感激的話，但是卻又苦於出不了聲。

盛遠天笑道：「那不算甚麼，寶貝，那只是一點小意思，不算甚麼。你喜歡的話，我可以買更好的東西給你！」

瑪麗雖然一點聲也出不了，可是她會聽。當她聽得盛遠天那樣說的時候，她的神情更是激動，可能在所有的顧客之中，從來也沒有人對她那麼好過，所以她一面淚如雨下，一面抱住了盛遠天，哭了起來。怪的是，瑪麗哭得那麼傷心，可是她在哭的時候，也是一點聲音都沒有的。旁邊有人看到了這種情形，有的起鬨道：「盛，把啞子瑪麗娶回去吧！」

在眾人的哄笑聲中，也有人叫：「那可不行，他娶了啞子瑪麗，我們就少了許多樂趣！」

也有的人道：「不一定，也許盛肯把瑪麗——」在這種小酒吧中，所有的話都是粗俗不堪的。尤其當涉及到啞子瑪麗的時候，每個人都近乎虐待地，儘量用言語侮辱著她，因為人人都知道她不會還口。

盛遠天有點惱怒，大聲喝道：「每一個人都住口！」

有幾個人立時道：「不住口怎麼樣？當我把瑪麗兩條大腿分開來的時候，你——」事情演變到了這種地步，唯一的發展就是打架了。打架在這種小酒吧中，也是家常便飯，一對一的打，在三分鐘之內，就可以擴展成為全酒吧中所有人的混戰。

盛遠天也打過不少次架了，他見到面前有人，就揮過拳去，不知道打了人家多少拳，也不知道捱了多少拳之後，才在迷迷糊糊之中，被一個人從酒吧的後門，拉了出去。到了那條小巷子中，盛遠天才看清，拉他出來的，正是啞子瑪麗。

盛遠天抹著口角的血，向瑪麗笑了一下。瑪麗流完眼淚之後，臉上的濃粧全都化了開來，使得她看來有相當恐怖的感覺。

盛遠天想掙脫她，可是她卻把盛遠天抓得十分緊，而且還拉著盛遠天開步奔去。

盛遠天一面抹著汗，一面由得瑪麗拉著。年輕而做著粗重工作的他，心中只想著等一會如何在瑪麗的身上，發洩他過剩的精力。

瑪麗拉著他轉過了幾條小巷子，其間經過了幾家廉價的小旅館，那本是他們這種身分的男女最佳幽會地點。可是瑪麗只是向前奔著，一直到了一幢十分殘舊的屋子之前，才停了下來。

盛遠天驚訝地問：「這是甚麼地方？」

瑪麗並不回答，只是指了指自己，看來，她是在說這是她的住所。盛遠天心想，瑪麗多半是想省那一元二角的旅館費，就跟著她走了進去，上了一道狹窄的樓梯之後，進入了一間其小無比的房間。那房間小到了放下了一張單人床之後，門就只能打開一半！

瑪麗推盛遠天進了房間，自己也閃身進來，關上了房門，一關上門，她就開始脫衣服。盛遠天儘管奔得在喘氣，但也迫不及待地脫起衣服來，可是瑪麗一看到他脫衣服，卻作了一個手勢，制止了他。盛遠天愕然，不知道她要幹甚麼，而瑪麗已在枕頭下，取出了一柄鋒利的小刀來，那令得盛遠天嚇了一大跳！

生活在盛遠天那樣的階層中，盛遠天自己的褲袋中，也常帶著鋒利的小刀。可是他一看到瑪麗拿出來的那柄小刀，他也不禁駭然。

小刀只有十公分長，套在一個竹製的刀鞘之中，竹刀鞘上，好像還刻有十分精緻的花紋。而當瑪麗自鞘中拔出那柄新月形的小刀來時，盛遠天只覺得眼前一涼，那柄小小的刀，竟可以給人帶來一股寒意！一種接近淺藍色的刀鋒，一望而知銳利已極！

盛遠天陡然吸了一口氣，搖著手：「瑪麗，這柄小刀子看來很鋒利，可不要開玩笑！」

瑪麗的樣子一點也不像是開玩笑，相反地，她的神情，還極其莊重。在一個年華老去、出賣肉體的吧女臉上，現出這樣莊重到近乎神聖的神情來，如果不是盛遠天又感到她神情中帶著幾分邪異的話，盛遠天幾乎會笑出聲來！

瑪麗深深地吸了一口氣，把那柄小刀咬在口中。

盛遠天在這時，真的不知道會發生甚麼事。他向後退出一步，可是房間實在太小，他退無可退，他只好垂下一隻手，使之接近枕頭，以防萬一瑪麗有甚麼怪異的舉動時，就抓起枕頭來，先擋一擋再說。

瑪麗在咬住了小刀之後，她本來已經脫去了上衣，這時又解開了乳罩，把她的一雙豪乳露了出來，向著盛遠天，作了一個十分怪異的笑容。

盛遠天並不是第一次看到她的身體，只是訝異於她這時的動作十分怪。可是接下來發生的事，更將盛遠天看得幾乎要昏了過去。

瑪麗在露出了乳房之後，陡然自口中，取了咬著的小刀來，一下子就刺進了她自己的左乳之中！她的動作又快又熟練，倒像是她做慣了這個動作一樣。

盛遠天想要阻止她，已經來不及了。更令得盛遠天愕然的是，當她把刀刺進了自己的乳房之後，還向盛遠天望過來，笑了一下。那一下笑容，充滿了詭異和幽秘，令得盛遠天陡然一呆。

緊接著，瑪麗把那柄小刀，移動了一下。由於那柄小刀是如此鋒利，立刻就在她的乳房上，割開了一道口子，鮮血湧了出來。雖然瑪麗的膚色十分黑，但是血湧了出來，總是怵目驚心的。

盛遠天叫了起來：「天！瑪麗，你在幹甚麼？」

瑪麗用動作回答了盛遠天的問題。她繼而用刀尖一挑，自她乳房之中，挑出了一樣東西來，那東西上還沾滿了血。

盛遠天在一時之間，也看不清那東西是甚麼，只覺得那東西十分小，大約和一個橄欖差不多。瑪麗把那東西，放進了口中，吮乾了上面的血。奇的是她乳房上的傷口，血並沒有繼續湧出來。

她拋開了小刀，把那自她乳房中取出來的東西，用雙手托著，又現出詭異而虔誠的神情，向著盛遠天走了過來，把雙手伸到盛遠天的眼前，她的神情像是中了魔魘一樣。

盛遠天低頭看去，看出那東西是一個人形的雕刻品。不知道是甚麼刻成的，看來是屬於中南美洲一帶土人的製品。

要不是盛遠天親眼看到，那東西是從瑪麗的乳房中割出來的話，他根本不會多看一眼。

這時候，盛遠天仍然不明所以，看樣子，瑪麗是要將那東西送給他，他就伸手拈了起來。瑪麗吁了一口氣，作著手勢，盛遠天勉強看懂了，那東西是在她很小的時候，就被藏進她乳房中去的。

這真是匪夷所思到極點的事，這看來簡陋粗糙的雕刻物，是甚麼重要的東西？竟然秘密到了要收藏在一個少女的乳房之中！

盛遠天心中充滿了疑惑，想問，可是瑪麗根本不能出聲，盛遠天只好看她作手勢。瑪麗的神情十分堅決，要他把那個雕刻品掛在胸前。

盛遠天的胸前，本來就有一條項鍊，掛的是一隻銀質的十字架。在他點了點頭，表示接受瑪麗的餽贈之後，瑪麗就把他的項鍊取下來，取出了那隻十字架，自窗口拋了出去，又把那小雕刻品穿上，再掛在盛遠天的項間。然後，後退了一步，向盛遠天作了一個十分古怪的手勢。看起來，像是她的雙臂，像蛇一樣糾纏在一起，看她的神情，像是對盛遠天在行禮。

盛遠天全然不知道瑪麗在做甚麼，他只覺得瑪麗的行動怪異莫名。

當然，在那時，他再也想不到，在下級酒吧裡，為瑪麗打了一架，會使他今後的命運，發生天翻地覆的變化！

當時，他只是關注著瑪麗的傷勢。可是瑪麗反倒若無其事，只是扯破了一件衣服，把她自己的胸脯紮了起來。

盛遠天感到相當疲倦，就在瑪麗的床上躺了下來，瑪麗睡在他的旁邊。

第二天，盛遠天醒來時，瑪麗不在，盛遠天也自顧自離去。接下來好幾天，盛遠天都到酒吧去，可是從此，沒有人再見過啞子瑪麗。

像啞子瑪麗這樣的小人物，在茫茫人海之中，消失得像泡沫一樣，是根本不會有人注意的。開始幾天，酒吧中還有人提起她的名字一下，但不到一個星期，早已沒有人記得了。只有盛遠天，曾到過她的住所去一次，也沒有見到她。

盛遠天也漸漸把這個瑪麗忘記了，不過瑪麗送給他的那個小雕像，他一直懸在胸際，他也未曾予以特別注意。而當他注意到那個小雕像有特異之處時，已經是在大半年以後的事情了。

（在這裡，要說明一下的是，盛遠天的記載十分詳盡，對他的生活發生如何變化，變化的因緣如何，都記得清清楚楚，可以說是一部中國人在美國社會中，掙扎求存的紀錄。如果詳細寫出來，也十分有意思，但是和《血咒》整個故事的關連卻不大，所以全都節略了。）

在這大半年之中，盛遠天的生活變化，簡單來說如下：他在一個月之後，跟著一批人，離開了美國，到中美洲的巴拿馬，在巴拿馬的運河區中工作，因為那裡的工資比較高。

在巴拿馬運河區住了將近六個月，有一天晚上，他奉雇主之命，送一封信到一家旅館去。收信人的名字是韋定咸，或者正式一點說，是韋定咸博士。

韋定咸博士是一個探險家，雖然是白種人，可是由於長期從事探險工作的緣故，他的膚色，看來幾乎和黑人差不多。

盛遠天送信去的時候，韋定咸在他的房間中，正和一個身形矮小的當地人，在發生劇烈的爭吵，用的是當地語言。盛遠天在巴拿馬已住了六個來月，也很懂西班牙語了。

韋定咸博士在收了信之後，給了盛遠天相當多的小費。要是盛遠天收了小費，信也送到了，轉身就走，那麼，就甚麼事也沒有了。

可是在這時候，他卻略停了一下。令他停下來的原因，是由於在一隻行李箱上，放著一具三十公分高的雕像。那雕像看起來十分眼熟，盛遠天一時之間，還想不出在甚麼地方見過，所以多看了兩眼。

就在這時候，他聽到韋定咸博士在罵那當地人：「你答應我，可以找到她的，也收了我許多費用，忽然回答我一句找不到了，這算是甚麼行為？」

那當地人苦著臉，連連鞠躬：「博士先生，我也沒有辦法。我已經打聽到，她到了美國，在一家小酒吧混，酒吧老闆替她取了一個名字叫瑪麗。」

盛遠天在看了那雕像幾眼，仍然想不出在甚麼地方曾見過，剛準備離去之際，忽然聽到那當地人這樣說，他不禁陡然震動了一下。

世上叫瑪麗的吧女，只怕有好幾千個，盛遠天這時還未曾想到他們在談的，會是啞子瑪麗。他只是突然想起來了，他感到那個雕像很熟，是因為那雕像和瑪麗割破了她自己的乳房，取出來送給他的那個小雕像是一樣的，只不過放大了許多，所以一時之際，認不出來而已。正由於他想到了這一點，所以他又停留了一會。

這時，他聽到韋定咸在怒吼道：「既然有了她的下落，就該去找她！」

那當地人哭喪著臉：「我去找了，可是當我去到那裡的時候，她已經不在了。她根本不會發出任何聲音來，自然也沒有人知道她去了哪裡！」

盛遠天聽到了這兩句話，他實在忍不住了。雖然他知道他只是送信的小廝，在這種場合下插口，是很不禮貌的事，但是他還是忍不住道：「先生，你說的是啞子瑪麗？」

那當地人陡然轉過身來，緊盯著他，神情看來像是當他是大救星一樣：「你知道啞子瑪麗？求求你告訴我她在哪裡，韋定咸先生要殺了我哩！」

韋定咸也神情專注地望著盛遠天，盛遠天的神情很無可奈何，道：「半年之前，我倒是和她每晚見面的，可是現在，我不知道她在甚麼地方！」

當地人苦嘆一聲，韋定咸卻像是受了戲弄一樣，陡然之間，怒氣勃發，一躍向前。他看來已有五十出頭年紀，可是向前撲過來的架勢，卻還矯健的像一頭美洲黑豹一樣。

盛遠天絕未曾想到，像韋定咸博士這樣的上等人，也會忽然之間動起粗來，所以連躲避的念頭都未曾起，一下就被抓住了胸前的衣服。韋定咸的神情，看來又焦急又兇狠，抓住了盛遠天的衣服，吼叫著：「你見過她？你替我把她找出來！」

盛遠天又是吃驚，又是生氣，他覺得對方實在不講道理之極了。所以，他也顧不得自己和對方身分懸殊，爭吵起來一定是他吃虧，他用力一推韋定咸，同時，自己的身子，也掙了一掙。

可是韋定咸把他的衣服抓得十分緊，在一推一掙之下，盛遠天身上那件衣服，「刷」地一聲，被扯下了一大幅來。盛遠天心想這個博士簡直不可理喻，正準備後退之際，忽然看到韋定咸雙眼發直，盯在他的胸口上，連眼珠都像要跌了出來一樣！

韋定咸在剎那之間，神態變得這樣異特，令盛遠天吃了一驚，不知道他下一步準備怎樣。他正想轉身逃出去之際，韋定咸陡地叫了起來：「別動，站著別動，看上帝的份上，求求你站著別動！」

盛遠天心中苦笑了一下，站定了不動，韋定咸的視線，仍然緊盯在他的心口，而且急速地喘著氣。在那一剎間，盛遠天的心中，由於對方的神情實在太怪異，他甚至閃過了一個十分滑稽的念頭——這位韋定咸博士，不會是一個同性戀狂吧？

韋定咸接下來的動作，令盛遠天也感到自己這樣想太可笑了，因為他立時知道了韋定咸的目標物是甚麼。韋定咸自口袋中，取出了一枚放大鏡走近盛遠天，湊著眼，通過那放大鏡，全神貫注地，看著盛遠天項際所懸著的那個小雕像！

他看得如此仔細，而且看得如此之久，又一直在喘著氣。盛遠天被他噴出來的氣，噴在胸口上，弄得很不舒服。

韋定咸足足看了五分鐘之久，才直起身子來。當他直起身子來的那一剎間，他的神情，像是不知道應該如何才好，想說話，可是開了口幾次，又沒有說出甚麼來。

當他終於說出話來之際，卻又不是對盛遠天說的，他向那當地人揮了揮手，道：「這裡沒有你的事了，你滾吧，記得以後別讓我再見到你！」

一直在愁眉苦臉的那個當地人一聽，大喜過望，連聲道：「一定不會再讓你見到，韋定咸先生，再見了——不，不會再見了！」

他像是一頭被人踩住了尾巴，才被鬆開的老鼠一樣，逃了出去。

在那當地人走了之後，韋定咸向盛遠天作了一個手勢，示意他坐下來。然後，他轉身，走向寫字檯，打開了一個公文袋。

盛遠天並沒有坐下來，他只是在迅速地轉著念：那個小雕像——韋定咸一看到了那個小雕像，就變得這樣失魂落魄，一定是這個看來絕不起眼的小雕像，有著甚麼重大的關係在！

盛遠天這樣想，一大半原因，自然是由於他是親眼看到，啞子瑪麗用鋒利的小刀，剖開了她自己的乳房，將那小雕像取出來的緣故。

盛遠天這時想到的是：韋定咸如果要這小雕像，自己應該如何應付呢？

盛遠天還沒有想出應付的辦法，韋定咸已經轉過身來，手中拿著一張支票，來到了盛遠天的身前，道：「這是你的！」

盛遠天低頭向支票一看，當他看清了支票上的銀碼之際，他不禁低呼了一聲：「我的天！」

支票上的數字，寫得清清楚楚，是美金五萬元。在那一剎間，盛遠天看到的，不但是那個數字，而且透過了那個數字，他看到了房屋，店鋪……一切生活上的享受！那時的物價低，這張支票，可以在美國南部，換一個相當具規模的牧場了！

盛遠天盯著支票，那數碼太吸引人了，令得他一時之間抬不起頭來。他聽得韋定咸道：「這是你的，你把頸間的那東西給我。」

一個「好」字，已經在盛遠天的喉際打著滾，快要衝出口來了。然而盛遠天畢竟是一個聰明人，在那一剎間，他想到：韋定咸一下子就肯出那麼高的代價，那證明這個小雕像，一定是極有價值的東西。自己雖然對這小雕像究竟有甚麼用處，一無所知，但是韋定咸是一個學識極豐富的人物，他一定知道這小雕像的真正價值的。

眼前自己所得的，固然已是一筆大數目，但是又焉知不能得到更多？

當他想到了這一點之際，他緩緩抬起頭來，道：「不！」

韋定咸博士看來是脾氣十分暴烈的人，不過盛遠天不怕，帶他到美國來的那個堂伯，脾氣更壞，盛遠天有應付壞脾氣人的經驗。韋定咸博士一聽得盛遠天拒絕了他，立時暴跳如雷，吼叫道：「你看看清楚，這是五萬元！小子，你一輩子從早工作到晚，也賺不到這一半！」

盛遠天十分鎮定，道：「或許是，但瑪麗給我的這個東西，十分神秘，一定有不止值五萬元的用途！」

韋定咸吸了一口氣，盯著盛遠天，樣子像是要將他吞了下去一樣，盛遠天一點也不怕地望著他。韋定咸過了好半晌，才嘆了一聲：「好，你要多少？」

盛遠天道：「我們不妨坦白些，瑪麗在給我這東西時，是割開了她的乳房取出來的！」

韋定咸發出了一下驚嘆聲：「真想不到，原來是這樣收藏法的，真想不到！」

盛遠天又道：「我不知道那有甚麼用，也不知道它價值何在，我的條件是，由這東西可能得到的所有利益的一半。」

盛遠天說完之後，盯著韋定咸，韋定咸也盯著盛遠天，兩人都好半晌不說話。接著，韋定咸「哈哈」大笑了起來，用力拍著盛遠天的肩頭，道：「好，小子，好！我接受你的條件，反正世界第一富翁，和世界第六富翁，並沒有多大的分別！」

盛遠天呆了一呆，一時之間，他還不知道對方這樣說是甚麼意思。但是他立即明白了：這個小雕像，關係到一筆鉅大的財富，如果韋定咸一個人得到了，他就是世界第一富翁，而分了一半給他之後，還可以是世界第六富翁！盛遠天對自己剎那之間的決定，可以有這樣的後果，欣喜若狂。

他喘了好一會，才問：「那……是甚麼？是一個……巨大的寶藏？」

韋定咸「嗯」地一聲：「你的頭腦很靈活，我喜歡頭腦靈活的人。不錯，那是一個寶藏，小子，你放棄了五萬元，可能得到五千萬，也可能甚麼都得不到，再加賠上性命！你可以再考慮一下。」

韋定咸說得十分誠懇，聽起來，不像是在恐嚇。盛遠天也早就下定了決心，所以他道：「我願意賭一下！」

韋定咸點點頭，向著盛遠天伸出手來。盛遠天把那小雕像取了下來，交給韋定咸，韋定咸又仔細看了半天，才道：「這個小雕像，是從海地來的，用當地的土語來稱呼它，它名字是『干干』。土語的音節大都很簡單，重複的音節也特別多，『干干』的意思，就是保護，這是一個守護之神。」

盛遠天用心聽著，他指了指行李箱上那個大雕像。韋定咸道：「那是仿製品，仿製得也算是不錯的了。在海地共和國的山區中，住著不少土著，有兩個族，是最大的，這些大族，都精於巫術——」他講到這裡，望向盛遠天，盛遠天道：「我聽說過，海地的『巫都』是舉世知名的。聽說他們甚至有辦法，唸了一種咒語之後，可以驅使屍體下田去耕作！」

韋定咸點了點頭，神情變得嚴肅，語調也相當緩慢：「對於神秘的巫術，我所知不多，但是『干干』卻是巫師權威的象徵！」

盛遠天大是奇怪，「哦」地一聲，他想問：如果是那麼重要的東西，怎麼會在一個低級酒吧的吧女體內呢？不過他沒有問出來，只是聽韋定咸講下去。

韋定咸道：「為了這個小雕像，不知曾死了多少人，死的，全是出色的巫師。」

盛遠天不禁打了一個寒戰，這小雕像一直掛在他的心口，他再想也想不到，它會有那樣的曲折神秘。

韋定咸又道：「守護之神，是一種象徵，守護的，是一個傳說中的寶藏。在西印度群島，巫術盛行了將近一千年，精通巫術的巫師，是有著至高無上權威的人物，據說遠在南美洲各國的重要人物，也常常飄洋過海，來請海地的巫師為他們施術。當然，這些人全都攜著極貴重的禮物。而巫師本人，認為他們精通巫術，是天神賜給他們的力量，所以他們收到的禮物，自己並不享用，都存儲起來，獻給天神。年代久遠，積累起來的各種寶石、黃金，據一個曾看到過的人說，世上沒有一個寶庫，有更多的珍寶！」

盛遠天吸了一口氣，那實在太吸引人了，一個屬於歷代巫師的寶庫，他的氣息不由自主急促了起來。韋定咸瞪了他一眼，像是在告誡他：別把事情看得太容易了！

盛遠天自然也知道，這樣的一個寶庫，在當地人們的心目之中，是屬於天神的，一定受著極其嚴密的保護。要將之據為己有，當然不是容易的事！

韋定咸托著那小雕像，道：「這是守護之神，本來兩大族的巫師，每十年一次，輪流執掌，執掌著守護神的那一族，在執掌期間，可以享受到很多利益。所以，不知從甚麼時候起，十年輪流的執掌制度，受到了破壞。自從第一次，利用巫術和武力，搶奪守護神成功之後，這個小小的雕像，就一直在鮮血和生命之中轉手。兩大族的巫師，為了使自己能得到守護神，精研巫術，這是海地的巫術越來越盛行的緣故。」

盛遠天聽到這裡，忍不住問了一句：「博士先生，世上有巫術這回事嗎？」

（原振俠看到這裡，心中也不禁問了一句：「世上真有巫術這回事嗎？」）

韋定咸皺了皺眉：「這……我說過，對巫術我沒有太多的研究，我只是輾轉聽到這個寶庫的事，曾下過一番功夫研究。」

盛遠天充滿信心地道：「如果根本沒有巫術，我們進行起來，豈不順利得多？」

韋定咸「哼」地一聲：「別忘了當地土人，有百發百中的箭術，而且箭鏃上全有極毒的毒藥，他們的長矛，可以刺穿山豬的厚皮！何況他們人又多——你別打岔，聽我說下去！」

盛遠天搓著手，心頭發熱，彷彿無數珍寶已經到手了。

盛遠天在那時，想到的只是寶藏。如果他有預知的本領，知道以後事情的發展的話，他是不是還會對寶藏有興趣，那真是難說得很了！

韋定咸替自己和盛遠天斟了酒，喝著，繼續道：「由於激烈的爭奪，兩大族的巫師，不斷鬥法，可能一族的巫師，才將守護神弄到手不到一個月，就被另一族的人搶走了。這種情形一直維持到將近三十年前，忽然又生出了變化。守護神在執掌者處，執掌者聲明，他藏起了守護神，誰要是能找它出來，就永遠歸找到的人執掌，不然，就永遠歸他所有。而且他指天發誓，他的誓言是『千千，偉大的守護之神，由我妥善地藏了起來，免得爭奪。我以血的名義發誓，守護神是藏在我族之中，能找到它的人，可以永遠保有它……』」

盛遠天張大了口，只覺得聽到的事，聞所未聞，越來越是離奇。

韋定咸續道：「那個大巫師，是屬於一個族，叫黑風族的。黑風族的武士，十分強悍，打起仗來奮不顧身，別的土族雖然對黑風族的大巫師的決定，十分不滿，但是也只好忍受下來，只是盡一切可能，去尋找那個小小的守護神像，可是一直沒有人找到它。只要守護神一天不出現，黑風族的大巫師，就有著至高無上的權威。」

盛遠天壓低了聲音，道：「那個瑪麗——」韋定咸道：「你想到她了？一直到近兩三年，才有人想起，那巫師有一個女兒，當他宣佈了這件事之後不久，他女兒就不見了，守護神可能在他女兒身上。於是目標就轉到那女兒的身上，要找巫師的女兒，有一點比較容易之處，是由於要保持巫術的秘密，大巫師的女兒，一出世就服食一種毒藥，一點聲音也發不出來。兩年之前，有人在巴拿馬，找到了這樣一個女人，可是經過任何的搜查，在她身上根本找不到甚麼！」

盛遠天叫了起來：「誰會想到……藏在乳房之中！」

韋定咸道：「是啊，誰也想不到！更想不到的是，她會送給你！她為甚麼要送給你？」

盛遠天苦澀地笑了一下：「我只不過買了一條廉價的銀鍊送給她，並且為她打了一架——可憐的瑪麗，她一定受盡了欺侮，所以有人關心她，她就感激莫名，不知道她現在在哪裡？」

韋定咸的回答，令盛遠天大吃一驚。他道：「瑪麗把守護神給了你，她本身失責，一定自殺了！」

盛遠天聽得半天講不出話來，身子一陣發抖。

韋定咸又喝了一口酒：「這是她自己心甘情願的。我們現在要做的事，就是持著守護神，進海地的山區去。執掌守護神的權利之一是，可以隨時進出那個寶庫！」

盛遠天吞下了一口口水，他頭腦十分靈活，立時想到了下文：「我們並不相信甚麼天神，只要能進入寶庫，就可以任意把寶庫中的珍寶帶出來！」

韋定咸「呵呵」地笑了起來，一提到了珍寶，他那股道貌岸然的形象也不再存在。貪婪可以使得君王和乞丐，變成同一種動物——人，其間沒有差別。他一面笑著，一面道：「當然，不能讓土人看到！」

盛遠天也跟著笑著，興奮莫名。韋定咸又道：「我打電話給你的主人，明天我們就出發到海地去。哦，忘了問你，你會講當地的土語嗎？」

盛遠天從來也沒有去過海地，他問：「那邊，通行甚麼語文？西班牙語？」

韋定咸悶哼了一聲：「你以為是巴拿馬？海地的官方語文是法語，不過，土著講的是克里奧爾語！」

盛遠天搖了搖頭，有一種語言稱為「克里奧爾語」，他還是第一次聽見。韋定咸皺著眉，道：「那是一種很奇怪的語言，基本上是西非洲的一種土語，可是又混合了少許法語。我應該警告你，如果你不通語言的話，進入海地山區，危險性會增加十倍！」

盛遠天遲疑了一下：「你也不會？」

韋定咸現出自負的神情來道：「我？我可以說得和土人一樣好！」

盛遠天在這時，現出了他和人談判的才能。這種才能，在他以後營商中更得到發揮，因而使他的財富迅速增加。

當時，他十分鎮定，也十分堅決：「那就行了，韋定咸先生，我們是合夥人，不會分開的。你會講當地的土語，我也一樣安全！」

韋定咸有點驚訝於眼前這個小夥子的精明，望了他半晌，又看著在他手中的那個小雕像。

當盛遠天看到他的臉上，閃過一絲捨不得將小雕像交出來的神情時，他出奇不意，一伸手，將小雕像搶了過來，緊緊握在自己的手中，道：「先生，你必須和我一起去！不然，你將永遠再見不到那守護神！而且，我已知道了守護神的秘密，如果你出賣我，我寧願冒十倍危險，自己一個人，也可以到海地的山區去！」

當盛遠天這樣說的時候，韋定咸顯得十分惱怒，可是他在發作了一陣之後，又平靜了下來，道：「好，誰也不能出賣誰！」

他說著，向盛遠天伸出手來，兩人緊緊握了一下手。當天，盛遠天就沒有回住所去，反正他一貧如洗，也沒有甚麼可收拾的，第二天，他跟著韋定咸出發。

韋定咸對於海地的地理環境，研究得十分熟悉，盛遠天懷疑他以前來過不止一次。

第七部：摸到了她滿臉的眼淚

他們在到了海地的首都太子港之後，一刻也不停留，就向山區進發。

在他們的山區行程中，盛遠天每天都寫日記，他的日記，當然是用第一人稱寫的。把他的日記簡化之後，比較更容易體驗當時，盛遠天在進入了山區之後，所感受的那種神秘氣氛。

以下，就是盛遠天和韋定咸在進入山區初期時，盛遠天的日記。

×月×日 陰

陰天，進入山區第二天。這裡的一切，有種說不出來的詭異。遇到幾個土著，韋定咸用熟練的土語和他們交談，可是那些土人，不但不回答他，連看也不向他看一眼，弄得他很生氣，但是又不敢得罪土人。土語聽起來很古怪，可是並不難學，我在用心記著韋定咸說過的話，弄明白他說的意思。晚上，宿在山野間，山野間全是一種葉子極大的植物，在黑暗中看來，像是無數妖魔一樣。遠處有沉重的鼓聲傳來，鼓聲一下又一下，像是直敲進人的心中去。

韋定咸說，鼓聲，是山中的土人，在進行巫都教的儀式。他像是可以聽懂鼓聲的含義，但是卻沒有告訴我，只說明天應該可以到達土人聚居的一個村落了，而我們要去的地方，是在山嶺的最中心。

想起寶藏，忍不住興奮得手心冒汗。窮得實在太久了，多麼羨慕富人的生活！要是我真可以變成富人，啊，我願意付出任何代價，只要我能成為富人！

×月×日　陰

在陰沉的天色中，在各種奇形怪狀的植物之中，用彎刀砍出道路來，這種滋味真不好受。有一種葉子狹長形的樹，葉子的邊緣極鋒利，連衣服都會給它割破。而割破皮膚之後，立時又紅又腫，真是痛苦不堪。這裡簡直不像是人世，而是妖魔的世界，一切全那麼妖異。我一個普通的動作，韋定咸就說我幾乎進了鬼門關！

那是一隻小青蛙，只有指甲大小，停在一張樹葉上，牠的顏色是艷紅的，可愛極了。我伸手去捉，韋定咸一下將我推開，告訴我這是中美箭蛙，皮膚上的劇毒，塗在箭鏃上，可以供殺死二十個人之用。我只要碰到牠，而我手指上又有著傷口的話，我會極痛苦地死亡！

天！一隻那麼可愛的小蛙，居然也是死亡陷阱！

今天又見到了一些土人，但沒有一個理睬我們的，在他們的眼中，我們像是不存在一樣。他們那陰森可怖的表情，真叫人不寒而慄，我心中感到一種十分不吉的預兆，真是可怕。

晚上，在一個小山頭上停了下來，可以看到山腳下，有土人聚居的村落，鼓聲不絕，火光掩映。韋定咸不准我去看，說是一被土人發覺，有人在窺視他們的秘密儀式，一定會把我們用巫術弄死，那是世界上最痛苦的一種死亡方法。光是聽他說說，也夠令人恐懼的了。

晚上睡得一點也不好，鼓聲直到太陽升起前一剎那才停止，四周圍一片漆黑。韋定咸說巫師在這黎明前的一刻黑暗，巫術的力量最強，巫術和黑暗有直接的關係，所以叫「黑巫術」。

真有巫術這回事嗎？想起來未免有點好笑。

（在這段日記之後，有盛遠天的一句附註，附註當然是後來加上去的。盛遠天那句附註是：「天，我還在懷疑是不是有巫術，真是太可憐了！」）

（在乍一看到這句附註之際，還不易明白盛遠天這樣說是甚麼意思，但是看完了全部資料之後，就明白了。）

×月×日　陰

今天一早就進了那個村莊，真是可怕極了，完全像是進入了鬼域一樣。村子中有很多人，可是當我們進入之後，卻發覺靜得一點聲音也沒有。那些土人的膚色是那麼黑，黑得隱隱發出深紫色的光來，可是他們的神情陰冷，而且面色慘白——黑種人的慘白面色，比任何人種更可怕。韋定咸準備了禮物，那些禮物，全是土人喜歡的東西，可是不論韋定咸怎麼引誘，所有的土人，根本把我們當作不存在一樣！

如果土人對我們展開攻擊，還可以防禦，土人對我們根本視而不見，那有甚麼辦法？土人為甚麼會這樣，韋定咸也不知道。在一間比較大的屋子外，一個全身塗著白色圖案的人，看來像是巫師，韋定咸想去和他打交道，但結果，卻完全一樣。

×月×日　晴

已經一連經過了三個小村落，土人對我們的態度全是一樣的。每晚沉重的鼓聲仍然持續著，而且鼓聲可以傳出極遠，遠處還有鼓聲在呼應。

韋定咸很生氣，他說：這兩天經過的全是小村子，那些巫師，也全是小角色。真正的大巫師在深山，還要走幾天山路才能到達。

只好聽他的了。不知道為甚麼，或許是由於周圍環境的一切東西，都太詭異，心中的恐懼感，越來越甚。連韋定咸的神情也越來越怪異，不知道我自己是不是也一樣？防人之心不可無，我每天都變更收藏「干干」的地方，就算在我熟睡時，也不會被人找到。

在接下來幾天的日記中，盛遠天都在說他的恐懼感越來越甚，而韋定咸的神情也越來越怪，彷彿是受了周圍那種神秘氣氛的影響。所遇到的土人，沒有一個理睬他們。

從開始進入山區起，一直到第二十天頭上，他們才到了那個大村落。大村落看來聚居著將近一千名土人，在村中間，有一座圓形的，看來可以給人以宏偉的感覺的屋子，屋頂的草，修剪得十分整齊，在草簷的下面，掛著許多動物的乾屍。其中包括有兩個乾屍，雖然看來乾癟和異樣的小，但是卻絕對可以肯定，那是經過特殊方法，被縮小了的人的屍體。

他們走進村子的時候，正是夕陽西下時分，血紅的陽光，映在那些飛禽走獸，甚至是人的乾屍上，看來更是令人不寒而慄。盛遠天不由自主發著抖，韋定咸不斷地道：「想想那個寶藏！」

他們走進村子，所有的土人，仍然連看也不向他們看一眼。盛遠天低聲道：「他們為甚麼當我們不存在？這兆頭……好像不很好……」韋定咸喃喃地道：「想想那個寶藏！」

他們來到了那屋子前站定，韋定咸道：「把那個小雕像取出來！」

盛遠天猶豫了一下，在褲腰中取出了那小雕像，高舉著，韋定咸用土語高聲叫了兩聲。

不到三分鐘，至少有三百個土人，不但一聲不出，而且行動之際，也是一點聲音都沒有，個個如同鬼魅一樣，圍了上來，把他們兩人圍在一個只有三公尺直徑的圓圈中。那個人圈有一個缺口，向著那屋子的門口。那些人的眼中，卻現出一種怪異的光芒，盛遠天連看都不敢看。

韋定咸又高叫了兩聲，自那屋子中，傳出了一下聽來不知是甚麼東西破裂的聲音。緊接著，一個身形十分高大的黑人，緩步走了出來。

接下來發生的事情，是韋定咸和盛遠天兩人，無論如何想不到的。他們以為，有那個小雕像在手，土人便會對他們極度尊敬，奉若神明。尤其是韋定咸博士，這個自稱對西印度群島土著有深湛研究的考古學家和探險家，一直抱著這種樂觀的想法。

自然，韋定咸實際上，對海地山區土人的一切，一無所知。這種無知，使他自己遭到了極其悲慘的下場！

那個身形高大的黑人，赤裸著上身，在肩上，披著一個用極美麗顏色的鳥羽編成的披肩。他的身子不是十分強壯，可是高大，在他的身上，畫著白色條紋的圖案。他一出來，韋定咸就顯得十分高興，講了一句土語，盛遠天在這些日子中，已學會了幾句土語，他聽得韋定咸是在說：「你是大巫師嗎？」

這時候，盛遠天仍然高舉著那小雕像「干干」，那高大的黑人一出來，眼中射出極怪異的光采，盯著「干干」看。韋定咸在一旁道：「你看到了！這就是守護神像，我和我的朋友持有它，你們還不向神像膜拜？」

可憐的韋定咸博士，直到這一刻，他還不知道自己已經死星照命了，還在得意洋洋，擺出一副白人征服者的樣子來。

他的話才一出口，那身形高大的黑人，陡然發出了一下如同狼嗥一樣的吼叫聲來。盛遠天比較精靈，他在那一下吼叫聲中知道了不妙，可是已經來不及了。事實上，這時他們兩個人，在幾百個土人的包圍圈之中，就算盛遠天再機靈，也是沒有用處。

那身形高大的黑人一吼叫，盛遠天才一縮手，黑人已經一伸手，把盛遠天手中的那個小雕像搶了過來，又再發出了一聲怒吼！

再接著發生的事，在盛遠天的記載之中，也無法清楚地寫出來。因為當時的情形是，一直一點聲音也不發出來的那幾百個土人，突然一起呼叫著，向前撲了過來。

盛遠天聽到了槍聲，他知道韋定咸是有手槍防身的，可能是他開了槍。

在盛遠天聽到槍聲之際，他的身子已被十多個人壓了下來。盛遠天雖然強壯，也絕對無法抵抗，他只是拚命掙扎著，盡自己一切可能，保護自己的頭部，以免受到致命的攻擊。

盛遠天被推跌在地，他雙手抱住了頭，盡可能把身子蜷縮起來。在他的感覺上，像是處身於一大群野牛之間，有成千上萬的野牛，在他身上踐踏過去一樣。而且，還伴隨著驚天動地的吼叫聲。

盛遠天在不到兩分鐘的時間內，就處於半昏迷狀態之中。他能不昏過去，全然是由於那時他年輕力壯之故。

當他的神智又恢復清醒之際，他發現他和韋定咸，都緊靠著一根扁平的木樁站著，兩個人面對面，他們的身子被一種有刺的野藤綁著。綁得並不是很緊，可是盛遠天卻完全無法掙扎，因為他只稍動一動，那種野藤上的尖刺，就會刺進他的皮膚。尖刺十分短，還不到一釐米，可是上面不知有甚麼，一被刺中，痛得渾身肌肉發顫，冷汗直淋！

盛遠天痛得連呼吸也不敢用力，他只不過被尖刺輕刺了兩下，已然全身都在冒冷汗了。

這時，盛遠天心頭的駭然，真是難以形容，他懊喪的程度，更是難以形容。想起放棄了五萬美元的支票，而換來了這樣的遭遇，他真覺得像他這樣的人，活該死在土人的手裡！

韋定咸在不斷地說話，聲音之中，充滿了恐懼。他說得又多又快，盛遠天無法聽得懂他在說些甚麼，推測是在哀求。

這時候的韋定咸博士，已經完全沒有他的白人優越感了。有許多土人，圍在空地上，天色已漸漸黑了下來。盛遠天又看到，有三個死了的土人，被放在木板上，排列在韋定咸的身前。

那三個土人的身上，都有著槍傷的傷痕，顯然是被韋定咸開槍射死的。

當盛遠天一看到那三個死了的土人之際，他真正感到了絕望，連萬分之一的希望都沒有了。他忍不住破口大罵了起來：「韋定咸，你是世界上最愚蠢的王八蛋！」

韋定咸沒有理會他，仍然在不斷哀求。

突然之間，人叢中響起了鼓聲，一下接一下，沉重而緩慢。當鼓聲響了百餘下之後，才見那高大的土人，又緩慢走了出來，手中拿著一柄手槍。

韋定咸一見，就叫道：「大巫師，大巫師！」

那身形高大的大巫師並不理他，來到了三個死人之前，一鬆手，任由手槍掉在地上。盛遠天那時，只希望大巫師一槍射死了自己，因為看來，那些土人，不知要用甚麼方法，來處死他和韋定咸！

大巫師拋下了手槍之後，雙手高舉，在漆黑的臉上，現出一種極度怪異的神情來。自他喉際發出的聲音，更是怪異莫名，簡直不像是一個人所發出來，也不像是野獸發出來的，聽起來，像是某種機器發出來的一樣，一直是那幾個音節，不斷重複著。

而大巫師本身，就隨著這幾個音節擺動他的身子，開始十分緩慢，隨著鼓的節拍，漸漸地，鼓的節拍加快，他的動作也加快。不到十分鐘，鼓聲緊密，大巫師身子的擺動，也快速到了極點，令人難以相信一個人的身體，可以作這樣急速而劇烈的擺動。

同時，大巫師的神情，看來極其痛苦，像是有甚麼人，正用燒紅了的鐵在烙他一樣。當他的身體擺動得最劇烈的時候，也是他神情最痛苦的時候。

盛遠天全然不知道大巫師要做甚麼，韋定咸也被眼前的情景，驚得目瞪口呆。而不到三分鐘，盛遠天就看到了難以置信的，使人處身於惡夢之中的事情！

大巫師陡然停了下來，一俯身，在地上三個土人屍體，最左邊的那個的腹際槍傷口，伸指在傷口上碰了一下，使他的手指上，沾上了那死者傷口中溢出來的血。然後，一直身，手指已點向韋定咸的腹際。

就在大巫師的手指，一碰到韋定咸的腹際之時，韋定咸發出了一下慘叫聲。那其實只是輕輕的一碰，可是手指一鬆回來之後，盛遠天卻看得清清楚楚，韋定咸的腹際，出現了一個孔洞，看來完全是槍彈所造成的一樣，濃稠的鮮血，向外汩汩流著。

韋定咸發出的慘叫聲，聽來令人毛髮直豎。他一面叫，一面已顧不得再用土語說話，只是斷斷續續地叫：「怎麼一回事？怎麼一回事？」

他叫了幾下之後，陡然又撕心裂肺地叫了起來：「巫術！」這時，大巫師又伸手，在另外一具屍體的傷口處沾了鮮血。沾著鮮血的手指，再在韋定咸的身上碰著。

大巫師手指的輕輕一碰，竟然有著槍彈射中的威力，盛遠天因為驚訝過甚，一時之間，幾乎忘記了自己也身在險境。他只是睜大著眼，看著這種不可思議的事發生。轉眼之間，韋定咸的身上，已經多了五個「槍孔」，血不斷在向外流著。任何人都可以知道，這樣流血，不需多久，韋定咸體內的血就流完。而血液損失到了一定程度之後，唯一的結果就是死亡！

韋定咸當然也知道這一點，他發出嘶啞的吼叫聲。這時候，他也知道自己活不成了，他並沒有希冀能活命，他只是啞著聲，在苦苦哀求：「別讓我死在巫術下，一刀刺死我……那槍中還有子彈，射死我……別讓我死在巫術下。死在巫術下的人，靈魂永遠在黑暗之中受苦，求求你，別讓我……死在巫術下……」他一直在哀求，那種顫抖的、嘶啞的、絕望的聲音，聽得人肝腸寸斷。可是所有的土人，包括那個大巫師，只是用奇異的目光冷冷地盯著他。鼓聲的節奏，也漸漸變慢，而且越來越低沉，像是在象徵韋定咸的心跳，在漸漸減弱，減慢。

韋定咸身上那五個「槍孔」中流出來的血，也不再是湧出來，而變成無力地向外淌著，韋定咸全身發抖，還在哀求著。

盛遠天這時，想到在韋定咸之後，下一個一定輪到自己，恐懼令他全身的肌肉，不由自主，在簌簌地發著抖。就算死，他也不要像韋定咸那樣死法，眼睜睜看著自己流乾了血而死，那實在是無法忍受的事。更何況聽了韋定咸的哀求，叫人想起死在巫術之下，靈魂會在無窮無盡的黑暗之中受苦，那更令得盛遠天恐懼得自然而然，發出了尖銳的叫聲來。

他一面叫著，一面把恐懼和怨毒，都發洩在韋定咸的身上。他用最惡毒的話，罵著韋定咸，罵他愚蠢、無知，害了他，也害了自己。

韋定咸已經無力還口了，他只是急速地喘著氣，隨著他的喘息，他的「槍孔」中也沒有血流出來，只是冒著血沫。終於，他的頭向前一俯，再也沒有任何聲息發出來，死在他尋找寶藏的美夢之中了！

盛遠天當然不知道他的靈魂，是不是會永遠在黑暗之中受苦，但是這種死法，已經夠令人恐懼的了。

大巫師的手指，怎麼會有那樣的力量？那是巫術的力量麼？

盛遠天只感到一陣陣昏眩，全身冰涼。他看出去的情景，也由於冷汗直冒，影響了他的視線，而變得模模糊糊。他看到，在大巫師的指揮下，兩個土人把韋定咸的屍體，高高掛了起來。

盛遠天心中一陣陣抽搐，他知道，若干時日之後，韋定咸就會變成一具掛在草簷下的乾屍！

而甚麼時候輪到自己呢？

盛遠天的心中沒有存任何希望，他一面發抖，一面閉上眼睛，等候著噩運降臨到他的身上。

在這時候，他變得麻木了，只在等待死亡，完全顧不得再去後悔。

在他閉上眼睛之際，他只聽到一些輕微的聲響，像是微風吹過草地那樣。他在等著死亡，可是過了好久，他身上卻沒有任何感覺，那令得他又睜開眼來。

當他再睜開眼來時，他陡地怔了一怔，空地上所有的人，都已經散去了，一個人也沒有，只有被掛了起來的韋定咸的屍體，在詭異地緩緩盪來盪去。

盛遠天深深地吸了一口氣，令自己鎮定下來，揣測著發生了甚麼事。大巫師為甚麼只把他綁著，而不對付他？盛遠天完全無法想。

所有的土人全都在屋子中？為甚麼沒有一間屋子中，有光亮透出來？

盛遠天四面看看，看到韋定咸的那柄手槍，仍然在地上。土人和大巫師顯然並不重視它，也許根本不知那是甚麼東西！

盛遠天苦笑了一下，別說他這時無法去拾它，就算拾到了，又有甚麼用？

他稍為震動了一下，野藤上的尖刺，又令得他刺痛。他不由自主，發出了一下呻吟聲來。

也就在這時，他突然感到，有一隻手，在他的身後，輕輕地放在他的背上。

盛遠天陡地吸了一口氣，那令得他全身都僵硬起來。在他身後有一個人在！那個人已將手放在他的背上，接下來會怎樣呢？

他屏住了氣息，幾乎連血液都要凝結了！在他背後的那隻手，碰到了他的背部之後，又略為離開了些，變得只有指尖碰到他，而且，在緩慢而輕柔地移動著，可以說是輕輕地拂過。

那種輕柔的感受，簡直像是情人在愛撫一樣。在這樣的情景下，而有這樣的感受，盛遠天真不知道是哭好還是笑好。

那隻手，一直在柔滑地移動，移動到了他的頸際。盛遠天感到在他身後，傳來了細細呼氣，他漸漸鎮定了下來，心中開始奇怪：在自己身後的是甚麼人？這個人怎麼在呼吸之際，也一點聲音都沒有？那……不是人……是鬼？盛遠天一想到這裡，不禁又發起抖來。

可是，那隻手卻是溫暖的，不但溫暖，而且在感覺上，還可以感到那隻手在出汗！

盛遠天想出聲問，但是喉頭發乾，張大了口，發不出聲來。而那隻手，已漸漸移到了他的胸前。

當那隻手來到他的胸前之際，盛遠天只要低下頭，就可以看到那隻手了。盛遠天立時肯定，那是一個女人的手，不但是因為他看到手腕上，有著不知是甚麼植物種籽串成的手鐲，而實實在在，那是一隻極美麗的手，豐腴而修長，雖然膚色黑，但是皮膚極細。

那隻手在他胸前，輕輕撫摸著，而且，進行著明顯的挑逗。令得盛遠天的氣息，也不由自主急促了起來。

在這樣的時候，發生了這樣的事，盛遠天的心中，迷惑到了極點，那是不是也是一種巫術呢？那隻手一直在他強壯、滿是肌肉的胸膛上移動，當它漸漸向上移之際，盛遠天突然一低頭，在那隻手的指尖上，輕輕咬了一下。

那隻手陡地縮了回去，盛遠天可以感到，那女人就在他的身後。他不但可以感到那女人在縮回了手去之後，呼吸突然急促了起來，他甚至可以感到那女人散發出來的體溫！

那隻手縮了回去之後，盛遠天定了定神，生出了一點希望來。他用他學來的土語，生硬地道：「你……是誰，讓我看看你！」

他本來還要哀求點甚麼的，但是他學會的土語實在十分有限，稍為複雜一點的意思，根本沒有法子通過語言來表達，只好講了這一句。

四周圍極靜，盛遠天等著。過了沒有多久，一個黑種女人，像是幽靈一樣，一點聲音也沒有發出來，已經出現在他面前。

盛遠天只看了那女人一眼，就不由自主，屏住了呼吸。那是一個極美麗的黑女人，身形很高，高得和他差不多，只是在腰際圍著一幅布，頭髮短而鬈曲，像是一大顆一大顆珍珠一樣，貼在她的頭上。她的容顏，十分嬌麗，看來不會超過二十歲。

而令得盛遠天陡然屏住了氣息的，還是她頎長、優美得難以形容的體型。她站在盛遠天的面前，胸脯是赤裸的，乳房尖而挺秀，乳尖是一種誘人之極的深紅色，在輕輕顫動。她的腰細而直，雙腿修長而結實，在黑暗中看來，她黑色的皮膚，發出柔和的光芒來。

盛遠天再也想不到在這種地方，會見到這樣的一個美女，他望著她，不知說甚麼才好。那女人也望著盛遠天，半晌，才又緩緩地伸出手來，伸向盛遠天的口邊。

盛遠天又在她的指尖上，輕吻了一下。他看到對方在他的一吻之下，身子陡然震動了起來。

一個幾乎是全裸的美女，身子陡然因為異性的接觸而震動，這是動人之極的情景。雖然是在生死未卜，兇險之極的環境之中，盛遠天也不禁有點怦然心動。他努力使自己的話，令對方明白，道：「放開我，求求你，放開我！」

那黑種少女望著他，咬著下唇，看來是正在思索著。她的眼睛大而明亮，給人以十分熱情的印象。在她的注視下，盛遠天的心跳得極劇烈，他實在不知道那是吉是凶，他其實並沒有等了多久，但是在感覺上，卻像過了一個世紀一樣。

然後，那黑種少女突然一伸手，自她的腰際，取出了一柄看來極其鋒銳的小刀來，去割縛住了盛遠天身上的野藤。她的動作極快，一下子就將藤全都割斷，盛遠天在那一剎間，心中高興莫名，有點手足無措。那少女忽然抓住了他的手，把他的手，按到她的心口上，同時，用一種詢問的眼光，望定了盛遠天。

盛遠天不知道她這樣做是甚麼意思，他也無法去仔細想。一則，由於他雖然鬆了綁，可是還在村子中心的空地上，身在險地。二則，那少女把盛遠天的手，按在自己的心口上，那等於是使盛遠天的手，按在她的乳房上。她的乳房豐滿而又堅挺，又因為被男人的手按著的緣故，而在微微發顫。

盛遠天感到自己像是觸了電一樣，腦中一片渾沌。他只是看出，那少女像是要他答應甚麼，他一面連連點頭，然後，他也拉起了那少女的一隻手，按在他自己的胸口之上。

當盛遠天在這樣做的時候，他是全然不知道那有甚麼特別的意義的，只是表示不論甚麼，他都衷心答應。那少女現出了一個十分甜媚的笑容，又回頭向那間大屋子看了一下，神情有點害怕，然後，拉著盛遠天，向外急步走去。盛遠天注意到她在行走之際，幾乎一點聲音也沒有，他也儘量放輕腳步。在經過那柄手槍之際，盛遠天把它拾了起來。

等到他們離開了村子的範圍，黑暗的包圍又使人有安全感之際，盛遠天大喜若狂，一個轉身，緊緊地抱住了那少女。

那少女非但不抗拒，而且把她的身體，緊緊向盛遠天貼了上來。

盛遠天的心，幾乎從口腔中跳了出來，他一直不敢相信自己在生死關頭，還會有艷遇！可是這時，主動的不是他，卻是那個黑種少女，當他們一起倒在柔軟的草地上之際，他簡直不能相信那少女的挑逗能力，是如此高明！

那黑種少女對男人挑逗手法之高明，使得盛遠天自然而然，想起啞子瑪麗來，可是瑪麗的年紀大，那少女卻又年輕又美麗。在少女的挑逗下，盛遠天也渾然忘記了自己是身在巫術盛行的山區之中，原始的慾望發作，他像是野獸，一下把那少女壓在身下。當他感到膨脹的快樂，得到了最溫柔的包圍之際，他發現少女有著感到痛楚的神情。

而當他在盡情發洩之際，那少女的手指，緊緊陷進他的背部，看來是在抵抗痛楚。而且，自始至終，她沒有發出過任何聲音。

狂暴終於變得平靜，當盛遠天離開她的身子之際，那少女作出了一個看來十分妖媚的姿勢，把她的雙腿分開，小腹挺高。盛遠天忍不住伸手去撫摸，當他觸及她的時候，盛遠天吃了一驚，失聲道：「你是處女！」

那少女像是知道盛遠天明白了甚麼一樣，點了點頭，然後把她的頭，緊藏在盛遠天的懷中。

盛遠天心中訝異莫名，他也回抱著那少女。過了一會，那少女抬起頭來，他們又熱烈地親吻著。然後，那少女拉起他來，向前走著。

黑暗之中，盛遠天也不知道經過了一些甚麼地方，根本沒有道路，只是在濃密的草叢中向前走。那少女像是對途徑十分熟悉，約莫走了半小時左右，那少女又拉著他，擠進了一個極狹窄的山縫，那山縫窄得只能容一個人走進去。

這時候，盛遠天已肯定知道，那少女會帶他逃走，他心情已經鬆了很多。當來到那個山縫之前，少女示意自己先進去，要盛遠天跟在她後面之際，盛遠天卻握住了她的手，側著身，兩個人面對面，一起擠了進去。

山縫是那麼狹窄，當他們一起擠進去時，他們兩人的胸部，是緊緊相貼著的。那少女豐滿的雙乳，壓在盛遠天的胸前，山縫雖然只有十多公尺長，但是盛遠天卻寧願它更長些，那令得盛遠天有魂為之銷的快感。

通過那山縫之後，是一個山洞，山洞中相當整潔，還有一個角落，鋪著獸皮，有一個火把在燃著。他們一進了那個山洞，兩個人都不由自主喘息，相擁著，一起滾在獸皮上。那少女的熱情，令得盛遠天又一次溶化，少女的手臂，緊抱著盛遠天，雙眼睜得極大，神情滿足而又甜蜜。然後，她又帶著盛遠天，又經過了一道更窄的山縫，來到了另一個山洞之中。那個山洞中十分黑暗，少女在帶他進來的時候，曾作了很多手勢。

當那少女在向盛遠天作手勢的時候，盛遠天只是貪婪地，注視著她美麗的胴體。直到那少女現出了焦急的神情來，他才弄明白，那少女告訴他，在另一個山洞中，他絕不能弄出光亮來，也絕不能出來，而她，會來看他，供應他食物和水。

盛遠天看出事態的嚴重，所以也認真地點了點頭。當他進入了另一個山洞之際，外面那個山洞，雖然燃著一把火把，但是本來就不光亮，經過狹窄的山縫之後，再能透過來的光亮極微弱，幾乎等於一片漆黑。

那少女按著他，示意他躺下來。盛遠天在躺下來之後，發覺自己是躺在柔軟的獸皮上，那少女看著他，一聲不響，自顧自離去。

盛遠天要隔了好一會才能平靜下來，把所有經過的事，全想了一遍，真有身在夢境之感。那少女一直沒有發出任何聲音過，是不是她也是巫師的女兒呢？她難道就是那個可怕的大巫師的女兒？他也不明白何以那少女會向他獻身，他更無法決定自己是不是要趁機逃走。

他想了很久，決定看看情形再說，晚上在山區行走相當危險，不如到白天看情形。而且那麼美麗動人的黑種少女，對盛遠天也有一定的吸引力。

他躺在獸皮上，當眼睛漸漸習慣黑暗之後，依稀可以辨別一些東西，所以當黑種少女重又進來之際，他立時跳起來抱住了她。這一次，少女帶來了食物、水，甚至還有一種十分香醇的酒。那比起剛才被生滿尖刺的野藤綁著，眼看韋定咸流乾血而死的情景來，現在真好像是在天堂中一樣了。

盛遠天這一晚，是緊擁著那少女睡著的。

他醒時，那少女卻不在他身邊。在一片黑暗之中，他不知自己睡了多久，他只聽得有一種奇異的聲音，自外面的那個山洞中傳來，那聲音才一入耳，盛遠天又不由自主，發起抖來！

那是大巫師的聲音！是大巫師在唸咒語的聲音！

盛遠天嚇得摸索著，躲到了山洞的一角，等了好久，大巫師的咒語聲還沒有停止。

盛遠天握緊了手槍，大著膽子，從那狹窄的山縫中，慢慢擠身出去。當他可以看到外面那山洞中的情形之後，他更嚇得連氣都不敢透！

在那山洞中，至少有三、四十個土人，都伏在地上，大巫師正在一具木雕的神像前，高聲唸著咒語。那木雕的神像，看來正是守護神像。

盛遠天心中感到駭然，同時，也有點埋怨啞子瑪麗，給了他那個小雕像，害得他幾乎死在這裡，到現在，也不過暫時安全而已！

大巫師唸著咒，手陡然舉起來，他的手中，就拿著那小雕像。他把小雕像放進了大雕像的口中，再用一塊木頭，塞住了大雕像的口，然後，手舞足蹈起來。當他手舞足蹈之際，滿洞的土人也都起來，跟著舞蹈。

盛遠天不敢再看下去，又回到了裡面的那個山洞之中，縮在角落，希望即使有土人進來，也會因為黑暗而看不到他。

一直等到外面完全靜了下來，也沒有人進來。盛遠天鬆了一口氣，他感到那黑女郎把他帶到這裡來，一定是十分安全的地方，看來土人不會進這個山洞來。但是他也不敢出去，只是不時到山縫口，去張望天色。

等到外面天色黑了下來之後不久，那少女又翩然而來，帶來了食物和酒。接著，又是瘋狂的原始享樂。盛遠天感到自己如同是在一個夢境之中一樣，那麼凶險，可是又有那樣無與倫比的放縱和享樂。他從來也不知道，一男一女在一起的歡樂，可以達到這樣的巔峰！

日子一天天過去，盛遠天不知道在這黑暗的山洞中待了多久，至少有好幾個月了。那黑少女每天晚上都來陪他，給他至高無上的歡愉，盛遠天甚至不想再離開這個山洞了。

直到有一天，他留意到，大巫師和土人，已經很久沒有在外面那個山洞出現。他大著膽子，來到了外面的那個山洞，又從山縫中走出去。當他又接觸到陽光之際，不但睜不開眼來，而且全身有一種刺痛的感覺。

那種感覺，令得他感到自己像是習慣在黑暗中生活的地鼠一樣。他縮回山縫中，等眼睛又習慣了陽光的照射，才慢慢走了出去。

外面靜得出奇，他打量四周圍的環境，發現自己是在一座山崖之上，不遠處，有一條相當湍急的蜿蜒山澗。

盛遠天心想，自己只要到了山澗邊上，順著流水走，一定可以走出山去的。然而這時，盛遠天卻並不急於逃走，他想到晚上，那女郎能給他的快樂，不由自主，又吞了一口口水，自然而然地回到了山洞中。他在回洞之時，折了一些樹枝，紮了起來。外面的那個山洞，一直燃著火把，他把樹枝燃著了，舉著，走進了裡面的那山洞。

那兩個山洞，盛遠天由於住得久了，已可以體會出，兩個山洞的形狀，恰像是一隻葫蘆。最外面的山縫是葫蘆的口部，然後是一個山洞，第二道山縫是葫蘆的腰，然後，又是一個山洞，那便是這些日子來他的歡樂洞天了。

盛遠天舉著火把進洞來，那是他第一次在這個山洞中看到光亮，他找了一個可以插起火把的地方，仔細打量著那個山洞。

在山洞的一角，鋪著獸皮，那是他和黑女郎瘋狂的所在。山洞並不大，令得他驚訝莫名的是，他看到，在左邊的洞壁上，十分明顯地有著一道石門。那石門看來相當原始粗糙，是一片扁平的、比人還高的大石塊，但顯然不屬於原來的山洞，連石頭的質地和顏色都不一樣。說它是一扇「門」，或者不是十分恰當，但毫無疑問，那是要來遮住一個通道入口處之用的！

盛遠天不禁大是好奇，他來到了那石塊之前，企圖把那石塊移開來。可是那塊緊貼著洞壁的石塊，沉重得不是他一個人的力量所能移動分毫。

盛遠天累得渾身是汗，直到火把燃盡，仍然未曾達到目的。他只好放棄，躺了下來喘氣，心中想：等晚上，那女郎來了，合兩人之力，或者可以把那石塊弄開來，看看石塊後面有些甚麼秘密。

到了晚上，黑女郎又來到，盛遠天也可以肯定她不會發出任何聲音來，所以他也不和她講話，只是拉著她的手，走向那石塊。開始的時候，黑女郎順從地任由他拉著，可是走出了幾步之後，她像是知道盛遠天要把她拉向何處去，陡然掙扎了起來。

一對幾乎是全裸的男女，在掙扎之中，肌膚相觸，結果是兩人又開始瘋狂。

等到盛遠天喘息稍定，他再拉那黑女郎前去，怎知那黑女郎的氣力卻比他大，反而把他拉了回來。這使盛遠天陡然想到：那黑女郎是早知道山洞中有「石門」的，她可能也知道那石門是掩藏著甚麼秘密！

那更令得他想知道究竟。可是兩人在爭持了片刻之後，黑女郎突然把盛遠天的手，放在她的臉上，盛遠天摸到了她滿臉的眼淚！

盛遠天更是大惑不解，如果雙方可以用語言交談，那自然可以問個究竟，可是偏偏他又不懂土語，黑女郎又完全不能出聲。盛遠天只好嘆了一聲，拉著她在獸皮上躺下來。

和往常不一樣，黑女郎躺了下來之後，沒有對盛遠天進行任何挑逗，甚至連盛遠天熱烈的撫摸，也沒有反應，只是一動不動地躺著。過了不多久，她倏然起身，盛遠天一翻身，伸手去抓，只抓到她柔滑細膩的小腿，被她掙脫了。

盛遠天叫道：「別走！」

可是當他躍起身來時，黑女郎已經離開了小洞。盛遠天心中驚疑不定，不知道自己究竟做錯了甚麼。這裡的一切，本來已經充滿了神秘，再加上一個完全不會發出聲音的啞女郎，所有的謎團，都全然無法解得開！

他忐忑不安地等著，過了好久，才看到有亮光，閃動了一下，那是從來也未曾發生過的事。盛遠天嚇了一大跳，忙從獸皮下取出手槍來，握在手中。亮光漸漸移近，他才鬆了一口氣，他看到黑女郎持著一個火把，火頭相當小，但也已足夠照亮小洞，走了進來。

黑女郎進來之後，眼光幽怨地向他看了一眼，像是將會有甚麼悲慘的事發生一樣。她一直來到了他的身前，呆立了一會，把他的手拉起來，按向她的心口。

這樣的動作，當她第一次和盛遠天見面的時候，曾做過一次。這時，他們雖然經過了幾個月的相處，兩人的肉體結合和糾纏，也不知有多少次了，可是盛遠天的手，一按上了她飽滿而結實的胸脯之際，他的手指，還是自然而然收緊。黑女郎蹙著眉，盛遠天像上次一樣，也把她的手拉過來，放在自己的心口。

黑女郎緩緩地吁了一口氣，像是已得到了甚麼安慰，神情也不再那麼憂戚。然後，她和他一起來到了那石塊之前。黑女郎把火把給了盛遠天，她用一種十分怪異的姿勢，整個人都附身在石板之上，兩手抓住了石板的邊，雙腿分開，兩腳也勾住了石板的邊，看起來，像是一條附在石板上的蜥蜴一樣。然後，她不斷挺著腰，令自己的上身向後仰。

當她不斷在重複這個動作之際，姿態十分誘人，在重複了二、三十次之後，盛遠天看到，由於她身子後仰的力量，竟將那塊石板，扳得向外傾斜了開來。盛遠天一看到這樣的情形，不禁大吃一驚，因為石板傾斜的唯一結果，是倒下來，將黑女郎壓在石板下！

那石板至少有一噸重，沒有任何人可以經得起石板的重壓的！盛遠天一想到這一點，不由自主，發出了一聲驚呼，伸手去托住向下斜下來的石板。可是他臂骨幾乎折斷，也不能阻止石板緩緩向下倒來。他想推開那黑女郎，可是黑女郎反倒轉過臉來望著他，現出十分甜媚的笑容來！

盛遠天喘著氣，他一步步後退，黑女郎仍然附在石板上。石板的傾斜，已經形成了四十五度角，眼看再向下倒來，就要把黑女郎壓住了！

也就在這時，盛遠天聽到了一下金屬相碰的聲音，石板也不再向下傾斜了。盛遠天早已把火把拋在地上，可是火頭並未熄滅，他就著火光看去，驚喜若狂！原來在石板的背面，有兩條鐵鍊連著，這時鐵鍊已被拉得筆直，阻止了石板再傾斜。

在石板後面是另一個山洞。

顯然，黑女郎的動作，是開啟這扇「石門」的唯一辦法。當他拚命去頂住石板時，黑女郎向他笑，當然是在感激他關心她。

盛遠天喘著氣，在黑女郎的乳尖上，輕輕咬了一下。那一下挑情的動作，令得黑女郎身子發軟，從石板上鬆了開來，盛遠天忙把她抱住。當兩人全站直身子之際，黑女郎拾起了火把，先走了進去，盛遠天也跟了進去，才一進去，盛遠天整個人都僵呆了！

那山洞並不大，四面洞壁，都有著階梯的石條。那些石條，在火把微弱光芒的照映下，盛遠天根本無法把眼睛睜大——石條上，全是各種各樣的寶石和金塊，數量之多，多得令人無法相信！

盛遠天在窒息了將近一分鐘之後，完全忘記了自己還是身在險境，他發出一下尖叫聲，撲向前去！

由於珍奇的寶石實在太多，他不知道先看甚麼，先碰甚麼好。他來到了一片碧綠之前，那是滿堆著的祖母綠，那種晶瑩的綠寶石，是南美洲哥倫比亞的出產。盛遠天略一轉身，又看到了一堆又一堆，未經琢磨，但已然光芒四射的純淨鑽石原石。和那些寶石比較，另一邊堆積著的數以噸計的金塊，簡直和廢鐵差不多了！

寶庫！這就是韋定咸博士所說的那個寶庫！

剎那之間，盛遠天只覺得不但目眩，而且真正地感到了昏眩！他雙手按住了一堆寶石，讓寶石的稜角壓得他手心生痛。他低著頭，不斷喘著氣，汗水自他的臉上流著，順著他的鼻尖，大滴大滴落下來，落在那些晶瑩閃亮的寶石上。

當他狂亂的情緒稍為戢止之後，他立時想到的是：離開這裡，盡可能攜帶寶庫中的寶石，離開這裡！在這裡，這些珍寶的意義，還不如一條兔子腿，可是離開這裡，到了文明世界之後，每一顆寶石所代表的，就是金錢和無窮的物質享受！

盛遠天在這樣想的時候，感到一個柔軟清膩的身體，向他靠了過來。那是曾在過去幾個月來，給他極度歡樂的身體，為了她，盛遠天甚至未曾想到過要離開這個黑山洞。

可是現在卻完全不同了！在他一見到那些珍寶之後，他整個想法，完全不同了！那黑女郎當然美麗如昔，可是那算得了甚麼呢？只要他能離開這裡，世上的美女，可以有一大半任他挑選！

盛遠天的心狂跳——不再是為了那黑女郎誘人的胴體，而是為了那閃耀的珍寶！

黑女郎緊貼著他，扭動著她的身子，但是盛遠天的情慾，卻一點沒有被挑起來。

他只是在想著：如何盡可能多帶些珍寶，離開這裡！

盛遠天的計畫開始實行，幾天之後，他已經利用樹皮，編成了一隻相當大的袋子，還藏起了一部分食物。

他不讓黑女郎知道他的計畫，他也儘量裝成若無其事，免得對方起疑。然後，在發現寶庫之後的第十天，盛遠天盡可能揀他認為最值錢的寶石，放進那個袋子之中。他只取了一塊黃金，因為他知道，金子比較容易脫手。

他估計自己要在山中跋涉相當時日，太重的負荷會使他體力不支，但是那隻袋子中，至少還盛載了近二十公斤的各種寶石。

當他離開山洞之際，他的心狂跳著，連想都沒有想到那黑女郎。

他只是憧憬著回到文明社會之後，他將會何等的富有。

他已經觀察好了地形，順著山崖，向下小心地走著。碰到了三次有土人經過，他都在濃密的草叢之中，躲了過去，未被土人發現。

當天下午，他就來到了山澗邊上。他不認得路，但可以知道，澗水是一定會流出山區去的，只要順著澗水走就是。一直到晚上，他才停了下來。

他看到有很多竹子，可惜他沒有工具，不然，砍紮一個竹筏，倒可以利用水流，減少步行。

當天晚上，他把那袋寶石枕在腦後，興奮得睡不著，不時伸手摸著，生怕滿袋的珍寶會飛了去。當他終於因疲倦而睡著了之後，一直到陽光令他雙眼刺痛才醒過來。他才一睜開眼來，就怔住了！

那黑女郎，就站在他的身前，冷冷地看著他！那種眼光，令得他遍體生寒！

盛遠天一時之間，不知如何才好，他只是昂著頭，看著那黑女郎。從他第一次見到她開始，黑女郎一直都是那樣美艷，可是這時，她的神情冰冷，卻是令人不寒而慄！

盛遠天在僵呆了半晌之後，才勉強擠出了一個笑容，慢慢站了起來。他還是第一次在陽光下看那黑女郎，她仍然赤裸著上身，高聳挺秀的雙乳，令人目眩。盛遠天想伸手去撫摸一下，可是他的手還未碰到她的乳房，黑女郎一下子就拍開了他的手，神情顯得更嚴厲。

這種情形，使盛遠天感到，自己若是不能擺脫她的話，一定凶多吉少了！他深深地吸了一口氣，四面看了一下，看到除了他們之外，並沒有別人。他連多考慮一下都沒有，一下取出了手槍來，就扳動了扳機！

槍聲並不是太響，子彈一下子就射進了黑女郎的胸口，黑女郎身上震動了一下，仍然站著，鮮血已自她的傷口中湧出來。鮮紅的血流在柔滑細膩的黑色肌膚上，很快就流到了她的腿上，淌到了地上。

盛遠天見她仍然直立著不倒，連忙後退了一步，正準備再發第二槍時，黑女郎支持不住了，她現出哀痛欲絕的神情來，倒了下去。

盛遠天一點未對自己的行為感到甚麼內疚，他當然不能為了這個黑女郎，而放棄成為大富豪的機會。看到黑女郎終於跌倒，他長長吁了一口氣，已準備不再理會她，轉身離去了。

可是，他才一轉身，足踝上陡然一緊，他低頭一看，黑女郎的手，緊緊握住了他的足踝。盛遠天驚駭欲絕，尖聲叫了起來，用力掙著，可是黑女郎把他的足踝抓得如此之緊，踢也踢不脫。

盛遠天轉過身來，看到地上有一道血痕，黑女郎是在地上爬過來，抓住了他的足踝的。這時候，她勉力抬著頭，神情極痛苦，而自她眼中射出來的那種怨毒的光芒，令得盛遠天再一次發出尖叫聲來：「放開我！放開我！」

黑女郎卻一點也沒有想放開他的意思，她一手抓住了盛遠天的足踝，一手向著天，作了幾個看來極怪異的手勢。然後，她勉力挺起身來，把手按向她胸前的傷口，令得她自己一手都是血，再顫抖著，看來是用盡她最後一分氣力，把她的手，向盛遠天伸來。

盛遠天被這種景象驚呆了，整個人像是泥塑木雕一樣。

他眼睜睜地看著她的手指，在他的右腿，膝蓋以上的地方，碰了一下。

在那一剎間，盛遠天陡然想起了大巫師對韋定咸的動作，他尖叫了起來，隨著他的尖叫聲，黑女郎的手垂了下來。而當盛遠天看到剛才被黑女郎染血的手指碰到過的地方時，他整個人更像是跌進了冰窖之中一樣！

在被黑女郎手指碰到之處，出現了一個烏溜溜的深洞，血正在汩汩地流出來！盛遠天整個人呆住了，血在不斷流著，直到他整條腿都被流出來的血沾滿了，他才大叫了一聲，拋開了手槍，扯破了衣服，把傷口緊緊地紮了起來。同時，用力扳開了黑女郎的手指。

黑女郎已經死了，她臨死之前，心中的怨恨，全都表現在她的臉上，以致她美麗的臉，看起來變得像妖魔一樣。

第八部：血咒的咒語應驗了

以下，又是盛遠天的日記，但是經過綜合，不用每天發生的事作爲記述。那可以說是盛遠天在這件事發生之後，遭遇的綜合。他首先提到當時的心境：

當我再向她看一眼的時候，我全身冰涼，發抖。她仍然睜著眼，雖然已經死了，可是眼中那種怨毒，卻像是永恆地被留了下來。我轉過頭去，轉得太用力了，以致頸骨痛了好多天。

當時，我以為一定會像韋定咸一樣，流乾了我體內的血而死去了，因為雖然我緊緊紮住了傷口，但是血還是不斷湧出來。我既然已經絕望，也就不必趕路，就在離她屍體不遠處躺了下來。

看著她的屍體，當然看不到她的臉。別以為我會有甚麼歉疚，一點也不，我來自文明社會，在我得到了那麼多珍寶之後，我回去，可以有享不盡的快樂。她只不過是一個土人，就算可以，我也不會把她帶回文明世界去。她想阻止我的前程，妨礙我以後無窮無盡的快樂，我當然要把她剷除。

我剷除了我今後一生快樂的障礙。可是她，該死的，卻用了不知甚麼方法，一定是巫術，令我的身上，也出現了一個槍孔。

那真是一個槍孔，雖然她只不過用沾了她自己鮮血的手指按了一按，但是效果卻如同我自己向自己的腿上開了一槍一樣。

我當時以為自己一定要死了，我已經決定，就算死了變鬼，我也不原諒她。雖然她曾經救過我，而且給過我很多歡樂，但是她毀了我。她給我的快樂，比起我今後可以獲得的快樂來，算是甚麼？

我恨她，恨她入骨，她的眼光中充滿了怨毒，其實我也是一樣！她可以留在山區，讓我離去，她為甚麼一定要留下我？去死！去死！她已經死了，最不值的是我要陪她死！

我已經可以看到在等著我的快樂，可是現在甚麼都完了，我怎能不恨她？在我閉上眼睛等死的時候，我沒有一秒鐘不在恨她，我甚至拾起了手槍來，扳動扳機，把餘下來的子彈，全都送進了她的身體之中！

由此可知我對她的恨意是多麼深！因為她由於愚蠢、自私、不諒解自己的地位，而毀了我這個可以有無窮快樂的人的一生！

當然，在後來，我才知道，我恨她，她也同樣恨我。她恨我，可能比我恨她更深，因為在臨死之前，她並不是要我死，而是運用了巫術中最惡毒的血咒，要令我一生受盡痛苦的折磨！

當時，我閉著眼睛，感到血液在傷口中不斷湧出來。我以為一定死了，可是過了沒有多久，血湧出來的感覺停止了。

我不敢相信自己有那樣的好運。（在當時，我的確是相信那是好運。）我掙扎著站了起來，傷口的確不再流血。幸而我剛才沒有拋棄那袋寶石，我用一根樹枝支撐著，繼續向前走。

奇怪的是，傷口並不痛，也不流血。當我解開在傷口上的布條時，看到一個孔洞，十分可怕，那使我不敢再解開來看。

我一直向前走著，足足走了十天，才走出了山區，來到了那道河流的下游，進入了一個村莊。那個村子聚居的土人，不是黑人，而是印第安人，看來他們比黑人和氣很多，看到了陌生人，奔相走告。

不一會，一個大巫師模樣的人，就走出來接待我。他看出我受了傷，他會說西班牙語，願意替我治傷。可是，當我解開了布，他看到我的傷口之際，他整個人，像是遭受到了雷殛一樣！

那印第安土人大巫師，在他佈置得異常怪異的屋子中，在一分鐘之前，還充滿信心，說他的獨門秘方，可以醫治任何傷口。

可是，當盛遠天把傷口展示在他的眼前之際，他整個人像是忽然變了顏色，變成了慘白色！

他尖聲叫著：「天！天！這是黑風族巫師的血咒！最惡毒的黑巫術！」

看到他如此驚駭，盛遠天忙道：「那……是一種甚麼樣的咒語？」

印第安巫師道：「是用鮮血行使的咒語，這……咒語是沒有法子消解的……它將永遠留在你的身上！」

盛遠天吞下了一口口水：「會死？」

巫師回答：「如果會死，早就流乾了血死亡了。看來施咒的人，只想你受痛苦，不想你死！」

盛遠天咬著牙：「那也沒有甚麼，至多我一輩子腿上帶著這個傷口就是了！」

巫師用一種十分怪異的眼光望著他，望得盛遠天心中發毛，忍不住問：「怎麼了？」

巫師緩緩地道：「施咒者如果對你恨到了極點，一定會令你比死更痛苦……」

盛遠天悶哼了一聲：「或許她愛我，不捨得我死！」

巫師的面色，更是難看到了極點，他尖聲叫了起來：「女人！天！女人施……血咒……你可曾注意她說了些甚麼？她說了些甚麼？」

盛遠天也受巫師緊張神態的影響，變得十分驚懼：「她根本不會說話，甚至不會發出聲音！」

巫師的臉色一片死灰，聲音也尖厲得不像是人類所發出來的：「她……是巫師的女兒？黑風族只有一個大巫師，她是大巫師的女兒？對了，一定是，要不然，也不會有女人，會施那麼惡毒的血咒！」

盛遠天害怕地問：「她不會說話，情形是不是會好一點？」

巫師苦笑著，搖頭：「更壞，她心中的怨毒，全部化為咒語的力量，她……可曾作甚麼手勢？」

盛遠天陡地想起來，黑女郎在臨死之前，作了幾個怪異的手勢。他連連點頭，把那幾個手勢，摹仿了一下。巫師的眼珠像是要跌出來一樣，然後，他又閉上眼睛，身子簌簌地發著抖。盛遠天抓住了他的手背，道：「怎麼啦？那是甚麼意思？」

巫師過了好一會才鬆了一口氣，道：「太怨毒了！黑風族大巫師的血咒，太可怕了！」

盛遠天張大了口，喘著氣，望著自己腿上的傷口，不知道會發生甚麼事。巫師道：「咒語不但要害你，而且還要使你的下代，一代代延續下去。你會親手殺死你的女兒，你的兒子在你這個年紀，腿上就會出現一個洞，以後每年，在施咒者死去的那一刻，就會流血，流血的數量，和死者相等。他也會殺死自己的女兒，這種可怕的情形，會一代一代延續下去，直到永遠！」

盛遠天聽得全身發顫，尖叫起來：「我不信！」

巫師用一種十分怨哀的神情望著他，盛遠天的叫聲，漸漸低了下來。他不信！以後的事會怎麼樣，他不知道，但是眼前，他腿上的那個彈孔，卻是千真萬確的，他能不信麼？

盛遠天安然離開了山區，他找了很多醫生，去醫治他腿上的傷口，但是一點結果也沒有。盛遠天帶出來的珍寶，使他成了鉅富，他潛在的商業才能，使他的財富迅速地增加，他已經成為豪富了。但是每年，當那一天來到，他腿上的槍孔就開始流血。

那種怪現象，使他不能不相信巫術，而且，盡他的一切可能，他自己親自研究巫術。他有了錢，辦起事來就容易得多。

他研究的結果是：血咒是巫術中最神秘惡毒的一種，只有黑風族的大巫師會，而且，是沒有消解的方法的。

在研究的過程中，盛遠天也明白了當年，韋定咸博士究竟犯了甚麼錯誤。原來黑風族，正是當年宣稱把守護神像「干干」藏起來的那一族！韋定咸卻糊裡糊塗，使得神像出現，那意味著黑風族的特權喪失，當然要招致殺身之禍了！他應該把守護神像，送到和黑風族敵對的土人那裡去才對。

盛遠天也弄清楚了一些事的來龍去脈。那黑風族的大巫師，是啞子瑪麗的弟弟，那黑女郎，是大巫師的女兒。

所有大巫師的女兒，自小就被藥毒得不能出聲。她可以學習巫術，但是一學了巫術之後，就不能和任何男性來往，族中的男子，也沒有人敢去碰她，她必須一個人孤獨地生活。瑪麗就是因為耐不住心理、生理上的寂寞而逃走的。

土著中的性活動，幾乎是半公開的，十分開放。一個生理正常的少女，在耳濡目染之下，自己又得不到男性的慰藉，心中的苦悶，可想而知。

本來，那天晚上，盛遠天只有一夜的生命了，第二天天一亮，就會用他的血來祭守護之神！而就在那個晚上，從來未曾接觸過男性的那個黑女郎，實在忍受不住原始本能的誘惑，把盛遠天救到了那個山洞之中。

盛遠天也弄明白了黑女郎把他的手，按在她的心口，他也把黑女郎的手拉過來，按在自己的心口，那是代表了兩人真誠相愛。盛遠天可以再娶許多妻子，但是不能拋棄她，可是結果，盛遠天卻殺了她！

黑女郎的怨毒，在臨死之前爆發，她向盛遠天施了血咒！可怕的血咒！

當盛遠天弄清楚這一切之際，已經是一年多以後的事情了。

他用了大量金錢，買通了幾個巫師，要他們去求黑風族大巫師，賜以解消「血咒」的方法。可是得到的回答是：血咒根本無法消解，只有等著，接受咒語所賜的痛苦的懲罰。

又過了一年，盛遠天更加富有，他對巫術的知識也更豐富。巫術的神秘力量，所造成的例子，他也知道得更多，所以他對於黑女郎所施的咒語的恐懼感，越來越甚。

由於他不斷鑽研巫術，和各種各樣的巫師在一起，所以當他決定來到這亞洲的城市之際，一個印第安巫師的女兒愛上了他，願意跟他一起來。盛遠天也感到，在今後對抗黑女郎血咒的行動中，需要一個精通巫術的人幫助，所以他把那巫師的女兒帶了來。

那個巫師的女兒，就是那一個「樣子很怪的小姑娘」，後來成為盛遠天的妻子。她不但精通巫術，而且還是罕見的繪畫天才，小寶圖書館中的那些繪像，就是由她仔細地繪成的。

他們結婚之後，深居簡出，商業上的事，全交給可靠的人處理，蘇安成了好幫手。

小寶出世了！

當盛遠天夫婦，知道了自己有了女兒之際，心情緊張到了極點。因為黑女郎的咒語之中，有盛遠天要親手殺死自己的女兒在內！

他們兩人，幾乎每天，都用各種不同的巫術方法，想消除這個惡毒的咒語。小寶一天天長大，到了五歲，成為一個人見人愛，活潑可愛的小姑娘。盛遠天夫婦以為自己的消解已經成功，黑女郎的咒語力量已經消失了！

可是，在小寶五歲的那一年，就發生了那晚的事！

在盛遠天的記載之中，有一段是講到這件事的，寫得十分可怕，令人不忍卒讀。以下就是在事故發生之後，盛遠天的記載：

一直在驚懼中過日子，財富買不到安心。小寶五歲了，以為我們的努力有了結果，可是事情終於發生，血咒的咒語應驗了！我，在咒語的惡毒詛咒下，親手勒死了小寶，我親愛的女兒。我根本哭不出來，只是心頭一陣陣絞痛，我是那麼愛小寶，她是我的骨肉，任何人對她作最輕的傷害，我都會拚命，可是我卻親手殺死了她……那天晚上，事情是突然發生的。小寶玩倦了回來睡覺，她是那麼可愛，睡得那麼沉，我在她的床邊看著她，輕輕地替她抹去額上的汗珠。可是突然之間，我看出去，她變了，整個人都變了，皮膚變得漆黑，身子變得長大，她……不是小寶，卻是那個……黑風族大巫師的女兒，向我發出獰笑，雙手掐住了我的脖子！

我想叫，叫不出聲音來。她是那麼猙獰，眼光之中充滿了怨毒，她化為厲鬼，要殺我報仇！我一面掙扎，一面順手拿起了一條繩子，纏住了她的頸，用力勒著。

我一直用力勒著，直到我的手指生痛，直到勒到那巫師的女兒，面肉扭曲死去，我正感到鬆了一口氣之際，手背上一陣劇痛，回頭，看到妻子正在咬我的手背。我把她推開，繼續勒著那可惡的，來復仇的女鬼，直到她的舌頭，完全吐了出來。

外面有敲門聲，是不是女鬼又在施甚麼法呢？我回頭向門看了一下，再轉回頭來時，我整個身體內的血液都凝結了！床上沒有女鬼，繩子是勒在小寶的頸上，深深陷入她的頸內。她可愛的小臉，已經變成了深紫色，舌頭伸在外面，咬得腫了。沒有女鬼，我勒死的，是我自己的女兒，自己的女兒！

血咒的惡毒咒語應驗了，多年來我們的努力白費了！不但我殺了自己的女兒，將來我有兒子，他也會殺死他自己的女兒，惡毒的咒語將永遠延續下去，沒有法子可以消解！

我抱著小寶的屍體，想哭，哭不出來，想叫，也叫不出來。她的身子已經發冷了，我拚命搖她的身子，她再也不會活過來了。

當我打開門的時候，妻知道我做了甚麼，她像瘋了一樣對付我。但是她隨即知道，那不是我的錯，是那惡毒的咒語使我瘋狂，使我把自己的女兒，當作是來復仇的女鬼，以致我殺死了自己的女兒！

小寶死了之後，盛遠天和他的妻子，知道血咒的咒語是無法消解的。而更令得他們手足無措的是：盛夫人又有了身孕。

那真令他們無所適從，放在他們面前的只有兩條路：從此不生孩子，或是任由惡毒的咒語持續下去！

不過盛遠天還是不死心，他帶著妻子，再次回到了海地。在那裡，又和許多巫師接觸過，想著辦法，直到盛遠天夫人生下了第二個孩子，那是一個男孩。

那個男孩子，當然就是後來在孤兒院長大的古托。古托之所以會有那麼奇怪的經歷，那全是盛遠天的安排。

盛遠天知道，這個男孩，按照那黑女郎的咒語，到了他二十八歲那年的某一天，他的腿上，會突然出現一個洞，每年會定期流血。如果他結婚，生了女兒，這女兒會死在他的手裡！

盛遠天採取了十分特異的辦法，他要這個男孩，在完全不知道自己身世的情形下長大，和他完全不發生關係，根本不見面。在那樣的情形下，或者有希望，可以使這男孩子逃過噩運。因為咒語是自他身上而起的，孩子和他既然沒有了任何聯繫，自然有可能切斷咒語了。

（這只是盛遠天一廂情願的想法，後來證明了一點用處也沒有。）

盛遠天安排好了關於他這個男孩子的一切之後回來，那男孩子在孤兒院，只有盛夫人畫的一幅畫像，被帶了回來，作為一個母親對兒子的懷念。

然後，他們還是想通過巫術的方法，來消解血咒的咒語。他們使用了所知的最兇惡的一種印第安巫術，來對抗黑巫術的血咒。

為了可以使血咒消解，他們不惜犧牲自己的性命，而且，是使自己活活地被燒死。那種印第安巫術，是否能夠對抗黑巫術，他們也沒有十分把握，可是為了他們的孩子，他們願意那樣試一試。

結果是，他們兩夫婦，在種種巫術儀式的安排下，自焚而死在那間小石屋中。

這樣的結果，自然是盛遠天當初在一見到那個寶藏，欣喜若狂之際所想不到的！

他得了鉅額的財富，可是自此之後，卻連一天快樂的日子都沒有過過。環繞著他的，是無數的金錢，無窮的恐懼，無盡的痛苦，和無比的絕望。有時，當他回想起來，他倒並不是未曾有過快樂的日子，至少，在那個漆黑的山洞之中，他和那個黑女郎相處的日子，是充滿了心理和生理上的歡愉的。那種酣暢淋漓至於極點的原始歡愉，在他得到了大量財富之後，根本未曾再經歷過。

盛遠天的孤僻當然是有原因的。到後來，他自己已成了一個精通各種巫術的巫師，可是他自始至終，也都在懷疑，巫術的神奇力量，是從甚麼地方來的？他肯定了巫術的存在，但是不知道何以會如此。

在盛遠天的記載之中，也雜七雜八提出了一些見解，都是從巫術的傳統觀念來看巫術的。講來講去，也講不出一個完善的解釋來。

盛遠天對他兒子的安排，當然十分妥善。難得的是，蘇氏父子，一直忠心耿耿，執行著他的遺囑，使古托能夠過王子一樣的生活。可是盛遠天卻無法阻止血咒的延續，一如咒語所指，古托在二十八歲那年，腿上多了一個每年流血，永遠不會痊癒的孔洞！

盛遠天自然也料到，不論自己如何努力都不能消解血咒的可能，所以他又託了一個信用超卓的律師，要他在古托三十歲生日的時候，去問古托那個怪問題。如果根本沒有甚麼怪事，發生在古托的身上，那就是說，血咒的力量已不再存在了，當然沒有必要使古托知道過去的事。但如果血咒的力量還在，古托就應該知道事情的一切經過！

而事情的一切經過，就是盛遠天的記述。

原振俠看完了一切記載，整個人的感覺，像是飄浮在雲端一樣。他想把自己的思緒，從可怖的、神秘的、黑暗的巫術世界中掙扎出來，但是那並不是容易的事，因為巫術的一個被害者——古托，就在他的眼前！

過了好一會，原振俠才掙扎著講出一句話來：「真有……巫術嗎？」

蜷縮在沙發上，看來已經像是睡著了的古托，身子動了一下，立時回答：「這正是他當年問韋定咸的話！」

原振俠苦笑了一下，對任何文明世界的人來說，巫術全是不可思議，不能被接受的。如果真是有著這種神奇的力量，何以這種力量，只掌握在過著原始生活的民族手裡？巫師和大巫師，究竟掌握了甚麼，才能使這種力量得到發揮？像那個黑女郎，她是通過了甚麼，使她的復仇行動，能夠在她死後，一直延續下去？

原振俠受過嚴格現代科學訓練的頭腦之中，被這些問題充塞著，幾乎連頭都要脹裂了開來。古托已經坐了起來，望著他道：「問題太多了，是不是？」

原振俠苦笑了一下：「是，沒有一個是有答案的！」

古托道：「答案不能在這裡找，要到巫術的世界中去尋找的！」

原振俠怔了一怔：「你的意思是——」古托道：「他的錯誤——對不起，我還不習慣稱他爲父親。他錯在始終不敢再回到黑風族聚居的地方去，而我，要去！」

原振俠一聽，整個人直跳了起來。古托吸了一口氣：「我要去見那個大巫師！」

原振俠望著他，本來，他是想勸阻古托的。可是當他看到古托那種堅決的神情，想到古托生活在恐怖惡毒的咒語之中，心靈一直在巫術黑暗陰影的籠罩之下，他就不再說甚麼，只是揮了一下手，道：「血咒是不能消解的，這似乎已經得到證明了！」

古托慘然笑了一下：「我還想去作最後的努力，或許那個大巫師有消解的法子。不論付何種代價，我……都想做一個正常的人，我不要作黑巫術咒語下的犧牲品！」

原振俠嘆了一聲：「是的，如果我換了是你，我也會那樣做。我十分明白，你的痛苦並不是來自肉體上的，而是來自心靈的！」

古托道：「是的，身體上的痛苦我可以忍受，但是我不能忍受我和文明脫節，不能忍受那種……禁錮。我像是被關在一隻玻璃箱子之中，在鬧市供人觀看一樣！」

原振俠望了古托半晌，道：「祝你成功。」

古托沉聲道：「祝我們成功！」

原振俠剛才在整個跳了起來之後，已經準備坐下來了，可是一聽得古托這樣講，他再次跳了起來，盯著古托，講不出話來。

古托深深地吸了一口氣：「你答應過我，我如果再要你幫忙的地方，你一定會答允的！」

原振俠感到喉嚨裡有一隻大核桃塞住了一樣，想講話，可是卻一句也講不出來。古托學著當時原振俠的語氣：「答允就是答允！」

原振俠陡然叫了起來：「那可不包括到海地去見大巫師在內！」

古托堅決地道：「一切需要幫助的，都在內。」

他一面說，一面用挑戰的眼光，望定了原振俠，原振俠倏地轉過身去，不願和他的目光相對。古托冷冷地道：「當然，你不去，我也不能綁你去，算了！」

原振俠是性子十分衝動的人，古托顯然瞭解這一點，知道原振俠必然不能忍受自己語意中的輕視。果然，原振俠立時轉回身來，大聲道：「我去！誰說我不去？」

古托長長吁了一口氣，原振俠則因爲自己的衝動，而苦笑了起來。

半個月後，古托和原振俠到了巴拿馬，古托可以運用的大量金錢，發生了作用。

在巴拿馬停了一天，私人飛機把他們送到海地的首都太子港。在太子港，他們本來想雇請能幹的嚮導，可是不論古托出多少錢，來應徵的人，一聽說是要深入山區的，全都掉頭就走。

古托發起狠勁來，道：「我們自己去，最多一路上，儘量學當地的土語！」

原振俠瞪了他一眼：「土語精通如韋定咸博士，還不是成了一具風中搖擺的乾屍？古托，這是我最後一次表示我的意見，你所能運用的力量，只是金錢，對於土人來說，金錢是不發生作用的。他們自己就有著價值連城的寶庫，你憑甚麼去和黑風族的大巫師對抗？」

古托緊抿著嘴，不出聲。他不是不知道這一點，可是這是他唯一可行的路了。他在沉默了半晌之後，才緩緩地道：「好，我不是不聽你的勸告，但是我可以不再勉強你跟我一起去。」

原振俠十分生氣：「你以爲我會讓你一個人去？好吧，就算大家都變成乾屍，也比較好！」

古托慘笑了一下：「我運氣其實還算不錯的，至少有你這樣一個朋友！」

原振俠有點啼笑皆非，大聲道：「謝謝！」

他停了一停，又嘆了一聲：「如果那天晚上，我不到小寶圖書館去，見不到你，現在還好好地在當我的醫生！」

古托道：「我不以爲平凡而安定的生活，可以令你滿足。你天生有一種尋求刺激、追求未知因素的性格，不然你也不會在這裡！」

原振俠苦笑了一下，想起自己過去的幾項經歷，他不得不承認古托的話是對的。

當天他們的對話到此爲止，第二天，他們就開始出發。所攜帶的裝備之中，有兩支古托通過了關係，買來的最新M十六自動步槍。古托曾狠狠地道：「我就不信巫術致人於死的力量，會比這種先進的槍械更甚！」

原振俠當然不準備去進行屠殺，但是在必要的時候，自衛似乎也是必須的！

他們在行程之中，雙方話都不多，靠著一張簡陋的地圖，一直向山區進發。沿途的情形，和盛遠天的記載，幾乎沒有分別，雖然時間已過去了三十多年，但這裡的土人，根本是與世隔絕的。在印第安人聚居的村落中，印第安人比較友善，古托有一半印第安人的血統，和印第安人相處，更是融洽。

黑人聚居的地方，黑人見了陌生人，別說是理睬了，連看都不看一眼，根本當他們不存在一樣。在這種情形下，會使人感到自己已經是一個死人——不單是一個死人，根本已經在空氣中消失一樣。那種心理上的壓迫，再加上入夜之後，沉重的鼓聲，從四面八方傳來，原振俠和古托都感到了身陷魔境之中！

一連七、八天，都是如此。雖然恐懼感越來越甚，但是也沒有發生甚麼危險。從盛遠天的記載中來推敲，他們離黑風族的聚居處已不遠了。

那天下午，他們又經過了一個小村子，兩人也已經習慣於土人對他們的不理不睬，所以也懶得進村子去，只是在村子邊上走過。幾個赤裸上身、十分健美的黑人少女在他們身邊經過，同樣地不看他們，只是在她們的神情上，看出她們心中的想法。她們在想：這是兩個死人，不會再有可能離開山區，何必多費精神去理睬他們？

古托和原振俠兩人，相視苦笑。而就在這時候，他們呆住了——在路邊，一大叢芭蕉樹下，有一個人坐著，正向他們望來。儘管那個人的膚色也十分黑，可是一望而知，那是一個白種人！

古托和原振俠盯著他看，那人也緩緩站了起來。看來他大約有五十歲左右，他一定長期在這裡生活，因爲他的裝束，已經完全和土人一樣了！

在這樣的地方，外人，即使是印第安土人，進來之後，也等於進入了死亡陷阱一樣。居然會有一個白種人在，那真是不可思議之極的事情！

他們感到詫異，那人也感到詫異，他站了起來，雙方慢慢走近。那人先開口，語調聽來有點乾澀：「你們……說英語嗎？」

古托伸手加額：「天！果然是西方人！」

那人一口英語，一聽就可以聽出那是英國人。當古托說那一句話之後，那人也高興莫名，伸出手來，握住了古托和原振俠的手，連連握著，道：「到我的屋子去坐坐吧，你們到這裡來幹甚麼？除了我之外，怎麼還會有人到這裡來？」

原振俠反問：「你在這裡幹甚麼？」

那人沉默了極短的時間，才道：「家父是一個探險家，多年之前，他死在——」他伸手向前面重重疊疊的山嶺，指了一指：「死在山裡。我來找他，卻被這裡土人的巫術迷住了，於是我住下來，努力研究巫術，已經有二十多年了！」

那人說到這裡，神情顯得十分興奮：「我的研究，已經很有成績了！」

古托和原振俠當時，還不明白他所說「很有成績」是甚麼意思。等他們來到了那人的住所——那是和土人的茅屋一模一樣的一間茅屋——看到了厚厚的一疊稿件，打滿了文字之際，才知道那人把他研究的結果，用文字記錄了下來。

那人請古托和原振俠，在地上的乾草墊上坐了下來，給他們一種有點酸味的飲料。原振俠小心翼翼地問：「令尊是探險家？請問是不是韋定咸博士？」

那人陡然震動了一下，望著原振俠：「不錯，但你不可能知道的！」

原振俠吸了一口氣：「在一個偶然情形下知道的，你可知道令尊的死因？」

那人默然，低下了頭，伸手指在他那隻殘舊的打字機上，一下一下按著同一個字。過了好一會，他才道：「我的名字是馬特，馬特‧韋定咸。」

原振俠和古托也介紹了自己，馬特才道：「我不知道你們兩人對巫術的瞭解程度，所以，你剛才的問題，我不知如何回答才好！」

原振俠剛想告訴他，自己兩個人，尤其是古托，對巫術的瞭解，可以說已經相當深。可是原振俠還沒有開口，古托已一下子把褲腳撩了起來，把他腿上的那個孔洞，呈現在馬特的面前。

馬特發出了一下驚呼聲，接著，又發出了一下呻吟聲，閉上了眼睛，身子發著抖。好一會，他才喃喃地道：「血咒！血咒！只有血咒才會造成這樣的結果，你……你做了甚麼？」

古托淡然道：「我甚麼也沒有做，只是因為我的父親，殺死了黑風族大巫師的女兒——」

馬特立時接了下去：「而且還盜走了黑風族寶庫中的一些珍藏！你的父親，就是當年和我父親一起，到這裡來的那個該死的中國人！」

古托冷冷地道：「除了最後那句話之外，其餘你所說的都是事實。要說該死，不知是誰更該死些！」

馬特嘆了一聲，揮著手，道：「不必再為過去的事爭論了！古托先生，如果你冒險到這來的目的，是想消解血咒的咒語，那我勸你，在你未曾見到任何黑風族族人之前，趕快離開吧！」

古托不出聲，馬特又用十分低沉的聲音道：「許多巫術是只有施術的方法，而不能消解的，血咒是其中之一！」

古托道：「這就是你研究的結果？」

馬特陡然惱怒了起來：「別用輕佻的態度來看我的研究結果！」他指著那疊文稿：「我的研究，是有人類歷史以來，對巫術的唯一解釋！」

古托和原振俠兩人互望了一眼。對巫術的解釋？那麼神秘恐怖的現象，也可以有解釋麼？他們都不說話，只是注視著馬特。

馬特的神情，剛才還是極自傲和充滿了信心的，可是在兩人的注視之下，他多少有一點氣餒，他道：「當然，到目前爲止，只有我一個人提出了這樣的解釋！」

古托沉聲道：「好，你的解釋是甚麼？巫術的神奇力量來自甚麼？」

馬特先深深地吸了一口氣。顯然是他假設了這個解釋以來，第一次向人道及，因此他的神情，看來有點興奮得像一個告訴人家，他正在戀愛的少年一樣。他一字一頓，道：「巫術的力量，是一種能量，這種能量，充塞在我們的四周圍。巫術，就是利用這種能量，或多種能量，去達成種種目的的一種方法！」

馬特已經儘量放慢語調，可是他的話，還是叫古托和原振俠兩人，想了幾遍，才明白他話中的意思。古托冷笑道：「這算是甚麼解釋？甚麼能量？要是存在的話，為甚麼只有通過巫術的方法，才能運用？」

馬特十分嚴肅地道：「甚麼能量，我說不上來，但是這種能量，一定不是人類如今的科學所能運用的！」

原振俠也冷笑了一聲，表示並不信服。馬特激動了起來：「別冷笑，人類對於各種能量，所知本就不多！不錯，人類有相當長久運用機械能的歷史，但是運用電能有多久？才兩百年，運用核能有多久？才幾十年！分子內能的理論才被提出來，不知道還有多少種能，未為人類現階段的科學所知！」

古托和原振俠都不說話，在咀嚼著馬特的這番話。馬特這番話，說人類運用能量的歷史並不久，是正確的。電能存在了幾億年，可是直到富蘭克林之後，人才運用電能，只不過兩百年的時間而已。磁能的存在，已是眾所周知的事了，但是磁能的廣泛利用，甚至還未曾開始！宇宙之中，自然還存在著許多未被發現的能量，這些能量，人類對之一無所知。如果有一種方法可以運用它們，那當然會被視為神秘之極的事情了。古托和原振俠一想到這一點，自然而然，收起了輕視的態度。

馬特越說越是流暢，他又道：「天文學上有一種天體，稱為『類星體』，那是距離地球極遙遠，蘊藏有巨大能量的天體。類星體所放射出來的能量，已令得天文物理學家驚訝莫名，困惑異常。天文物理學家計算出，一顆比銀河小一萬倍的類星體，能夠放射出相等於該銀河發出的一千倍的能量！兩位小兄弟，如果有人能運用類星體能量的話，別說毀滅地球，就算是毀滅整個太陽系，整個銀河系，都是彈指之間的事！」

古托和原振俠更說不出話來，馬特又道：「我當然不是說巫術運用的能量，就是類星體能。但能量既然與物質的運動狀態息息相關，人類現代科學，對物質的基本粒子運動、原子運動、分子運動等等，所知有多少？不知道有多少種能量未被發現，就在我們的周圍！」

原振俠作了一個手勢，道：「運用一些能量，能使人的身體上，出現一個永不痊癒的洞？你說的這種能量的威力，未免太大了吧！」

馬特哈哈大笑起來：「你的說法太幼稚了。運用核能，可以毀去整個城市，在身上的一個洞，算是甚麼！」

原振俠給馬特說得講不出話來，古托搖頭道：「這是詭辯，要使核能毀滅一個城市，要經過十分複雜的程式，並不是指手劃腳，唸唸咒語就可以實現的！」

馬特大聲道：「對！運用各種不同的能量，要有各種不同的方法，用運用電能的方法，得不到核能。運用還不知是甚麼能量的方法，就是巫術！」

原振俠立時問：「唸咒語加舞蹈加鼓聲，這算是甚麼運用能量的方法？任何人都可以這樣做。是不是任何人，都能運用就在我們身邊的許多未知能量呢？」

馬特望了原振俠片刻：「你指出的種種，包括有時要用到動物的屍體、骨骼，有時一定要在黑暗之中進行，等等，這一切，全都只是手段，不是目的！」

他講到這裡，伸手指了指自己的前額，繼續道：「目的是使施術者的精神高度集中，在精神高度集中的狀態下，人腦的作用會加強。我的假設是，人腦所放射出來的訊號，或者是加強了的腦電活動，會使得能量集中到可以運用的地步！」

原振俠不由自主，嚥了一口口水。人腦，又是人類現代科學還未能解開的謎，謎一樣的人腦活動的力量，謎一樣的未知能量，加在一起，就是謎一樣的巫術！馬特的解釋，倒不是完全不能接受的！

馬特繼續道：「當然，這只是最簡單的說法。實際上，即使是最簡單的巫術，某一種咒語，可以使人的腦子活動達到某一種狀態，產生程度不同的腦電活動等等，都是複雜之極的事。而且，和地理環境也很有關係，譬如說，要運用的是磁能，在南北極施術，就一定比在其他地方好，因爲那地方的磁能特別強！」

古托發出了一下乾咳聲：「我可以讀你的研究結果？」

馬特道：「當然可以。有些巫術，可以用另一種能，來與之抵消，但是血咒，是施術者臨死之際施出來的，人在臨死之前的一剎那，腦部活動特別強烈，所能起作用運用的能，也一定特別強烈。這種能量的聚集，我相信是和施術者最後的意願——一組思想電波束相結合的，一直存在著，看不見，摸不著，但是到了一定時刻，就起作用。所以，咒語是不受時間限制的，會無限期地延續下去，直到永遠！」

古托的身子，不由自主地發著抖。過了一會，他才苦笑了一下：「我最多不結婚，不生子女，那就可以使咒語在我身上終止了？」

馬特想了一想：「應該是可以的，就像你，如果肯把一條腿切除，我相信在你身體的其他地方，不見得再會出現槍孔。不過也很難說，因為這種能量，始終在你的周圍，而且可以說是活的。因為那種力量，是人的思想波束和能量的結合，用通俗的話來說，那是一個充滿了復仇意念的鬼魂！」

原振俠輕輕拍了一下古托的肩頭，問：「這種聚集、運用能量的方法，也就是巫術，是由誰發現的呢？那麼複雜的過程，不見得是由某一個人自己創設的吧？」

馬特嘆了一口氣：「我也想到過這個問題。後來，我又自己問自己，冶金的過程那麼複雜，最先是由誰想出來的呢？金字塔的建造工程，簡直不可思議，是由誰想出來的呢？人類史上這種沒有答案的事太多了。有的人說，那全是外星人來過地球，是外星人傳授給地球人的知識。真要找答案，或許這通過人腦活動和能量相結合，加以運用的方法——巫術，也是外星人留給地球人的知識吧！」

原振俠和古托只好苦笑，馬特拍著古托：「所以，你不必去見那個大巫師，他不能使血咒的咒語消除。」

古托深深吸了一口氣，低下了頭，看來，他已經被馬特說服了。馬特嘆了一聲：「我沒有錢，如果有足夠的錢，我可以進一步揭開巫術的奧秘！」

古托一聽得馬特這樣說，立時雙眼射出異樣的光采來，道：「我有足夠的錢！」

馬特望向他，他又道：「而且，我早已打算，終我一生歲月，我要研究巫術。本來，我完全無從著手，你的假設和解釋太精采了，使我們可以知道從哪裡開始！」

原振俠揚了揚眉：「其實，要作假設的話，可以有很多假設。人的腦電波，影響了某種外太空來的生物，因而產生神奇的力量！」

古托和馬特兩人，不約而同，向原振俠瞪了一眼，像是在怪他，對這個問題的態度太不嚴肅。馬特道：「那太好了，我們可以購置許多儀器來進行研究，我在這裡久了，已經錄下了許多咒語的唸法。我們也可以請黑人巫師和印第安巫師來施術，從他們的施術過程之中，記錄能量的變化，和巫師本身腦電波的變化……」他越說越是興奮，古托也越聽越是興奮，連聲道：「太好了！太好了！這個研究所，我看就設立在海地，可以請到更多的巫師！」

馬特點頭道：「當然，說不定我們和各族的巫師打好了關係，連黑風族的大巫師，也肯接受我們的邀請——」馬特在充滿希望地這樣說了之後，又嘆了一聲：「當然，這幾乎是沒有甚麼可能的事！」

古托的神情變得很淡然：「不要緊，只要我不生育，血咒的咒語就失效了一半。至於我腿上的那個洞，我也早習慣了！」

原振俠看到古托的精神狀態，有了徹底的改變，心中很高興，他道：「你的毒癮——」

托用力一揮手：「從現在開始，我有太多的事要做，當然會把它戒掉。原，你是不是參加我們的研究？」

原振俠想了一想，道：「我還是回去做我的醫生。嗯，祝你們的研究有成績，把神秘的巫術科學化！」

古托和馬特一起笑了起來，他們的笑容之中，充滿了信心。

當然，充滿信心是一回事，是不是真能達到目的，又是一回事。正如馬特所說，世上，不可思議、無法用現代科學解釋的事太多了！人腦的異常活動，加上未知的能量，是不是巫術神奇力量的來源，誰也說不上來。但是人在極度的怨毒和仇恨之下，可以做出極可怕的事來，倒是千真萬確的。

整個故事中，盛遠天最可悲：他有了一切，可是同時，失去了快樂。人生追求的，究竟是甚麼呢？

（完）

海異

第一部：瑪姬小姐的失蹤

三件神秘失蹤案之中，最應該報警的是瑪姬小姐的失蹤。

但是警方卻一直不知道。還有兩宗，雖然報了警，但是警方卻將其中一宗當作「偷竊案」來處理。那宗失蹤事件之中，一共有四個人消失得無影無蹤，神秘莫名，可是卻被當作偷竊案件。

失蹤和偷竊，是根本不同性質的案件，警方怎麼可能將之混淆呢？看起來是警方的無能，但如果知道了事情的經過之後，倒也不能只怪警方糊塗。

三件失蹤事件，都發生在夏威夷群島的歐胡島上。歐胡島是夏威夷群島的主島，世界著名的旅遊勝地檀香山，就在這個島上。

先說失蹤人數最多的那一宗，一共有四個人失蹤——當然，那是事後才知道的。夏威夷遊客眾多，來自世界各地，更有很多是來自美國大陸各地的年輕人。

那一類年輕人的旅行，幾乎是同一模式的，他們並沒有多少金錢，只是嚮往夏威夷的風光，晚上沒有酒店可住，在沙灘上過夜也不在乎。

這一類年輕人大都是結伴而來的。美國青年到了一定的年紀，和家庭的聯繫減至最低，所以這也是這四個人失蹤之後，過了很久才被揭發出來的理由——他們的家人以為他們還正在暢遊夏威夷各島，不知道他們已經神秘失蹤了。

而他們的失蹤，是在他們失蹤了將近一個星期之後，才被揭發出來的。事情似乎越來越複雜了，是不是？不過不要緊，一件一件敘述出來，很容易弄明白的。

那四個年輕人的姓名，並不重要，他們是兩男兩女，年齡是十九歲到二十一歲，全都是體格強健的標準美國青年。

他們失蹤的地點，是歐胡島東南角的花馬灣。花馬灣是遊覽夏威夷的遊客必到之地，風景綺麗，站在海灣上面看，兩面高山環抱，整個海灣，像是一個湖。海水清澈無比，整個灣的海水並不深，而且有很多礁石，是魚類棲息生長的所在。

所以那裡被闢作國家海洋公園，有著各種各樣的海水魚，只要佩戴普通的潛水鏡，就可以看著五色繽紛，奇形怪狀的魚，在身邊游來游去，奇景妙趣，無窮無盡。

對了，小約翰是一個相當重要的人物，事情開始於九歲大的小約翰的驚叫。他本來正戴著潛水鏡，咬著吸氣管，埋首水中在看魚，突然，他站了起來，臉色青白，除下吸氣管尖叫了起來：

「一隻手！一隻手！」

花馬灣的海水雖然不是很深，可是九歲的小約翰身子不高，他這時站在礁石上，水浸到他的胸口，當他尖聲叫起來的時候，由於過度的驚慌，又恰好有一個浪湧了過來，使他站立不穩，身子一側，滑跌了一下。

小約翰立時划著水，又站直了身子，而且用更尖銳的聲音叫著。一面叫，一面指著前面的海水：「一隻手！有一隻手！好多魚在咬那隻手！」

小約翰第一下呼叫，已經吸引了附近的人的注意，這時他再度呼叫，當然引起了更多人的注意。許多埋頭在海水中看魚的人，當然聽不到他的叫聲，但是也有不少人是游水的，都向他望了過來。

附近的很多人，都不明白小約翰這樣叫是甚麼意思，但是也都可以知道，一定有甚麼意外發生了，所以都盡快地向他接近。

其中，最快來到小約翰身邊的，是他的叔叔，也就是帶他到花馬灣來玩的施維——他是一個甚麼樣的人，以後再詳細描述。

施維來到小約翰的身邊，小約翰一下子抓住他的手背，現出極度驚恐的神態來，又尖聲重複著那兩句話：「一隻手，許多魚在咬一隻手！」

施維還不是十分明白小約翰的話，但是孩子是在極度的驚恐之中，他是可以看得出來的。他先要安慰孩子：「別怕，你說甚麼？一隻手？哈哈，那一定是有人在水中餵魚！」小約翰大搖其頭：「不是一個人，是一隻手！」

施維勉強笑了一下，他心中在想：孩子有時，會有十分古怪的念頭，甚麼叫「魚在吃一隻手」呢？真是不可理解的！

他一面想，一面把放在額上的潛水鏡拉下來，罩在眼上——要在水中，看清水中的東西，必需使水和眼睛之間有隔水的距離，不然，海水再清，視線也會模糊不清。

由於看到小約翰的神情如此惶懼，所以他也來不及咬上吸氣管，就把頭埋進水中。他和小約翰一樣，是站在礁石上，礁石並不平整，有很多陷下去的洞。

他才一埋頭入水，就看到了小約翰所說的，一秒鐘之前，他還認爲不可理解的現象——那現象其實很簡單，正如小約翰所說的一樣：許多魚，在咬一隻手！

並不是有人在餵魚，就只有一隻手，一隻看來是齊腕斷下來的手，有好幾條銀青色的大鯛魚，和青綠色的鸚鵡魚，正在爭著咬它。那隻手，就在施維伸手可及之處，看得十分真切，甚至可以看到無名指上戴著的戒指。

施維陡地震動了一下，立時將頭抬出水面，急速地吸進了一口氣——潛水鏡是連鼻孔一起罩住的，所以他必需用口來吸氣，而因爲他十分吃驚，所以張大口，也是十分自然的動作。

這時，又有幾個人來到了小約翰的身邊，七嘴八舌在問著。小約翰不斷在重複著：「有一隻手！有一隻手！」

施維定了定神，道：「小約翰，別大驚小怪，那一定是一隻用來嚇人的假手，我撈起來給你看看！」

他說著，立時又彎下身去，那隻被魚爭啄的手，就在他的身邊，他一伸手，就抓住了那隻手。他的確認爲那是一隻假手，玩具店中，常有這種專供惡作劇者用的假手出賣，做得像真的一樣，用來嚇人的。

可是這時，施維一下子撈到那隻手，他卻立時產生了一股極其奇異的感覺，他感到那隻手是冰涼的！而且那感覺，不像是橡膠，就像是真的人手一樣。

施維當然沒有去細想，他只是一抓到那隻手，就立時直起身子，把那隻手自水中提了起來，道：「看，那只不過是一隻……」

他下面「假手」兩個字還未講出口，身邊一個身材健美的日本女遊客，已經尖聲叫了起來。隨著尖叫聲，驚叫聲不斷傳出，施維向自己手中的那隻手看了一眼，也不由自主，加入了驚呼的行列。

那不是一隻假手，任何人一看，就可以知道，那不是一隻假手！

那真的是一隻人手，是一隻齊腕斷下的真手，在斷口處，肌肉和皮膚呈現不整齊的形狀。雖然沒有血，但是那實實在在是一隻真手，也正由於那是一隻真手，才會使得海中的魚去啄吃它！

魚是不會對一隻橡皮手感到興趣的，但是一隻人的手，那對魚來說，只是一種食物！

施維僵呆著，他感到一陣噁心，想把那隻手拋開，可是他的手指發僵，竟然不能鬆開來。

他張大了口，可是不知道該叫甚麼才好，他當然不能這樣叫：「誰掉了一隻手？我拾到了一隻手！」

四周圍的人也嚇傻了，驚叫聲引來了更多的人，施維仍然像是傻瓜一樣地抓著那隻手。一直到海灘的管理人員，得知在海中找到了一隻手，趕了來，施維才呻吟似地道：「我……我們在海水中發現了一隻手！」

一直到天色黑了下來，海岸搜索仍然在進行著，出動了潛水蛙人和直升機，以及很多警員。當警方接到了報告之後，立刻通知了海岸巡邏隊，這是一樁相當嚴重的事。

一隻手是不能單獨存在的，它必定是從一個人的手腕上斷下來，這個人不會是在岸上，一定在海中，因為他的斷手在海水中被發現。那麼，這個人在海中受了嚴重的傷害，他人在甚麼地方？自然要把他找出來。

由於花馬灣的海水如此清澈，所以在直升機上看下來，淺水部分如果有人受了傷，是一眼就可以看得出來的。

有經驗的潛水蛙人，則在深水部分搜索。再向外，出了兩邊環抱的岩石，那就難說得很了，因為那是無邊無涯的太平洋。

看起來，碧藍的海水那麼平靜，但是大海的神秘度是如此之高，人類甚至只懂得海洋的萬分之一都不到。

搜索到了天色完全黑下來時才停止。通常，天色黑下來之後，遊客也早就走了，在白天十分熱鬧的海灘，變得十分冷清。在海灘邊上，海灘管理人員的辦公室中，這時燈火通明。辦公室的建築十分簡陋，幾張桌子，幾個文件櫃。

這時桌子上攤著海灣的詳細地圖，警官白恩注視著地圖，問：「這一帶不會有鯊魚出沒吧？」

管理員是一個年輕的海洋生物學家，他皺著眉，搖頭：「雖然鯊魚的出沒，還沒有規律可循，但是在花馬灣，從來也沒有鯊魚出現過。」

白恩警官仍然不抬起頭來，他有一頭花白頭髮，中間已經有點禿頂，他小心地用其餘的頭髮，把禿頂部分遮了起來。

他道：「你的意思是：雖然從來也未曾發現過鯊魚，但還是有可能出現？」

管理員相當小心地回答：「是，海洋中有著各種各樣不可測的變化，舉例來說，一股突如其來的暖流，就可以改變魚類的航線。有太多的因素，可以使得海洋中的生物，突然出現在它們平時從來不出現的地方。」

管理員說得十分清楚，白恩警官表示滿意。看來，鯊魚出現的可能性是存在的。這時，電話響了起來，關於那隻手的報告來了！

「在海水中發現的手，屬於白種男性的左手，年齡在二十到二十五歲之間，發育、營養良好。估計這個白種男性身高六呎左右，無法確知手是因爲甚麼原因斷下，因爲斷口處曾有囓咬的痕跡，可能是在海中被魚群啄食所造成的。無名指上的戒指，是銀質戒指，通常是出售紀念品的小攤子中出售的，只有遊客才會購買。斷手在被發現之前，應該已在海水中浸了超過三小時。」

白恩警官聽著報告，現出苦澀的笑容來，他不能魯莽地決定發布海灣中有鯊魚的消息，那會引起混亂。可是，是甚麼原因，導致一個應該是十分強健的人，斷下了一隻左手呢？他一點頭緒也沒有，這時，他的一個手下走過來，詢問他是不是應該收隊了，因爲天色完全黑了。白恩還未曾作出決定，正在猶豫間，聽到外面有爭吵的聲音傳來。

有一個人在叫著：「你們不是警員嗎？我被人偷走了東西，難道不能向你們報案？」

那個要來報案的人，看來十分堅決，不單叫嚷著，而且大踏步走了進來。他身形高大，皮膚黝黑，赤著上身，只穿一條泳褲，拖著日本式的膠拖鞋——這是居住在夏威夷的人，典型的日常打扮。他走了進來，瞪著白恩警官，大聲道：「有四個人，兩男兩女，租了我的潛水用具，可是……」

白恩警官不等他講完，就打斷了他的話頭：「我們這裡是專案小組，不處理一般案件！」

那人吼叫了起來：「你們不是警員？」

白恩警官心情煩躁，態度自然也不友善：「是，但是不處理你的案件！」

那人叫得更大聲：「那我該向誰去投訴？」

白恩警官冷冷地道：「到白宮去找總統吧！」

那人狠狠地瞪了白恩警官一眼，一面轉身走出去，一面道：「我一定會向你的上級投訴！」

白恩警官甚至懶得再去理會他，那人悻然走了出去。白恩警官下令停止搜索，只是留下兩艘快艇在海灣，看看會不會有奇蹟發生。當他回到警局的時候，才一坐下，就有一個同事，給他端來了一杯咖啡，道：「剛才有一個傢伙來報案，同時投訴警方人員態度惡劣，看來你就是他投訴的對象！」

白恩苦笑了一下，揮了揮手，表示絕不在乎這類投訴。

那同事又道：「兩男兩女租了潛水用具之後，一去不回，這傢伙損失了不少。真奇怪，他竟然沒有向租用人要求任何抵押！」

白恩對這件事顯然沒有興趣，他也嫌那同事太囉嗦，所以他大聲打了一個呵欠，暗示對方離去。不過那同事還在說：「這個人……」

白恩不得不大聲道：「別拿這種盜竊案來煩我！」

是的，那兩男兩女沒有出現，被當作盜竊案處理。說起來，真是很說不通的，四個人不見了，可是人們的注意力，卻不是集中在四個人不見這一點上，而是集中在和他們一起不見了的，一些其實並不怎麼值錢的潛水用具上，把整件事當作是盜竊案。

而且，全部過程是如此自然，這是不是說明，在觀念上，人的價值還不如一些物質呢？這個問題，似乎應該是留給專家學者去討論的問題。總之，四個人租了潛水用具，連人帶用具都不見了，首先叫人想到的是，這四個人把那些東西拐走了，而不會去想到更嚴重的問題。

這實在是一種相當有趣的心理現象。警方相當不耐煩地，聽那個出租人描述著來租用具的兩男兩女的樣子。甚至當他說到，其中一個男青年，左手無名指上，戴著一枚只有遊客才會買的銀戒指時，也沒有人聯想到甚麼。

至於那隻在海水中被發現的手，警方實在不知如何處理才好。報上登出了這件事，在搜索進行了三天而沒有結果之後，警方發布了一份照片——那隻手，還把那隻戒指再戴上去，希望有人可以辨認出來。在這三天之中，警方也希望有人來報失蹤，可是卻並沒有失蹤報告，這隻手的主人究竟是誰呢？潛水用具出租人在報上看到那隻手的照片，可是他卻沒有注意，別的人注意到了，卻不能給以任何幫助。

只有一個少年，叫柯達的，看到了，並且注意到了，也能夠給以幫助。警方對這隻手，真是傷透了腦筋，報上已有文章在質問：「是不是在花馬灣嬉水會不安全？」

警方、政府方面和海洋生物專家，都無法回答這個問題，因為花馬灣從來也沒有鯊魚出現過。

其他的海洋生物，當然也可能攻擊潛水者，但那似乎更駭人聽聞了，是甚麼樣的生物？是海怪嗎？所以警方和有關方面，只好裝聾作啞，只在暗中加緊調查。

也正由於警方急欲知道任何消息，少年柯達說有消息可以提供時，才會被白恩警官接見。不然，像柯達這樣的流浪少年，是不會受到歡迎的。

當柯達被帶進白恩警官的辦公室之際，白恩警官悶哼了一聲。他熟悉這個少年，所以他沉著臉：「三個月沒抓到你，可是我不信你變得老實了！」

柯達現出一副委屈的表情來。柯達的表情十分豐富，這也是他經常能使遊客相信他「悲慘的遭遇」，而多少給他一點錢的原因。

他苦著臉，道：「我不是總給你惹麻煩的，警官，有時我也能幫助你！」

白恩「哼」地一聲：「能幫甚麼？」

柯達揚了揚手中小心摺疊好的報紙，現出一種自豪的神情來：「我認得這隻手！」

白恩陡然坐直了身子，盯著柯達，想判斷他是在惡作劇，還是真的可以提供一些線索。柯達的神情卻相當猶豫，欲言又止。

白恩揮著手：「說下去啊！」

柯達道：「我說的……將全是真話，但是……只怕你會不相信！」

白恩不耐煩地道：「只要你說的是真話，就沒有人會不相信你！」

柯達深深吸了一口氣，問：「我可以坐下來嗎？」

白恩沒好氣地道：「當然，請坐。」柯達坐了下來，搓著手，又過了片刻，才說出他認得「那隻手」的經過。以下，就是柯達的敘述。

柯達在花馬灣的目的，是看看有甚麼地方可以提供遊客一點小幫助，而取得一點報酬。通常，他都不會有甚麼「主顧」，這天，也不例外。他並不是等在海灘上，而是在花馬灣左邊，沿海灘伸展出去的山崖的近海部分。

那一帶，貼著海水的不是沙灘，而是高低不平的岩石。沿著岩石向前走，大約一千多公尺，可以走到山岩的盡頭。在那裡觀看太平洋的浪花衝擊在岩石上，是一種十分壯觀的景象，不少遊客喜歡走過去看。而且，繞過岩石角，那裡還有一個十分有趣的所在，普通遊客是去不到的。

那地方的名稱是「水洞」，岩石在那裡形成了一個陷下去的洞，大約有兩公尺多深，直徑是六公尺左右。這個洞，由於有一條狹窄的隙縫通向海邊，所以，每當一個浪湧上岸之際，海水洶湧進來，整個洞就是海水，而當浪退之際，洞底的岩石可見。

於是很多人喜歡站在洞底，讓一個又一個急驟衝進來的浪，把人遽然托起來，又急速地沉下去。看來很是驚險，但除了兩件頭泳衣的上半截，有時會被急浪衝走之外，也不會有甚麼危險。

柯達就常在岩石的轉角處，看到有遊客來，就向他們介紹那個有趣的「水洞」。那天下午，他坐在岩石上，無聊地把一隻小寄居蟹，放在掌心玩弄著的時候，看到兩男兩女，四個年輕人嘻嘻哈哈地走了過來，手中提著簡單的潛水用具。

柯達忙站了起來，大聲向他們介紹那個水洞，一路帶著他們，走到了水洞的旁邊。當他表示，希望可以得到一點酬勞之際，其中一個身形相當高的青年男子，一伸手，便把他推得幾乎跌了一跤。

那男子道：「去！我們怎麼會有錢給你！」

柯達生氣得幾乎想在那推他的手上咬上一口——所以他對那隻手的印象很深刻，那隻手的無名指上，戴著一隻銀質的戒指。柯達氣憤地離開，他回到轉角處，坐下來生悶氣。聽到那兩男兩女的嬉笑聲，不斷傳來，當然他們已跳進水洞中去玩了。

柯達心中咒罵著。當浪衝過來的時候，那兩個女孩的叫聲十分刺耳，可是，突然之間，所有的人聲，全都靜了下來。柯達奇怪了一下，等了一會，還是沒有任何聲音傳出來。

他心中暗罵：「沒聲音了？哼，被海浪捲走了才好！」當然，他常在這一帶，知道被海浪捲走，是不可能的，可能是泳衣叫海浪捲走了，那可是去窺伺的好機會！

柯達鬼頭鬼腦，向水洞方向走去，當他可以看到水洞之際，他呆住了。

水洞之中沒有人，那時剛好是浪退的時候，可以看得十分清楚。水洞之旁，也沒有人——

只有經過他剛才所坐的地方，才能離開，而他剛才沒有見人離開過。那四個人帶來的簡單潛水工具，放在水洞旁的岩石上。

柯達只奇怪了十秒鐘，就奔過去，抓起了那些潛水工具就跑，唯恐後面有人追來。當他奔到了沙灘時，向岩石那方看去，還是未見那四個人。他好奇心起，先藏好了偷來的東西，又向前走過去，還是沒有見到那四個人——那四個人是不可能不出現的。

他等了很久，忽然看到海灘上來了不少警察，心中一害怕，就溜離了海灘。

白恩警官耐心聽完，哼了一聲：「那隻手，是四個人中的一個的？」

柯達有點膽怯，道：「我……想是！」

白恩警官有點惡作劇地問：「或許，把那隻手拿來給你看看，你更可以確定？」

柯達不由自主，嚥了一口口水，不知道該如何回答才好。

白恩警官的樣子看來有點兇狠，他又道：「你是要我相信，有四個人，在那個水洞之中，忽然之間失去了影蹤！嗯？」

柯達不由自主後退一步：「看起來……像是這樣！」

白恩警官逼視著對方：「他們上哪裡去？叫鯊魚吞掉了，還是叫海怪吃掉了？」

柯達又後退了一步：「我……不知道！」

白恩警官大聲叫著：「花馬灣海灘的盜竊案破獲了，來人，把這個小賊——」

他話還沒有說完，柯達陡然叫了起來，一溜煙向外奔了出去，奔得比一頭野兔子還快。白恩警官的態度雖然不是怎麼好，但是他倒不是工作不負責任的人。

在趕走了柯達之後，他想了一想，還是下令去調查那兩男兩女的下落。可是，這一類來自美國大陸的遊客太多了，毫無記錄可以稽查，調查自然也沒有結果。於是，那隻手，就成了檔案中的「懸案」。

白恩相信，這隻手的主人已遭了不幸，遲早，總會有人來報失蹤，可以正確地認出那隻手來的。那兩男兩女的失蹤，一直到了後來，溫谷私家偵探調查瑪姬小姐失蹤的案件時，才再被掀出來，引起了新的注意。

但那是以後的事情，以後自然會詳細的敘述。

現在，先說第二宗一男一女神祕失蹤的事件。這宗事件，因爲有一個小曲折，幾天後才被揭發。在檀香山市區，近唐人街的一條街上，有一個海鮮市場——玉代市場。玉代市場大約是檀香山市區之內，可以購買到最多品類不同的新鮮水產食物的市場，它有一個相當大的海水池，飼養著活的波士頓龍蝦，供顧客選購。而顧客，大多是東方人：日本人、中國人、菲律賓人，等等。

夏威夷有很多日裔美國人，看起來完全是日本人，也保留著日本的姓，可是實際上，全是美國人，有美國人的一切習慣和名字。

莉莉・山田和羅拔・中根就是這樣的美國人。山田小姐和中根先生是一對新婚夫婦，兩人感情濃得像蜜糖，幾乎片刻不能分開。

所以，雖然到市場去採購食物，是女人的責任，但是中根總跟在山田的身邊，一起到市場去。即使在選購一條魚或是三磅洋蔥之間，他們也可以打情罵俏一番，令得旁觀者欽羨不已。

那天，當他們駕著那輛殘舊的小車子，在和市場隔了一條馬路的停車場，停好了車子，手拉著手，奔過馬路，來到市場門口之際，恰好市場的收銀員喬絲小姐，正要將門鎖上——他們來遲了，市場已經休息了。

中根一看到這種情形，大叫道：「等一等！」

喬絲是一個混血的土著，有著漂亮的棕色皮膚和長及腰際的秀髮，她冷冷地道：「休息了！」

中根哀求道：「我們買一隻大龍蝦，活的！」

喬絲的語意仍然冰冷：「裡面沒有人了，明天再來吧！」

她一面說著，一面就要去鎖門。可是中根卻取了一張十元面額的鈔票，塞進了她的手中。喬絲愕然，她有點不相信，即使是活的龍蝦，一磅也不過七元三角九分，怎麼可能爲了要買到龍蝦，而給以十元的小帳？

當她向中根望去之際，中根向她眨了眨眼睛，道：「小姐，你不是說裡面沒有人了麼？我們只需要兩分鐘，我得到我的龍蝦，你得到你的十元，這不是對大家都好嗎？」

喬絲猶豫了一下：「你……準備拿多少？」

中根舉起手來，作發誓狀：「保證，只捉一隻，但可能相當大！」

喬絲悶哼了一聲。這當然是一種犯罪行爲，至少絕不合法，但是被發現的機會絕少，而十元錢卻可以有點用，所以她只是喃喃地道：「快點！」

山田和中根拉著手，一起奔了進去，喬絲在門外，可以聽到他們的嬉笑聲。她面對著門站著，將門拉上，那樣子，就算有人看到，也會以爲她正在鎖門，不會引起任何懷疑。

玉代市場並不大，飼養龍蝦的水池，在右首的一個角落處。那角落還有一道後門，是通向市場的雜物室和辦公室的，這時早已鎖上了。

喬絲等著，她覺得自己等得太久了，就把門推開些，壓低了聲音，叫：「快點！」可是裡面卻一點反應也沒有。

喬絲又提高了聲音，裡面仍然沒有回答。喬絲焦躁起來，推開門向內走去，進門處是放收銀機的櫃台，在那裡已可看到整個市場的情形，喬絲看不到有人影。喬絲呆了一呆，怎麼可能沒有人呢？她明明看著兩個人進去了。

只不過幾分鐘，對，大約是五分鐘左右，進去的兩個人到哪裡去了呢？

喬絲又大聲叫著，然後，走向飼養龍蝦的池子。池子裡是渾濁的海水和十幾隻龍蝦，龍蝦確實的數字是多少，也難以肯定，那兩個人是不是已經取走了龍蝦走了呢？喬絲望向另一扇門，門還鎖著，他們唯一可以離開的地方就是正門，而她一直站在門口！

喬絲感到事情有點不對頭，她可以感到，一定有甚麼十分怪誕的事情發生了。她第一個念頭就是：通知警方！

可是她隨即想到，自己收了人家的十元錢，容許人家進去「捉」龍蝦，這件事，如果一給公開，對她來說，是十分不利的。

所以，她再也不去想通知警方的念頭，只是又叫了幾下，並且察看了一下人可以躲藏的地方。事實上，誰都不會躲在這裡的，整個市場中，充滿了海產的腥味，除了幾個大冷藏櫃之外，也沒有可以供人躲藏的地方。

喬絲越來越感到奇怪，但是她卻自己替自己找了一個理由：一定是自己心神恍惚，所以那一男一女離去的時候，未曾注意。既然那一男一女不在了，自己也不必久留。所以，她又退了出來，鎖上門，和平常一樣下班離去。

等到第二天，喬絲又上班的時候，一切都沒有甚麼異樣，她也早把那一男一女忘記了。市場的一個職員，曾在她面前埋怨過，停車場中有一輛舊車子停得太久了，看來是從昨天就停在那裡的。

而停車場中的告示牌，清楚地寫著：「顧客停車不得超過三十分鐘。」

喬絲也沒有把那停得太久的車子，和那一男一女聯想在一起，她只隨口道：「會不會是教堂裡的人？要不是，通知警方把它拖走吧！」

玉代市場就在一座教堂的旁邊，所以喬絲才會如此說。那職員咕噥著，到教堂去問了一問之後，就通知警方把車子拖走了。

當車子被警方拖走之後，中根和山田的家人，還未曾發現他們失蹤，因為他們結婚之後，自己住在一座大廈的一個小單位之中。只是兩人服務的公司，發現他們沒有來上班，感到詫異，曾打電話到他們家去，可是沒有人聽。

第三天，公司還是未見兩人上班，覺得事情太不尋常，就設法聯絡他們的家人，這才發現，他們兩人蹤跡不明，已經足足兩天了！當警方接到報告之後，經過調查，發現在玉代市場停車場，被拖走的車子，是屬於中根的。

看來是他們停了車子之後，就不知所蹤了。

一個警員到玉代市場去查問，因為車子停在市場的停車場。當警員來問的時候，喬絲也在，可是由於她非法收取了十元錢，所以她的回答是：「不知道，我沒有見過這樣的兩個人。」

喬絲直到這時，才知道那一男一女失蹤了，並不是像她自己安慰自己那樣。所以當她在回答警員的問題之際，她心中十分害怕：那兩個人怎麼會失蹤的呢？那實在是不可能的事情！可是連警局都來調查了，那還會有假的嗎？

這一天，喬絲一直感到十分不安。當休息的時間到來，像往常一樣，她最後離去之前，獨自一個人在市場內，核對一天的收入之際，她感到了一股極度的恐懼。她可以肯定，那一男一女，是在市場之內消失的，她只看到他們進去，沒有看到他們出來！

然而，兩個人是怎麼可能消失無蹤的呢？喬絲感到她熟悉的市場，似乎變得陰森無比，那些魚的眼睛，都在恍惚之中，在閃著一種妖異的光芒。喬絲幾乎是逃走一樣地離開，幾乎連門都忘了鎖。

當晚，獨自一個人居住的喬絲，睡得一點也不好。不斷在盤算著，是不是要把那一男一女在市場內失蹤的事，告訴警方。

但是這時，她似乎騎虎難下了，她如何解釋她的謊言呢？爲甚麼第一次說不知道，現在又說知道呢？她感到極爲難，在床上翻來覆去，一直到第二天天快亮才睡著。所以，當她醒過來，發覺已經晚了，急急趕去上班時，已經遲到了。

當她來到市場門口之際，發現有許多警員在，市場好像並未曾開始營業，也有不少人圍著在看熱鬧。喬絲知道一定發生了甚麼事，在市場，她感到有一股妖異的氣氛。當她想到，有可能是那一男一女的屍體，在意想不到的角落被發現之際，她不由自主，打了一個寒戰。

她來到門口，向守門的警員表明了她是在市場工作的，才獲准進去。一進去之後，發現市場的職員全站在一起，一個頭髮灰白半禿的警官，正在盤問他們。

那警官轉過身來，目光相當銳利，盯著喬絲。喬絲結結巴巴地道：「對不起，我遲到了！」

市場的經理瞪了喬絲一眼，警官——自然是白恩警官，把兩張照片，伸到喬絲的面前。

喬絲只向照片看了一眼，心就怦怦亂跳。

白恩警官問：「有沒有見過這一男一女？他們一定曾到過這裡！」

就是那一男一女！喬絲一下衝動，幾乎要把真相說了出來。可是她卻還是搖著頭道：「不，我沒有見過。」然後，她又補充了一句：「每天來的顧客極多，我的職責並不需要留意他們的面孔。」

白恩警官悶哼了一聲，又轉問一個職員：「是你先發現那些東西的？」

喬絲在一旁，呆了一呆，心想：怎麼是「一些東西」？難道並不是發現了那一男一女的屍體？這時，她才注意到，一個警員托著一隻文件夾子，在文件夾上，有三樣東西。

那三樣東西十分普通，是一對戒指，和一隻手鐲。戒指，看來是很普通的白金結婚戒指，手鐲是合金的，夏威夷女性很喜歡佩戴的那一種。喬絲也有一隻，有簡單的花紋，上面刻著持有人的名字。

那職員道：「是，我在換水的時候發現的！」

他一面說，一面指了指飼養龍蝦的那個水池：「通常，一個星期換一次水。飼養龍蝦的水是四份海水，一份普通水……」

白恩警官急躁的脾氣一點也沒有改，他揮著手：「我不想學養龍蝦，別說無關的話！」

那職員的神情變得很難看，道：「放乾了原來的水，這兩隻戒指和手鐲在池底。我看到手鐲上刻著『莉莉』的名字，想起曾有警員來問過，好像是失蹤的人，所以就向經理報告。」

白恩向經理望去，經理道：「我就報了警。」

白恩走近水池，水池大約可以儲水不到五十公分深，他道：「一定要放乾了水，才能看到嗎？」

那職員道：「在三、四天之後，水就十分渾濁，而且誰想得到，會有這樣的東西在水池裡？」

白恩警官悶哼了一聲，提高了聲音：「你們每一個人，是不是真的肯定未曾見過這一男一女？他們車子停在旁邊，結婚戒指和手鐲又留在這裡，一定曾經到過這裡，用心想一想！」

沒有人回答，白恩心中納悶之極。一個年老的清潔女工又不識趣，怯怯地問：「警官，這兩個人，是不是被人謀殺了？」白恩警官沒有回答，就大踏步走了出去。

第二部：海洋深處的秘密

白恩警官回到了他的辦公室，心中鬱悶之極。那一男一女，看來全然沒有失蹤的理由，他們一定曾到過那市場。

可是爲甚麼會把一對新婚夫婦心目中最重要的東西，留在水池裡呢？

那隻手鐲也相當値錢，如果有人對他們不利，應該把那些東西帶走。若是他們自己不小心——那可能性極小，戒指和手鐲，都不是「不小心」會失落的東西，它們是緊附在人的手指和手腕上的！

就算不小心跌了下來，落進了水池之中，他們也沒有道理，不去把它拾回來——美洲龍蝦的兩隻大鉗，雖然強大有力到可以夾斷人的手指，但是，他們沒有理由害怕。因爲所有供出售的活龍蝦，鉗都用特製的橡膠圈緊箍著，不會傷害人的。

何以兩個人失蹤，重要的東西卻留在水池裡？白恩警官把這個問題，問了自己幾百次，都得不到答案。

他那個多嘴的同事，看到他愁眉不展，向他開玩笑，道：「照我看，那不是一個海水池，是一個硫酸池！」

白恩瞪著眼：「甚麼意思？」

那同事哈哈大笑，笑得連氣都喘不過來：「那一男一女，跌進了硫酸池，整個人全都溶化了，戒指和手鐲，卻留了下來！」白恩警官抓起桌上的咖啡杯，向那同事摔了過去，但那同事及早避開，帶著笑聲，逃離了他的辦公室，留下白恩警官一個人在乾生氣。

等到他稍微氣平些，不得不把摔碎了的咖啡杯，一片一片揀拾起來之際，他忽然想到：兩個人失蹤，留下了戒指和手鐲，這件事，是不是和據說有四個人失蹤了，而只留下了一隻手，有點相像呢？

白恩吞了一口口水，搖了搖頭，認爲自己這種想法是荒唐的。

在海水中發現了一隻手，有可能是這個人，被海中的生物吞噬了——在那件事之後，他看了不少有關海洋生物的書，知道人類對於海洋生物所知甚少。海中有許多怪異的生物，一種叫大王烏賊的，可以長到十七公尺長；有一種水母，叫幽靈海蜇的，觸鬚可以長達三十六公尺，人和這種怪物相比，實在太脆弱了。

雖然在花馬灣，從來沒有發現過這些生物，但大海並無阻隔，海洋生物可以自由來往，這種可能性是存在的。

然而，那一男一女的失蹤，又是怎麼一回事呢？

在白恩警官一無頭緒之際，又發生了瑪姬小姐的神秘失蹤事件。在敘述瑪姬小姐事件之前，必須先提及一個很特殊的人，這個人是溫谷上校。

還記得溫谷上校嗎？就是在《迷路》中，調查阿拉伯道吉酋長國的酋長尼格失蹤案的那個能幹的、紅頭髮的小個子美國情報局的高級人員。

溫谷上校的運氣不是十分好，雖然他有著過人的才幹，和洞察入微的觀察分析能力，但是對於怎樣做官的道理，他卻不是很懂。尼格酋長的「失蹤」案，是如此撲朔迷離，本來他可以作一個含糊其詞的報告呈上去，讓事情不了了之。可是，他卻作了一個相當詳細的報告，報告中提及了空間的轉移，靈魂的離體，種種還不能為現代科學家所接受的事。溫谷自以為十分盡責，因為尼格酋長失蹤的那件事，的確神秘莫名。

可是報告送了上去之後，上級一看，卻大發雷霆，把溫谷叫了去，大大訓斥了一頓，說他「胡言亂語」、「不盡職責」。

溫谷這個紅頭髮的小個子，脾氣要就不發，一發起來，就不可收拾。

就在美國情報局副局長的辦公室之中，當著情報局的高級人員，他也怒吼了起來，神情激動地說了以下一番話：「你們這些人懂得甚麼叫科學？甚麼叫胡說？在你們的心目中，凡是教科書上有的東西，就叫科學，我的意見剛好相反。愛迪生想到要把聲音保留下來的時候，全世界沒有一本教科書，有這樣的教導！你們的觀念太古老了，古老得已經沒有了新的概念，只是在陳舊的，已經發現的事物之中轉來轉去，把陳舊的觀念當作了一座迷宮，而沒有勇氣去闖出這座迷宮，尋求一種新的觀念！」溫谷上校說得極其激動。事後，有人形容他，說他在作這番慷慨陳詞之際，他全身的皮膚，因為激動，而紅得和他的頭髮一樣！

可惜得很，溫谷的陳詞雖然激昂，但是聽的人卻一點反應也沒有。他的上司冷冷地道：「你的報告不能被接受，要就你承認自己失責，要就重新作報告！」

溫谷用力一拳，打在桌上：「我有我自己的決定，我不幹下去了！」

他說不幹就不幹，當天就把一切交代清楚，用一連串的咒罵代替了辭職書，離開了他的工作崗位。溫谷雖然一直有傑出的工作表現，但是由於他脾氣的剛烈，上級並不喜歡他，甚至連形式上的挽留也沒有，那更令他傷心莫名。

他離開了華盛頓，到了夏威夷，在檀香山市中心區一幢舊樓之中，租了一間房間，掛起了「私家偵探」的招牌。以溫谷上校的資歷和能力而論，當私家偵探，真是委曲了他。

可是人倒楣起來，真是一點辦法也沒有，他的「私家偵探事務所」開張以來，半年之內，只接了一單委託：一個哭哭啼啼的小女孩找上門來，告訴他，她的一隻可愛的小貓不見了，而她只有七角五分錢，希望溫谷能把她的貓找回來。所以事實上，溫谷在夏威夷，是無所事事地過了半年。

他仍然依時上班，但，卻在他辦公室隔壁的一家照相館中，做攝影師的助手。當然，這種生活是十分無聊的，尤其是像溫谷這樣性格的人。

正當他開始考慮，是不是要把偵探事務所，搬到阿拉斯加去的時候，他接到了那個電話。

電話是在午餐時分來的，電話鈴響的時候，溫谷正好打開一罐啤酒。他先喝了一大口啤酒，才拿起電話來：「溫谷私家偵探事務所！」

對方的聲音，聽起來盛氣凌人：「偵探事務所的負責人，你要在半小時之內，到希爾頓酒店八樓的套房來，有事情交給你辦！」

溫谷忍住了怒意，用相當客氣的聲音反問：「是哪一家希爾頓酒店？」

檀香山有兩家希爾頓酒店，溫谷這樣問，自然很合常理。可是對方卻不耐煩地訓斥起來：「當然是卡哈拉希爾頓，你以為雷亭王子會住在甚麼地方？」

對方似乎不屑多說一句，一下就掛斷了電話。溫谷握著電話聽筒，又呆了片刻：雷亭王子，這名字好像很熟，他立即想起來了，早兩天曾在報紙上看到過這個名字。雷亭王子其實已經不是王子，他的王朝——匈牙利王國早在十六世紀中葉，匈牙利被土耳其人佔領之際，便已不存在。

他的祖先，在奧匈帝國時，好像也曾出現過一陣子。他的祖父在奧匈帝國瓦解之後，匈牙利成為君主立憲國之際出任國王；「王子」的頭銜就是這樣來的。

第二次世界大戰之後，匈牙利和很多歐洲國家一樣，成了蘇聯的附庸，王朝再次結束。雷亭的父親，帶著相當巨大的財產，到了瑞士，一直過著十分舒適的生活，而且在世界各地，展開了廣泛的投資。雷亭王子是歐洲社交界中，著名的花花公子，曾和幾個著名的電影艷星同居過，緋聞甚多，而且以排場大而著名。

溫谷嘆了一口氣。雷亭王子可以說是一個大主顧，比只有七角五分財產的小女孩好得多了！溫谷想到自己半年來幾乎毫無收入，自然不能錯過像雷亭王子這樣的大主顧。所以，他將那個用來作午餐的漢堡，塞進口中，一面咬嚼著，一面已經奔下了樓梯。

卡哈拉希爾頓酒店，是檀香山最豪華的一家酒店，專爲達官貴人而設，並不在市區，離著名的威基基海灘很遠。它有它自己的海灘，普通人難以涉足其間。溫谷盡可能準時，但是他還是遲了幾分鐘。

當他急匆匆奔進大堂之際，酒店的職員卻阻止了他，用極度懷疑的眼光，打量著他。

溫谷知道自己隨便的裝束，和這所豪華的大酒店太不相襯，所以他也不作分辯，只是道：「八樓套房的雷亭先生正在等我！」

職員像是不相信：「你是說雷亭王子？」

溫谷連連點頭，職員示意他站到一個角落去，然後去打電話。耽擱了大約三分鐘，職員才道：「你可以上去了，下次請注意你的服裝！」

溫谷幾乎想給那職員一拳，但他還是忍住了氣，走進了電梯。到了八樓，才一跨出電梯，就有一個大漢向他咆哮：「你就是那個私家偵探？」

那大漢足足比溫谷高一個頭，身形粗壯，看來像是保鑣。溫谷懶得說話，只是點了點頭。

那大漢用力一推溫谷：「快去！」

這一次，那大漢真是犯了大錯了。就在他一推之際，溫谷爆炸了，他重重一腳，踹向那大漢的小腿！在那大漢痛得張大了口想叫之際，他又已一拳擊中了那大漢的下顎，令得那大漢的口，不由自主合上，咬中了他自己的舌頭。然後，溫谷才道：「我自己會走，你不必推我！」

那大漢瞪著溫谷，眼中像是要冒出火來，可是溫谷已不再理他，來到了門口，敲門，開門的是一個看來道貌岸然的中年人。

溫谷向內看去，套房的外間是客廳，裝飾豪華之極，全海景的寬大陽臺上，種著許多花草。溫谷看到一個身形肥胖的中年人，坐在一張籐椅之上，有兩個身材十分健美的半裸女郎，一個在替他修剪頭髮，另一個正在替他修指甲。而他的目光，貪婪地注視著那修指甲女郎豐滿的胸脯。

開門的中年人向溫谷作了一個手勢，轉身向陽臺：「王子陛下，那私家偵探來了！」

雷亭王子連頭都不抬，聲音懶洋洋地：「哈遜，你告訴他，他該做甚麼！」

那個叫哈遜的中年人打量著溫谷，溫谷的外形，看來是一點也不起眼的。哈遜遲疑了一下，才道：「你是溫谷先生？曾在美國——」

溫谷一下打斷了他的話頭：「我的過去經歷，肯定和你沒有關係！」

哈遜有著典型歐洲人的裝模作樣，他作了一個驚愕的神情，道：「王子陛下有一點要事要解決，他的一位朋友提及你！」

溫谷悶哼了一聲，直截地問：「甚麼事？」

哈遜示意溫谷坐下來，搓著手，道：「請你留意，這件事，至今為止，還是一個秘密！」

溫谷有點不耐煩，重複問：「甚麼事？」

哈遜卻慢條斯理：「王子陛下來夏威夷度假，他不是一個人來的……」

溫谷「哼」地一聲：「顯然他不是一個人來的！」

哈遜坦白道：「不，我不是這個意思，王子陛下是和兩位……可愛的小姐一起來的！」

他才講到這裡，臥室的門突然打開，一個一頭白金鬈髮，身形高大，一雙修長的大腿，會令得任何男人屏住了氣息來欣賞，身材健美，容顏嬌甜的美人，在門口出現。

她滿面怒容，向著陽臺嚷叫：「為了瑪姬那婊子不見了，我就需要躲在酒店房間中不出去？」

溫谷直到這時，才感到有了一些樂趣，這樣出色的美人，究竟不是多見的。而且這時，她只穿著一件粉紅色、幾乎全透明的短睡衣。她雖然怒容滿面，但聲音仍然極其動聽，真可以說「極視聽之娛」。

在陽臺上的雷亭王子皺了皺眉，用極不耐煩的聲音道：「閉嘴，你沒看到我們有客人？」

那美人兒作了一個極不屑的神情，一個轉身，又進了臥室，重重地把門關上。溫谷忍不住呵呵笑了起來。哈遜這個中年歐洲紳士，神情看來有點尷尬：「剛才那位是仙蒂小姐，還有一位，是瑪姬小姐，瑪姬小姐失蹤了。」

溫谷笑了一下，他以爲自己可以有生意上門，但現在看來又成了泡影，因爲失蹤，那應該是警方的事，而不是私家偵探的事。

溫谷表明了這一點，哈遜搖著頭：「王子陛下不想勞動警方，你知道，他是一個名人，這一類的事，要是讓公眾知道了……」

溫谷問：「失蹤了？經過情形怎樣？」

哈遜皺著眉，向陽臺望去，道：「王子陛下……」

雷亭王子立時道：「把一切經過告訴他！你既然要他辦事，就得讓他知道一切！」

溫谷又坐了下來。看來雷亭王子倒是一個通情達理的人，那令溫谷的心中舒服了很多。哈遜答應著，想了一會，才說出了瑪姬小姐失蹤的經過，以下就是。

雷亭王子今年四十九歲，身體開始發胖，而且像許多到了這個年紀的人一樣，越來越懶得用運動去保持自己的身型。尤其是當他發現，金錢比一個體育家的身型，更能吸引美女之後，他任由身體發胖下去。雷亭王子一直維持著他對美女的愛好，所以他不論在甚麼地方，身邊永遠有各種各樣的美女。

而且，他永遠不單獨和一個美女相對——至少兩個，甚至更多。這是他的信條——別讓任何女人以爲你已愛上她，最好的辦法，就是找兩個或兩個以上的女人，同時陪你上床！這次到夏威夷來，純粹是爲了調換一下口味——在厭倦了地中海風光和大西洋風光之後，自然就希望到太平洋來換換口味。哈遜是雷亭王子的親信兼秘書，替王子做許多事。

而剛才在門口，捱了溫谷一腳一拳的阿山，是王子的保鑣。王子這次帶來的兩個美女，仙蒂是北歐還未曾成名的一個小明星，拍過一套極精采的小電影。

她在那套小電影中的「精采表演」，宣傳用語是：「足以令得木乃伊性慾勃發」。雷亭王子看了那套小電影之後，立時吩咐哈遜寄了一張支票給她，叫她前來作伴。仙蒂小姐本來還想維持一下女性的矜持，但是看到了支票上的數字，就乖乖地奉召前來。

另一位瑪姬小姐，是今年法國康城影展之中，最出風頭的新星。當她赤裸著上身，挺起胸脯，在康城街頭走過之際，至少有八十輛車子撞在一起。帶著這樣的兩個美女到夏威夷來度假，自然是賞心樂事。而且，雷亭王子並不在乎兩位美女的明爭暗鬥，這也是他對付女人的信條之一——讓你身邊的女人去爭鬥，這樣，她們才會施展混身解數來取悅你！

到了夏威夷，雷亭王子的朋友，就向他提供了一艘極其豪華的遊艇。瑪姬小姐的失蹤，是昨天晚上的時候，在那艘遊艇上發生的。昨天晚上，雷亭王子在遊艇上舉行盛大的宴會，參加的人超過一百名。可是由於遊艇有三十公尺長，所以一點也不覺得擁擠。

在夕陽西下時分，遊艇緩緩出海，太平洋上的晚霞，美麗得難以形容。天空之上，一抹淺紫，一抹明橙，一抹淡紅，一大片淺藍，看得人心曠神怡。

天色黑下來之後，遊艇停泊在距離威基基海灘，大約一千公尺處的海面上。遠眺檀香山市明滅閃耀的燈光，近聆海水拍在船身上的聲響，精美的食物，悠揚的音樂，令得參加宴會的人，就像是置身於仙境一樣。

仙蒂和瑪姬兩個美女，一直傍在雷亭王子的身邊，後來，瑪姬離開了一會。事後，船長的說法是：「瑪姬小姐走來對我說，等一會，她會出現在甲板附近的左舷。她要我在那時候，用射燈照向她。她強調，一定要使所有人都看得到她，把她看得清清楚楚！我答應了。」瑪姬小姐回到了王子的身邊，喝了一杯酒，然後，用極誘人的姿態，走向近甲板的左舷。

當她站在左舷時，船長遵照她的吩咐，著亮了射燈，射向她，使她在剎那之間，吸引了所有人的注意。在射燈之下，瑪姬緩緩地轉了一個身。還在王子身邊的仙蒂，咕噥著罵了一句十分難聽的話。而瑪姬雙手高舉，大聲道：「誰想和我一起游泳？」

隨著那一句話，她身上的晚禮服，突然褪了下來，身上變得一絲不掛，把她美麗的胴體，完全暴露在燈光之下。而由於燈光是如此強烈，所以每一個人，都可以將她身體的每一部分，看得清清楚楚！

雷亭王子有點憤怒地叫了起來：「快停止！」

掌管射燈的一個水手在事後說：「我聽到了王子的叫聲，因爲瑪姬小姐裸立在船舷之時，船上靜得一點聲音也沒有，人人都屏住了呼吸，看著她美麗的身體。男人垂涎欲滴，女人心中都在妒嫉。自然，我也聽出王子的聲音之中充滿了憤怒，但是我仍然無法熄去射燈，並不是射燈有了甚麼故障，而是那時，我整個人都僵呆了。那麼美麗的裸女，即使不爲別人，單爲我自己，我也要盡可能看個夠，要是我遵命熄燈，我會後悔一輩子！」

瑪姬在全裸之後，並不是靜立不動，她聲稱要去游泳。所以，在射燈之下，她作了幾個準備下水前的動作，那幾個動作，更把她的美麗展露無遺，而瑪姬顯然也知道如何去表現她身體的美麗。

然後，瑪姬面向大海，身子一聳，自船舷上，向大海跳了下去。瑪姬顯然曾受過專業跳水訓練，她跳水的姿態，極其優美。

還是那個掌管射燈的水手的話：「瑪姬小姐一開始跳，我連半秒鐘都沒耽擱，立時使燈光跟著她移動。她用那麼優美的姿態，跳進平靜的海水之中，使得所有的人，都發出由衷的讚嘆聲來！」

由於射燈的光芒，始終沒離開過瑪姬，所以在艇上至少有一半人，是清楚看到瑪姬進入海水中的情形的——另外一半人看不到，是由於他們在遊艇上所處的位置，看不到左舷之外的情形之故。

接著，遊艇上所有的男人，幾乎在一秒鐘之內，都湧向左舷，那令得遊艇晃動起來，女人則尖叫著，表示著不滿。

射燈的光芒，停留在海面上，等待著瑪姬小姐浮上水面。有十多個年輕人，已經開始脫去了衣服，準備跳下海去，和瑪姬共泳。由於瑪姬的「表演」，遊艇上的氣氛，被帶進了一種狂熱的情緒之中。

可是，並沒有多久，大約只在一分鐘之後，就使人感到有點不對勁了。因爲瑪姬小姐還沒有浮上水面來。

一個年輕人叫著：「還等甚麼？」

他一面叫著，一面勇敢地跳下海去。不到半分鐘，他就浮了上來，可是瑪姬還是沒有浮上來。那年輕人再度潛下去，而且，又有四、五個年輕人跳了下去。跳下海的人越來越多，每一個人都浮上來，再潛進水中。

但是十分鐘之後，還是沒有人發現瑪姬。

哈遜是所有人之中最鎮定的一個，他立時指揮著，叫三名水手，配備了潛水用具，下海去尋找。

因爲這時，幾乎人人都感到：有意外發生了。狂熱的情緒消失，當一小時之後，瑪姬小姐仍然蹤影全無之際，每個人都感到了一股寒意，只有仙蒂，一副幸災樂禍的神情。

雷亭王子宣佈：「各位，這裡離岸不過一千公尺，瑪姬小姐精通泳術，她一定是想故意令我們吃驚，所以游上岸去了，我們可以繼續我們的歡樂。」

來賓沒有說甚麼，雖然赤裸著游上岸去，聽來很怪異，但王子那樣說，客人只好接受。於是，宴會繼續著，直到午夜。

等到宴會以遊艇靠岸而結束，王子等一行人回到酒店，發現瑪姬小姐並沒有回來之際，才知道事情不是那麼簡單了。不過當時，包括一向穩重的哈遜在內，還不覺得事情太嚴重，因爲瑪姬小姐的行爲一向十分怪異。她既然敢在那麼多人之前，展示她的胴體，自然會有更怪誕的行爲。

而且，令得他們並不太擔心的原因是，瑪姬小姐的泳術極其精良，她曾參加過橫渡英倫海峽，而且是女子高臺花式跳水的冠軍級人物。而當晚海水平靜，以瑪姬小姐的泳術而論，是不可能發生甚麼意外的。

雷亭王子十分生氣，因爲瑪姬小姐的怪異行動，會使他在社交界成爲被嘲笑的對象。這是一樁十分沒有面子的事情，所以他曾發狠說，瑪姬如果再出現，他一定要給她一點顏色看看——關於王子的這個決定，最贊成的，自然是仙蒂小姐了。

第二天早上，瑪姬小姐還沒有出現，王子有點不安了。瑪姬是全裸的，如果她被警方扣留了，他更加會成爲笑柄！

於是哈遜到處去打聽，派出了不少人，也利用了不少關係，可是看來瑪姬自從跳下海去之後，就再也未曾出現過。

這使哈遜想到，要一個專家才能把瑪姬找出來，也就是說，需要一個私家偵探。

哈遜對於夏威夷的私家偵探並不是太熟悉，而他又不想隨便找上一個，所以他打電話，向他的美國朋友詢問。他問的是美國情報機構的一個高級人員，是溫谷的同事，那同事知道溫谷在夏威夷，所以推薦了他。這就是爲甚麼，溫谷會來到雷亭王子的套房中的原因。

等哈遜向溫谷講完了經過——在這過程之中，美麗的仙蒂小姐曾四次走出臥房，發出抱怨的話，令得溫谷十分高興。

那時，王子也已經修飾完畢，他站了起來，從陽臺走進來，道：「把她找出來！」

溫谷吸了一口氣，緩緩地道：「她的泳術，你們可以肯定？」

哈遜道：「絕對肯定！」

溫谷再問：「當時，附近有沒有別的遊艇？」

王子的神情很不耐煩，揮了揮手，示意哈遜回答問題。他自己和那兩個女郎，進了另一間房間之中。

哈遜道：「當然有，你的意思是……」

溫谷道：「我不排除任何可能性，包括瑪姬小姐一跳下海，恰好有一條大白鯊在海中等著她！」

哈遜乾笑了兩下，簽了一張三千元的支票給溫谷：「有三天時間，應該可以把她找出來了？」

溫谷心中暗嘆了一聲，對方出手闊綽，而且事情看來並不難辦，這是一樁好差事。他收下了支票，道：「一有她的下落，我立時通知你。我當然不會到處去張揚，請你給我瑪姬小姐的照片。」

溫谷告辭離去的時候，那保鑣用十分兇狠的眼光瞪著他，溫谷並不理會。要辦成這樣的一件事，應該不是十分困難的。可是溫谷料錯了。

第一天，一點結果也沒有，那已令得他十分沮喪，到了第二天，仍然一點消息也沒有時，溫谷簡直要懷疑，自己是不是有能力偵查任何案件？瑪姬小姐的樣子，是任何人一看都不會忘記的。

兩天來，他在瑪姬可能出現的地點，問了上千個人，可是沒有一個人見過瑪姬。

第三天，溫谷進行得更努力，可是仍然沒有結果。當然，他曾努力工作過，不必把收到的酬金還給人家，可是那麼簡單的一件事，卻進行得這樣不順利，這無論如何不是一件愉快的事！

當天色快黑下來之際，溫谷租了一艘小汽艇，駛到了三天之前，雷亭王子那艘遊艇停泊的地方，緩緩地打著轉，望著被晚霞襯托得光亮如金色緞子一樣的海面發怔。

一個全裸的美女，精通泳術，在這樣平靜的海面跳進海中去，會發生甚麼事呢？他抬頭望向岸，天色漸漸黑下來，岸上的燈火，燦爛異常。

溫谷想：瑪姬是不是已經回到歐洲去了呢？事實上，他考慮過這一點，但是海關卻沒有她出境的記錄。

天色漸漸黑了下來，海水漸漸變得黑而深，閃耀著不可捉摸的閃光，看來極其神祕。溫谷有過長時期處理神秘案件的經驗，他自然也知道，海洋是極其神秘的。

人類對海洋所知，實在甚少，人在海水之中，可以發生任何事。別說是一個赤裸的美女，美國的一艘核動力潛艇，就曾莫名其妙在海底失事，潛艇上的官兵，無一生還，潛艇的殘骸也不知沉到了何處。這艘核能潛艇是「長尾鮫號」，當時的調查工作，溫谷也曾參加。

但是，在那麼平靜美麗的海水之中，難道也潛伏著危機嗎？

溫谷由於職業上的警覺，總使他感到，一個人失蹤超過三天，她的處境，就可能凶多吉少了！一直到天色完全黑了下來，溫谷才嘆了幾口氣，他必須面對失敗，要去向哈遜報告，他的搜尋沒有結果。

有了上次的教訓，溫谷穿上了比較整齊的服裝，進入了酒店的大堂。雷亭王子正借用酒店的宴客廳，在廣宴賓客。

溫谷發現除了他之外，還有一個人在等著見哈遜，那人有著半稀疏，但是經過悉心梳理的灰白頭髮。溫谷幾乎看了一眼之後，就可以肯定那人是一個警務人員。

哈遜從宴會廳走出來，先向那灰白頭髮的人道：「白恩警官？」那人點了點頭，哈遜現出疑問的神色來，白恩警官道：「我接到報告，你們的旅行小組之中，有一個成員失蹤了，所以我來問一下！」

哈遜皺起了眉，向溫谷望來，溫谷作了一個無可奈何的手勢，表示沒有結果。

哈遜的神態十分小心，他道：「是有一位女士，暫時離開了我們幾天，可是，她一定會再出現的！」

白恩揚眉道：「是嗎？據我所知，她在遊艇中跳下海去之後，就沒有出現過！」

哈遜有點惱怒：「是的，上百人看她跳進海中去，她是想游泳！」

白恩的態度仍然很堅定：「一個人如果下海游泳，通常會浮在水面。如果跳下去之後，一直沒有浮上來，那會使人聯想到發生了意外——當時爲甚麼沒有人通知警方？」

白恩的話已經漸漸嚴厲了，溫谷在一旁，用欣賞的眼光望定著白恩，又等待著看哈遜如何應付。哈遜的神情有點狼狽：「嗯……當時……沒有人想到會有甚麼意外。瑪姬小姐的行爲，一直是……十分特別的。」

白恩悶哼了一聲：「到現在，還是沒有人向警方正式報案？」

哈遜考慮了一下，道：「有必要嗎？她或許是在甚麼熟人那裡，只是不想露面！」

白恩警官倒也沒有堅持，只是道：「最好是這樣！」

溫谷在這時，插了一句話，令得哈遜先生對他怒目相向。他道：「我看警方應該開始尋找瑪姬小姐，過去三天來，我已盡了一切努力，可是一點結果也沒有！」

哈遜提高了聲音：「完全沒有必要！你找不到她，是由於沒有盡責，或者，你根本沒有能力！」

溫谷的臉漲得血紅，一伸手，把哈遜抓了起來。

白恩連忙攔在溫谷和哈遜的中間。溫谷放開了手，悻然轉身走出去，當他走出酒店之際，白恩追了上來，叫住了他。

白恩對溫谷很客氣：「去喝一杯酒？」

溫谷道：「好，可是別在這座該死的酒店！」

白恩表示同意，兩個人各自駕車，由白恩帶路，來到了一家遊客找不到的酒吧——「猴子酒吧」。酒吧有一隻巨大的籠子，裡面養著幾十隻不斷在跳來蹦去的長尾猴。

他們互相介紹了自己，溫谷約略提起了一些自己過去的經歷，發了幾句牢騷，白恩靜靜聽他說這三天來調查的經過。

等到溫谷講完，白恩嘆了一聲：「我有預感，這位赤裸的美人，和其他六個人一樣，都神秘失蹤了！」

溫谷大感興趣：「其他六個人？對了，我在報上看到過一對新婚夫婦失蹤的新聞，還有四個人是怎麼一回事？」

白恩還未曾開始敘述，就先不由自主，打了一個寒戰。這使溫谷知道，白恩警官將要講的事，一定是既神秘又恐怖。

白恩一下子喝乾了酒，道：「這裡……太吵了，你有興趣來我辦公室？」

溫谷用一口喝完了杯中的酒，代替了回答。當他們到了白恩辦公室之後的半小時，溫谷已經從白恩的敘述和檔案資料上，知道了另外兩宗失蹤案的經過。

他皺著眉，那兩件失蹤案，看來是如此神祕而不可思議，溫谷的思緒，全然沉入一種極度迷惑的境地之中。

需要說明一下的是，在花馬灣失蹤的四個人的身分，已經得到證實，他們來自美國東北部的緬因州，是大學一年級的學生。他們告訴家人，要到夏威夷享受一下海灘和陽光，可是在一個月之後，仍然未見他們回去，也沒有資訊，他們的家人就開始通過警方查詢。當這兩男兩女的資料，送到夏威夷警局之際，白恩警官立時想起了那隻手，那四個人。

他召來了潛水用具的出租人，又找來了流浪少年柯達，兩個人都認出了正是那四個人。那四個人是在突然之際失蹤的——柯達所說的話看來可信。

那麼，事實是：兩男兩女突然失蹤，其中一個失蹤者「男性」的手，卻留了下來！那四個人到哪裡去了呢？即使是一個經驗豐富的警務人員，想起來也有不寒而慄之感！

白恩聲明：「這就是我爲甚麼，對在海中失蹤的人特別敏感的原因。」

溫谷知道，白恩是指他對瑪姬小姐的失蹤一事而言，他深深吸了一口氣：「三件失蹤案，我看……性質很不同……那一對新婚夫婦，甚至不是海中失蹤的，他們失蹤的地點也未能確定！」

白恩有點惱怒：「我可以肯定，玉代市場的職員，一定隱瞞了甚麼，我想他們是在市場內失蹤的！」

溫谷深深吸了一口氣：「你是說他們是在市場中遇害的？」

白恩緩緩搖著頭：「當然不是這個意思，可是我覺得，那位負責收銀機操作的喬絲小姐，十分可疑！她一口咬定，沒有見過這一對夫婦！」

溫谷對白恩的懷疑，未置可否，他托著下頷，道：「運用我們的想像力，一件一件地來想，花馬灣的那一宗，已知的資料最多！」

白恩道：「是的，可是沒有人知道，他們是怎麼失蹤的。提到想像力，你有甚麼想像？」

溫谷先解釋了一下：「你知道，我長期以來的工作，都和一些十分怪異的現象作伴。所以我的想像，可能是和一般的方式不同！」

白恩笑了起來：「聽聽再說。」

溫谷沉聲道：「四個人在海水之中，突然消失，而其中又有一個人，留下了一隻手。我想，最大的可能，是他們遇到了海洋之中，可怕的生物的襲擊！」

白恩搖頭：「不對，他們當時，並不是真在海中，而是在一個岩洞中，海水可以通過狹窄的通道湧進來。如果有甚麼海洋生物襲擊他們，又能使他們在剎那間消失的話，這種生物一定十分龐大，無法到達他們四人所在的那個水洞之中！」

白恩一面說著，一面把那「水洞」附近的地形圖，指給溫谷看。

溫谷道：「是的，可是你可知道，有一種烏賊，它的觸鬚可以有好幾十公尺長？又有一種水母……」

溫谷還沒有講完，白恩已經笑了起來：「你是說，他們四個人是被一隻大烏賊的觸鬚捲走了，而且吞食了，而且吃剩了一隻手？」

溫谷有點不高興：「我說過，我的想像力，你可能不會接受！」

白恩仍然抱著嘲笑的態度：「瑪姬的失蹤，倒也可以作同樣的解釋，但是那一對新婚夫婦呢？如果他們在市場失蹤，是甚麼東西吞吃了他們？是那些波士頓龍蝦？這太像是五十年代的科幻電影了！」

溫谷顯得更惱怒：「我只不過提出了我的想法。從遺留在水池中的物件來看，我不認爲這一男一女，還會生存在世上！」

白恩還想笑，可是他卻笑不出來，因爲事情實在太詭異可怖了。人無緣無故消失，有的留下了一隻手，有的留下了對他們來說，最重要的東西，有的甚麼也沒有留下——雖然瑪姬失蹤，還只是三天，但是事情似乎也十分不對勁。

溫谷感到有點話不投機，他站起來，準備告辭。

就在這時候，一個警官推門進來，道：「白恩，那個會議的保安工作，我們要作甚麼準備？」

白恩揮著手：「我們負責的是外圍保安工作，那些大人物的安全，由華盛頓來的人負責。」

溫谷揚了揚眉，他知道那警官口中的「那個會議」是甚麼會議。報上登著，會議的正式名稱，應該是「世界各國對海底資源分配計畫會議」。

海洋，覆蓋著地球面積的四分之三。當陸地上的資源，漸漸被人類發掘殆盡之際，人類自然而然，想到了海底所蘊藏的各種豐富資源。事實上，海底石油的開採，早在幾十年前，便已實行。

蘇聯的基輔油田，就是從海底取得石油的，英國的北海油田，更是舉世知名。近年來，科學家又發現，在大洋的深底，被稱爲「海溝」的一種地理現象之下，蘊藏著驚人的金屬礦藏。科學家將這種在幾千公尺深海底的礦藏，定名爲「錳團塊」，據估計，這種礦藏，是陸地礦藏的八十倍到一千倍。尤其是放射性元素的蘊藏量，鈷、鈾，藏量之豐富，更可以使任何有意製造核武器，或取得核動力的地區垂涎欲滴。

這些礦藏的主權屬於甚麼人？應該怎麼分配？由於大海不屬於任何國家，所以這個問題一直沒有解決。在科學技術還未曾可以開發這些礦藏之時，這問題並不迫切，可是在科學技術突飛猛進之下，這個問題，已經需要開始解決了——要不然，極有可能因爲爭奪資源，而形成大規模的戰爭。

引起各國政府開始討論，如何分配海底資源的直接起因，是一個中法混血兒李邦殊「幹的好事」。

李邦殊的父親是中國人，母親是法國人。早幾十年，很奇怪，中國浙江省的一個小縣份青田縣（歷史上著名的預言家劉伯溫，就是浙江青田人），有許多人，離鄉背井，選擇了法國作爲他們的僑居地。

青田人到了法國，生活當然不會很好，但是倒有不少法國女郎，十分喜歡中國人，所以娶法國女郎做妻子的中國人相當多。

第一代在法國生活的中國人，生活當然不會很好，可是他們的下一代，卻和典型的法國人沒有甚麼分別，李邦殊就是這樣的一個典型。

「邦殊」是他法文名字的譯音，「李」是他的姓。

李邦殊並不是甚麼大人物，如果說他能組織一個大規模國際會議，而且這個國際會議，顯然不會在和諧的氣氛之下進行，並且，這個會議的結果，對人類歷史今後的發展，和國際局勢有重大影響的話，那真是太看得起他了。

可是李邦殊的工作，卻直接影響了這個重要會議的舉行。李邦殊的工作是甚麼呢？他從事的工作，可以說是冷門之極，他是一個深海潛水專家。

深海潛水，是一樁極度危險的事，世界各地，都有人從事這項工作，但是以法國對深海研究工作最先進。

李邦殊和他的同伴，深海研究所的研究人員，製造了一個可以容納兩個人的小潛艇。這種小潛艇，可以在脫離了母船之後，潛入超過三千公尺的深海，觀測海溝，並且利用小潛艇上的機械臂，把深海海底的東西採下來。這種小潛艇的性能十分高超，本來，也未曾引起甚麼人的注意。

可是自從去年，李邦殊駕駛著這種小潛艇，潛到了大西洋的「魔鬼海溝」，並且採集了海溝中許多岩石標本，證明這些岩石之中，蘊藏著豐富的稀有金屬之後，就變得相當轟動，李邦殊也成了國際間矚目的人物。而海底資源的分配，也被提到日程上來，那個會議，就是在這種情形下召開的。

李邦殊年紀不大，三十三歲的生日才過。他身形高而瘦，不修邊幅，有著中國人的膚色，但是卻有歐洲人深邃的眼睛。

從外型來看，他看來像藝術家，更多於像是科學家。這個國際會議，在各國政府進行了多次商議之後，再由聯合國海洋組織，安排在夏威夷舉行。

由於海底資源是如此豐盛，幾乎每一個國家都想先佔一點權益，而絕不考慮自身是不是有能力去開採。所以預料那必然是一個有著激烈爭論的會議，各國政府都盡可能派出重要的人物來參加，尤其是一些具有野心的國家。

舉例來說，北非洲的一個國家，就派出了有著將軍頭銜的重要人物黃絹——對了，就是由「國際狂人」卡爾斯將軍統治的那個國家。

這樣重要的國際性會議，保安工作自然十分重要。由於夏威夷的警力不是十分堅強，所以華盛頓方面派了專家來。溫谷很瞭解這種情形，如果他還在華盛頓的工作崗位上的話，那麼，保安工作說不定會由他來負責。這時，他聽到了白恩和他同事的對話，心中多少有點不是味道的感覺，急匆匆地走了出去。

第三部：美麗而不可捉摸的女人

溫谷回家的時候，已經很遲了——他又在一家酒吧中消磨了兩三小時。

他住在一幢設備相當高級的大廈之中，當他停好了車，走向大廈的大門之際，一個守衛走過來，道：「溫谷先生，有一位東方人等你很久，甚至在大堂的沙發上睡著了！」

溫谷隨口問：「他可有說自己的名字？」

警衛攤著手：「他說了，可是發音十分怪，我沒有法子記得住！」

溫谷聳了聳肩，從停車場的門搭電梯，到了大廈的大堂。大堂的佈置，不比一般酒店遜色，溫谷一進大堂，就看到了那個面向著沙發背躺著的人。

他逕自走過去，當他看清了那人是誰時，他又高興又驚訝地叫了起來：「原，天！是你，你怎麼會找到我的？」

被他的叫聲驚醒，而從沙發上坐起來的，是原振俠。

那當然是原振俠，可是溫谷還是吃了一驚，因爲原振俠看來又黑又瘦，而且在他的眉宇之間，充滿了一種異樣的憂鬱，叫人一看就可以知道，他的心中，一定有著極度的不快樂。但是無論如何，溫谷看到了老朋友，還是高興莫名。

他張開了雙臂，用力抱了原振俠一下，又用力拍著他的背，不斷地道：「真好，我們又在夏威夷見面了！」

原振俠現出了一個苦澀的笑容來，沒有說甚麼。溫谷更感到這個年輕的醫生，有了相當大的改變，他看來似乎不像以前那樣爽朗熱誠了。

溫谷吸了一口氣，他絕對可以肯定，原振俠有著沉重的心事。他拉著原振俠，走向電梯，到了他居住的那個單位。

當兩人在陽臺上坐定，手中有酒，而又面對著檀香山「鑽石頭」的燦爛燈光之際，溫谷才道：「原，事業上有不如意？」

溫谷已經準備好了勸慰詞，如果原振俠的回答是肯定的話，他就告訴他，沒有人比他在事業上更倒楣的了，一時的挫折，實在算不了甚麼。可是原振俠卻緩緩搖了搖頭。

溫谷揚了揚眉，笑著，向原振俠舉了舉杯：「那麼，恭喜你，你一定在戀愛了！」

原振俠望著遠處閃耀的燈光，神情苦澀，一下子喝乾了杯中的酒，喃喃地道：「戀愛？或許是，不過……那是甚麼樣的戀愛？」

溫谷看出事情相當嚴重——眼前這個小夥子，顯而易見，有著極度感情上的煩惱。而且，這個煩惱如果不解決的話，可能會毀了他的一生！

溫谷替原振俠添酒時，用老朋友的語調問：「對方……十分難追求？」

原振俠並沒有回答，只是發出了一連串的苦笑聲。

溫谷感到有點憤怒，他覺得原振俠的態度，太不夠積極，所以，他又用力在他肩頭上拍了一下：「振作一點，老朋友。照我看，你追求女孩子，應該是容易不過的事！」

原振俠深深地吸了一口氣：「別的女孩子，或者是，但不是她！」

溫谷直接地問：「她是誰？」

原振俠又一口喝乾了酒，神情更苦澀：「你應該知道她是誰！我知道她到了夏威夷，我告訴自己：別去想她，隨便她在哪裡，對你來說都是一樣的，她在你身邊，或是她和你相距一百萬公里，都是一樣的，別再去想她！可是，我還是來了，莫名其妙地來了，想見她，可是又沒有勇氣去見她！」

溫谷呆住了不出聲，他已經知道原振俠心中的「她」，是甚麼人了！

他想說幾句話，勸一下原振俠，可是不知該說甚麼才好。過了好一會，他才道：「原，你……你和……那女人之間的距離，的確太遠了！」

原振俠抬起頭來，用失神的目光望向溫谷：「沒有法子接近？」

溫谷苦笑，原振俠那種苦澀的感覺傳染了他，他很替自己的好朋友難過。

考慮了一下之後，他才道：「這個女人……她如今的地位是這樣高，原，你只不過是一個普通的醫生，就算你得了諾貝爾醫學獎，和她之間，還有一大段距離！」

原振俠嚥下了一口口水：「是的，她如今不但實際上，統治著一個國家，而且，在亞洲大豪富王一恆面前，也有極度的影響力，是國際上最強有力的女人——我真不明白，自己為甚麼不能忘記她？我……那樣思念她，只怕她早已記不起，我是甚麼人了！」

溫谷喃喃地道：「你這樣思念一個人，而這個人可能根本記不起你是誰來，這真是悲劇！」

原振俠又嘆了一聲，順手取起一疊報紙來，飛快地翻著，他顯然早已看熟了這份報紙，所以一下子就找到他要找的那張照片。

照片相當大，背景是機場，照片中的主要人物，是一個身形頎長，穿著軍裝，但是長髮在風中飛揚的女郎。那女郎不論是她美麗的臉龐，還是她那動人的體態，都充滿了野性。

原振俠怔怔地望著照片，溫谷喃喃唸著照片的說明：「黃絹，世界上最富傳奇的女性，來本市參加海底資源分配會議。她不但代表了她的國家元首卡爾斯將軍，而且代表了整個阿拉伯世界。」

溫谷唸到這裡，抬頭向原振俠看了一眼，繼續唸報上刊載的有關黃絹的一切：「黃絹將軍一下專機，就對記者說，她所代表的力量，有開發任何地區海底資源的實力。不但有資金，而且有足夠的技術，亞洲最先進的技術可以由王氏集團提供。所以任何國家，如果輕視她所代表的力量，將是極度的不智——」

溫谷唸到這裡，苦笑了一下，道：「原，她和我們之間的距離，實在太遙不可及了！」

原振俠有點失魂落魄：「我不管她現在是甚麼身分，只記得她和我在一起時的一切！」

溫谷道：「原，人是會變的！」

原振俠閉上眼睛一會，長嘆著。

溫谷繼續唸：「黃絹將軍最轟動國際的行動是，在倫敦的國際航空大展上，她一下子就訂購了總值六億英鎊的飛機。另一件，是她幾乎壟斷了法國出產的『飛魚式』飛彈的買賣，這種飛彈在最近的南大西洋海戰中大出風頭。據知，黃絹將軍曾在法國生活過長時期，所以她輕而易舉，可以在法國展開她的活動。這次海底資源會議的促成人之一，法國的李邦殊博士，據悉，和黃絹將軍在法國時，早已相識。看來，這位美麗得可以作任何雜誌封面的將軍，是如今世界上，最叱吒風雲的女人！」

溫谷一口氣唸完，停了一停，又把最後一句話重複了一句，才語重心長地道：「原，你是甚麼？」

原振俠的神情沮喪，但是又有一種不可折服的神態：「我是一個男人，她是一個女人！」

溫谷長嘆一聲：「好了，既然你要執迷不悟，爲甚麼不直接去見她？爲甚麼要在我這裡浪費時間？去見她，告訴她你愛她！」

溫谷的話，已經接近殘酷了，原振俠的身子，不由自主在發著抖。溫谷心中感到更難過，但是他卻又必須這樣做，因爲他喜歡原振俠，把他當作自己的朋友，他不想看到自己的好朋友，在毫無希望的情形下，沉淪在苦惱之中！

原振俠並不是那樣沒有決斷的人，可是在感情的糾纏之中，他看來實在令人氣餒。

他嘆了一聲：「我一到就想見她，但是她在參加一個宴會，而我沒有請柬。那宴會，是一個甚麼沒落王子舉行的！」

溫谷「喔」地一聲：「雷亭王子！」

原振俠沒有回答，溫谷忙道：「原，有幾樁怪事，你或者有興趣聽聽，有幾個人，神祕失蹤了，你想知道經過情形？」

原振俠看來，對任何事都沒有興趣了，他緩緩搖著頭：「我不認為有甚麼失蹤，比尼格酋長失蹤更神秘的了！」

溫谷道：「未必，這三宗失蹤案，還只是開始，誰知道它們後面，隱藏著甚麼樣的神秘！」

原振俠仍然一點也沒有興趣的樣子，這真令得溫谷十分傷心，原振俠顯然深受到那種不可能追求得到的情愛的折磨。真難想像他對新奇、神祕的事，也會表示失去了興趣！

溫谷也注意到了原振俠心不在焉地不斷望著電話，他又問：「你在等甚麼人給你電話？」

原振俠苦笑了一下：「是的，我留了你的電話號碼，希望她會打來——」

原振俠才講到這裡，電話鈴陡然響了起來。原振俠幾乎是直跳起來，他也顧不得那不是他自己的住所，一下子抓起了電話，可是立即又現出十分失望的神色來，把電話交給了溫谷。

溫谷接過電話：「哪一位？白恩警官，甚麼？又一宗……你是說情形和瑪姬小姐失蹤一樣？這次失蹤的是甚麼人？一位深海科學家？這不是太戲劇化了嗎？我沒有甚麼意見，真的沒有……你說甚麼？誰在找我？一位將軍？我可不認識甚麼將軍——」

溫谷在講電話的時候，原振俠仍然一副心神恍惚的樣子，望著遠處的燈火。直到聽到了「將軍」兩個字，他才震動了一下，接著，他神情驚愕地望向溫谷，因爲溫谷的話，引起了他的興趣。

溫谷的神情看來也有點異樣，他在繼續講著電話：「喔！是那位將軍。是的，我們以前見過，她找我幹甚麼？我調查瑪姬的失蹤，已經失敗了！」

原振俠陡然緊張起來：「誰？是她？」

溫谷向原振俠點了點頭，又對著電話：「好，如果她堅持要見我，我會去和她聯絡，我知道了！」

溫谷放下了電話，原振俠站在那裡，身子甚至有點微微發抖。

溫谷深深吸了一口氣：「去見黃絹，去不去？」

原振俠陡然震動了一下，張大了口，一時之間，不知道溫谷這樣提議，是甚麼意思。

溫谷已經向門口走去，並且向原振俠作了一個手勢，示意他跟著。到了電梯之中，溫谷才道：「黃小姐的一個朋友，是一個深海科學家，突然失蹤了。她知道我在夏威夷，希望我幫助她去尋找。」

原振俠怔了一怔：「李邦殊博士？」

溫谷道：「好像這個名字，這個人看來，是一個十分重要的人物？」

原振俠沒有表示甚麼，他這時的心情，使他對這件事的想法，和普通的反應不同。李邦殊這個傑出的深海科學家失蹤了，但是他不像往常那樣，去想這位科學家何以會失蹤，他只是想：不錯，李邦殊是一個重要人物，黃絹也是……要是我失蹤了，黃絹是不是也會焦急？還是根本不在意？當他在這樣想的時候，自然神情恍惚，一副神不守舍的樣子。

溫谷又是生氣，又是難過：「喂，請你別像一個初戀的少年那樣，好不好？」

原振俠深深嘆了一聲，和溫谷一起上了他那輛破舊的車子。

溫谷發動了車子，才道：「黃絹在海邊——」他停了一下，又解釋道：「就是李博士失蹤的地方。」接著，他又重重撞了原振俠一下：「你這樣子，不要說黃絹這樣的女性，看來你只能吸引中學生！」

原振俠瞪了溫谷一眼，仍然沒有說甚麼。

車子轉進通向阿拉莫那公園的那條路時，就可以感到事情有點不尋常了。公園本來十分寧靜，入夜之後，慢跑者都回去了，野餐的人也大都盡興了，只有一些情侶，還留戀著夜色，那條長堤上還有他們的蹤跡。可是這時，老遠就可以看到，堤上燈火通明，至少有六輛以上的警車停著，還有不少房車。

溫谷駕車直駛了過去，兩個警員攔住了他，道：「對不起，暫時封閉了！」

溫谷道：「白恩警官在等我。」

兩個警員對著無線電對講機講了幾句，揮手令車子過去。溫谷把車子一直駛到海邊停下來，那裡聚集著不少人，正在向燈火通明的長堤指指點點。

這時正是漲潮時分，一個一個浪頭捲過來，打在堤下的岩石上，激起潔白的浪花。在這樣的長堤上走著，本來是十分富於詩情畫意的事，可是這時，溫谷和原振俠只是急急向前走著。

溫谷是急於想知道，李博士的失蹤是怎麼一回事，而原振俠是急於想見到黃絹。

海邊的風相當大，原振俠在老遠，就看到在海堤上，燈光聚集的地方，有很多人站著，在遠距離看來，那些人只是一個個的人影。

其餘的人影，對原振俠來說都是毫無意義的，但是其中有一個卻不同，那頎長苗條的人影，隨著海風飛舞的長髮，那就是他心中的黃絹！

原振俠的心跳加速，他幾乎是奔向前去的。距離漸漸近了，原振俠可以看清楚黃絹了。

黃絹正在發怒，當她發怒的時候，她體內的野性更充分顯露在她的臉上，以致看來，簡直像是一頭獵豹一樣。在她面前的，是兩個身形十分高大的漢子，這種打扮神情的大漢，一看就知道是保鑣之類的人物。

黃絹正以一種聽來十分沉，但卻可以給人以震撼的聲音，在斥責那兩個人：「你們為甚麼不跟著李博士下去？」

那兩個人囁嚅著，想分辯，但是又懾於黃絹的氣勢，不知道該如何開口才好。

溫谷和原振俠已來到近前，白恩警官迎了上來，用奇怪的眼光望了原振俠一下，轉過頭去，高聲叫著：「將軍，溫谷先生來了！」

黃絹放過了面前的那兩個大漢，轉過身來。溫谷故意閃開了身子，好讓黃絹看到他身邊的原振俠。黃絹才轉過身來，想和溫谷打招呼，可是剎那之間，她呆住了——她看到了原振俠！

原振俠盯著她，想捕捉她看到了自己之後的內心反應，黃絹像是一頭在奔馳中的獵豹，陡然停了下來一樣。她大而明媚的眼中，閃耀著光采，很難捉摸那是代表了她心中的驚訝還是高興。

她的口唇輕輕地顫動了一下，可是並沒有發出聲音來，在那一霎間，原振俠可以肯定的是，她見了自己之後，感到了震動。但是隨即，黃絹內心的感情，就不能再在她美麗的臉龐上，找到絲毫了。

她揚了揚眉道：「真是意外，你好嗎，振俠！」

原振俠向前走去，這時候，他看來也完全是鎮定和正常的。

其實，原振俠從來也未曾像現在那樣緊張和脆弱，但是他早已告訴自己，何必表現出來呢！

黃絹是這樣的一個女人，在她面前表示自己是多麼思念她，是一點用處也沒有的。原振俠甚至懷疑，除了實際之外，黃絹是不是還有浪漫的情懷！

但是雖然這樣，當原振俠繼續向前走去之際，他還是忍不住道：「只是『你好嗎』？」

黃絹的嘴角向上微微翹著，這種神情，使她看來更是動人。

而她靈活的大眼睛，用一種十分專注的神采，注視著原振俠。原振俠沒有得到答案，但是他也滿足了。

黃絹雖然未曾出聲，但是她的神情像是調皮地反問：你還想我怎樣呢？

而更重要的是，黃絹這時看來，一點也不像是一個叱吒風雲的甚麼將軍，她看起來，只是一個美麗而難以捕捉的女人！

黃絹轉向溫谷：「真好，老朋友好像都來了！」

她立時又抬頭向白恩警官：「潛水蛙人怎麼還沒有來？」

白恩忙道：「快到了！」

原振俠這時，才注意到有不少人在海堤上，有幾個看來是政府人員、警官，有幾個顯然是黃絹的保鑣和隨員。這時，在海堤的入口處，又傳來了爭吵聲，一個警員奔過來，喘著氣：

「有記者要來，怎麼辦？」

黃絹沉聲道：「趕他們走！」

白恩警官苦笑了一下：「小姐——」他立時改口：「將軍，美國是一個有新聞自由的國家！」

黃絹悶哼了一聲，向前走去，她的保鑣立時跟了過去，顯然她不願意和記者有任何接觸。她向溫谷和原振俠招手，兩人跟著她，穿過了記者群，不少記者舉起相機來，閃光燈的光不斷地閃著。來到了海灘邊上，有兩艘快艇等著，黃絹和溫谷、原振俠，兩個保鑣上了一艘，其餘的保鑣上了另一艘。不一會，就駛到了一艘遊艇之旁，黃絹才道：「在這裡，我們可以避開記者了！」

在船艙中坐定之後，原振俠的目光，一直未曾離開過黃絹。可是黃絹的神情卻是一眼看得出，是故意在規避他的眼光，這令得原振俠很高興。這至少證明，在她的心中，自己是有一定份量的。

溫谷把自己舒服地埋在絲絨沙發之中，問：「李博士失蹤，是怎麼一回事？」

黃絹並沒有直接回答溫谷的問題，只是大聲向外：「把那兩個飯桶叫來！」

那兩個「飯桶」很快出現在船艙之中，一副誠惶誠恐的樣子。

黃絹放緩了聲調：「由於李博士是我的好朋友，又是這次會議的一個重要人物，而這次國際會議，又必然會有大量的糾紛，為了李博士的安全，所以我派了兩個人，保護他。」

溫谷道：「他們好像沒有盡到責任？」

那兩個保鑣漲紅了臉，一個年紀較長的道：「將軍，我們所說的經過，每一個字都是真的！」

黃絹沉聲道：「好，再對這兩位先生說一遍！」

年紀較輕的那個，神情有點激動，道：「博士根本不喜歡我們一直跟著他，我們只要和他稍微接近一點，他就大聲呼叫著，要我們走開！」

黃絹發出了一下如同憤怒的獵豹一樣的咕嚕聲，原振俠的視線，一直沒有離開過她，黃絹顯然也知道這一點，可是卻無法在她的神情上，看出她對這種注視是喜愛還是憎厭。

溫谷在這時插了一句：「將軍，我還不知道你為甚麼要見我！」

黃絹用力一揚頭，這個充滿活力的動作，使她的長髮一下子從一邊甩到了另一邊。她道：「有一些不尋常的事發生了，而我又知道，一個有非凡能力的老朋友就在這裡，當然我想到要他出點力！」

溫谷深吸了一口氣：「非常感謝，那就是說，我和我的夥伴，已經接受了你的邀請？」

黃絹揚了揚眉：「你的夥伴？」

溫谷向原振俠指了一指：「需要我作正式的介紹？」

原振俠當然不是溫谷私家偵探事務所的「夥伴」，溫谷之所以這樣說，完全是爲了想製造一些原振俠和黃絹接近的機會——雖然他十分明白地知道，這一對男女之間的距離是如此之遠，自己再努力也沒有用的！

原振俠也知道溫谷的意思，他不由自主，低嘆了一聲。

黃絹在這時候，突然有點誇張地笑了起來：「你的夥伴，好像沒有年輕人應有的朝氣！」

原振俠沉著聲：「或許我不再年輕了！」

黃絹轉過頭去，用明徹而銳利的眼光，直視著原振俠，一字一頓地道：「如果你不再年輕，你更需要朝氣！」

原振俠的心中亂成了一團，他在仔細玩味黃絹的這句話時，黃絹已經向那兩個保鏢道：「繼續說下去，李博士是怎麼失蹤的！」

兩個保鏢神情苦澀，那年紀較長的道：「由於李博士這樣討厭我們，所以我們只好遠遠跟著。李博士在海邊的長堤上散步，那時天還沒有黑，他在一個日本人的身邊站了一會，那日本人正在拍攝夕陽的景色。然後，他就來到長堤的盡頭，就在堤上坐了下來，一直注視著大海。」他講到這裡，頓了一頓，那年輕的一個接著道：「我們看他一直坐著不動，像是在沉思，就慢慢地接近他一點，離他大約三公尺，才停了下來。」

那兩個保鏢已經保護了李邦殊幾天，所以知道，李博士如果沉思起來，會一動不動，坐上很久。所以當他們來到了適當的保護距離之後，也坐了下來。

在半小時之後，李邦殊還未曾叱喝他們，那令得他們都鬆了一口氣。

不過雖然如此，其中一個煙癮相當大的，卻始終不敢取出煙來抽，怕驚動了李博士，他只是向著海風，深深地吸著氣。

兩個保鑣都不知李邦殊在作甚麼，李邦殊看來像是石像一樣，只是面對著大海，一動不動。天色迅速黑了下來，李邦殊仍然坐著不動。坐在水泥鋪成的長堤上，並不是一件舒服的事，可是李邦殊卻一點沒有移動的意思。天色更黑，月亮升上來，映得海水閃閃生光。一個一個捲向堤下巉峨岩石上的浪花，像是萬千銀珠一樣，隨著轟隆的撞擊聲而散了開來。

大約在李博士這樣一動不動地坐了兩小時之後——那兩個保鑣實在十分負責，他們互相之間有默契，至少其中一個的視線，要保持在李邦殊博士的身上。

所以，當李邦殊的臉上，一現出那種驚訝莫名的神情之際，他們立即覺察到了。或者說，是他們兩人中的一個先覺察到，立即示意另一個注意。李邦殊在望著大海的時候，本來是連臉上的肌肉都不動一下的。可是這時，他卻現出了驚訝之極的神情來，而且身子俯向前。

這種情形，任何人都可以看得出，李邦殊一定是在海中，發現了甚麼不尋常的事物，兩個保鑣立時一彈而起。

就在這時，李邦殊也站了起來，而且，很明顯地，他是要向長堤下面攀去！那兩個保鑣一起叫了起來：「李博士，你想幹甚麼，我們可以代勞！」

兩個保鑣事後的回憶是，那時李博士的動作，看來是想攀下長堤去，去仔細察看海中引起了他驚訝的東西，或是把他發現的東西去拾起來，所以他們才會這樣叫喊。

而從長堤上攀下去，大約是三公尺，就是岩石。那些黑色的岩石，千百年來，一直受著浪花的衝擊，有不少衝浪的青年，會貪方便，就在這裡爬上攀下。

但是對於李邦殊這種地位重要的人來說，這種行動，多少危險了一些，所以兩個保鑣要加以阻止。

當兩個保鑣奔到長堤邊上之際，李邦殊已經攀下了一步。兩人不約而同，伸出手，想去把李博士拉上來，可是李邦殊卻厲聲罵道：「滾回去！」

兩人仍然伸著手，年長的那個道：「李博士，下面的岩石十分滑，你……」

李邦殊抬起頭來，在月色下，可以看到他的臉色通紅，不知是由於憤怒還是為甚麼。他顯然是用盡了氣力在叫喊：「滾開，你們滾開！」

兩個保鑣無可奈何，他們並沒有「滾開」，只是站直了身子而已。由於李邦殊的態度是如此堅決和兇惡，所以他們兩人只好無助地站著，看著李邦殊的行動。

李邦殊攀下了石堤，站在一塊岩石上，那時，他的雙腳，已然浸在海水之中了。

兩人看到他用一種十分焦切的眼光，望著前面離他不遠處的海面。那一幅海面上有甚麼？

甚麼也沒有，只有海水，和月光映在海水上的閃光。

兩個保鑣中的一個問：「天，他在看甚麼？」

另一個顯然不滿，道：「看起來，倒像是海中有一個裸體的金髮美女！」

兩人正在低聲交談之際，一個十分大的浪，捲了過來。那浪的來勢十分洶湧，一下子，海水就淹到了站在岩石上的李邦殊的腰際。兩個保鑣一看情形不對，就算再挨罵，也要把他弄上來才行了。

可是，也就在那一霎間，李邦殊突然發出了一下大叫聲，身子向前一聳，人已經撲向海水之中。

兩個保鑣嚇傻了，連忙向石堤下攀去——這可能是他們犯的一個錯誤，石堤的坡非常陡峭，長期受海浪的衝擊，十分滑，所以兩人雖然連跌帶爬地滑下去，顧不得是否會受傷，但還是有一個極短暫的時間，視線離開了撲向海中的李邦殊。

當他們以最快的速度，使自己在岩石上站穩的時候，那個捲過來的浪頭已經退了下去，而李邦殊也已經不見了！

兩個人大叫著，在第二個浪還未打上來之際，便已不顧一切地向外游去，一面游，一面仍然叫著李邦殊的名字。在半小時之後，李邦殊還沒有出現，兩人知道事情的嚴重，也知道那絕不是憑他們兩人之力，能把李邦殊找回來的了。於是，他們攀上了長堤，奔向電話亭，一面通知黃絹，一面通知警方。

兩個保鑣的身子還不住在發抖，黃絹望向溫谷，冷冷地道：「自然是國際陰謀，李博士掌握了大批海底資源的實際資料，有許多是還未發表過的，這是人人都想得到的寶貴文件！」

溫谷緩緩地吸了一口氣，如果沒有他已知的那些失蹤案在前，他也會同意黃絹的看法。但這時，他卻寧願相信，李邦殊的失蹤，和那些失蹤案有關聯。所以，他遲疑了一下，並沒有立時表示自己的意見。

黃絹已十分堅決地道：「上校——」

溫谷忙搖了搖手道：「我只是一個平民，別再提我以前的軍銜！」

黃絹昂然道：「我可以使你成為一個將軍！溫谷先生，幫助我一起粉碎那個陰謀，在海底資源的分配上，阿拉伯集團一定要得到最高的利益！」

溫谷仍然沒有回答，就在這時，遊艇外忽然傳來了一陣喧鬧聲，有人在大聲呼喝，有人在高聲叫著。

溫谷剛聽出其中一個在高叫的，是白恩警官的聲音，一個中年人已奔進艙來，喘著氣，道：「將軍，李博士……警方找到了李博士！」

黃絹直跳了起來，溫谷也不由自主「啊」地一聲！警方找到李博士了，那是甚麼意思？至少，這證明李邦殊的失蹤，和以前那幾宗不一樣了？

白恩警官的聲音繼續傳來：「去通知你們的將軍，李博士的情形並不是太好，船上有沒有醫生？」

隨著白恩的叫聲，他已經出現在船艙門上，他身上大半濕透了，因爲他扶著一個全身透濕的人。那是一個瘦高的年輕人，面色煞白，看來是在半昏迷的狀態之中，還有一個警官，扶著這個人的另一邊。

黃絹一看就叫了起來：「邦殊！」

不問可知，那被扶著的半昏迷的人，就是失蹤了，又被警方找回來的李邦殊博士了。原振俠本來一直只是失神地坐著，連那兩個保鑣的敘述，他也只聽進去了一半。

可是他是一個醫生，一看到了情形像李邦殊這樣的人時，他專業訓練的本能，卻立時使他活躍了起來。他以極快的動作，扶著李邦殊在沙發上躺了下來，而且大聲吩咐著，要乾的毯子。再把李邦殊身上，沾滿了海藻的衣服剝了下來，並吩咐一個人，把乾毛毯用力擦著李邦殊的皮膚。

同時，在他的吩咐下，有人拿了一杯白蘭地來。由溫谷托起李邦殊的頭，原振俠撬開了他的口，強迫他一口又一口地喝著。

忙碌了十分鐘之後，李邦殊才伸手，推開了酒杯，睜開眼來——其實，他的眼睛是一直睜開著的，不過到了這時候，他才給人以他的雙眼，可以看到東西的感覺。他恢復了知覺，第一個看到的人，自然就是在他面前的原振俠。

他先是吁了一口氣，然後用有相當濃厚的法國口音的英語道：「我……要打一個電話！」所有的人都呆了一呆。要打一個電話，這本來是一件十分普通的事。但是李邦殊在這樣的情形之下，一恢復了知覺，甚麼都不做，就要打電話，由此可知這個電話，一定是十分之重要的了。

黃絹揮了揮手，立時有人把一具電話取了過來。當李邦殊的手按向電話之際，他的手，不住地發著抖。

原振俠忙道：「我來替你打，號碼是……」

李邦殊吸了一口氣：「長途電話……」他又連吸了兩口氣，才說出了要通電話的城市和電話號碼。原振俠記了下來，撥電話給接線生。

當他向接線生說出了那個號碼之後，他陡然望向李邦殊，失聲道：「天，我知道這個電話號碼！這就是蘇耀東的私人電話！」

李邦殊震動了一下，直視原振俠，這時，他的眼神已變得十分有神采：「你認識蘇耀東？」

原振俠點了點頭。蘇耀東是蘇家三兄弟的大哥，蘇家三兄弟，正代遠天機構掌管著龐大的產業。在遠天機構的總裁古托，埋頭在中美洲的海地研究巫術之際，整個機構就由他們三個人主持。一個龐大的商業機構的主持人，和才被從海中救起來的深海科學家之間，會有甚麼關聯呢？

這真是不可思議之極了！

黃絹在一旁，神情也極度疑惑：「蘇耀東？我也聽說過這個人，他是一個大財團的主持人，是不是？」

原振俠的心中，又像是被刺了一下。黃絹如果知道蘇耀東，那自然是從王一恆那裡得知的。王氏集團和遠天機構，都是大財團，相互之間有著你死我活的鬥爭。王一恆就曾想以低價，收購吞併遠天機構的總部！

（這些事，都記述在《血咒》這個故事之中。）

而王一恆，是和黃絹距離相近的男人，他，原振俠，卻並不是！原振俠幾乎想衝動地衝出船艙去，但就在這時，李邦殊卻一伸手，抓住了原振俠的手，盯著他，問：「蘇耀東說，知道他這個電話號碼的人極少，你和他知交到了甚麼程度？」原振俠道：「好朋友，極好的朋友！」

李邦殊還想說甚麼，原振俠已聽到了接線生的聲音：「接通了，請說！」

接著，便是另一個聲音說：「對不起，蘇耀東先生不在，不論有甚麼事，請留話，我們會用最快的方法聯絡他，請問閣下是……」

原振俠把電話交給了李邦殊，他接了過來，道：「我叫李邦殊，請他回電話給我，我在檀香山，電話號碼是……十分緊急的事！」

他再吸了一口氣，放下電話。

黃絹立時問：「是誰在海邊害你的？」

李邦殊向黃絹望了一眼，卻並沒有回答她的問題，只是又望向原振俠，問：「你也是海洋生物學家？」

海洋生物學家——原振俠立時明白，李邦殊和蘇耀東之間的關係是甚麼了。原振俠知道，蘇耀東雖然主持一個大財團，但是他的興趣是海洋生物，是真正的專家。蘇耀東曾向他說過，他要是能不做大財團的首腦，而去研究海洋生物，那他就會有真正的快樂！

當然，原振俠還是不明白，何以李邦殊一恢復知覺，就急著要和一個海洋生物學家聯絡的真正原因。

他搖頭道：「不，我是一個醫生！」

李邦殊「啊」地一聲，神情有點失望。

黃絹又道：「邦殊……」

李邦殊搖頭：「我要休息！」黃絹顯然很少受到別人這樣的冷落，但是李邦殊畢竟不是普通人，所以她也只是揚了揚眉。

原振俠道：「讓他休息，另外還有船艙？」

黃絹沒有說甚麼，招了招手，幾個人走了過來，想扶李邦殊，但是他卻自己站了起來。

當他向外走去之際，他轉過頭來：「一有電話來，立時通知我，醫生，你能陪我一會嗎？」

原振俠怔了一怔，不明白李邦殊爲甚麼要和他在一起。李邦殊一講完，就在四個人的簇擁下走了出去。原振俠在猶豫著，還決不定是不是要跟出去之際，黃絹已經來到了他的身邊。黃絹的胴體，對原振俠來說，像是在發射著極度的熱力一樣。當她靠近原振俠之際，他感到呼吸有點急促。

黃絹壓低了聲音道：「你去陪他，他是一個十分重要的人物，同時別讓別人接近他！」

這種命令式的吩咐，原振俠本來應該十分反感的。可是，這種話出自黃絹的口中，他除了點頭之外，一個字的反對都講不出來。

黃絹向他微微一笑，原振俠抬頭向上約半秒鐘，就走出了船艙。

白恩警官向黃絹道：「李博士在離岸大約有八百公尺的一堆岩石上，是直升機用探照燈向海面照射時發現他的。」

黃絹緊張地問：「在他的周圍還有甚麼人？」

白恩搖頭：「沒有。奇怪的是，那一堆礁石是一個很大的目標，直升機曾不止一次用燈光照射。發現他的機員說，一分鐘之前他們還看不到有人，一分鐘之後，就看到他伏在石上。」

黃絹「嗯」地一聲：「或許他是那時才游到岩石的。」

白恩口唇掀動了一下，沒有說甚麼，停了一下才道：「人已找到了，我們可以撤退了？」

黃絹點了點頭，白恩望向溫谷，溫谷表示還要再留一會，白恩就自己退了出去。

白恩上了岸，就有一個警官過來，道：「緬因州來了一對夫婦，要看看那隻手。」

白恩苦笑了一下，他很為那對夫婦難過，他們的兒子如果只剩下一隻手了，還有甚麼好看的？

白恩心想：或許自己從來也沒有子女，所以不知道父母與子女之間，那種血肉相連的感情。他隨即輕哼了一聲，就登上了警車，回警局去。

在白恩走了之後，遊艇的船艙中靜了片刻。黃絹在來回踱著，溫谷道：「李博士已找回來了，我看也沒有我的事了！」

黃絹並沒有立時回答，直到溫谷又說了一遍，黃絹才道：「如果我聘請你保護李邦殊，你是不是接受？」

溫谷深深地吸了一口氣。他現在是一個潦倒的私家偵探，沒有道理不接受聘請，但是他還是猶豫了一下：「看來，李博士好像並不希望接受保護！」

黃絹向艙外望了一下，看來有點心不在焉。然後，她轉回頭來：「保護的方法有很多種，我想，你是最適合的人選，我不想再有他在海中失蹤的這類事件發生！」

溫谷又考慮了一下，才點頭道：「好，我會盡我的力。」

黃絹顯得十分愉快地笑了一下，打開了一個公事包，簽了一張支票給溫谷。溫谷微微吸了一口氣，那足夠他兩年舒服的生活所需了！他慢慢地摺著支票，又緩慢地放好，然後站起來：「現在我就開始工作了！」

他說著，就走出了船艙去。當他走出船艙的時候，他聽到了電話鈴響的聲音，同時，又聽到黃絹的聲音：「先讓我來聽，你是……蘇先生？」

溫谷知道，那是李邦殊要找的人回電來了。

黃絹爲甚麼要先聽這個電話呢？

他本來是想到李邦殊的那個艙中去的，這時，他略停了一停，聽得黃絹在說：「我是黃絹……」

聽黃絹的口氣，像是全世界的人，都應該知道她是甚麼人一樣。但是接下來，她卻發出了一下忍住憤怒的悶哼聲，顯然對方並不知道她是誰。

接著，便是她提高了聲音：「把電話接到李博士那邊去！」

溫谷向前走去，向一個水手問明了李邦殊是在哪一個船艙之中。當他來到那個艙門口時，聽到李邦殊正以十分急促的聲音在說著：「耀東，你無論如何要來，一定要立刻來！」

溫谷在門上輕輕叩了兩下，門打開，開門的是原振俠。

溫谷看到李邦殊半躺在床上，緊緊地握著電話，在急促地說著話——其實，通電話的時候，不論用甚麼態度，都是一樣的，但是一個心情極度緊張的人，往往會把緊張的心情，表現在態度上。

電話是有著擴音設備的，所以也可以聽到對方的聲音，那聲音相當穩重：「邦殊，你知道我對海底資源的分配沒有興趣，讓海洋保持它的神秘和寧靜吧！」

李邦殊的聲音更急促，他額上的青筋綻起，聲音也有點變調：「你一定要來，和海底資源的分配無關，你一定要來！」

傳出來的聲音道：「那麼究竟是甚麼事？」

李邦殊大聲叫著：「我不能在電話中對你說，我也不會對你以外的任何人說。如果你不來的話，你根本不配自稱爲海洋生物學家！你只是一個終日在金錢中打滾的商人，你完全忘記了我們在大學時期的理想，你……」

李邦殊一口氣說下去，但那邊的聲音及時打斷了他的話頭：「好，我來，我來！」李邦殊長長吁了一口氣，放下了電話。當他轉過頭來時，溫谷可以看到他滿面皆是汗珠，和望向他的不信任的眼光。

原振俠忙道：「溫谷先生是我的好朋友，就像蘇耀東一樣，一件奇異的事，使我們成爲好朋友。」

李邦殊的神情看來鬆弛了些，喃喃地道：「奇異的事，哼，奇異的事！」

溫谷和原振俠互望了一眼，他們都可以聽出李邦殊自語的話中之意。他是在說，原振俠所謂「奇異的事」，其實不算甚麼！當一個人這樣講的時候，那就表示，他有自認爲更奇異的遭遇。

原振俠小心地問：「李先生，你的失蹤……」

李邦殊立時道：「我沒有失蹤！」

原振俠感到了一種被拒絕的尷尬，但是他卻沒有表示甚麼，只是道：「等蘇先生來了，或者我們之間會更瞭解，你需要休息，我告辭了！」

李邦殊望著原振俠，一副欲語又止的樣子，而事實上，原振俠也不願離開。這是黃絹的船，黃絹在船上，他要是離開的話，不知道再有甚麼藉口可以見黃絹。所以他道：「如果你要我們陪你的話……」

李邦殊並沒有甚麼特別的表示，原振俠皺著眉，他不太喜歡行事不乾脆，或是說話吞吐的人。這時，要不是他自己爲了黃絹，而心神恍惚，早已表示不滿了。

在原振俠皺眉時，紅頭髮的溫谷卻忍不住了，他用相當不客氣的語氣道：「如果你不想我們在這裡，也請告訴我們！」

李邦殊的反應相當奇特，他嘆了一聲，用手在自己的臉上撫摸著，現出十分疲倦的神色來，道：「隨便你們吧，我就算向你們講，你們也不懂……事實上……我也不懂，一點都不明白！」

他在這樣說的時候，現出了困惑之極的神情來。

原振俠也跟著嘆了一聲：「三個人不懂，總比一個人不懂好些！」

李邦殊直視著原振俠，從他的神情上可以看出來，他心中有極大的困擾，實在想找一個人傾吐一下。可是他卻又有著顧忌，不知道是對象不合，還是他覺得對原振俠和溫谷兩人，還不是十分瞭解，所以他終於未曾說出甚麼來，只是又嘆了一聲，無目的地揮著手，有點像自言自語：「不可能的，真是不可能的事！」

溫谷的聲音聽來很低沉：「李先生，是不是你有了甚麼特殊的遭遇？」

李邦殊陡然震動了一下，可是仍然沒有回答。

溫谷笑了一下，道：「或許，你有興趣聽一下，近日來發生的另一些怪事。那些怪事，和海洋有關！」

李邦殊用一種十分驚訝的神情望著溫谷，他驚訝得如此之甚，以至口張得極大，隔了好一會，他才道：「你……你說甚麼？你的意思是……你……究竟想說甚麼？」

李邦殊的反應這樣奇特，也頗出溫谷的意料之外。

溫谷說及發生在海中的奇事，本來是另有目的的。他既然已負起保護李邦殊的責任，自然希望和他多相處在一起，所以才想藉敘述一些有吸引力的事，進一步和他交談。

可是李邦殊在聽了之後，卻感到了明顯的震驚，難道這個深海科學家，和那幾樁奇異的失蹤案，有著甚麼聯繫？溫谷只是這樣想了一下，隨即否定了自己的想法，覺得自己太多疑了。他道：「我只是想提及幾宗怪異的失蹤案，你或許會有興趣。」

溫谷的話，實在十分普通，任何再好奇的人，聽了之後，至多追問那幾宗失蹤案，怪異到甚麼程度而已。可是李邦殊一聽之下，卻陡然變得面色灰白，身子也在不由自主地發著抖，失聲道：「失蹤？它們……它們……已經……已經開始了！」

需要說明一下的是，李邦殊在說了「失蹤」之後，接下來的那句話，是他用法文說出來的。

原振俠和溫谷都能懂一點法文，所以這並不影響他們聽懂這句話。

正因爲他們聽得懂，所以這句聽來十分普通的話，在他們的心中，造成了極度的困惑。因爲法文中代名詞分得十分詳細，各有不同的代表意義。兩人聽得十分清楚，李邦殊用的是「它們」，不是「他們」或「她們」！

用中文來表達這些代名詞之間的差別，並不是很顯著，因爲在中文之中，本來是沒有這些區別的，有這種區別，只不過是近幾十年來，西風東漸之後的事。但一般來說，還是有它一定的表達意義，「它們」所代表的，是指沒有生命的一些東西。

這就是令得溫谷和原振俠兩人困惑的原因。李邦殊說的那句話是：「它們已經開始了！」如果換上另外的代名詞，甚至是代表動物的「牠們」，也不會引起困惑。但它們既然是沒有生命的，怎麼會「開始」？開始了甚麼？何以一提到奇異的失蹤案，李邦殊就會講出這樣不可解的一句話來？

剎那之間，艙中變得十分寂靜。好一會，才由李邦殊先打破沉默，他道：「說……說那幾宗……奇異的失蹤案，一定會和……海……有關，是不是？」

當他在這樣講的時候，他的聲音甚至有著明顯的發顫，可知他的心情是多麼緊張。溫谷憑他多年來的工作經驗，立時可以直覺地感到，李邦殊的這種緊張，一定是有原因的。所以，他也決定，一定要把那幾宗失蹤案的經過，詳細講給李邦殊聽。

溫谷在開始敘述之前，先向原振俠望了一下，用眼色詢問原振俠，是不是要再聽一遍。因為他已和原振俠在見面之後，約略地提起過那幾件失蹤案。原振俠搖了搖頭，站起身來，緩緩向外走去。他不想在這個艙中多停留，儘管他沒有多大的勇氣，去親近黃絹，但是他還是想去接近她。

當他走出艙去之際，已經聽得溫谷在開始說：「首先，是四個人的失蹤，地點是在花馬灣的一個水洞之中……」

原振俠來到了船舷上，望著岸上燦爛的燈火，阿拉莫那商場上，旋轉餐廳的藍色圓形霓虹燈，形成一個巨大奇異的光環，山頭上密集的燈光，看起來更令人目眩。

他怔怔地站著，直到他感到，在他的身後，站了一個人，他才陡然震動了一下。他並沒有轉過身來，就可以肯定，在他身後的正是黃絹。

他的心跳不由自主加劇，在他因為喉頭發乾而講不出話來之際，黃絹的聲音，已在他的背後響起：「你來，是偶然的？」

原振俠緩緩吸了一口氣，海風吹來，把黃絹的長髮吹得拂向他的臉頰，有點癢。原振俠感到一陣心醉，他最後的一分自尊心潰退，他道：「不是偶然的。」

黃絹的聲音再度響起：「那麼，是為了……」

原振俠苦澀地回答：「連我自己都不知道是為了甚麼。我想來見你，但是見了你之後又怎樣，我一點也不知道！」

原振俠聽到黃絹低低地嘆了一聲，也感到黃絹靠近了他。他自然而然反過手來，摟住了黃絹的細腰，低聲問：「你快樂嗎？」

黃絹並沒有立即回答，而是過了好一會，才以一種聽來十分空洞的聲音回答：「我不知道世上是不是真有快樂的人，我在追求，不斷地追求！」

原振俠把她摟得更緊一些：「你追求到的，都是實在的東西，而不是精神上的滿足！」黃絹有點嘲弄似地笑了起來：「精神上的滿足？世上真有這樣的滿足？你有嗎？告訴我，就算我放棄現有的一切，讓你得到我，你就會有精神上的滿足了？」

黃絹是野性的，她的話是那樣直接，那樣赤裸，令得原振俠根本無法招架。

顯然，她一看到原振俠，已經知道了他的來意。原振俠答不上來，真的。他這時感到空虛，但如果他得到了黃絹，他就會滿足了嗎？當然，會有一個時期精神上的滿足，但如果說從此之後，他就一直處於精神滿足的狀態之中，那麼他不但在騙別人，而且，也在騙自己！

所以，他答不上來。

黃絹的笑聲就在他的耳際響起：「看，我不追求根本不存在的東西，這比較實際一些，是不是？」

原振俠不由自主，又嘆了一聲。

黃絹的聲音變得溫柔和甜膩：「別太傷感，我很高興你來了。雖然這次會議，艱難和令人不愉快，但是你來了……」

黃絹並沒有再講下去，因爲原振俠已轉過頭來，用他的唇，封住了她的唇。在那一霎間，似乎又回到了當年冰雪漫封的山洞之中，原振俠感到一切都不存在，只有他和黃絹。

可是，也就在這時，一個保鏢急促的聲音響起：「對不起，有緊急的電話，要溫谷先生聽！」

原振俠感到十分懊喪，黃絹吸了一口氣：「溫谷先生不在這裡！你難道看不見！」

那保鑣連聲道：「是！是！可是溫谷先生不肯聽電話，而……電話是白恩警官打來的，他快瘋了！」

黃絹冷冷地道：「把電話掛上，讓他去瘋好了！」

保鑣答應著，退了開去，黃絹和原振俠在極近的距離下對望著，互相可以看到對方眼睛中的閃光。然後，他們又緊緊地擁在一起。

第四部：屬於海洋的生命

白恩警官真的快瘋了！先從他回到警局開始說起。他走進辦公室，就看到了那一對來自緬因州的中年夫婦。

本來，到夏威夷來的人，幾乎每一個都是懷著十分輕鬆的心情來的，可是那一對中年夫婦卻是例外。他們焦急，傷心，眼中佈滿了紅絲和淚痕，因爲他們的兒子，只剩下了一隻手！

只剩下一隻手，比甚麼也沒有發現更糟。

甚麼也沒有發現，還可以有萬一的希望：只是失蹤了。而剩下一隻手，那就使人絕對聯想到死亡，而且是充滿了痛楚的死亡，可怕得令人戰慄！

事實上，當白恩警官和這一對夫婦握手的時候，可以明顯地覺出，他們在顫抖著。

白恩請他們在辦公桌的對面坐下。那位看來十分普通的太太，取出了一大疊照片來，放在桌上，道：「這些全是東尼的照片，他是一個好孩子，強壯，令人心愛……」她斷斷續續地，敘述著她失去了的兒子的優點，不禁又哭了起來。

她的丈夫拍著她的背，安慰著她，同時用沙啞的聲音問：「警官，我始終不明白，只剩下了一隻手？那……是怎麼一回事？」

白恩嘆了一聲，用充滿了同情的聲音回答：「我們還沒有弄清楚，他可能是在海中，受到了來歷不明的襲擊。專家堅持那一帶並沒有鯊魚，可是事情卻發生了……海洋中會有許多神秘不可測的事發生……」

那位中年先生相當堅強：「既然這樣，我想我們可以承受打擊，那……隻手……」

他一提到自己兒子的手，聲音又不由自主在發顫。

白恩苦笑了一下：「你們……真的堅持要去看一看那……隻手？」

看一隻斷下來的手，而這隻手又是屬於自己親人的，而這個人又下落不明，凶多吉少，這實在是一件十分可怖的事情。

所以白恩希望這對夫婦能在最後關頭，打消這個念頭。

可是那位太太卻一面哭，一面道：「讓我們看看，這是東尼唯一剩下的……」白恩雖然鐵石心腸，但是聽了也不禁心酸。他忙道：「好，我陪你們去，唉！事情已經發生了，總不要太傷心才好！」

白恩知道自己的勸慰，對於一對喪失了兒子的夫婦來說，根本不起作用。但是他要是不說，他心中會更難過。

他站了起來，陪著那對夫婦，離開了警局，到殮房去——那隻手，一直在殮房中冷藏著，是殮房中最奇異的「住客」。

進了殮房，殮房的職員先退了出去，在退出去之前，還向白恩眨了眨眼睛，示意白恩也跟著他退出去。

白恩知道那職員是好意，傷心的父母，看到了自己兒子的一隻手之後，會發生一些甚麼事，是可想而知的。那實在不是令人愉快的場面，當然是不要在場的好。

所以，白恩一拉開了冷藏屍體的長櫃之後，就自然而然後退了兩步。

那隻上面滿是冰花的手，就在冷藏櫃中間。

供整個屍體冷藏用的櫃子之中，只有孤零零的一隻手，看來更是陰森怪異莫名。

白恩看到中年先生的手劇烈地發抖，拂去那隻手上的冰花，想把那隻手看得更清楚之際，他像是逃走一樣，退出了冷藏間，關上了門。當他關上門之際，他還聽得那中年婦人在尖聲叫著：「東尼！這是東尼的手，是他的……手……」

接著，便是一陣令人心碎的啜泣聲。

白恩背靠門站著，不由自主喘著氣，殮房職員就在他的對面，問他道：「這個『住客』甚麼時候可以弄走？我總覺得實在太怪，怪得叫人極不舒服。三十年了，將近，在我的殮房工作之中，從來也未曾有過這樣的怪事——只有一隻手！」

白恩苦笑道：「快了，他們已認出了那是他們兒子的手，他們有權把它帶回去。」

就在這時，在冷藏間中，傳出了兩下呼叫聲，由於冷藏間的門相當厚，所以聽不很真切。

白恩嘆了一聲：「傷心欲絕的父母，真不知道如何安慰他們才好！」

殮房職員道：「讓他們嚎哭一陣，我看更好。」

「嚎哭」聲斷續又傳出了一會，大約持續了幾分鐘，接著，就靜了下來。白恩仍然在門外等著，點燃了一支煙，吸著。等到他彈出煙蒂之際，他才想到，那一對夫婦在冷藏間中的時間太久了。

他不願面對傷心的父母，但是也非得請他們離去不可了！

白恩一副無可奈何的神情，轉過身，推開了冷藏間的門。

門才一推開，他和那職員兩個人都呆住了！冷藏櫃還打開著，那一對中年夫婦，卻倒在地上，一動也不動！

白恩一看到這種情形，第一個念頭是：兩個人傷心得昏過去了！他大踏步向內走去，才走出三、四步，他就覺得不妙了。

在身後，跟著他進來的那職員，發出了一下可怕之極的吸氣聲來，而白恩也整個人都僵住了，不由自主，在簌簌發著抖！

首先令得一個經驗豐富的警官，感到如此震驚的是，那一對夫婦臉上那種驚駭欲絕的神情。這種神情僵凝著，那表示他們不是昏了過去，而是死了！

白恩一面發著抖，一面向前奔去。

當他到冷藏櫃的旁邊，伸手去探倒在地上的兩個人的鼻息時，他更不由自主，發出了一下驚呼聲。

那時，殮房職員也叫了起來：「天！他們已經死了，是被扼死的！」

令得白恩發出驚呼聲的，也正是這一點——那一對夫婦，一看就可以看得出，是被人扼死的。因爲在他們的頸際，都有著明顯的瘀紫的扼痕！

那職員的身子發著抖，聲音發著抖。白恩的情形也好不了多少，他俯下身去，肯定了那一對中年夫婦，已經沒有了鼻息之後，他只感到全身僵硬，幾乎再難直起身子來。

那職員又以發抖的聲音叫了起來：「手，手，那隻手！」

他一面叫，一面急速地喘著氣，那令得他的聲音聽來更是可怖。

白恩想責斥他幾句，可是喉嚨發乾，想罵也罵不出來，他要勉力掙扎著，才啞著聲音道：「你鬼叫些甚麼？甚麼事？」

當他這樣講的時候，他勉力抬起僵硬的脖子來，望向那個職員。那職員的臉色，幾乎是青黑色的，身子仍在劇烈發著抖，指著冷藏櫃的中間。

白恩循他的視線看去，看到那隻手，仍然在冷藏櫃的中間，看來沒有甚麼異樣。只是本來結滿在手上的冰花，都已融化了。

那職員還在不能控制地叫著：「那手……剛才我看到它在動，我發誓，我看到它在動！」

白恩在那一霎間，真有忍無可忍之感！他發出了一下沒有意義的吼叫聲，一躍而起，陡然一揮手，摑向那個還在大叫著的職員的臉上。或許是由於，這時冷藏庫中的氣氛太詭異可怖了，在那樣的氣氛中，容易使人產生一種近乎瘋狂的情緒，所以白恩下手十分重，那職員的半邊臉上，立時紅腫了起來。可是他還是急速喘著氣，指著那隻手，一點也不在乎才挨了一個耳光。

他一面指著那隻手，一面張大口。

白恩不等他發聲，就喝道：「別再說鬼話！」

那職員的手發著顫，眼珠轉動著，問：「這兩個人……是誰扼死的？」

白恩整個人像是浸在冰水之中一樣。這是一個無法回答的問題！冷藏庫中只有他們兩個人在，唯一的可能，就是這對中年夫婦，互相扼死了對方，但那又實在是沒有可能的事！那麼，又是誰令得他們被扼致死的呢？

白恩真的無法控制自己，他像是瘋了一樣，陡然大叫了起來：「有人躲在這裡，兇手躲在這裡！」

他一面叫著，一面像是一陣旋風一樣，在冷藏庫中亂闖亂竄，推倒一切可以推倒的東西，拉開所有可以拉開的冷藏櫃，要把他想像中，藏在冷藏庫中的兇手找出來。

大多數的冷藏櫃中全是空的，也有幾個，裡面有著屍體，全是冰凍得皮膚上起了冰花的屍體。由於他們兩人的叫嚷，和白恩所弄出來的乒乒乓乓的聲音，在外面工作的幾個殮房職員，也走了進來。

他們看到了冷藏庫中的情形之後，個個目瞪口呆，面面相覷，作聲不得。

那職員望著發了瘋似的白恩，陡然叫了起來：「這裡沒有人，有的也只是死人，死人是不會殺人的！」

白恩陡然停了下來，雖然他感到全身冰冷，但是在他的額上，卻有著豆大的汗珠，他幾乎是聲嘶力竭地在叫：「死人不會殺人，一隻手更不會！」

那職員望了一眼那隻手，又望著躺在地上的兩個人頸際的扼痕，喃喃地說了一句話。

白恩發出一聲怒吼，一下子跳到了他的身前，厲聲道：「你想說甚麼？你敢說出來，我就把你扼死！」

那職員忙道：「沒有，我沒有想說甚麼！」

旁邊的人看白恩的樣子實在太兇惡了，一起上來，把他拉了開去。

溫谷終於和白恩見面，那是白恩離開了殮房之後，直接來到了遊艇上找到了他的。法醫來到殮房，初步檢查證明，那一對中年夫婦是死於窒息——那其實是顯而易見的，他們頸上的瘀痕，已可以說明一切。

法醫還說了一句話：「兇手的手勁極大，大到了異乎尋常的地步，男死者的喉骨有明顯破裂的跡象！」當法醫這樣講的時候，殮房的冷藏庫內外，已經全是警方的有關人員，連最高層人士都來了。人人都被眼前那種怪異莫名的事所震懾，沒有人出聲，所以法醫的話，雖然聲音並不高，但還是令得人人心中，生出一股寒意。

當時冷藏庫中，只有那一對中年夫婦，白恩和那職員都是在外面，就在門外。

他們互相可以證明對方不是兇手，那麼，這對中年夫婦是怎麼死的，兇手是甚麼人？

白恩顯得十分沮喪，雙手抱著頭，坐在一角上，一動也不動。在這時候，他想到的是溫谷，他覺得一連串發生的事，非但不是他的能力所可以處理，而且，根本不是他所能理解的。

他知道溫谷的資歷，這種事，或許只有溫谷這種夠資格的人，才能瞭解。所以，他只是要他的一個手下，打電話去找溫谷。

可是在遊艇上的溫谷，卻正在和李邦殊詳細講述那幾件失蹤案，不想受打擾，不接聽電話。所以，白恩在離開了殮房之後，就直接來到了海邊。一路上，有四輛警車鳴號追他，一直追到海邊，知道了駕車人是白恩警官，才滿腹疑惑地離去。

白恩到了海邊，深深地吸了一口氣。午夜的海邊，空氣十分清新，但是白恩心口的那股悶塞感，卻一點也未見消散。他下車，才走出了兩步，就有兩個人迎了上來。白恩連看也不向他們看一眼，指著停在離岸不遠的遊艇：「溫谷先生還在船上？我要去看他！」

那兩人中的一個道：「船上的人看來全都睡了，你還是……」

白恩陡然吼叫了起來：「我現在就要見他！」

那兩個人嚇了一跳，其中一個取出無線電對講機來，講了幾句，一艘小汽艇很快駛過來。白恩一躍而上，他的動作十分魯莽，令那艘小汽艇左右劇烈晃動，幾乎翻覆。駕艇的人咕噥著罵了一聲，駛向遊艇。

白恩攀上遊艇之際，已經盡他可能地大聲叫了起來：「溫谷，你出來，我有話對你說！」本來已很靜的遊艇上，因爲他的叫嚷而起了一陣騷動。在遊艇上，到處都有燈光亮起來，有人走出來。只有主艙中，還是黑沉沉的。

在主艙柔軟的大圓床上，黃絹和原振俠也聽到了外面的吵鬧聲。原振俠略動了一下，耳際就響起了黃絹柔膩的聲音：「他來找溫谷，沒我們的事，我們的事是……」

黃絹並沒有再說下去，她和原振俠，用行動來表示他們之間的事是甚麼。

外面還有一些聲音傳來，可是原振俠完全聽不清楚那是甚麼聲音，除了緊貼著他的黃絹之外，他幾乎已失去了對外界一切事物的反應，而他更有如同墜入幻境的感覺。外面的聲音好像漸漸靜了下來，原振俠也不去留意。

這時對原振俠來說，黃絹細細的喘息聲，比天崩地裂的八級地震，更能令他感到震慄！

白恩上船之後，由水手帶著他，到了溫谷和李邦殊所在的那個船艙之中。白恩幾乎是直衝進去的，溫谷和李邦殊都以厭惡的神氣望著他。

白恩喘著氣，揮著手，講不出話來。

溫谷輕輕一推他，就推得他在一張椅子上，坐了下來，溫谷道：「我正在向李先生講那幾件失蹤案！」

白恩揮著手：「那不算甚麼！」

李邦殊「哦」地一聲：「又有了新的，人突然消失的事情？」

白恩雖然在極度的慌亂之中，但是他畢竟是經驗豐富的警務人員，他立時聽出，李邦殊的用詞十分不尋常，他不用「失蹤」，而用了「消失」。

白恩又大口喘了幾口氣：「不是，那……隻手的父母，不，我的意思是，那失蹤男孩的父母，突然死在殮房的冷藏庫之中！」

溫谷的反應十分正常：「受不了刺激，心臟病猝發？」

白恩嘆了一聲，如果是這樣的話，他就不必氣急敗壞到這裡來了。他有氣無力地道：「不，是被人扼死的，喉骨都破裂了！」

溫谷和李邦殊都震動了一下，李邦殊的震動更甚，他張大了口，想講甚麼，但是又沒有出聲。溫谷的驚訝，則來自他多年來接觸怪異事件的經歷。

溫谷遞了一杯酒給白恩，白恩一口喝乾，才把發生在殮房中的事，講了一遍。

溫谷和李邦殊兩人都不出聲，李邦殊把毯子緊裹著身子。

白恩喘著氣：「我知道那職員想說甚麼，可是太荒誕了，我不准他說出來！」

溫谷的神態，看來十分小心翼翼，試探著道：「那職員是想說……想說……」

他重複了好幾次，可是，卻也沒有能把話講完。

李邦殊在這時，突然插了一句口：「他想說，那一對夫婦，是被那隻手扼死的！」

雖然溫谷和白恩，早已在心中不止一次地想到過這句話，但是聽得有人講出了這樣的話來，還是感到一股異樣的寒意！那隻手扼死了人！那職員在衝進冷藏庫之際，甚至看到了那隻手在動！但是，一隻手扼死了兩個人，這無論如何是不可想像的事！

雖然在恐怖電影中，一直有「手來復仇」這樣的場面——一隻手在彈琴，把人引來，然後就是一隻手，扼死了要殺的人，但是那終究只是電影中的情節。何況，如今兩個死者，是那隻手的父母！溫谷和白恩不由自主搖著頭。

李邦殊在這時，反倒鎮定了下來，看他的情形，像是他對自己所說的話，胸有成竹。他先喝了一杯酒，然後來回踱步，過了一兩分鐘，他才以十分嚴肅的神情道：「警官，有一些十分奇異的事發生著，我可以肯定，這些奇事之間，是有聯繫的。」

溫谷和白恩皺著眉，一時之間，都不明白他這樣說是甚麼意思。李邦殊也看出了兩人臉上疑惑的神情，他嘆了一聲，道：「其中詳細的情形如何，我還不十分清楚，要等我的朋友來了，再作進一步研究。但現在，我提議別再讓任何人碰到那隻手……」

當他講到這裡之際，他頓了一頓，才又道：「它們要使我們知道，它們並不是說說就算的。」

這是溫谷第二次聽到李邦殊使用「它們」這個代名詞了，那聽來十分刺耳，溫谷立時向李邦殊望過去，李邦殊卻逃開了他的目光。

白恩直截地問：「它們？它們是誰？」

李邦殊沒有回答，抬起頭來，望著艙頂，不再言語。白恩苦笑了一下，他並不十分在意李邦殊的話，李邦殊在他的眼中，只是一個有成就的深海科學家，溫谷才是他心中可以解決疑難的人。

他語音乾澀：「這件事，溫谷，你有甚麼意見？」

溫谷的神情苦澀：「一連串不可解釋的事，又多了一件。在公事上，可以作爲疑兇逃逸來處理……」

白恩颼地吸了一口氣：「可是，誰都知道，根本就是沒有兇手！」

溫谷苦笑著：「當然是有的，暫時找不出來。別去胡思亂想，世界上有百分之七十以上的謀殺案，是找不到兇手的！」

白恩十分失望，他想不到溫谷會用這樣的話來搪塞他，他怔怔地望著溫谷，溫谷勉強笑了一下：「有很多事，可以作私人的研究，但無法列入官方的紀錄。所以我現在的身分比你適合，你還是回去，做你的合乎規格的報告吧！」

白恩眨著眼，不知道溫谷何以忽然對他那麼冷淡，可是看起來，這個紅頭髮的小個子已經下定了決心，再問也問不出甚麼來了。他只好哼了一聲，老大不願意地站了起來：「對不起，打擾你們了！」

溫谷沒有說甚麼，李邦殊搖頭道：「不，謝謝你，你來告訴我們這件事，使我……」

他講到這裡，溫谷突然走了過來，橫在李邦殊和白恩兩人之間，打斷了李邦殊的話頭。白恩感到溫谷的行動是故意的，但由於他自己心神不定，所以他也沒有深究下去，轉過身，垂頭喪氣地向外走去，琢磨著如何擬寫那一對中年夫婦突然死亡的報告。

白恩離去的快艇聲越來越遠，溫谷才緩緩轉過身，直視著李邦殊。李邦殊把艙窗的簾子拉開了些，望著窗外，從他那邊的窗口望出去，是一片漆黑的海。過了好久，溫谷才緩慢而堅決地道：「李博士，你已經知道了一些甚麼，是不是？」

李邦殊並沒有回答，只是神態十分疲倦地用手在臉上撫摸著。

溫谷又道：「李博士，就算那位蘇先生來了，我想，我所能給你的幫助，不會少於任何人！」

李邦殊震動了一下，轉過身來，盯著溫谷，半晌才道：「有一件事，真的需要你幫助，我做不來。」

溫谷挺了挺胸，一副準備接受挑戰的模樣。

李邦殊道：「設法讓那個會開不成功！」

溫谷陡然一呆，失聲道：「甚麼？」

「那個海底資源分配會議……」李邦殊加重了語氣：「別讓它舉行！」

溫谷一臉疑惑，伸手扒搔著他的紅頭髮。這個會議，可以說是李邦殊一手促成的，在這個會上，李邦殊要就他探測、發現到的大量海底資源，作一個十分重要的學術性報告，這個報告可以使李邦殊成為世界上有數的重要人物之一。要開成那樣的一個會，不是容易的事，但如今，李邦殊卻要使它開不成，那是為了甚麼？

溫谷張大口，想問，但李邦殊已經揮著手，不讓他開口。

李邦殊道：「別問原因，你是不是做得到？」

溫谷有點無可奈何地笑了一下：「我想那十分容易，你是這個會議的中心人物，你的工作，促成了這個會議。如今要這個會議開不成，那只要令你和你的工作記錄，全部失蹤就可以了！」

李邦殊用心地聽著，一點也不覺得溫谷是在開玩笑，他甚至認真地眨著眼。等溫谷講完，他立時點頭：「我可以令我的工作記錄消失，你可以令我暫時失蹤！」

溫谷在剎那間，實在想大聲笑出來，如果不是心中有那麼多謎團的話，他真的要開懷大笑了——真是十分好笑，他接受了黃絹的委託，要保護李邦殊，可是如今，李邦殊卻要求他令他

「失蹤」！

溫谷一面感到好笑，一面也感到事態的嚴重。

李邦殊已經是一個國際矚目的人物，尤其是他的探測、研究發現報告，只公佈了極小的一部分，整個工作記錄，準備在大會期間提出。

溫谷知道，與會各國的情報人員，正費盡心機，想在事前得到完整的記錄文件，但是看來，以黃絹和李邦殊的關係之好，也未曾達到目的。

黃絹憑她自己本身的美麗，和特殊的地位，或者可以把大多數男人玩弄於股掌之上，但是看來像是藝術家的李邦殊，卻有著獨特的科學家的固執。

如果李邦殊的研究記錄失蹤，他人也失蹤了，而這些行動又由溫谷來主持的話，溫谷可以清楚知道，他就從此捲入了世界情報工作者爭奪的漩渦之中了。這是一件相當嚴重的事，因爲這一類的鬥爭，是最卑鄙和不擇手段，防不勝防的。

溫谷望著李邦殊，再問一遍：「你肯定非這樣做不可？不必再考慮？」

李邦殊吸了一口氣：「開成這樣的一個會，大力開發海底資源，把人類的文明力量，自陸地伸進海洋中去，是我畢生的願望。但是現在，我十分認真。」

溫谷儘量使自己的聲音不激動：「首先，你的全部研究資料在哪裡？」

李邦殊道：「那不成問題，全部在法國銀行的保險庫中。本來，在會議開幕後，由我提供密碼，由法國科學院派的專人，專機送到。只要我不提供密碼，所有文件不會和任何人接觸，問題是我的失蹤！」

他略略停了一停，又道：「我不是躲起來就算，而是還要活動！」

李邦殊講到這裡時，向溫谷望來：「我需要你的幫助，你要擔當我的聯絡人，保護我！」

溫谷苦笑了起來，李邦殊的神情越來越嚴肅，道：「別猶豫了，事情已經十分壞！它們是認真的，十分認真地在行動！」

溫谷陡然問：「它們，它們究竟是甚麼？」

這種突如其來的發問，有時是可以起到一定作用，使得對方在猝不及防的情形下，說出秘密來的。但是溫谷這次卻沒有收效，李邦殊怔了一怔，搖頭道：「我還不能十分肯定，現在，請你帶我離開這裡。要不然，滿懷野心的黃絹，絕不會放過我！」

溫谷想了一想，道：「你能游泳？我們可以避過水手和保鑣，偷偷下水去，游向岸邊。」

李邦殊深深地吸了一口氣，相當緊張。不到兩百公尺的距離，對李邦殊這樣的深海潛水專家來說，應該全然不算甚麼，但是看起來，他卻十分猶豫。這實在是沒有道理的事，溫谷又把他的提議，再說了一遍。

李邦殊神情仍然有點猶豫，他轉過頭去，喃喃地道：「應該不會有問題，它們不會對付我，我想。」

溫谷怔了一怔，又是「它們」！

溫谷沉聲道：「誰要對付誰？你想說甚麼？在海中游泳的人，要被誰對付？」

溫谷的問題已經問得十分尖銳了，在剎那之間，李邦殊很有點應付不來的樣子。但是他還是揮了揮手，並沒有回答。溫谷自然不能再逼問下去，李邦殊已經道：「好，我們游上岸去！」

溫谷向李邦殊作了一個手勢，他先到艙口看了看。遊艇上的守衛本來相當嚴密，但可能守衛這時感到不是太適宜去打擾黃絹，所以船上十分靜。

溫谷和李邦殊走出艙去，在甲板上待了一會，然後，趁人不注意，兩人沿著船舷爬下去，滑進了水中。

海水十分清涼，溫谷和李邦殊的泳技都十分好，他們先在水中潛泳了一會，然後一起浮出頭來。

李邦殊游近溫谷，神情十分怪異，道：「你是不是能夠想像，在海水中，我們絕非單獨的！」

溫谷呆了一呆，一時之間，總不明白李邦殊所講的話，究竟是甚麼意思？

李邦殊吸了一口氣，輕輕地划了一下水，又道：「我的意思是，海水之中，充滿了生命，屬於海洋的生命，就像我們的生命，屬於空氣和土地一樣！」

溫谷應著，但是他仍然不明白，何以李邦殊會在這時候，講起這種充滿了哲學意味的話來。他只好道：「是啊，海洋中有各種各樣的生命，有哺乳動物，也有肉眼看不見的浮游生物。」

溫谷這樣說法，是很自然的，對海洋生物有著普通常識的人，在提及海洋生物之際，都會這樣說。海洋中有最大的哺乳動物，藍鯨可以大到一百公尺開外，與之對比的，自然是小到要經過數百倍放大之後才能看到的浮游生物。

溫谷也不覺得自己這樣說有甚麼不對，可是李邦殊卻陡然震動了一下。他看來是真的感到了吃驚，因爲他的身子，竟在陡然之間，向下沉了一沉。而當他立時又冒起頭來之際，他顯然喝進了一口水，樣子怪異莫名。

溫谷雖然不知道李邦殊爲甚麼會吃驚，但是他卻可以看到，李邦殊的行爲十分怪異，他心中一定有著十分怪異的秘密！李邦殊在浮了上來之後，用力向前游著，溫谷緊跟在他的後面。

李邦殊游向一堆礁石，攀了上去，溫谷壓低了聲音：「如果你要『失蹤』，還是快點游上岸好！這裡……」

李邦殊揮手，打斷了溫谷的話，注視著黑暗中閃光的海水，道：「你對浮游生物，知道多少？」

溫谷皺了皺眉，也上了礁石，一面抹著臉上的水，道：「一無所知！」

他說著，甩了甩手，水滴自他手中揮灑開去。

李邦殊盯著他，緩緩地道：「從你手中揮開的每一滴水之中，就有數以百萬計的浮游生物！」

溫谷有點不耐煩道：「那又怎樣？」

李邦殊的聲音陡然變得十分尖利：「那又怎樣？那是數以百萬計的生命！」

溫谷感到十分迷惑。這時，他們離開黃絹的遊艇，不過兩百多公尺，要是黃絹發現他們已經離開，可以輕而易舉，把他們捉回去！

而事實上，他也看到，遊艇的一邊，有燈光在閃動，隱約可見有一個人下了快艇。溫谷連忙向李邦殊打了一個手勢，兩人儘量在礁石上伏了下來，他們聽到快艇駛動的聲音，看到快艇駛上岸去。

溫谷鬆了一口氣，低聲道：「關於生命的定義，還是先到了安全的地方再討論，好不好？」

李邦殊嘆了一聲，沒有表示甚麼，也沒有說甚麼。又等了一會，看到船上沒有甚麼動靜，他們又繼續向岸上游去。

等到他們上了沙灘，向前走去時，發現寂靜的沙灘上，有一個人以十分奇異的姿勢，伏在沙灘上。那人看來是跪著，但是頭又低得十分低，雙手各抓著一把沙，任由沙粒自他的指縫之中，緩緩瀉下來。

溫谷一下子就看出那人的身形十分熟稔，而當他走近那人時，他認出來了，那是原振俠！

溫谷不禁發出了一下低呼聲：「天！原，你在這裡幹甚麼？」

他一面說，一面走近原振俠。原振俠的身子震動了一下，並不抬起頭來，仍然維持著原來的姿勢，自他的口中，發出如同夢囈一樣的聲音：「一切全像是夢一樣，神話中的夢！」

溫谷不禁苦笑著，回頭看了就在他身後的李邦殊一眼。

在他旁邊的兩個人，溫谷都感到自己對他們無法瞭解。一個在海水中要討論生命的定義，而另一個，卻在沙灘上說著夢話！

溫谷提高了聲音：「快起來，跟我們走！」

他一面說，一面伸手去拉原振俠，原振俠抬起頭來，神情充滿了迷惘和憧憬，道：「這不是神話中的事麼？突然之間，幻夢醒了，宏大的宮殿，原來只是細沙，美麗的女郎，只是一個貝殼，柔軟的床，其實是海水。一切卻全是那麼真實，但又不可以觸摸！」

溫谷苦笑了一下，他明白，原振俠在遊艇豪華的主艙中，一定又和美麗的黃絹，有了短暫的繾綣，但是那只是短暫的一剎間。

原振俠明知自己不可能和黃絹永久相處，短暫的相敘，對他來說，已經是一個美麗如同神話一樣的夢，但是回想夢境之際，卻也同時會帶來無限的惆悵和傷感。

溫谷抓住了原振俠的手背，把他提了起來，道：「振作點，你算是已達到你到這裡來的目的了，是不是？有很多事要你幫助的，快走！」

原振俠苦澀地笑了一下，他到夏威夷來的目的是甚麼？他自己也說不上來。剛才在豪華的船艙中，他和黃絹都像是完全忘記了自己一樣，但一下子，自己還是自己，黃絹還是黃絹！他嘆了一聲：「我不會再對任何事有興趣，你……你們讓我留在這裡吧！」

溫谷感到十分無可奈何，原振俠被情網困擾到這種程度，他也想不出用甚麼話去勸他，只好道：「我和李邦殊，我們正計畫著，要和黃絹為敵！」

原振俠一怔，張大了口，溫谷又道：「我們要破壞那個海底資源會議！」

原振俠又陡然震動了一下，溫谷不等他有進一步的反應，拉著他，就急步向前走去。在通到馬路的那一條林蔭道上，還有一兩對情侶，緊緊在樹下擁在一起。到了路邊，他們一面沿路走著，一面留意著計程車。三十分鐘之後，他們已來到了一幢大廈的頂樓，一個小單位之中。

溫谷在開門讓他們進去之際，解釋道：「這是我一個朋友的住所，他到大陸去了，要我隨時來照顧一下。李博士躲在這裡，絕不會有人發現。」

在途中，原振俠已經知道了李邦殊要做甚麼。

這時，他盯著李邦殊，問：「為甚麼？」

李邦殊把他自己埋在一張安樂椅之中，閉著眼睛，道：「蘇耀東快來了吧，我先要寫一個聲明，在大會的開幕儀式上，由人代我宣讀，我……太疲倦了！」

他的話有點語無倫次，雖然他說自己疲倦，但是他又站了起來，到了書桌前，亂翻著，找到了紙和筆，迅速地寫了起來。原振俠斜眼看了一下，發現李邦殊的字跡十分潦草，而且是法文，他無法看得懂。

他咳了一下，道：「如果代你宣讀聲明的責任，落在我的身上，你最好用英文來寫這聲明！」

李邦殊陡地停了筆，吸一口氣，道：「是！」

他捏綴了已寫了十幾行字的紙，又重新寫著。原振俠望向溫谷，溫谷無可奈何地攤著手，表示他也不知道，究竟李邦殊心中在想甚麼？

三個人在那個小單位中，沒有人講話，空氣之中，似乎充滿了謎團。東方，在連綿的山影之上，已經現出了一線曙光。

第五部：黃絹的權力野心

黃絹是被一連串的拍門聲驚醒，那使她感到極度的憤怒。她陡然自床上躍起，抓起了自衛槍衝到門邊，一打開門，就把槍緊抵在門口的人的心口。

拍門的是黃絹一向信任的一個手下，這時嚇得呆了，一直是維持著敲門的姿勢，眼珠轉動著，不知是應該注意抵住他心口的手槍，還是注視黃絹豐滿柔潤的半裸酥胸好？由於怒意，飽滿的雙乳，在輕輕顫動，足以使人忘記一切。

黃絹的聲音硬得像岩石一樣：「說，是為了甚麼？」

她的手下所發出的聲音十分怪異：「報告將軍……李博士……離開了遊艇，那個紅頭髮的小個子……也不見了。」

黃絹感到陽光刺目，原振俠離去之後，她很快就陷入沉睡之中，一直到被吵醒。她有點不明白，原振俠為甚麼要離去，只記得在極度的瘋狂之後，極度的疲倦之中，原振俠在她的耳際說了一些話。那時，她只感到男性熾熱的身體，令得她的倦意更濃，原振俠說了一些甚麼，她根本就沒有聽進去。她知道原振俠離開了她，如果她真要不讓原振俠離開，還是可以留住他的，但是她卻並沒有留。

原振俠走了之後，她睡得十分滿足。可是她的手下，卻帶來了這樣的一個消息！她雙眼之中閃爍的那種光芒，是令人心悸的，是以她那手下的聲音更加發顫：「已經和各方面聯絡過……都找不到他，只知道大會秘書處接到李博士的通知，開幕那天，他會發表一個聲明！」

黃絹鎭靜下來，轉過身，把槍拋向床上，同時拿起睡袍披上。那手下貪婪地盯著黃絹半裸的背影，一時之間，甚至忘記了自己的這種行徑，可能使他喪失性命。

黃絹一面慢慢地繫上睡袍的腰帶，一面道：「你的意思是，李博士躲起來了？」

那手下道：「看來是這樣！」

黃絹感到怒火自體內升起，李邦殊躲起來了，那等於說是躲開她！那是幾乎想得到一切的黃絹，不能忍受的一種侮辱！黃絹早就計畫好，在會議之前，她要先得到李邦殊的工作記錄。然後，在大會上爲她所代表的阿拉伯勢力，爭取到最大的利益。

最後，在會議之後，並不打算遵守會議上的決定，而動用她所能動用的龐大資金和技術力量，立即進行對海底資源的開採！那將會使她的地位，升到另一個新的高峰！

可是，李邦殊卻躲起來了，那將使她的計畫，全部化爲泡影！

她是如此之憤怒，以致她的身子，不住在發著抖，她要竭力抑制著，才使她的聲音聽來，不像是猛獸的吼叫，她道：「在大會開幕前，盡一切力量把他找出來！」

那手下大聲答應著，奔了開去。黃絹在床邊坐了下來，設想著李邦殊爲甚麼要躲起來的原因。

黃絹想不出李邦殊為甚麼十萬火急，要他到夏威夷來會面一樣。

蘇耀東在他的私人飛機中，望著下面一望無際，在陽光下閃耀著奪目光彩的海洋。

在大學中，他學的是海洋生物，和李邦殊是同學。可是離開學校之後，李邦殊成了舉世知名的科學家，他卻成了一個企業家。

不過，蘇耀東並沒有忘記自己所學的一切，也沒有放棄自己對海洋的熱愛。如果說他是為了李邦殊的召喚而來，毋寧說他是受不了海洋的引誘，使他暫時放開了繁忙的事務。

當蘇耀東的專機停下，他步出機艙之際，在檀香山，事情又有了相當的變化。李邦殊博士不露面，但將在大會開幕式上發表聲明的消息，已經傳了出來。

而另一樁使得所有參加大會的代表震驚的消息，從地中海傳來：由李邦殊博士領導的一個深海探測船隊，包括兩艘設備極先進的探測船，附屬於這兩艘探測船的四艘小型深水潛艇，以及八名有資格的海洋學家，突然失蹤，消失在大海之中！

這個船隊，曾遠征過大西洋、太平洋，甚至接近過南極和北極。李邦殊的工作，取得極大的成績，也全靠了這個船隊。可是，整個船隊，卻在風平浪靜的好天氣，在地中海失蹤了。這種神秘的船隻失蹤事件，以前，只有在被稱為「百慕達魔鬼三角區」的大西洋海域中發生過。船隊失蹤的詳細經過如何還不知道，法國政府的海軍搜索隊還在搜索。事實上，船隊「失蹤」

的消息還未曾正式公佈，但是來開會的，全是各國政府中有地位的人物，他們的消息自然特別靈通，已經知道了這件事。

黃絹是最早得到這消息的人之一，她一面下令，要她的情報人員作進一步報告，一面心中在想：是不是李邦殊在搗鬼？

事實上，李邦殊還不知道他的船隊已出了事，因爲他既躲了起來，就無法通過他特殊的地位，獲得內幕消息。法國政府的代表想找他，可是沒有結果，人人都想找他，絕想不到他躲在甚麼地方。

原振俠當然知道李邦殊在甚麼地方，當他在機場見到了蘇耀東，蘇耀東驚訝於原振俠的出現之際，原振俠告訴了他自己出現的原因。

蘇耀東驚訝得說不出話來：「他要使這個會議開不成，爲甚麼？」

原振俠苦笑道：「我不知道，他要我代他在大會開幕時，宣讀一個聲明，可是他不肯讓我先知道聲明的內容。」

蘇耀東吸了一口氣：「他不準備露面？」

原振俠苦笑：「他不能露面，不知多少人在找他。代表阿拉伯勢力的一位女將軍，就幾乎想把他活活燒死！」

原振俠行動相當小心，因爲李邦殊要見蘇耀東這件事，黃絹是知道的，而蘇耀東的行蹤又不是秘密。原振俠已經可以肯定，在機場有好幾個人，看來是在監視蘇耀東的行動，希望由蘇耀東的身上，引出李邦殊來的。

而擅於特種情報工作的溫谷，也早已作了安排。溫谷的方法是：把李邦殊和蘇耀東的見面，安排在最不爲人注意的地點！原振俠先和蘇耀東一起到了酒店，然後獨自離去。當他離開卡哈拉希爾頓酒店之際（蘇耀東住的，當然是這家酒店），酒店下面一個巨大的海水池中，海豚正在作跳躍的表演，許多人在水池旁圍觀。

原振俠經過酒店的大堂時，有兩個身形魁梧的大漢向他靠近。他立時機警地站定身子時，已看到盛裝的黃絹，迎面走來。黃絹的神色冷峻莫名，像是罩了一層霜花一樣，使人感到一股寒意。

原振俠想起昨晚在遊艇上，同樣的臉龐，簡直可以和任何花朵比美嬌艷，不禁又嘆了一口氣。

黃絹直來到他的面前，先是冷笑一聲，然後冷冷地道：「你演的是甚麼角色？」

原振俠淡然道：「是後備的小角色！」

黃絹的聲音聽來極嚴厲，這種聲音，可能使很多人顫慄，但原振俠只替自己和她感到可哀。

黃絹道：「我是問你，在李邦殊的把戲之中，你扮演甚麼角色？」

原振俠嘆了一聲：「還是那個回答。」

黃絹突然笑了起來，笑得十分勉強，當然是做作出來的：「蘇耀東在這裡，除非他不想見李邦殊，不然，我一定可以將李邦殊揪出來。」

原振俠嘆了一聲：「我認爲李博士是屬於他自己！」

黃絹有點發狠，一揮手：「他破壞了我的整個計畫！而且，我有一項消息要告訴他，他的探測船隊，在地中海整個神秘失蹤了！」

原振俠呆了一呆，思緒十分紊亂。原振俠還是第一次聽到這個消息，他感到有必要立時把這消息告訴李邦殊。可是澀谷的安排，是他絕不能再和李邦殊見面，也不能用電話聯絡。所以，他只是裝著若無其事地聳了聳肩，道：「你見到他的時候，可以告訴他。有空喝一杯酒嗎？」

黃絹壓低聲音，罵了一句：「去死吧！」

原振俠向前走，到了酒吧，坐了下來，茫然地呷著酒，看著沙灘上嬉戲的大人和小孩。他知道至少有四個人在監視著他，他也知道，在監視蘇耀東的人可能更多，但是他對澀谷的計畫很有信心。

蘇耀東在房間中停留了十分鐘左右離開，當他走出房間的時候，只穿著泳褲。

蘇耀東來到沙灘，和原振俠打了一個招呼。可是原振俠卻心不在焉，他只是注視著海浪捲起的白色泡沫，像是在那些變幻無窮的浪花之中，看到了變幻的人生，看到了他和黃絹之間那種奇妙的關係。

昨夜遊艇中的情景，在他的腦海中，又成了難忘的一頁，可是剛才和黃絹的相遇，卻又使他知道他和黃絹之間的距離，是何等遙遠！

原振俠也不能想像，在那個會議上，他代表李邦殊宣讀了那篇聲明之後，黃絹會把他怎樣。

在私人感情上，原振俠十分願意自己成爲黃絹的奴隸，可是，原振俠在實際上，卻又自然而然和黃絹相抗著。當他感到自己和黃絹之間，無法拉近距離之際，他心情的悵惘，真是難以形容。

他看著蘇耀東慢慢走向海灘，在蘇耀東的身後，有三、四個人，明顯地跟著他。

蘇耀東在踏進海水之前停了一停，又轉過身來，向原振俠揮了揮手，原振俠向他揚了揚手中的酒杯。在那一霎間，原振俠心想：深海探險船隊在地中海中失蹤，是不是要先告訴蘇耀東，讓蘇耀東去轉告李邦殊呢？

他還沒有決定，蘇耀東已走向海水，在未到海水及腰處，他身子向前一聳，開始游水。

多年來的商業活動，並沒有使蘇耀東變得行動不靈活，他以十分優美的姿勢，向前游著，那幾個黃絹的手下也游出去，跟蹤著他。

在海灘上看過去，蘇耀東越游越遠，幾個跟著他的人，離他很近，看來，蘇耀東絕無法擺脫他們，單獨去和李邦殊見面。原振俠心中也不免有點緊張：溫谷的安排可靠嗎？

就在這時，一艘小型的快艇，突然向著蘇耀東駛了過來，在蘇耀東的身邊，陡然減慢了速度，蘇耀東十分迅速地翻上那艘快艇。

在海灘上看到這種情形的原振俠，吁了一口氣。就在他鬆了一口氣的同時，他聽到身後傳來了一下冷笑聲。原振俠震動了一下，不需要轉過身來，就可以知道發出冷笑聲的，正是黃絹。而且，原振俠也明白，何以黃絹會發出冷笑聲來了，因爲海面上的情形，又有了變化。

在蘇耀東上了那艘快艇之後，快艇的速度，陡然加快。看起來，游水跟蹤蘇耀東的人，已經全然無法跟得上了。可是幾乎也在同時，原先在海面上停著不動的幾艘快艇，突然激起浪花，以驚人的速度，立時跟了上去！

原振俠不由自主，直了直身子——黃絹的安排，竟是這樣周詳！在海面上，她也早已有了埋伏，難怪她看到蘇耀東上了快艇之後，會發出充滿自信的冷笑聲了！

原振俠盯著海面。那幾艘追蹤的快艇，性能顯然絕佳，看來蘇耀東不論上哪裡去，都可以追得上！

他感到喉際發乾，而黃絹冷冷的聲音，又自他耳後傳來：「要望遠鏡嗎？可以看得更淸楚些！」

原振俠忍受著黃絹的嘲弄，正在他想轉過頭去，看看黃絹這時的神情，好使他進一步認識黃絹之際，他陡然呆住了！一共是四艘快艇，蘇耀東的那艘在前，三艘追逐的在後面，正在迅速地遠去，看來已只是四個小黑點了。突然之間，一個異樣的巨浪，突然向著四艘距離相當近的快艇，迎面撲了過來！

那個大浪來得極突然，事先一點跡象也沒有，像是大海之中，忽然有甚麼巨大的力量，把海水掀了起來一樣。夏威夷沿海的海浪，本來就十分出名，衝浪運動是在這裡發源的，大大小小的海浪，對在海灘邊上的人來說，是不會引起特別注意的。

尤其那個大浪，至少在距離海灘一公里之外的海面上發生，更不會引起甚麼人的注意。

可是對原振俠和黃絹來說，卻和普通人不一樣。因為他們一直在注視著那幾艘快艇，而那突如其來的巨浪，又是迎著快艇而來的。原振俠一怔間，聽到身後的黃絹，也發出了「啊」的一下驚呼聲。

一切的變故全是來得那麼快，看起來，簡直分不清是那突如其來的巨浪，一下子蓋過了快艇，還是疾駛向前的快艇，衝進了巨浪之中。而那個浪頭，像其他任何海浪一樣，迅速由高而平復，在海面上形成了一道白線。

海面又回復了平靜，前後不到一秒鐘，可是，四艘快艇卻已看不見了！原振俠發出了一下驚呼聲，直跳了起來，他再盯向遠處的海面。一點不錯，在巨浪過去之後，四艘快艇消失了！

他實在有點不知所措，連忙回頭看去，看到黃絹目瞪口呆地站著，仍然盯著海面。原振俠一伸手，自她的手中把望遠鏡搶了過來，湊在眼上，向前看去。在望遠鏡中看出去，巨浪化成的餘浪，正在迅速消散，海面上看來也平靜無比，像是甚麼事情都未曾發生過一樣。而且，海灘上的所有人，顯然都未曾注意到曾有事故發生。

但是原振俠卻可以確切地知道，剛才，一個巨浪之後，四艘快艇，至少有五個人，突然在海面上消失了！他的身子不由自主，發起抖來，他盡力想在海面上，尋找那四艘快艇的蹤跡。

就算快艇沉沒了，艇上的人，至少也該浮上海面來了。可是，陽光映在海水上，發出奪目的粼粼波紋，甚麼也沒有！原振俠感到有人緊緊地抓住了他的手臂，同時也聽到了黃絹微微發顫的聲音：「發生了甚麼事？他們……被巨浪……吞……下去了？」

原振俠放下望遠鏡，默默地遞給了黃絹。他從來也未曾看到過黃絹的臉色是如此之蒼白。黃絹是這樣堅強的一個女人，恐懼似乎是和她絕緣的。但這時，誰都可以看得出，她是因為極度的驚懼，所以才變得這樣蒼白的。

她的雙手甚至在發著抖，她舉起望遠鏡，只看了一下，就放下來，道：「天！他們到哪裡去了？」

原振俠的思緒一樣驚駭慌亂，他竭力使自己鎮定下來：「快，快去通知警方！」

他一面說，一面已轉身向酒店走去。可是黃絹一伸手，再度抓住了他的手臂：「我們自己先去找一找！」

原振俠第一個反應，就是反對黃絹的提議，可是當他接觸到黃絹那充滿了驚疑，甚至有點懇求意味的眼光時，他就改變了主意。

五分鐘之後，原振俠和黃絹已經在一艘快艇上，向剛才那四艘消失了的快艇所在處駛去。黃絹幾乎一直握著原振俠的手臂，而且至少問了十次以上：「我們並沒有眼花，是不是？」

原振俠每次都給以回答：「不，我們沒有眼花，在海上，有不可思議的事發生著！」

他喜歡黃絹驚惶的樣子，那使她看來更像女人。每當黃絹指揮若定，不住發出命令之際，她看來只是一位將軍，不是一個可愛的女人。這世上，有數不清的將軍，但是自古以來，真正的女人不多，黃絹應該是一個真正的女人。原振俠甚至希望時間在那一霎間停頓下來，好讓需要幫助、心中驚惶的黃絹，永遠留在他的身邊！

但是，還是很快就來到了剛才突然出現巨浪的海面，海面上看來一點異樣也沒有。黃絹帶來的幾個潛水員，紛紛跳進了海中，潛下去，並且不斷用無線電對講機，和留在艇上的黃絹聯絡。每一個潛水員的報告都是同樣的：沒有發現，沒有發現。

黃絹在開始的時候，顯得十分急躁，大聲呼喝著，要潛水員留意海中，是不是有甚麼特異的現象。然後，她突然沉默了好幾分鐘。原振俠關心著蘇耀東的安危，提了幾次，要請警方來調查搜索，可是黃絹都沒有出聲。

在沉默了幾分鐘之後，黃絹忽然說了一句話：「好，我來和你們直接打交道，我不會改變主意！」

原振俠怔了一怔，黃絹的話，聽來像是自言自語，全然不知道她這樣說，是甚麼意思。當原振俠用疑惑的眼光向她望去時，黃絹也正好望向他，不等原振俠開口，黃絹已道：「你是不是和我一起去？」

原振俠嘆了一聲，他知道自己事實上，是無法拒絕黃絹的任何要求的，他只是問：「到哪裡去？」

黃絹並沒有立即回答，只是半轉過頭去，望著海面，然後，伸手向海中指了一指。原振俠的心中，更加疑惑：「到海水中去，你和甚麼人有約，在海中？」

黃絹仍然沒有回答，只是迅速地穿戴起潛水的用具。原振俠吸了一口氣，也跟著佩上氣筒，然後，和黃絹一起跳進了水中。海水迅速地包圍了他們，這一帶的海水是如此之明澈，以致他一進海水之中，幾乎可以看清楚海中的每一樣東西。原振俠跟著黃絹，看起來，黃絹像是毫無目的地在海中漫游，有時揮著手，動作看來有點怪異。原振俠只是緊緊地跟著她，在遇到了幾個潛水員時，黃絹也不和他們打招呼。足足過了半小時之久，黃絹才轉過身來，和原振俠打了一個手勢，慢慢升上水面，他們兩人同時在海面上冒出頭來。原振俠伸手抹去水珠，除下了潛水眼鏡，他看到黃絹的神情，有一股異樣的茫然。

他們冒上海面處，離他們的快艇不是很遠，艇上有人在大叫：「將軍！將軍！找到了！」黃絹轉身向著快艇游去，艇上兩個人跳下水來迎接她。當她上了快艇之後，一個人迫不及待地道：「他們被巨浪捲到了一堆礁石上，人沒有受傷，快艇不見了，只怕是沉進了海底。」

原振俠也攀上了快艇，聽了那人的報告之後，皺了皺眉：「捲到了礁石上？礁石離這裡多遠？」

那人也不禁遲疑了一下：「大約一千公尺左右。將軍，只發現了我們的四個人，跟蹤的對象，仍然下落不明！」

原振俠焦急起來，「跟蹤的對象」自然是指蘇耀東而言。蘇耀東安危如何，對他來說，才是最重要的事！可是，他還沒有發問，黃絹已經用聽來十分疲倦的聲音道：「我相信蘇耀東不會有事！」

原振俠深深地吸了一口氣：「你怎麼知道？」

黃絹來到快艇的中間部分，坐了下來，抖著頭，讓她沾滿了水珠的長髮披了下來。然後她微側著頭，長髮上的水珠匯成一串水流，滴了下來。原振俠跟了過去，黃絹緩緩地道：「昨夜，你走了之後，我又睡了一會，然後突然醒過來，曾經到甲板上去站了一會。」

原振俠有點不明白，何以黃絹在這時候，又提起昨晚的事情來。可是他看出黃絹的語氣和神情都十分嚴肅，所以他並沒有打岔，只是靜靜聽著。

黃絹停了片刻：「我知道你已經離開了，我也不知道自己為甚麼要到甲板去。那時，整個遊艇上，靜得一點聲音也沒有，李邦殊和溫谷，顯然還在船上。我來到船頭，望著在黑暗中閃著微光的海水，突然……突然……」

黃絹講到這裡，神情變得十分猶豫，像是不知道是不是應該說下去。

原振俠仍然不知道她想說甚麼，只是覺得她的行動，相當怪異。她為甚麼到甲板上去呢？是她在知道自己離去之後，在想念自己嗎？原振俠一想到這一點，不由自主，握住了黃絹的手，他發覺黃絹的手是冰冷的。

黃絹的神情更古怪：「當我凝視著海水的時候，一件……一件怪異的事突然發生了。海水在黑暗中，有著微弱的閃光，這本來是很平常的事，可是……可是……」

黃絹講到這裡，又停了下來，神情更是疑惑。她的這種神態，無異是在告訴原振俠，昨夜她曾有過極不尋常的遭遇。要不然，以她今日的地位，和她堅強的性格，是絕不會感到如此驚疑的。她昨夜的遭遇，一定是屬於不可思議的範疇之中的事！

原振俠把她冰涼的手握得更緊了些，黃絹嘆了一聲：「……可是，突然之間，在海面上閃耀的微光，以一種十分……十分快的動作在移動著。那種微光在移動之際，竟然排列成了字句，十分潦草，可是那的的確確是由英文字母組成的字句！」

黃絹說到這裡，才抬頭向原振俠望了一眼。原振俠雖然聽清楚了黃絹所說的話，但是他仍然要仔細想一想，才能明白她在說些甚麼，並且運用想像力，想像黃絹所說的情景。原振俠絕不是一個沒有想像力的人，對黃絹所說的情景，也可以在腦中織出一幅畫面來，可是他仍然感到不可理解。是以他問：「你的意思是……海面那種微弱的閃光，排列成了英文的句子？」

黃絹十分認真地點了點頭，原振俠閉上眼睛一會。

在黑夜，海面上有著微弱的閃光，那是十分普通的事。如果那是一個月色好的晚上，海面上的銀光閃耀，還會隨著波濤的起伏，像是成千上萬的小妖精一樣，在海面上不停地翻滾跳躍。但是，那些閃光，排列成爲字句，這實在是不可思議的事情！他想了好一會，才又睜開眼來，假定他自己已接受了這個事實。

他道：「你的意思是，海面上的閃光，看起來有點像是英文字母？」

原振俠之所以這樣問，是由於他想到，英文字母是由簡單的幾何線條組成的，因閃光形成的交錯，很容易看來就像是英文字母。有一種蜘蛛，織出來的網，就是英文字母形的，有各種不同的字母。蜘蛛當然不懂英文，零散的字母，也不可能編成有意義的字或句。

原振俠這樣問，是想知道那是不是視覺上的一種錯覺。可是黃絹立時搖頭：「不是，別想說那是錯覺。我清清楚楚看到，海面上出現了由英文寫成的句子，雖然時間極短，但是我看到了那些句子，由閃光組成，而且，句子是針對我的。」

原振俠吞下了一口口水道：「那麼，你看到的句子，說些甚麼？」

黃絹深深地吸了一口氣：「別干涉我們，別破壞我們的生活，不然我們會報復，會有可怕的報復。停止你一切行動吧！」

黃絹在講述那些「句子」之際，語氣像是在背誦著甚麼詩句一樣，她大而明亮的眼睛，向原振俠望來，眼中充滿著驚疑。原振俠攤了攤手：「我無法明白，我只好說，那是你自己以為看到了這樣的句子。」

黃絹再吸了一口氣：「句子出現的時間，只不過幾秒鐘，隨即又散了開來，變成了凌亂的閃光。我在當時，也認為那是眼花了，而且，警告性的句子，是沒有意義的。我不曾干涉甚麼人的生活，不曾破壞甚麼人的生活！」

原振俠對於黃絹的自辯，不是十分同意，但是他還是「嗯」了一聲：「當然沒有意義，這些日子來，在海中發生的怪事已經夠多了，你……」

黃絹伸手指向海面：「四艘疾駛中的快艇，突然不見了，這不是很怪嗎？」

原振俠點頭，表示同意。黃絹又道：「那使我想起那句子中：會有可怕的報復！」

原振俠思緒十分紊亂，不知道該說甚麼才好。

黃絹惘然問：「可是，我的敵人是甚麼人？他們在甚麼地方？躲在海中？剛才我曾下海去尋找，可是卻找不到我的敵人！」

原振俠輕拍著黃絹的手背：「昨晚上，你可能太疲倦了，你……實在太疲倦了。我可以陪你到任何你認爲可以休息的地方，去休息一個時期，或者……很久……」

原振俠鼓起勇氣，說著他心底深處，早已想說的話。黃絹陡然震動了一下，在那一霎間，原振俠不能肯定自己的話，是不是曾使她有過極短暫時間的感動。

只是黃絹在震動了一下之後，神情立時又恢復了極度的信心，甩開了原振俠的手，用一種近乎冷傲的神情，望著原振俠：「是你，是你搗鬼！」

原振俠還未曾弄明白黃絹在指責他甚麼，黃絹已然急速地道：「我也太笨了！在海水中，用一隻強力的電筒，迅速揮動，就可以令在海面上注視的人，看到由光芒組成的字句，是你！」

原振俠呆了半晌——當然不是他。他自己知道自己做過甚麼，昨晚他離開之後，就一直在沙灘上，回味和夢想。他未曾做過黃絹所指責的事！原振俠想爲自己分辯，可是充滿了自信，自己以爲已對一件不可思議的事，有了解釋的黃絹，卻不容他有辯白的機會。

她陡然縱笑了起來：「你太幼稚了，這種把戲，嚇得了誰？更不能令我放棄一切，和你到甚麼安靜的地方去休息！」

原振俠只好苦笑，黃絹誤會了，他根本不想解釋。黃絹停止了縱笑：「那個巨浪，當然只是意外……」

她頓了一頓：「我一定要把李邦殊找出來！我代表的國際勢力，要在海底資源分配上，獲得最大的利益，而且，立即開始行動！」

原振俠長嘆一聲——除了嘆息之外，他實在不能再作其他任何表示。快艇已經靠岸，黃絹用一種極度挑戰的神情，望著原振俠。

原振俠只是用十分疲倦的聲音來回答：「你料錯了，在海中，真有點十分怪異的事發生著！」

黃絹冷笑著：「你叫我相信在海水中出現的字句，是一種奇異的自然現象？」

原振俠嘆了一聲：「我不知道那是甚麼，別說我沒有看到，就算我看到了，我也不會知道那是甚麼！」

原振俠講的是由衷的話，海水中出現字句，這種現象實在太怪異了！他說得對，就算是他親眼看到了，他也無法知道那是甚麼。

就像蘇耀東，他親身經歷了一個極怪異的經歷，但是他卻全然不知道是怎麼一回事！

第六部：海水中出現的文字

當那個巨浪突然迎頭打下來之際，在快艇上的蘇耀東，是全然無法防禦的。

那巨大的浪頭，來得如此突然，當他感到急速行駛中的快艇陡然向下一沉，抬頭一看，像是一大座水晶山頭陡然崩潰下來一樣，那個大浪，已經到了他的頭頂。蘇耀東是十分熟悉海洋的，可是他卻也絕未想到，一剎那之前，還是如此平靜的海面，會突然生出那樣一個巨浪來。

一刻之前，他所擔心的，還只是如何去擺脫那三艘追蹤前來的快艇，但這時，他卻面臨了巨浪的侵襲。他在那一霎間，只是發出了一下驚呼聲，山頭一樣的巨浪，已經壓了下來。

在不到十分之一秒鐘間，他的全身已被浪頭包沒，可是，怪異的事，也在這時發生。

才一開始之際，蘇耀東實在不知發生了甚麼事！巨浪迎頭壓下，他整個人都在海水的包圍之中。當他又開始能想一想之際，他以爲自己一定已經死了！

使他有這樣的感覺的原因是：他沒有感到任何不舒服，甚至連呼吸也同樣暢順！人在海水之中是絕不能呼吸的，這是最普通的常識。所以當蘇耀東覺得自己仍然可以呼吸的時候，他以爲自己已經死了，靈魂離開了肉體，所以不再有肉體的一切痛苦的感覺了！但是這種想法，卻只是極短暫的事。

他立時發現，自己並不是死了，不但沒有死，而且身子根本未曾脫出海水的包圍，換句話說，他在海中！

不過，浪頭已經消失了，他在平靜的海水之中，和普通潛水者潛在海水之中的處境，並沒有甚麼不同。

但當然有所不同，不同的是，他感到身外的海水，十分急速地在流動，而在他的頭部，有一個相當大的空間，那一部分空間中，是沒有海水的，像是一個相當大的氣泡，罩在他的頭部。而且，他也立時感到，海水急速流動的那種感覺，是由於他在海中，不知被一種甚麼力量，在推著他急速地前進！

這正是怪異之極了，蘇耀東這時，已經有足夠的鎮定，使他可以睜開眼來，看著四周圍的情形。可是那個大氣泡，使得海水形成了一層反光的「壁」，使他看不清海中的情形。

但是在感覺上，他十分肯定，並不是有甚麼東西在推著他前進，而只是一種力量，彷彿是一股強大的水流，在帶著他前進。雖然蘇耀東是一個十分鎮定的人，但在這時，他也不禁十分慌亂，大口大口喘著氣，心中忽然起了一個相當可笑的念頭：那個氣泡中的空氣不是很多，如果用完了，他會怎樣？

他試圖划著水，試著想浮上水面，但是他的全身，都被那種像是水流的力量束縛著，他人在水中，可是絕不能自由游動。

這種情形，倒很有點像是身在惡夢之中一樣。蘇耀東真希望這只不過是一個夢，可是他卻偏偏又那麼清醒，那使他知道，這不是夢，而是實實在在發生的事——雖然以他的知識而論，連設想一下如今發生了甚麼事都不可能！

這樣的情形，大約持續了十分鐘左右。

蘇耀東感到身子陡地震動了一下，海水陡然流遍他的全身，他張口大叫，喝進了一口海水。緊接著，他身子感到了一陣碰到了硬物的疼痛，他伸手用力抓著，抓住了一個滑膩的石角。

他感到海水流過他的臉，他一面抹去臉上的水珠，一面睜開眼來，發現自己已經被海浪捲上了一個海灘。

那是一個由黑色的火山熔岩組成的海灘，那些黑色的岩石，奇形怪狀。這種由火山熔岩形成的海灘，在夏威夷是十分普通的。蘇耀東抬頭看去，臨海灘就是相當陡峭的山崖。

蘇耀東喘著氣，站了起來，上面有汽車駛過的聲音傳來，看來有公路。他吃力地向上攀去，當他可以看到公路時，他看到有一輛小貨車停在路邊，一個人站在車子旁。那人一看到他，呆了一呆，蘇耀東也一呆，立時記起了原振俠的話：那位溫谷先生，個子不高，有著一頭紅髮。而如今車旁的那人，正是那樣！

蘇耀東吸了一口氣，走向前去：「溫谷先生？我是蘇耀東！」

那紅頭髮的小個子張大了口，現出了訝異莫名的神情來，先抬頭看了看天空，又向蘇耀東望了一下，道：「風箏跌進海中去了？」

要不是原振俠曾向蘇耀東詳細解說過，溫谷安排擺脫黃絹的手下跟蹤的方法，聽得溫谷這樣問，他一定會感到莫名其妙之極了。溫谷原來的計畫是，快艇駛出若干距離之後，另一艘快艇會來接應，接應的快艇上，有著巨大的載人風箏。蘇耀東可以附在載人風箏上，由快艇拉著，飛上天空，然後，降落在公路邊的空地上！

可是這時，蘇耀東卻是全身濕淋淋地，從下面攀上來的，難怪溫谷要這樣問了！蘇耀東吸了一口氣：「很怪，我是……我是……」

他無法說下去，因為他究竟是怎麼來的，形容起來十分複雜，絕不是三言兩語可以講得明白的。所以他只說了一句，就揮著手，道：「邦殊在哪裡？」

溫谷也沒有問下去，只是作了一個手勢，叫他上車。兩個人都上車之後，溫谷又拋了一件十分普通的運動衫給他，蘇耀東套上了運動衫，溫谷發動了車子，他們兩個人看來像是久居夏威夷的人，一點也不引人注目。

溫谷在駛向前之際，還是十分小心地觀察著路上的情形。十分鐘之後，以他的經驗，已經可以肯定絕對沒有人在後跟蹤他們，他才吁了一口氣：「李博士終於可以和你見面了，我們擺脫了跟蹤。」

蘇耀東望了溫谷一眼，問：「我是被一種力量湧著到海灘上的，你做了甚麼安排？那個巨浪又是如何安排出來的？」

溫谷睜大了眼睛，他的驚訝程度是如此之甚，以致他的滿頭紅髮，看來像是豎了起來一樣，小貨車也開始搖擺不定。那使蘇耀東知道，他能來到這裡，並不是由於溫谷的安排。那麼，是甚麼力量，使他恰好來到了約定地點附近的海灘上的？

蘇耀東感到了一股寒意，忍不住打了幾個寒戰。溫谷用十分苦澀的聲音道：「你……和李博士一樣，是不是你們海洋學家的話，都那麼令人難以理解？」

蘇耀東苦笑了一下：「當然不，只有……只有連我們自己也不懂的情形下，我們所講的話，才令人聽不懂。」

溫谷只是苦笑了一下，沒有再問下去，因為盤踞在他腦中的怪事，已經夠多了——不斷的失蹤，離奇的死亡，李博士不可思議的話……這一切，早已令得他完全墜進了一大團迷霧之中！

小貨車轉進了市區，溫谷仍然可以肯定沒有人跟蹤。他熟練地揀著近路，車子在一個巨大的商場停車場中穿過去，再轉了幾個彎，就到了那幢大廈的停車場。溫谷和蘇耀東一起下車，上電梯。

當溫谷用鑰匙把門打開之際，看到李邦殊雙手捧著頭，坐在沙發上一動不動。蘇耀東先出聲：「邦殊，發生了甚麼事？」李邦殊抬起頭來，看到了蘇耀東。當他看到蘇耀東之際，他並沒有甚麼興奮，反倒是仍然保持著一種深切的悲哀，擺了擺手，示意蘇耀東坐下來。蘇耀東並不坐下，只是走向前：「你一定要我來，不見得是想和我沉默相對？」

李邦殊嘆了一聲說：「當然不是，有太多事要和你商量，我只是……感到十分深切的哀傷。因為才從收音機的新聞報告中聽到消息，我的深海探測船隊，在地中海整個失蹤了！這實在……不應該發生的！」

蘇耀東吸了一口氣：「失蹤未必表示災難，我現在，是在一個突如其來的巨浪打擊下，在海面消失的人。可是當我在海水中的時候，甚至獲得新鮮空氣的供應！」

李邦殊睜大了眼，溫谷的紅頭髮，又開始有豎起來的跡象。蘇耀東取過了紙和筆來，一面說，一面畫著，解釋著他在海中的處境。蘇耀東的畫，當然很簡單，主要的是一個人，在海水中，頭部被一個球形的汽泡罩著。

蘇耀東說完之後，望向溫谷：「從酒店沙灘外的海面，到我們見面的公路下的海灘，大約有多遠？」

溫谷用夢囈般的聲音，喃喃地道：「大約……大約是三公里左右。」

蘇耀東悶哼了一聲：「我就是在這樣的情形下，在海水中前進了三公里，速度極高，比快艇更快，我整個人像是一艘小型潛艇一樣。邦殊，我們都是自命對於海洋的一切素有研究的人，你有甚麼解釋？」

李邦殊低下頭，用十分低沉的聲音回答：「如果你望著海面，忽然發現海水上現出你的名字之際，你有甚麼解釋，嗯？」

蘇耀東一怔，一時之間，不知道他這樣說是甚麼意思。

李邦殊卻又繼續著：「不但有你的名字，而且還有字句，明顯地告訴你一些甚麼，又怎樣解釋？」

蘇耀東眨著眼，李邦殊陡然用手指著蘇耀東，神情變得激動起來：「你以爲我是無緣無故叫你來的？你在海水中的那種情形，我早已遇到過，我被送上了海中的一堆礁石上，據說我『失蹤』了相當久！」

在一旁的溫谷，發出了一下如同呻吟般的聲音來。李邦殊所說的一切，他還是不明白，聽來像是置身在夢幻之中一樣。但是李邦殊的失蹤，和突然出現的經過，他是知道的。李邦殊一直未曾提起過這段時間，他在甚麼地方。難道他失蹤的這段時間，他一直在海水中，而在他的頭部，又有一個大氣泡，在供應他呼吸的氧氣？溫谷實在想把自己的疑問提出來，可是他看到蘇耀東和李邦殊，這兩個海洋學家的神情，都充滿了疑惑，顯然就是問了，一時之間也不會有答案。反倒不如由得他們兩人去討論，儘量瞭解他們對話的好。

所以，溫谷忍住了沒有出聲。蘇耀東想了一會，才道：「你從頭說說！」

李邦殊站了起來，來回走了幾步，道：「我在一個海堤上散步，無意之中，向堤下的海水看了一眼，哪知就看到了自己的名字……」他說著，俯下身示範著他在堤上往下看的情形：「那是十分特異的，可是我真看到了自己的名字，就在海水下，像是很不穩定，在顫動。可是，那的的確確，是我的名字！」

蘇耀東深深吸了一口氣。

李邦殊道：「如果是你，突然看到海水中，現出了你的名字，你會怎樣？」

蘇耀東道：「當然會在一個近距離去看個清楚。」

李邦殊立時大聲應著：「對，我所做的，就是那樣。那時，天已黑了，但月色很好，海面上有著不住跳躍的閃光，我的第一個感覺是：那可能是閃光形成的一種錯覺，我甚至想到，我可能有自大狂的傾向，需要去看一下精神醫生了。一個人會在海水中看到自己的名字，這不是太自我中心了麼？」

李邦殊的話，說得十分急促，溫谷迅速地回想那兩個保鑣所敘述的，李邦殊失蹤時的情形。當時李邦殊的動作，就說明了他在海中，發現了甚麼怪異莫名的事。其中一個保鑣，甚至認為他在海中，看到了一個金髮的裸體美女，原來他是看到了自己的名字！溫谷仍然感到全然不可理解：海水之中，怎麼可能出現文字呢？

李邦殊仍然在急速地講著，並且揮著手，加重語氣：「我想在近距離看個清楚，所以我急速向堤下攀去。那時，我有兩個可厭的保鑣，跟了上來，我大聲呼喝他們滾開。因為這時，我看得更清楚了，海水之中，的確現出了我的名字！」

蘇耀東的嘴唇動了一下，但沒有出聲，看來他也不理解，但是又不知該如何發問才好。

李邦殊續道：「那時，我雙腳已踏進海水之中，我的名字就在前面，我伸手可及，於是我伸出手去。當我的手碰到我的名字之際，我的名字忽然散了開來，但接著，又組成了另外一個句子！」

蘇耀東忍不住發出了一下低呼聲：「你的意思是，出現在海水中的文字，還會變換組合？」

李邦殊沉聲道：「我說的每一個字，你都不可以有任何懷疑！」

蘇耀東道：「我不是懷疑，只是……」

李邦殊打斷了他的話頭：「只是不明白，是不是？當時我也不明白，新出現的字句是：我們有重要的事和你商量！我一看，整個人都呆住了，實在不知道發生了甚麼事。接著，一個浪湧了過來，我看到字句在浪花中散了開來，迅速消失，我心中所想的只是一點：我要追蹤海水中字句的來源。所以我不等浪退下去，就聳身向前，撲進了浪花之中，我聽到兩個保鏢的驚呼聲，但是我的身子，立即被海水所包圍！」

李邦殊講到這裡，向蘇耀東望了一眼：「接下來的情形，就和你在海中奇異的遭遇，十分相近。」

蘇耀東雙手在自己的頭上比了一下：「有一個大氣泡在頭部周圍？」

李邦殊想了一想才道：「你的比喻不是十分合適，那不是一個氣泡，而是一種不知甚麼力量，逼開了海水而形成的一個空間。」

蘇耀東「嗯」了一聲：「可以這樣說，也可以說是一個大氣泡。這……是人類從來也未曾經歷過的一種怪現象，所以，也沒有甚麼人類的語言，可以確切地去形容它！」

李邦殊苦笑了一下：「是的，我也感到有一股力量，在推著我前進。和你不同的是，我前進的速度相當慢，而且，在那個空間之外的海水中，不斷有字句出現，使我可以清楚地看到！」

溫谷在這時候，才陡然講了一句：「某種生物通過這種方式，想和你溝通！」

李邦殊道：「是的，某種生物！這種生物，一定是生活在大海中的。」

溫谷喃喃地道：「外星生物來到了地球，卻不適合地球陸地上的生活，所以才在海洋中出現？」

蘇耀東沒有說甚麼，但是他顯然對溫谷的說法很有同感，他望向李邦殊，等著李邦殊的回答。

李邦殊停了片刻，才道：「為甚麼一定是外星來的生物呢？」

蘇耀東不由自主，吞下了一口口水：「地球上的生物，能通過文字來作思想上溝通的，好像只有地球人？」溫谷立時道：「只有人，才會使用文字！」

李邦殊搖著頭，指著溫谷：「你的說法，在態度上是不科學的，耀東的說法，是科學的態度。科學的態度是：不作絕對的肯定，抱著懷疑……」

溫谷大聲道：「我可以絕對地肯定，除了人之外，沒有別的生物會使用文字！」

李邦殊嘆了一聲：「溫谷先生，試問你對別的生物知道多少？」

溫谷呆了一呆：「我不知道多少，但這是一個小學生都知道的事實，除了人之外，沒有別的生物會使用文字！」

李邦殊揮著手：「小學生知道的事，放在高深的科學領域中，就成了疑問。一加二等於三，小學生都知道，但是那卻是最高級的數學命題！別的生物爲甚麼一定沒有文字？還是我們，人，根本看不懂它們的文字？」

溫谷眨著眼，道：「算了，不必在這個問題上爭論，你看到的字句是甚麼？」

李邦殊深深吸了一口氣，一字一頓地道：「別干擾我們的生活，在地球上生活的歷史，我們比人更悠久。如果我們的生活環境起了變化，使我們無法生存，我們會盡一切力量來報復，我們有力量可以做到這一點。人不給我們海洋，我們也不給人海洋！已經發生的一些不能解釋的事，就是我們努力的結果！」

李邦殊講得十分緩慢，溫谷和蘇耀東兩人都聽得十分清楚，可是他們同時也感到了極度的迷惑。李邦殊在住口之後，帶來的是一片沉寂。

蘇耀東首先打破沉寂：「聽起來，像是在警告……警告人類……不要去擾亂海洋的生活秩序！」

李邦殊神情嚴肅，點著頭。蘇耀東的神情疑惑之極：「這種警告，自然是生活在海洋中的某種生物提出來的，那是……甚麼生物？」

李邦殊並沒有立時回答，溫谷苦笑了一下：「已知海洋之中，智力最高的生物是海豚。科學家說海豚甚至有語言，可是我不相信它們會運用文字！」

李邦殊陡然激動起來，大聲叱責：「你對海洋生物一無所知，最好別胡亂發表意見！」

溫谷的臉漲得通紅，反斥著：「你是專家，那麼，請你告訴我，在海水之中用文字和你溝通的，是甚麼生物？」

李邦殊的身子，突然發起抖來，神情極其激動，口唇也發著顫，可是對於溫谷的問題，他卻沒有回答。溫谷悶哼了一聲，轉身向陽臺，蘇耀東過去，按住了李邦殊的肩頭，道：「你想到了甚麼？」

李邦殊的聲音十分苦澀：「那實在是不可能的，但是，但是……這又是唯一的可能！」

蘇耀東有點不明白，望著李邦殊，李邦殊嘆了一聲：「海洋之中的生命有幾十萬種，耀東，最多的一種是甚麼？我想你可以立即回答得出來！」

蘇耀東並沒有立時回答，只是皺著眉。

李邦殊沉聲道：「海洋生命的主流，是肉眼看不見的浮游生物！在一滴海水中，就有上百萬、千萬個浮游生物！」

蘇耀東搖著頭：「你是不是想告訴我，浮游生物會有思想，能和人溝通？」

李邦殊深深吸了一口氣：「我們對於地球上的微生物，知道得實在太少了。」

蘇耀東仍然不表示意見，李邦殊道：「或許是這些生物實在太小了，小到了引不起注意的程度。但是它們的形體小，並不代表它們不能發展為具有高級智力的生物。舉一個例子來說，有許多導致疾病的細菌，甚至懂得如何改變自己的生理結構，來和藥物對抗，人和脊椎動物，就做不到這一點！」

蘇耀東謹慎地回答：「我在某種程度上同意你的說法。但是，以海洋中的浮游生物而論，在高倍數的電子顯微鏡之下，可以把它們放大一千萬倍，把它們的身體結構，看得清清楚楚……」

李邦殊不等他講完，就道：「你的意思是，並看不出它們是有智力、有思想的？」

蘇耀東點著頭，李邦殊嘆了一聲：「耀東，就算你把一個人放大一萬倍，做最徹底的解剖，你能找到人的思想在哪裡嗎？」

蘇耀東怔了一怔，他的思緒十分紊亂，但是他多少捕捉到了李邦殊想表達甚麼。他用十分謹慎的語調道：「你的意思是，你在海水中看到的字句，是由海中的浮游生物，顯示給你看的？」

李邦殊沒有回答，也沒有否認。蘇耀東委婉地道：「體積那麼細小的生物，如何有可能展示文字呢？」

李邦殊沉聲道：「浮游生物的過量繁殖，甚至可以使海水變成了紅色。它們數量之多，多得可以用天文數字來展示它們的力量！」

蘇耀東的聲音，在不由自主之間，變得十分尖銳：「你是說，數以百萬計的浮游生物，排成了文字，來和人類溝通？」

李邦殊轉過了頭去，喃喃地道：「我說過了，這是絕無可能的事，但是又是唯一的可能！」

蘇耀東還未曾回答，一直面對著陽臺，但在聽著李邦殊和蘇耀東對談的溫谷，陡然轟笑起來：「想像力太豐富了！我敢擔保，世上任何一個幻想家的想像力，都未曾達到這一地步！」

李邦殊最初的反應，十分憤怒，但是他隨即冷靜了下來，只是瞪了溫谷一眼。然後，他徐徐地道：「不管警告是來自海洋中的甚麼生物，總之，我接到了警告，也覺得如果人類大規模地開發海底資源，雖然可以帶來暫時的利益，但也必然擾亂了海洋生物的生活秩序，可能給人帶來巨大的災害！」

蘇耀東「嗯」地一聲：「所以，你願意接受警告？」

李邦殊苦笑道：「不單是警告，朋友，它們已經開始行動了！用我們全然不明白的方法，它們已經開始行動了！」

溫谷到這時，才算是明白了李邦殊使用了「它們」這個代名詞的意思。實實在在，在這個海洋學家的心中，他也不知道那是甚麼樣的東西所發出的力量，他曾設想那是海洋中的浮游生物，但是連他自己也不能確定！

蘇耀東道：「所以，你才要這個會開不成？」

李邦殊雙手緊握著拳，用力點著頭。

第七部：失蹤的人回來了

國際海底資源分配會議開幕那一天，氣氛顯得十分不尋常。所有的代表，早已聚集在會場之中，交頭接耳，望著一列空著的座位，座位上的牌子指出，那是阿拉伯世界代表團的席位。一直到預定時間前的三分鐘，全副軍裝的黃絹，才帶著她的大批隨員，走進會場來。

她的臉色難看到了極點，因爲她盡了一切力量，都未曾找到李邦殊。原振俠一直在酒店之中，接受監視，他沒有和任何外人作聯絡。

這時，原振俠就坐在大會代表的一個特殊座位上。黃絹的出現，又引起了一陣交談。然後大會開始，按照程式進行著，在幾個要人發表了簡短的談話之後，主席宣佈：「本次會議的主角，李邦殊博士突然決定不參加大會，可是他派了一個代表，代他宣讀一篇簡短的聲明，請原振俠醫生！」

當原振俠走上臺去之際，掌聲十分零落。黃絹的臉色更難看，以致原振俠連望也不敢望她一下。

上了臺，原振俠定了定神，用嘹喨的聲音道：「我，李邦殊，作爲一個將一生貢獻給海洋研究的人，我作如下的聲明：從現在起，我會致力於維持海洋平靜的努力，我反對任何人爲的行爲，破壞海洋固有的形態。這種形態的存在，和地球歷史一樣悠久。我反對在海中開採人類所需的物資，雖然以前我在這方面，做過很多探測工作，我已決定把我的所有工作記錄完全銷毀……」

原振俠才把聲明唸到這裡，十幾個記者已經迫不及待地奔了出去，好些代表忍不住驚愕，紛紛站了起來，會場立時紊亂了起來。

原振俠還想再唸下去，可是黃絹已經飛步上臺，一下子推開了原振俠，大聲道：「這是強國的詭計！我代表阿拉伯世界，宣布我們絕不放棄，而且立即開始行動！」

黃絹的行動是如此突兀，紊亂的會場，反倒靜了下來。原振俠再也想不到，他和黃絹會在這樣重要的一個國際性會議上，在世界各國的政要和科學家之前，成了敵對的雙方。他心中苦笑，想著：只怕世上再也沒有一對男女，關係和遭遇比他和黃絹更奇特的了！

他大聲道：「請允許我把李博士的聲明宣讀完畢！」

黃絹一聲冷笑：「不必了！李邦殊的聲明，根本不是他的本意。我可以肯定，李博士受了挾持，挾持他的，當然是某些想獨霸海底資源的大國，我們不必指出這些強國的名字……」

黃絹的話，有著強烈的煽動力，會場之中，一些小國的代表，立時大聲叫著，附和著。幾個大國的代表，神情馬上變得相當尷尬。

黃絹揮著手，大聲繼續：「沒有李博士，沒有這個會議，海底資源一樣會被開發。我宣佈，從現在起，阿拉伯集團有權在任何公海之中，進行我們認爲需要的活動。我們準備接受任何挑戰，並且將我們在海洋中所得到的利益，公平地由真神阿拉信仰者共用！」

會場中響起了一陣歡呼聲，很多代表已看出，這個會議已不可能再按照正常的程式進行了，有的代表已經收拾文件，準備離去。

黃絹還在繼續：「所謂法國探測船隊的失蹤，也是同樣的政治把戲。法國代表在哪裡，能提出合理的解釋嗎？」

法國代表是一個看來很有君子風度的中年人，但這時他也失去了風度，大聲道：「我不會對一個瘋子作任何解釋，再見了！」

黃絹冷笑著，傲然走下臺去，原振俠還想再宣讀聲明，可是會場中已亂成了一片。他只好嘆了一口氣，在幾十個記者向他圍過來之際，他把李邦殊的聲明，交給了其中的一個記者。

當原振俠走下臺的時候，兩個大漢，公然一邊一個挾著他，把他直推到了黃絹的面前。黃絹的神態冰冷：「告訴李邦殊，我對他不再有興趣。世上有的是海洋學家，我們可以集中世界上所有的海洋學家，爲我們工作！」

原振俠望著亂成一團的會場，苦笑著：「你很成功，可是你何必與全世界爲敵？」

黃絹放肆地縱笑起來：「我？才不，我只是和我的敵人爲敵！」

原振俠嘆了一聲，緩緩搖了搖頭，掙脫了那兩個大漢的挾持，又望了黃絹一下，想說甚麼，但是終於沒有說出口。他轉過身去，推開前面的人，向外走去，他只覺得腳步異常沉重。

第二天，報上登載著會議失敗的消息，也刊登著黃絹離開夏威夷的新聞。黃絹在臨上機之前，又重申她所代表的阿拉伯世界，將以驚人的資金，立時開始她所稱的「人類大規模利用海底資源」的工作。

在那座大廈的那個單位中，原振俠、蘇耀東、溫谷和李邦殊一起看著報紙。在原振俠知道黃絹已離開之後，他就來到這裡，和各人交換著意見。他感到心情十分沉重，因為在這裡的四個人都知道，有一些事情發生了——一股奇異的力量，已經做出了一些事，來阻止人類對海洋的侵涉。

而黃絹以及太多人，顯然並不明白這一點。蘇耀東嘆息著：「看起來，只有那種力量本身，才能阻止海洋被干擾的行動。」

溫谷搖著頭：「那些失蹤的人、失蹤的船隊，都是這種奇異力量造成的？」

李邦殊發出了不滿的一下悶哼聲，像是在說，這已經再明白也沒有了，何必再說。

原振俠小心地移動了一下身子，道：「難道在海鮮市場失蹤的那一對男女，也是？還有，那對死得如此離奇的中年夫婦？」

沒有人回答原振俠的問題，因為那幾乎是無可解釋的。

溫谷有點暴躁起來，用力一拍桌子，道：「關於海洋的，我不參加意見，或許是海洋中的浮游生物，有著這種神奇的力量，但是在陸地上……」

李邦殊沉聲道：「誰知道，或許海洋中的微生物，和空氣中的微生物之間，有著某種奇妙的聯繫，它們組成了同盟……」

溫谷雙手抱住了頭，叫了起來：「夠了！或許，或許，全是假設，沒有任何事實可以證明！」

李邦殊倒十分平靜，他望向蘇耀東：「所以我要你來，我們，我的意思是我和你，要和它們接觸。」

溫谷咕噥了一句：「我立刻和白恩警官接觸，看看他在調查那一對中年夫婦死亡上，有甚麼新的進展！」

他一面說，一面拿起電話來，在說了幾句話之後，他的臉色，變得比紙還白。由於溫谷的臉色在刹那間變得如此難看，其餘三個人立時覺察到這一點，一齊向他望去。溫谷慢慢放下電話，張口想說話。可是顯然由於驚駭太甚，所以他的喉際，先是發出了一陣難聽的「咯咯」聲，然後才能講出話來：「白恩警官死了！」

在離開了黃絹的遊艇之後，白恩的思緒十分混亂，心中一直在想著溫谷的話：許多不可思議的事情，都可以作爲懸案來處理，不必深究。當然，那一對夫婦的死亡，他可以用含糊的措詞作一份報告，就此列爲懸案。這樣做，在公事上是可以交待得過去的，但是，他卻無法對自己交代！他可以絕對肯定，那對夫婦的死，是出自不可解釋的一種因素。他強迫自己不去想那隻手，一隻手，扼死了兩個人，這種想法，如果持續在腦中，那會使人變成一個瘋子的！

可是白恩卻又無法不想那隻手！除了那隻手之外，還有甚麼力量可以扼死兩個人呢？

冷藏庫中只有兩個人，可是有五隻手。兩個人的四隻手，是不會互相扼死對方的，那麼剩下來的唯一可能，就是……白恩用力搖著頭，想把這種可怕的意念自他的腦中抹去，可是他顯然不很成功。所以當他回到警局的時候，他的臉色蒼白得可怕，樣子也顯得十分兇狠，以致看到他的人，都可以看出他心情十分差，不是很敢和他打招呼。

那天下午，當他來到辦公室的時候，有一個同事走過來：「有一位小姐在你辦公室，等你很久了！」

白恩咕噥了一聲，他想不起曾約了甚麼小姐。他用力推開了門，看到了一個動人的女郎，緊張地站起來，望著他。白恩立即認出，這個女郎是玉代市場的收銀員，可是他卻記不起她的名字來了。

他作了一個「請坐」的手勢，道：「市場的工作很忙嗎？你是……」

那女郎忙道：「喬絲，警官先生，我……我……」

白恩看出她神情很猶疑，就盡可能溫和地道：「你有甚麼話，只管說！」

喬絲作了一下手勢：「說出來，你……能保證我不被警方拘留？」

白恩呆了一呆：「那要看你做了些甚麼，要是你殺了人，我可不能給你作任何保證！」

白恩在講了那句話之後，心中不免有點嘀咕：為甚麼提到殺人呢？這個美麗的女郎，顯然不會殺人的，自己是不是被太多的失蹤和死亡案件，弄得有點心神不定呢？喬絲現出了一個為難的笑容來：「當然不是殺人，只不過是我……我曾不合法地收了十元錢。」

白恩有點煩躁：這樣的小事情找我幹甚麼？事情已經夠煩的了！剛在他的神情上表現了不耐煩，還沒有開口之際，喬絲已經接著說了下去。

（如果白恩早一秒鐘，用語言表示了他的不耐煩，阻止喬絲講下去，那麼，他可能不會死，以後的事不會發生，可是世事往往差在一線之間！）

喬絲接著道：「那十元錢，是那一對失蹤了的新婚夫婦給我的！」

白恩的精神，陡地為之一振，不耐煩的情緒一掃而空。那對新婚夫婦！這也是一件懸案，看來喬絲小姐可以提供新的線索。再也沒有比突如其來的新線索，更可以令得一個負責的警官興奮的了。

他忙道：「甚麼時候，經過的情形怎樣？」

喬絲又遲疑了一下，低低嘆了一聲，才將那天傍晚發生的事，她怎樣接受了十元錢，容許那一對新婚夫妻進去「捉」一隻龍蝦，然後，兩個人進去之後，就沒有再出來的事，講了一遍。白恩用心聽著，等喬絲講完，帶著哭音問：「我會被警方起訴嗎？」之際，白恩的思緒極亂，他道：「當然不會，喬絲，你的意思是，他們兩個人，進去之後，沒有出來過？」

喬絲咬著下唇，點著頭：「是的，我在唯一出路的門口，他們沒有出來！」

白恩心想：「這情形倒有點和在殮房發生的事相像，不過一件是兩個人失蹤，一件是兩個人神秘死亡！」

喬絲又道：「這兩個人……一直沒有出現，我心中一直很內疚，可是我也不敢來告訴警方……」

白恩問：「是甚麼事，終於使你下定決心的呢？」

喬絲嘴唇掀動著，現出了一種十分怪異的神情來，道：「今天……像往常一樣，我是最後離開市場的一個人。當我結好了所有的帳，準備離開之際，我……我聽到……那個養龍蝦的池中，有人在講話。」

白恩驚駭問：「甚麼？」

喬絲被白恩突然而來的喝問嚇了一大跳，忙道：「我不能十分確定，我是說，我不是聽到有人講話，不，我是說，我聽不清在講些甚麼，但是的確是有人在講話，真的！」

喬絲說得相當慌亂，但是白恩還是弄懂了她的意思：「是不是還有人沒離開呢？」

喬絲道：「我一聽到有講話聲，也是這樣想，我想那可能是——一個約了我幾次，都被我拒絕了的小夥子，故意躲起來在嚇我！」

白恩又開始感到不耐煩，一個躲起來嚇女孩子的小夥子，對於白恩來說，那實在是引不起他任何興趣的事。而且他的確十分疲倦，所以他用很大的聲響，打了一個呵欠，想使喬絲不要再講下去。

可是喬絲卻現出又恐懼又詫異的神情，全然不理會白恩那種厭煩的動作，她甚至在急速地喘著氣：「可是……可是我聽了一會，又喝問了幾句，聽到那是一男一女在對答。他們講得十分快速，我不是聽得很清楚，好像他們是在討論，要捉一隻最大的龍蝦……」

喬絲講到這裡時，白恩已經打了三個呵欠。

可是他的第三個呵欠打到了一半，就陡然停止，張大了口合不攏來，以致他的樣子看來怪到了極點。

而喬絲在那時候，聲音發著顫，講出了令白恩陡然發呆的話：「我可以肯定，在講話的那一男一女……就是那天給了我十元錢，後來又失蹤了的那一男一女……我記得他們的聲音！」

白恩瞪著喬絲，心中迅速地轉著念：眼前這個女郎，是不是有點不正常呢？她看起來很正常，可是她說的一切，卻又是那麼不可相信！爲了尋找那失蹤的一男一女，警方可以說用盡了一切努力。尤其他們的私人重要物件，在那個養龍蝦的水槽中被發現之後，尋找工作更是不遺餘力！可是，照那女郎所說，這一男一女，似乎還在市場之中，這可以相信麼？白恩要過了好一會，才能將張大了的口，慢慢地合了攏來。然後，他盯著緊張而不安的喬絲好一會，才問：

「小姐，你究竟想告訴我甚麼？」

喬絲的臉色變得十分蒼白：「我不知道，我……不但聽到了他們的聲音，我很害怕……真的害怕。當時我不知道如何才好，我……鼓起勇氣，轉過身去看，有一個很大的冷藏櫃隔著，我看不到水槽那邊的情形……」

聽到這裡，或許是由於喬絲顫抖的語聲之中，充滿了驚懼的緣故，連經驗豐富的白恩警官，也不禁受了感染，揮了揮手：「別告訴我，你如果沒有那個櫃子的阻隔，就可以看到甚麼！」

喬絲不由自主，「咯」地吞下了一口口水，猶豫而又害怕地問：「我……是不是不應該再說下去？」

白恩忙道：「不，不，只要你說的是事實，請一直地說下去吧！」

喬絲急急道：「是事實，是事實！」她略頓了一頓，才又道：「於是，我就站起身來，走出一步，探過頭去，去看，我……我……我看到那一男一女，就在水槽前面！」

白恩陡地站了起來，神情有著被戲弄的憤怒。

喬絲哭了出來，不知是由於激動，還是由於害怕，她聲音嘶啞，幾乎是在叫著：「真的！真的！」

白恩嘆了一聲，無意義地揮著手。

喬絲雙手緊握著，指節甚至泛著白色，她又顫聲問：「我……是不是見到……鬼魂了？」

白恩悶哼了一聲：「那要看以後發展的情形如何，他們——你所看到的人，是不是一下子就不見了？」

白恩這樣說法，是針對著喬絲的問題的，誰都可以聽得出，他的話中，有著明顯的諷刺意味在。

可是出乎他的意料之外，喬絲一面發著抖，一面連連點頭：「是，他們一下子就不見了！」

白恩震動了一下，喬絲急促地道：「我害怕極了，當時連叫也叫不出來，就逃出了市場……只是匆匆拉下了門……我想……我不該隱瞞甚麼……或許是他們的鬼魂來提醒我，所以……我要來找你……」

她的語調越來越是發抖，白恩一下子打斷了她的話頭：「小姐，我不相信甚麼鬼魂。如果你真的看到了他們，那麼，他們在市場中一定另有目的！」

喬絲的眼瞪得十分大，顯然對白恩的話表示不同意。白恩本來想就此把她趕走，可是他看到喬絲的神情是如此害怕，心又軟了一下：「好，小姐，我和你一起到市場去一次，弄弄清楚！」

看來，這正是喬絲想要求而不敢開口的，是以白恩一說，她就連連點頭。白恩雖然十分不願意，但也只好向外走去。當他走出辦公室的時候，他遇見了幾個同事，還打趣地道：「這位小姐說她看到了失蹤者的鬼魂，我去查究一下。哈哈，看看做驅魔人是甚麼滋味！」

當時，那幾個同事，也感到好笑，其中一個還叫道：「嗨，別忘了帶十字架！」跟在白恩後面的喬絲，看來一點也不覺得好笑，雙手互相扭著，連腳步看來都是僵硬的。

半小時之後，白恩的那幾位同事，也笑不出來了。他們接到了報告：「一個警官死在玉代市場……有一位小姐說他叫白恩警官，你們快派人來查查吧……別問我是甚麼人，我是過路人，作爲一個好市民，所以才通知警方的！」

警局接到這樣的電話，當然緊張了起來。當幾個警官和警員，來到玉代市場門口之際，看到喬絲雙手緊握著門口停車場中豎立著的鐵柱，身子不斷在發抖。她把那根鐵柱握得如此之緊，以致幾個路人想把她的手指扳開來，但是卻做不到。喬絲的口中，不斷地發出沒有意義的，充滿了恐懼的聲音。她全身的任何一處，都在告訴他人：她遇到了恐怖莫名的事！

幾個警官衝進了市場，市場中燈火明亮。在冷藏櫃中的各種各樣的魚，透過有著冰花的玻璃門，魚眼睛在發出一種近乎妖異的光芒。當然，在通常的情形下，死魚的眼睛，是不會給人以這樣的感覺的。但是當衝進來的人，看到了白恩警官的屍體之後，卻都有一種不寒而慄之感，使得死魚的眼睛，也變得可怕起來。

白恩警官的屍體，伏在那個養龍蝦的水槽上，一隻手向前伸搭著，浸在水中，水中有不少龍蝦在。他是半跪在水槽前的，有經驗的人，一下子可以看出，他是在水槽前死的，死了之後，身子倒下，靠向水槽，所以才會形成現在這樣的姿勢。

一個警官走過去，把白恩的身子，慢慢翻了過來。立時，所有的人，都不由自主，「颼」地吸了一口涼氣。白恩的臉上，現出一種恐怖之極的神情！那種神情，僵凝在一個死人的臉上，看來更是令人心悸，所有的人，竟沒有一個出得了聲！

過了好一會，才有一個最年輕的警官叫了起來：「天，他在死前，看到了甚麼？他看起來，是被嚇死的！」

當然沒有人回答得出這個問題來。而白恩的死因，也很快查了出來。他並不是被嚇死的，法醫檢查的結果是：死於窒息。等到弄明白了白恩警官死因的時候，已經是第二天下午的事了。

從聽到白恩的死訊起，溫谷、原振俠和李邦殊、蘇耀東就分成了兩批，各自進行他們要做的事。李邦殊的話說得很明白，雖然他的話，聽起來令人產生一種極度的迷幻之感。

他道：「白恩警官死在玉代市場？那可能是另一宗它們的行動，看來它們心急了，我們要快點行動才好！」

溫谷的聲音發澀：「天，它們，它們，你能不能具體一點說，它們究竟是甚麼？是你假設的微生物？」

蘇耀東看起來，顯然和李邦殊站到了同一陣線：「到目前爲止，只能作這樣的假設。」

原振俠苦笑了一下：「不管是甚麼的假設，就算是一種我們對之全然一無所知的生物也好，你們怎麼去和它們發生接觸？」

李邦殊的回答極簡單，聽來不合理到了極點，但似乎又是唯一的辦法，他道：「到海中去！」

原振俠和溫谷互望了一下，溫谷立時道：「我寧願先去瞭解一下，白恩警官的死因。」

李邦殊望向原振俠，道：「你呢？你是一個醫生，我不知道你是對一具屍體有興趣，還是對不可測的某種生物有興趣！」

原振俠十分難以決定，白恩的死因、死亡經過，他還全然不清楚，所可以肯定的，只是那一定是一宗十分神秘的死亡。而李邦殊要去做的事，似乎更加不可捉摸了。

而真正令他猶豫的原因，是他甚麼也不想做，黃絹已經離去，他的所有感覺，只是一片惘然，根本不想去做任何事情！他所想到的是，黃絹是一個講到了一定要做的人，她一定會在最短期內，動員她所能運用的力量，先作海底資源的開發。而李邦殊卻一反常態，要阻止這種事情的發生。

李邦殊的力量，怎麼敵得過黃絹呢？

除非李邦殊真能得到「它們」的幫助，但是李邦殊怎麼和「它們」作進一步的接觸？原振俠也想到，黃絹對他提起過，她也在海水中看到過「警告」，但是黃絹會接受警告嗎？

他先不回答問題，只是反問道：「你準備用甚麼方法，在海上和『它們』聯絡？如果漫無目的……那可能是一件十分危險的事！」

李邦殊深深吸了一口氣：「或者，但是我相信，它們既然選中了我，和我發生了聯絡，就一定會保護我，不會傷害我！」

蘇耀東在一旁嘆了一聲：「我們自稱是海洋學家，但是對於海洋生物，實在所知太少了。邦殊，能有機會再讓我和海洋相處，我十分樂意，並且不會拒絕參加你的任何行動！」

原振俠嘆了一聲：「我暫時不參加你們的行動，我想，到了你們的行動，和黃絹的強勢行動發生衝突之際，我或者可以起到一定的作用。」當他講完了之後，他的心頭，突然感到一陣莫名的苦澀，又用極度惘然的聲音道：「希望我……可以起到一點作用！」

溫谷瞭解地拍了拍他的肩頭：「到時候再說吧！」他這樣講的時候，望向李邦殊，李邦殊和蘇耀東兩人，都有種異樣興奮的神情。

李邦殊道：「我們不等了，耀東，以你的能力，能夠辦到甚麼？」

蘇耀東笑了起來：「任何用金錢可以辦到的事，我想我都可以辦得到。」

李邦殊道：「好，目前我們只需要一艘設備完善的船，我們要在海上作無目的的漂蕩，一直到它們和我們進一步接觸爲止。唉，在這方面來說，它們比我們進步，我們就不懂得如何與它們接觸！」

蘇耀東大有同感：「我們甚至不知道它們是甚麼！」

兩個科學家在感嘆，溫谷覺得有點急躁，向原振俠作了一個手勢：「我想去看看白恩，唉，他畢竟是十分有趣的一個人！」

原振俠嘆了一聲，無可無不可地點著頭。

當溫谷和原振俠來到玉代市場門前的時候，黑箱車已搬走了白恩的屍體。圍觀的路人相當多，市場的經理在門口唉聲嘆氣，但是沒有甚麼人去理會他，注意力都集中在喬絲的身上。

喬絲仍然雙手緊握著那根鐵柱，身子在發著抖，口中發出可怖的聲響，兩個警員企圖用力去扳開她的手指。原振俠一看到這種情形，就厲聲呼喝：「住手！你們看不出，這位小姐受了嚴重的驚嚇麼？」

一個警員不服氣地道：「我們只不過是想幫助她！而且她也不能一直在這裡不走，她是這件兇案發生時，唯一的在場者！」

原振俠來到喬絲面前，憑他行醫的經驗而論，一眼就可以看出，這個美麗的長髮女郎所受的驚恐，已經超過了她所能忍受的程度！從喬絲被驚嚇的程度來看，如果處理不妥善，可能由於極度的驚恐，而使她的腦神經受到永久的傷害。所以，當救護車來到，兩個醫護人員跳下來之際，原振俠立時用他專業的權威聲調吩咐：「鎮定劑注射，動作盡可能緩和！」

一個醫護人員走過來，伸手向喬絲的眼睛，想把她的眼皮翻開來看看。但喬絲立時尖叫了起來，原振俠也忙把他推開。原振俠輕柔地撫摸著她的長髮，儘量把聲音放慢，聽來柔和地道：「一切全過去了，沒有事，你接受注射之後，就甚麼事都沒有了！」

喬絲像是聽到了原振俠的勸慰，閃動著眼睛，望向他。原振俠作了一個手勢，醫護人員把鎮靜劑，緩緩地注射進喬絲的手臂。一分鐘之後，喬絲長長地吁了一口氣，握住了鐵柱的手鬆了開來，整個人也軟倒了下來。原振俠忙扶住了她，由醫護人員把她抬上了擔架。

一個看來職位頗高的警官走了過來，和溫谷握手，作自我介紹。一小時之後，在醫院的病房中，他們先聽喬絲說出事情的經過。喬絲的臉色還是十分蒼白，不過看得出，極度的驚恐已不像她在市場門口時，那樣影響她，她先說了她去找白恩的經過。

當他們一起來到市場門口之際——由於喬絲離去時的匆忙，所以市場之中，還是燈火通明，大門也只是虛掩著。白恩是自己駕車來的，停好了車，他和喬絲一起下車，指著市場的門口，道：「好了，讓我們去看看，鬼魂和人有甚麼不同！」

喬絲帶著怯意：「警官先生，請別這樣說，我並不覺得……很有趣！」

白恩揮著手：「如果鬼魂也能商量，是不是該捉一隻大一點的龍蝦，我就認爲很有趣！」

他一面說，一面已來到了門口，用力拉開了鐵門，發出「嘩啦」的聲音。然後走了進去，大聲喝問：「裡面要是有人，把手放在頭上走出來，我是警察！」那時，喬絲還在門口，踟躕著不敢向內走去，不過那只是十分短暫的猶豫。白恩警官的大聲呼喝，和市場內燈火通明，都足以把任何膽子小的人，害怕程度減至最低，喬絲於是也跟著走了進去。

一進去，就是收銀櫃檯，繞過了收銀櫃檯，就可以看到那個養龍蝦的水槽。當喬絲走進去的時候，還可以聽到白恩的呼喝聲，但是白恩的呼喝聲，是突然停止的。

照喬絲的說法是：「警官先生的呼喝聲突然停了下來，剎那之間，四周圍都靜得像是任何東西都凝結了一樣！」

喬絲陡然一怔，恐懼又襲向她，但是她看到了白恩，她看到白恩用一個十分怪異的姿勢站立著，半曲著身，一隻手指向前面，神情更是怪異莫名，像是他看到了甚麼絕不可相信的東西一樣。但是喬絲卻絕對可以發誓：「在白恩警官的前面，完全沒有甚麼可以令得人驚懼的任何東西或任何現象。」

緊接著，白恩又陡然叫了起來：「別走！」他一面叫，一面便用極快的速度，取了他的佩槍在手。喬絲一看到這種情形，已經驚惶得發不出聲來，她只可以肯定，白恩一定是一拔槍在手，就想發射的。

可是也就在他才一揚起手來之際，他忽然之間的動作，更是奇特，像是有甚麼可怕之極的毒蟲，突然在他的右腕上爬行一樣，他的左手陡然握緊了右腕。

本來他是用右手握著手槍的，在此同時，他右手一鬆，手槍也落了下來。由於他正在水池之前，所以手槍一落了下來，就跌進了水池之中。

（喬絲的敘述，立即得到了證明。在一旁同時聽喬絲敘述的警方人員，一聽到這裡，立即派人去找，一下子就在水池中，找到了白恩的佩槍。）

手槍一落下來之後，白恩的神情更怪。當喬絲說到這一部分之際，她忍不住哭了起來，一面哭，一面道：「警官先生開始掙扎，他的那種情形，就像是他和一個無形的魔鬼在打架一樣，而他臉上的神情也越來越可怖。我給嚇壞了，轉身向外就逃，雙手握住了門口的那根鐵柱之後，就再也放不開了，只是尖叫著。一直到有人……好像有人大聲問我，裡面的那個人是誰，我才說出了白恩警官的名字。」

可能是在喬絲奔出來之後不久，白恩就倒在水池邊上死了，而喬絲的尖叫聲，又吸引了路人。那個打電話到警局去的路人，也是第一個發現白恩屍體的人，他的敘述沒有甚麼特別之處。那個路人走進市場，看到白恩倒在水池邊上，一看就知道已經死了。他再走出來，據他說，他喝問了一百次以上，喬絲才告訴他死在市場中的是甚麼人，他就打電話給警局。

溫谷和原振俠在第二天，就知道了白恩警官的死因：「死於窒息。」

原振俠還和驗屍的法醫討論了一下：「窒息，是甚麼意思？是他的頭部浸進了水池之中，引致了窒息的？」

法醫搖頭：「不，他肺部一點積水也沒有，只是窒息，並非受溺而致窒息。」溫谷本來就十分性急，這時由於白恩死得怪，更是急躁，大聲問：「那是甚麼意思，死者沒有傷痕，怎麼會窒息致死？」

法醫瞪了溫谷一眼：「譬如說，用枕頭壓著一個人的臉部，阻止他呼吸，就可以令一個人窒息而死，而不留下任何傷痕！」

原振俠揮了一下手：「白恩警官是一個十分強壯的人，而且受過自衛技擊訓練，若要令他在沒有傷痕的情形之下窒息，至少要兩個以上的人行兇。而喬絲小姐卻說，根本沒見到別的人！」

法醫顯得很不高興：「或許是她在說謊，我只知道，他的死因是窒息。你是醫生？你應該可以明白他的死因！」

原振俠苦笑道：「當然，我不是懷疑你的判斷，只是……只是……」

只是甚麼？原振俠也無法說得上來。一個強壯高大的人，會突然之間，因為窒息致死，事情怪異到這種地步，還有甚麼好說的呢？令一個人窒息致死的原因，可能有七、八十種，但是沒有一種適用於白恩的死。

而原振俠和溫谷，又相信喬絲的恐懼，絕不是假裝出來的。也沒有甚麼人，能在這樣恐懼的情形下，還能從容說謊。

那也就是說，喬絲的敘述是真的，白恩的死因不明。和那對來自緬因州，在殮房中神秘死亡的夫婦一樣，死因不明。

兩人的心中也都想到了李邦殊的話：「這是它們行動的又一例子！」

「它們」！難道真有甚麼生物，有那樣的能力，可以令人消失、死亡，甚至，可以令得整個船隊，在海面之上失蹤？

第八部：戰爭已進行數千年了

當溫谷和原振俠回到了住所之際，天色已經大明了。他們也不覺得餓，不覺得疲倦，只是紊亂和抓不到任何頭緒，不知道如何才好。

李邦殊和蘇耀東已經不在了。溫谷和原振俠都躺著，不住地抽著煙，一句話也不說。一直到中午時分，溫谷才問了一句：「原，你是一個醫生，你相信，如果許多肉眼看不到的微生物聯合起來，就可以和人類相對抗麼？」

原振俠遲疑了一下：「你的問題太含糊了，你是想否定李邦殊的假定？」

溫谷重重在一張椅上摀了一下：「我不知道自己想做甚麼，我的思緒，從來也沒有這樣紊亂過！」

原振俠嘆了一聲：「我也一樣，但我們必需靜下來，先肯定一些事……」他停了片刻才繼續：「剛才你的問題，其實可以說：是不是小到肉眼見不到的微生物，有著不為人所知的力量，可以和人對抗？」

溫谷苦笑了一下：「隨便怎麼說，總之，微生物和人對抗……這真令人無法想像。不管這種微生物生活在海中，還是在陸地上……太令人無法想像！」

原振俠望著溫谷，道：「作為一個醫生來說，倒並不覺得太不可想像！」溫谷睜大了眼，原振俠解釋著：「整個人類的醫學，一大部分就是人類和微生物對抗的過程，是人類用各種各樣的方法，去對付致病的微生物的過程！」

溫谷呆了一呆，道：「你弄錯了，人對抗微生物是存在的事實，但是不能倒過來說，微生物也會對抗人！」

原振俠道：「為甚麼不能呢？有些藥物，例如抗生素，才被培養出來之際，就可以十分有效地對付多種細菌，但是抗生素問世幾十年之後，有些細菌就不會被抗生素消滅，它們有自己的方法，對抗人類用來消滅它們的藥物。這種情形，也存在很久了，說明了微生物一直和人類在對抗，一直是這樣！」

溫谷漲紅了臉，道：「你……這樣說……是，我承認這種對抗的現象，是早已存在著的。但是……像如今發生的一連串事，那種形式的對抗……至少，我無法接受微生物會有思想，可以通過文字的形式，去警告人類這樣的事！」

原振俠苦笑：「別激動，老朋友，我和你同樣不能接受。但是事實是，至少已有兩個人，李邦殊和黃絹，看到了這樣的文字警告！」溫谷拾起枕頭來，把他自己的臉蓋住。溫谷雖然沒有說甚麼，但是他顯然是在表示，他仍然不能接受這樣的事實。

原振俠喃喃地道：「希望他們能夠順利和它們接觸！」

溫谷一下子拋開了枕頭：「那算是第幾類接觸！」

原振俠沉默了片刻，才道：「不知道，人類渴望和外星生物接觸，其實是一種很奢侈的願望，因為人類和地球上其他生物的接觸，就少得可憐。把其他生物一概視為低等生物的態度，就很不科學！」

溫谷坐起身來：「你這種說法，只是哲理上的說法。哲理上可以說，人不但對地球上其他的生物不瞭解，人與人之間也不了解，很少真正的接觸。甚至於，自己對自己，也不一定瞭解！」

原振俠十分無可奈何：「可以這樣說，但我的意思是，每一種生物，不論它們是為了甚麼原因而出現在地球上，都有它們繼續生存，不被干擾的權利。再小而討厭的生物，都有它們獨特的生活方式，甚至跳蚤……」

溫谷悶哼一聲：「別告訴我跳蚤有比人更進步之處！」

原振俠也坐了起來：「正想告訴你這一點。生物學家已發現，跳蚤，有利用超高頻聲波來互相通訊的能力，那是美國西維吉尼亞大學的研究者，最近的發現！」

溫谷眨著眼，想表示不相信，但是他隨即道：「或許是，我也知道，有些蛾類，可以用一種微弱的信號，和幾公里之外的同類通消息。可是，殺人和令得一個船隊失蹤，卻是另外一件事！」

原振俠吸了一口氣：「要在顯微鏡下才看得到的鼠疫桿菌，曾消滅過上千萬的人，幾個人算得了甚麼！」

溫谷漲紅了臉：「可是那一千多萬人的死因是知道的，不是死得不明不白！」

原振俠卻很冷靜：「當細菌還沒有被發現之前，當人類的科學知識還沒有知道細菌之前，患鼠疫症死的人，一樣是死於不明不白。我們只能說，白恩和那對中年夫婦，死因不明，那是因為我們的知識程度，還不知道他們為甚麼會死！」

溫谷的聲音越提越高：「被微生物害死的人，不會消失，身體還在！」

原振俠沉默了一會，才突然反問：「他們的身體現在在哪裡？」

溫谷十分惱怒：「鼠疫橫行在幾百年前，屍體當然早已腐化了。」

原振俠笑起來：「我們的辯論有結果了。」

溫谷憤然：「我不明白你說甚麼！」

原振俠作了一個手勢：「屍體之所以會腐爛，消失，全是由於細菌活動的緣故，你也承認了細菌能消滅人體的事實了！」

溫谷哈哈笑了起來：「那要多久？原醫生，細菌要消滅人體，至少得好幾年的時間吧？你怎麼解釋人在極短的時間內，就消失的那種事？」

原振俠攤開雙手來：「事實上，我也無法解釋，但是我知道，我們對於一切生物所知的太少。而且，理論上來說，經過一段時間之後，細菌的活動能令得動物的身體消滅，那麼，只要細菌活動的過程加快，就可以縮短時間，這是一個十分簡單的比例式！」

溫谷望了原振俠一會，忽然道：「你不覺得我們在這裡，為這種虛無飄渺的假設而爭論不已，是根本毫無意義的事嗎？」

原振俠沉默了片刻，才嘆了一聲：「對，李邦殊和蘇耀東在做的事，才有意義得多！」

溫谷悶哼一聲，十分不以為然地指著原振俠：「我寧願你去追求那位美麗又強悍的女將軍了！」

原振俠的心頭，像是被一枚利針刺了一下，感到了一陣尖銳的疼痛。那種疼痛，甚至令得他的身子，也為之震動了一下。溫谷看到自己的一句話，引起了原振俠這樣的反應，大是歉然，伸手拍了拍原振俠的肩頭。

他想說幾句安慰的話，而又不知道如何說才好時，電話鈴突然響了起來。溫谷拿起了電話，聽了一聽，就交給了原振俠，道：「好像是蘇耀東！」

原振俠聽著電話，卻只聽到了一連串急促的喘息聲。原振俠「喂」了幾聲，才聽到蘇耀東的聲音：「振俠，你快來！」

原振俠怔了一怔：「到甚麼地方來？」他的問題，沒有得到回答，傳來的只是一陣「沙沙」的雜聲，夾雜著喘息聲。

原振俠又問了幾次，才聽到一句回答：「在海上！」

接著，又是更響的雜聲，連喘息聲也蓋沒了。那種雜聲，聽起來全然像是接收不良的收音機所發出來的。原振俠立時想到，蘇耀東還在船上，他利用了無線電話，但是通訊器材顯然有故障了！他又連連說著「喂」，可是突然之間，甚麼聲音也聽不到了。

原振俠拿著電話在發怔，溫谷已疾聲道：「快去找他們！雖然他只說在海上，一定是在歐胡島附近的海域，船不可能行得太遠。」

原振俠放下電話：「我們用兩艘船，分頭去找，發現他們的機會比較大些！」

溫谷已經抓起了大衣，向外衝去，衝到了門口，才又退了回來，用電話向出租船隻的公司聯絡。

原振俠在那幾分鐘之間，只是搓著手，不斷地喃喃自語：「天，在海上，真可以發生任何想像不到的事！」

半小時後，原振俠和溫谷分別駕駛著性能良好的快艇出海。在一起駛出了海面之後，他們互揮了揮手，一個向左，一個向右駛出去，兩人環島行駛，可以在各自繞了半個島之後再會合。

不過，到了溫谷繞了半個島之後，卻並沒有看到原振俠。他繼續前駛，一直到了與原振俠分手的海面上，仍然沒有看到他。

溫谷的紅髮，在陽光下看來更是奪目，他不斷用手抓著自己的頭髮。焦急的心情，令得他幾乎甚麼也不能想，只是翻來覆去，想著臨出發之際，原振俠所講的那句話：「在海上，真可以發生任何想像不到的事！」

有甚麼想像不到的事，發生在原振俠身上呢？既然是想像不到的事，溫谷自然不知道。他只好靠岸，去增添燃料，然後，再在海上兜圈子，希望能和原振俠會合。

在原振俠身上，當然是有事情發生了。不然，溫谷不會找不到他。當他和溫谷分手之際，他向西駛，和海岸保持著五百到一千公尺的距離。就這樣，要在海上找一艘不知型號大小的船，自然是相當困難的事。不過好在海面上的船並不多，當他駛過那個被叫作「中國人的帽子」的小島之際，才遇到了兩艘。

可是略一駛近，就知道那是度假人士在嬉戲，並非他要尋找的目標。他繼續向前駛，已來到了浪頭相當大的海面上。快艇雖然速度很高，但是也不免隨著海浪起伏著，他一面小心駕駛，一面留意著海面上的船隻。

不多久，就看到在前面有一艘遊艇，幾乎在海面上停留不動，在隨著波濤起伏。原振俠加快速度，向前駛去，當他接近那艘船之際，他已經看到，有一個人，站在甲板上，倚著欄杆，在俯視著海面。

原振俠立即認出，那個人正是蘇耀東，他一面揚手，一面大叫起來。在那艘船上的蘇耀東，像是根本沒有聽到他的呼叫。原振俠一直把快艇駛到船邊，蘇耀東才抬起頭，向原振俠望來，一副失神落魄的樣子，聲音嘶啞，指著海面：「他……他已經下去超過三個小時了！我……不知怎麼才好？船上的通訊設備突然損壞……我又不敢離開這裡，你……」

在蘇耀東說話時，原振俠已經上了船，望向蘇耀東指著的海面。海水澄藍，浪頭不時捲起一條白色的邊，看出去，一點異象也沒有。

原振俠吸了一口氣：「他帶的壓縮空氣，夠支持三小時以上？」

蘇耀東叫了起來：「甚麼壓縮空氣！他就是這樣子便跳下去的！」

原振俠陡然震動了一下，失神地重複著蘇耀東的話：「李博士……他就是這樣跳下去的！」

蘇耀東的面上肌肉，不由自主地抽搐著：「我阻止不了他，他說……它們會保護他，會在他的頭部，形成一個空間，使他可以呼吸，他曾經有過這樣的遭遇，我也經歷過。所以他就這樣下了水，他不知道給它們帶到甚麼地方去了，我……我……」

在陽光下看來，蘇耀東的臉色慘白，原振俠知道自己的臉色，一定也好不了多少。蘇耀東用盡氣力，才能繼續說下去：「我怕……他也會和那些失蹤的人一樣，就此在……海水中消失了！」

雖然陽光燦爛，但是原振俠仍然不由自主，打了一個寒戰：「不會吧，它們要和他聯絡……他是接到了甚麼信號才下水去的？」

蘇耀東道：「很奇怪，我們一起在船舷上，我甚麼也沒有看見，但是他卻指著海水嚷叫了起來：『看，它們來了，它們來了！』他叫了幾聲之後，就要下水，我也阻止不了他……我想，我也應該到海水中……」

蘇耀東的話還沒有講完，突然之間，整艘船，被一個在海面上突然生出的巨浪，湧了起來。那巨浪是如此之高，以致船被浪頭托高之際，他們可以清楚地看到，海面是在他們的二十公尺之下！原振俠發出了一下驚呼聲，緊接著，船又迅疾無比地向下落來。浪頭向下移，隨著浪頭的移動，海面上出現了深溝，船也落進了那個深溝之中，四面的海水，也足有二十公尺高。再接著，不等他們有任何的動作，四面壁立的海水，已經合攏，將他們圍到了海水之中！

在接下來不到半分鐘之際，原振俠根本甚麼也不能想，他的身子被海水包圍著，並且有一股極大的牽引力量，他可以感到這股力量。然後，在他略為鎮定一下之後，他完全可以體會到蘇耀東曾經遭遇過的經歷了，人在海水之中，但是他的呼吸，卻一點困難也沒有！

原振俠睜開眼來，一時之間，他像是身在夢境之中一樣。那股牽引的力量還在，使他在感覺上，感到自己是在急速移動。但是他卻無法肯定這一點，因為他根本看不到四周圍的情形。在他的頭部，有一個相當大的圓形空間，像是海水湧過來，到了這一部分就被甚麼東西逼住了一樣。不知是由於海水的反光折射作用，還是另有原因，氣泡的「壁」，是一種銀灰色的閃光。

原振俠叫著：「耀東！耀東！」

可是他卻得不到回答，他知道，水並不是良好的傳聲體，蘇耀東就算在他附近，也不會聽到他的叫聲。他試圖移動自己的手臂，希望能碰到蘇耀東，可是海水卻有一種將他全身緊束的力量，令他根本無法移動自己的肢體。那種感覺，真像是夢幻，絕對不是真實的感覺。可是在鎮定下來之後，他的思索能力，卻一點也沒有受影響。

他立時想到，他如今的處境，絕不是海水本身造成的，而是海水中有一種力量，在推動他，在供給他呼吸用的空氣。這種力量，是由甚麼造成的呢？

真如李邦殊所說，是海中肉眼所見不到的微生物造成的？

原振俠一想到這一點，不由自主，睜大了眼。可是除了銀灰色的閃光之外，甚麼也看不到，在他的眼前，也未見有甚麼文字出現。原振俠無法計算自己在這樣的處境之中經過了多久，突然之間，他覺得身子向上浮起，忽然之間，就浮出了水面。

眼前相當黑，但不是黑到全然看不見，原振俠像是在潛水之後浮上水面一樣，他發覺肢體也已經能活動了，就自然而然划著水。就著陰暗的光線，他看到就在他的身邊，也有一個人在划著水，那是蘇耀東。

原振俠立時叫了一聲，他的叫喊聲，引起了一陣回音，蘇耀東的回答也來了：「我們是在一個大岩洞裡！」

兩人互相游近，當他們接近時，又聽到了另一個人的聲音：「對，我們是在一個大岩洞中，一個海底的大岩洞。當幾億年前地殼變化，形成這個岩洞之際，空氣被包在裡面，逸不出去，一直到現在！」

原振俠和蘇耀東忙循聲看去，看到在一塊又大又平坦的岩石上，李邦殊神態很悠然地坐著，正伸手指向他們：「所以，我們現在呼吸的空氣，是幾億年之前的空氣！」

蘇耀東和原振俠忙向前游去，攀上了那塊岩石。蘇耀東抹去臉上的水：「你在這裡多久了？」

李邦殊回答：「一下水不久就被它們送來了。你們可知道，它們有能力將人在海中運送，可是那得花多大的努力，你們能估計得到嗎？」

原振俠皺著眉：「首先要知道，它們究竟是甚麼樣的生物。」

李邦殊深深吸了一口氣，從他的神情上看來，像是他所說的「幾億年之前的空氣」，能令他特別感到歡暢一樣。他一字一頓地道：「是最不為人類注意的微生物，生活在海水中、空氣中、泥土中，甚至煤層中的微生物。有的小到要用電子顯微鏡才能看得到，最小的甚至是濾過性的，它們實在太小了！」

原振俠用心聽著：「這樣微小的生物……」

李邦殊陡然打斷了他的話頭：「小？大或小，是比較的！人類以為人體很大，鯨很大，但是在整個宇宙之中，甚至地球也只不過是一顆微塵！」

原振俠和蘇耀東互望了一眼，兩人都不說甚麼，只是急切地想聽李邦殊的意見。李邦殊的神情有點激動：「別以為它們小，就不是生物，它們一樣是生命。雖然它們的生命形態和我們大不相同，可是它們生活在地球上的歷史，比我們久了不知道多少！像在這個海底岩洞中，空氣是幾億年之前的，那時，地球上根本沒有人，甚至連哺乳動物都未曾出現，但是早已有了各種各樣的微生物。別以為它們的生命力是脆弱的，它們生命的延續力，比人類強了不知道多少倍！」

原振俠等他略停了一停之後，才小心翼翼地問：「你是說，海上突然而起的巨浪，我們能夠被一種神秘力量推到這裡來，以及你在海中看到了字，全是你所指的微生物的行動？」

李邦殊用力點著頭，神情也變得十分嚴肅。蘇耀東和原振俠深深地嘆著氣，李邦殊講得如此肯定，那實在是不可思議的！

雖然當原振俠和溫谷議論之際，他引用李邦殊的觀點，但是這時，他突然有一種夢幻似的感覺。

尤其，當李邦殊忽然大聲宣布：「戰爭已經開始了！」的時候。蘇耀東和原振俠一起叫了起來：「戰爭？」

李邦殊直指著原振俠：「你是醫生，應該知道，人和微生物之間的戰爭序幕，已經進行了幾千年之久了！」

原振俠聲音低沉：「是的！」

李邦殊的神情帶著點嘲弄：「誰勝利了，誰失敗了？」

原振俠又抹了抹臉上的水。在這樣的一個海底岩洞之中，又才從海水中出來，卻要討論那麼玄幻的問題，真令得他有點在夢中之感。在李邦殊炯炯的目光注視之下，原振俠還是作了回答：「很難說，人類勝了好幾仗，有很多細菌，已經不能再危害人的生命了。但是還有太多的微生物，人無法控制，像引致流行性感冒的病毒，此外還有致癌的變異細胞……」

李邦殊嘆了一聲：「原，你太維護現代醫學，也太高估了人的力量了！我明白你的意思，譬如說天花，已經很少發生了，但這是不是證明天花病毒，已在地球上不存在了呢？當然不！地球上每天都有生物絕種，但絕不包括任何微生物在內！」

原振俠想了想：「我可以同意你的說法，但是我不明白你說的戰爭序幕，是甚麼意思。」

李邦殊低下頭去一會，才又抬起頭來，在他的臉上，現出了一種極其深刻的憂鬱：「以往幾千年，只不過是人和微生物之間的戰爭序幕，現在，如果人類再不抑制自己的行為，真正的戰爭就要開始。地球上所有的微生物，就會用它們自己的方法聯合起來，消滅人類，使得地球上回復到幾億年前，根本沒有人的狀態！」

李邦殊講得激動而認真，但是聽者的反應，卻是木然。這種說法，對任何人來講，都是難以接受的事情。

過了半晌，蘇耀東才道：「這是不可想像的事！」

李邦殊嘆了一聲：「發生在你身上奇異的遭遇，也還不能使你相信？」

蘇耀東遲疑著：「我承認那是無法解釋的怪現象……」

李邦殊大聲道：「完全可以解釋，海洋中天文數字的微生物，各自把它們能發揮的能量，一起發揮出來。極細微的震盪力量，只要無限次地平方又平方，用幾何級數乘上去，就會變成一股龐大的力量，足以在海面上，突然捲起一個二十公尺，或者更高的浪頭！」

蘇耀東沉吟著：「理論上來說是這樣……」

李邦殊大聲疾呼：「不是理論，先生，你已經經歷了兩次這樣的巨浪，你還懷疑甚麼？」

蘇耀東滿面疑惑，講不出話來。

李邦殊靜了一會，才又道：「讓我講得有條理一些，我才一下水不久，就感到……」

他略停了一停，雙眼之中，射出了一股奇異的光輝來。這是一個畢生致力於科學探索的科學家，在他的探索有了成就之後的特有神態。

李邦殊心中充滿了信心，他知道自己一到海水之中，一定會得到保護。這種信心，不是自然而然生出來，而是他在下水之前，已經在海面上，又看到了閃耀的、流動的文字。

他在船舷上注視著海面，突然之間，字跡出現了：「請下來！請下來，我們在等著你！」

當李邦殊一看到在海水下閃耀的文字之際，他立時高聲呼叫，叫蘇耀東同時注視著海面，可是蘇耀東卻看不到甚麼。在那一霎間，李邦殊心中起了一個疑問。他想起，當他第一次在海水之中，發現那種奇異的現象之際，那兩個立時衝了下來的保鑣，也甚麼都沒有看到！現在，海中出現了文字，召喚他到海中去的那種奇異現象，清清楚楚呈現在他的眼前，可是蘇耀東卻像甚麼也沒有看到。這立時使他有了一種新的設想！

以前，他曾設想，海水中會有這種異象，是數以億計的微生物，把它們自己微小的身子聚在一起，排出了文字來，使人可以看得到。但現在，他卻知道以前的設想是不對的。

能使他看到了有文字在海水中出現，當然是微生物的活動，但是那絕不是它們用身體排出了文字，而是它們放射了一種不可知的能量，用這種能量，刺激某一個人的腦部視覺神經部分，使得這個人看到了文字！

所以，只有他一個人看得到，其他人看不到。當李邦殊想到了這一點時，他真是興奮莫名。微生物能通過那麼奇妙的方式，來和與它們生理結構全然不同，相去不知多遠的生物來溝通，這不是太奇妙了嗎？蘇耀東當時，注意到了李邦殊的神態有異，但卻不知道他有了新的設想。

李邦殊懷著極度興奮的心情，一躍下水。當他的身子被海水包圍之後，他只屏住了氣息幾秒鐘，接著，奇異的現象發生，在他頭部的海水，看來像是被一種力量所逼一樣，向外散開去，形成了一個球形的空間，使他立時可以暢順地呼吸。

李邦殊是一個海洋學家，他自然知道，海洋中的微生物，有若干種，具有放出氧氣的功能。他可以肯定，他那時呼吸進肺部的氧氣，就是由億萬個微生物所提供的。

然後，他的身子開始在一種被海水緊束的狀態下，向前移動。沒有多久，他的身子向上浮，就到了這個岩洞之中。李邦殊才一浮出水面，以他的海洋學的知識，他立即知道自己是在一個海底的岩洞之中。同樣性質的岩洞，在他以前的深海探測生涯中，並不罕見，可是當他浮出水面之際，他看到的現象，真令得他畢生難忘！

那是在他浮上了水面之後，不到十秒鐘之內發生的事。他看到了各種各樣奇異的圖案，每一種大約有手掌大小，帶著各種奇幻莫測的色彩，有的是半透明的，有的是透明的，形狀千奇百怪，就在他的眼前，以一種相當高的速度在移動著。而每一種圖案的本身，又各自在活動。當李邦殊才一見到這種情景之際，他根本無法想像那是甚麼現象，他像是跌進了一個奇異的夢幻世界之中！在那千百萬種移動的圖案之中，偶然會有一兩種，使他感到那是十分熟悉的圖形。但是，由於它們移動得十分迅速，一閃即逝，李邦殊也無法把這種圖形，和記憶之中感到熟悉的相對照。

各種不同形狀，不同色彩的圖形，像是永無休止一樣，在他的眼前浮現，李邦殊真正呆住了。突然之間，當他一連看到了好幾個熟悉的圖形之際，他不由自主驚叫了起來！那幾個圖形，雖然也是一閃即逝，但是其中有一個，由於他實在太熟悉了，所以，他一下子就認了出來，那是海洋微生物中的一種雙鞭甲藻！一點也不錯，那種微生物，在電子顯微鏡下，經過高倍數放大之後，就是這樣的圖形，它有著橘紅色的內在色彩，透明的外膜，三個芒刺狀的突起。這種雙鞭甲藻，能像動物一樣地攫食，也能像植物一樣自己製造養料。那曾是李邦殊專門研究的課題，他曾在顯微鏡下連續觀察過這種微生物將近一年，印象實在太深刻，深刻到了不可能認錯的地步！

當他有了這個發現之後，他真正怔呆了，連氣息也不由自主，急促了起來。

他立時又認出了幾種，一種會發光的矽藻，一種橈足類的微生物，有幾個扭曲的，看起來像是大腸桿菌。雖然有更多的「圖形」，是他一生之中從來也未曾見過的，但是他也知道眼前的異象，究竟是怎麼一回事了！李邦殊可以肯定，眼前的異象，是許許多多微生物，包括生活在海水中，和生活在空氣中的許許多多微生物，在向他介紹它們自己，讓李邦殊清楚地看到它們的樣子！出現在李邦殊眼前的「圖形」，每一個都有手掌般大小，那可能是微生物原來大小的數萬倍。

李邦殊不知道它們用了甚麼方法，可以使他看到了放大了的微生物。

或許是微生物用了一種特殊的信號，刺激了他的視覺神經，使他的視覺敏銳了幾萬倍？李邦殊整個人，像是置身於夢幻中一樣，他貪婪地注視著，不放過每一種在他眼前迅速移動的

「圖形」，試圖捕捉住它們的形象。然後，在大約五分鐘之後，所有的「圖形」全消失了。李邦殊吁了一口氣，其中，他所見過的，還不到萬分之一！那也就是說，和人類一起生活在地球上的微生物，至少還有百分之九十九點九九，是人類連它們的存在都不知道的，別說對它們瞭解有多少了！

在定了定神之後，他離開了那塊岩石，雖然以他這時的經歷來說，已令得他絕對相信微生物和他之間，是可以溝通的，但是他也並不以為，微生物可以聽到他發出的聲音。

可是他還是忍不住道：「謝謝你們，謝謝你們向我介紹了你們自己，我也知道，當然，這只是你們之間一部分。」

當他在這樣講的時候，他四面看看，隨即，他看到了在岩洞中，平靜的水面上，起了閃光。海面在不斷地閃著光——不論那是他的腦部視覺神經部分，受了某種力量的刺激，導致他「看」到東西，或是他真正看到東西。

（事實上，極多種海洋微生物會發光。它們為甚麼會發光，就像螢火蟲為甚麼會發光一樣，是一種極其複雜的化學反應，科學家至今不明所以。會發光的海洋微生物，當它們群集於海洋表面之際，所發出的光芒十分強烈。在波多黎各附近有幾個海灣，發光的微生物在黑夜發出來的光芒，亮到可以看書。）

李邦殊屏住了氣息。閃耀的光芒，不久就排列成了文字，不斷閃動，不斷變換，李邦殊眼睛一眨也不眨地看著。文字變了又變，足足有一小時之久。當文字終於消失之際，李邦殊揉著眼，才感到了雙眼的酸痛。他非常激動，大口大口喘著氣。他不顧岩石是多麼濕，他在石上躺了下來，閉上眼睛，令得自己紊亂之極的思緒，儘量先理出了一個頭緒來。由於他剛才看到的文字十分雜亂，他必須這樣做。過了許久，他才坐了起來，心情輕鬆得多了。也就在這時候，岩洞中傳來了水聲，原振俠和蘇耀東兩人，冒出了水面，也到了岩洞之中。

「你看到的那些文字，說了些甚麼？」原振俠和蘇耀東異口同聲，迫不及待地問。

李邦殊吸了一口氣：「我無法將看到的原文一字不漏地背出來，但是我完全懂得它們的意思。」原振俠和蘇耀東盯著李邦殊，李邦殊的語調相當緩慢：「地球上的微生物，我們對它所知極少，它們是生命形態的一種。我不知道人類要到甚麼時候，才能對它們的生命形態有百分之一的瞭解。微生物要求它們的生命方式，不被破壞！」

原振俠大聲道：「這是甚麼要求？微生物曾大量奪走了人的生命！」

李邦殊嘆了一聲：「我想微生物和人一樣，有好的和壞的兩大類。不要忘記，各種抗生素，也全是微生物，在近幾十年之中，抗生素挽救了多少人的生命？」

原振俠不禁講不出話來。是的，抗生素是微生物，抗生素所產生的一些化學物質，能消滅另一些微生物，幾十年來，不知挽救了多少人！在微生物世界中，也和人類世界一樣，不斷有著尖銳的衝突和鬥爭。想起來有點不可思議，但是作為一個醫生，他卻十分清楚地知道那是事實！他作了個手勢，示意李邦殊繼續講下去。

李邦殊道：「海洋中的微生物，一直未受到人類活動太大的干擾。但是海底資源的開發，已經被人類提到日程上來了。人類開發海底資源，必然的後果，是導致海洋微生物的生活環境，起徹底的變化！」

蘇耀東喟嘆著：「那似乎是不可避免的事！」

李邦殊的神態十分堅決：「要儘量避免，從現在起，我要盡一切努力，來阻止人類干擾海洋！」

原振俠悶哼一聲：「為了微生物？」

李邦殊振臂：「不，更重要的，是為我們自己，為人類！」

原振俠和蘇耀東都現出不解的神情來，望著李邦殊，等著他進一步的解釋。

李邦殊深深吸了一口氣：「現在，大家都知道生態學，知道自然環境的生物，是一種連鎖。幾乎每一種生物，都和另一種生物有關聯。這種自然的連鎖關係如果受到了破壞，就會有意想不到的結果出現！」

原振俠和蘇耀東都「嗯」了一聲，這是生態學的普通常識。

李邦殊繼續道：「海洋自然生態遭到破壞之後，會產生甚麼結果，人類是不知道的！」

原振俠立時問：「難道微生物知道？」

李邦殊肯定地道：「是，那是它們的事，它們當然知道。結果十分可怕，會影響到許多種類生物的生命，可以預見的結果，它們已經有了示範！」

原振俠怔呆了一下：「示範？」

李邦殊道：「是的，近日來發生的一連串生命的喪失，人的消失，全是它們的示範！」

原振俠和蘇耀東齊聲道：「還是不明白。」

李邦殊道：「如果海洋的開發，使海洋微生物的生活環境起變化，例如，海水中的鹹性比例增強，各種微生物，就會使自己分泌出更多的酸素來對抗。大量分泌酸素的結果，會使得海中其他生物無法生存，到了最嚴重的時候，微生物分泌的酸素，越來越強烈，可以使得其他生物，甚至人，都在一剎那之間，被這種酸素所腐蝕，而完全消失！」

原振俠感到喉頭發乾：「你是說，在花馬灣失蹤的四個男女，和那位瑪姬小姐，就是這樣消失在海中的？」

李邦殊道：「是，在幾秒鐘內，由億萬微生物分泌出來的強酸，就可以比硝酸、硫酸具有更強烈的腐蝕力。而要注意，現在它們有能力這樣做，若干年後，當它們必須這樣做的時候，海洋中其餘生物，根本無法抵抗，海洋將只成為微生物的世界，沒有魚，沒有海草。想想看，就算人不跳進海水中去，生活是不是也受影響？」

原振俠喉際被哽著的感覺更甚：「那麼……那隻……手是怎麼一回事？」李邦殊嘆了一

聲：「那麼淺顯的警告，就是沒有人想得到。那是腐蝕了整個身體之後，留下來特地警告人類的，可惜沒有人懂……」李邦殊作了一個手勢，不讓原振俠和蘇耀東插口：「它們還示範了更強烈的例子：即使是飼養龍蝦的水池，那麼一點海水之中的微生物，也有能力可以把人體消滅。它們分泌的酸素，可以強烈到這種程度！」

原振俠發出了一下呻吟聲，搖著頭：「那一對青年夫婦，不見得會把自己整個人浸在水池中！」

李邦殊道：「當然不會，也不必要，他們的手浸入了海水之中，微生物的腐蝕作用就開始。微生物把它們的繁殖加快，每十分之一秒加一倍——譬如這樣說，在十秒鐘之內，人的身體就不再存在，像是被埋在土中十年的結果一樣，完全被微生物消滅盡了！」

蘇耀東道：「可是……池中的龍蝦反倒活著？」

李邦殊點頭：「正因為消滅的過程，實際上是在空氣中進行的，所以龍蝦反倒可以生存。整個過程極快，那一對男女，連離開水池邊的念頭都未能起，所有可能被細菌消滅的東西全消滅了。只有少量的金屬品，留了下來，跌進了水池之中。」

蘇耀東道：「是你的設想，還是……」

李邦殊揮著手：「是它們告訴我的，全在我所看到的文字之中。」

原振俠大聲叫了起來，他的聲音之中，帶著極度的震慄：「這不可能，它們若是能分泌出這樣強烈的酸性物質來！它們自己也早不存在了！」

李邦殊悶哼了一聲：「原醫生，你對生物知道得太少了。你應該知道，人體內分泌的酸液，像胃酸，酸性何等強烈，可是也未見得使人的胃不存在！」

原振俠張大了口，感到呼吸極度的不暢順。

李邦殊又道：「更何況，它們這樣做的話，它們自己的犧牲，也極其巨大！不過它們的數量是如此之多，而繁殖方式又那麼進步，所以它們全然不怕犧牲，可以禁得起用極大的代價，去完成它們要做的事！」

蘇耀東問：「代價大到甚麼程度。」

李邦殊嘆了一聲：「像在海中，把一個人移送到一個目的地去，它們的犧牲，約莫等於人類經歷一次世界大戰！天知道，它們哪來的這樣的勇氣和意志力！」

把「勇氣」、「意志力」這樣的詞彙，和微生物連在一起，真有一股捉摸不到的虛幻之感。那是存在的事實，可是這種事實，距離一切教育所形成的觀念又是那麼遙遠，那樣不可捕捉！

李邦殊看到了蘇耀東和原振俠，那種無可名狀的神情，他笑了一下：「難以接受這樣的事實，是不是？我也不知道，怎樣把這種事實告訴世人才好！而它們又那麼認真，它們展示的能力，實在十分驚人，遠遠超出任何人所能想像之上！」

原振俠呻吟了一下：「別告訴我……它們能令一隻手，單單的一隻手，有力扼死兩個人！」

李邦殊雙眼之中，射出異樣的光采來，聲音也變得十分尖銳：「為甚麼不能？」

原振俠用投降似的聲音道：「如果你這樣向世人說，唯一的結果，就是把你送進精神病院去！」

李邦殊用力揮著手：「科學上的先知，都是被人當精神病的，吉渥達諾．布魯諾被燒死，就是因為他是先知！」

蘇耀東的聲音聽來十分疲弱：「那……真是……一隻手……扼死了兩個人？」

李邦殊先是點了點頭，然後才道：「一隻手，肌肉和骨骼結構完整，就可以活動，可以做任何手能做的事。億萬微生物的力量，不但可以使一隻手活動，甚至於可以使所有還完整的身體，譬如說，可以使一個死人，做他能做的活動！」

岩洞之中本來就不是很暖和，這時，連李邦殊在內，都感到一股極度的寒意。似乎在黑暗之中，他們都看到這樣的一幅畫面：所有的死人，包括已埋葬了的和沒有埋葬的，都蠕動著破土而出，用他們已死了的肢體，做著他們能做的事！

李邦殊不由自主喘著氣：「還不止這樣，它們更示範了可以令得一個健康的人窒息而死。這對它們來說，更加簡單了，只要大量聚集在人的呼吸器官上，堵塞空氣的進入就可以了。人腦只要缺氧三分鐘，就會形成死亡，多麼脆弱的生命！這種生命，要經歷幾十年才能成長，而在一秒鐘之內就可以消失，而且繁殖又是這樣困難。比起微生物來，人的生命形式，真是落後至極，真難想像這樣落後的一種生命，竟然能成為一個星球的主宰！」

李邦殊漲紅了臉，頓了一頓之後，才又道：「有一個事實，你們總應該明白了？」

他不等回答，立即又道：「這個事實就是，如果微生物和人類之間，正式展開一場大戰的話，被消滅的，一定是人類，不會是微生物！」

原振俠和蘇耀東兩人，都不由自主點著頭，他們的確已明白了。但是，別人會明白嗎？正在作出各種各樣行動，破壞自然生態的人會明白嗎？黃絹會明白嗎？已經明白了的極少數人，能為阻止破壞自然生態做些甚麼呢？

原振俠嘆了一聲：「我們不能做甚麼，除非我們可以率領微生物，去讓全世界人明白這種情形！」

李邦殊長嘆一聲：「這正是我們提議它們去做的事。它們既然能用一種力量，使人腦中的視覺神經起作用，叫人『看』到東西，又能用同樣類似的方法，使人『聽』到聲音——玉代市場的那個收銀員，就聽到了交談的聲音，就應該盡它們一切力量，使世上重要的，有力量的人物，看到和聽到這一切！」

原振俠聲音苦澀：「事實上，它們是在這樣做，黃絹就曾看到過它們的警告，可是……可是……如今領導著人類的那些大人物、領導人，全是那麼冥頑不靈，那麼只顧到目前的利益，給他們的警告再多，他們也不會相信！黃絹就一點也不信！」

蘇耀東也跟著苦笑：「除非它們集中力量，把它們的示範擴大，才能使人類知道，自己面臨著一個大危機！但到那時候，人類文明大倒退，又回復到原始時代了！」

李邦殊盯著蘇耀東：「你倒很樂觀，回復到人類的原始時代？我想你應該聽說過史前文明，在我們這一種人出現在地球之前，早已有過高級生物，可是卻滅絕了。有的人說是被核戰消滅的，現在我知道，全是被微生物消滅的！」

原振俠心情沈重得說不出話來，把一塊小岩石踢進水中：「我們怎麼離開這裡？」

李邦殊道：「它們正在組織力量，會送我們離開的。它們其實不是想敵對，對我的船隊，它們就只是讓它迷失在海洋中，現在，應該已經『脫險』了。耀東，我決定要盡我一切力量，向世人宣揚這件事，同時，再進一步研究它們！」

蘇耀東沉聲道：「我會盡一切力量支持你！」

原振俠緩緩地伸出手來，蘇耀東和李邦殊也伸出手，他們像是在參加一個莊嚴的宗教儀式一樣，三個人的手湊在一起，然後緊緊地互握著。在這之後，他們就保持著沈默。岩洞之中十分靜，靜到了可以聽到相互之間的呼吸聲。

時間慢慢地過去，李邦殊在過了很久之後，才低聲道：「近來它們的活動，一定令得它們作出了巨大的犧牲。它們曾表示過，不願再用這種方式和人類溝通，所以我們就必須研究，如何進一步去瞭解它們！」

蘇耀東側頭想著：「第一步可以做的事，是聯絡可以聯絡到的微生物研究工作者，把我們的發現向他們宣佈，然後再展開研究。進一步的工作，是可以和保護自然生態的組織聯絡！」

李邦殊嘆了一聲：「是啊，要做的事實在太多了！」

原振俠道：「只要我們開始去做，情形總比不做來得好！」

他們繼續討論著該如何進行許多要進行的事，大約在四小時之後，才有一個浪頭，突然捲了起來，把他們從岩石上捲進了水中。然後，他們三個人在一起，有一個相當大的空間，在他們的頭部。這一次，他們三個人，都清清楚楚看到，在那個空間之外的海水中，現出了文字：「謝謝你們。」

半年之後，有一件轟動科學界的大事，有一千多位著名的微生物學者，集中在蘇耀東主持的遠天機構的會議大廈中開會。可是開會第一天，就有九百餘名學者，退出了會議。

退會代表紛紛指責這次會議，一位曾經得過諾貝爾獎的學者的發言，最具代表性，他說：「我以為來參加一個嚴肅的科學會議，誰知道結果是來聽一個瘋子的夢囈，對這類幻想式的會議，我沒有興趣。」

留下來的學者，不超過一百人，李邦殊、蘇耀東和原振俠已經十分滿意。因為那些學者，至少在觀念上接受了他們提出的事，雖然真正相信的人，少之又少，但那總是一項進展。

幾乎是在同時，另一項國際矚目的行動，是阿拉伯世界和亞洲的王氏集團合作，開發海底資源，由黃絹主持，大規模的海洋探測工作展開。保護自然生態組織，派了幾百艘船去阻止，但是一點作用也沒有，改變海洋生態，破壞生態連鎖的工作已開始了！

李邦殊埋頭於研究工作之中，蘇耀東又被繁忙的商業活動纏住了身子，原振俠仍然在醫院之中工作，白恩警官早已被人遺忘了。溫谷和原振俠保持著經常的聯絡，原振俠向他轉述了一切，他在沉默了好久之後，才道：「抱歉，我無法接受這一切。」

原振俠嘆了一聲，並沒有強迫溫谷接受。

因為，他明白，要人接受微生物是一種優秀的生命形式，甚至高出人類，那是一件十分困難的事，除非有很多很多人，都有他同樣的經歷。但即使是參與了一半經歷的溫谷也不接受，還有甚麼好說的呢？人既然根深柢固地建立了唯我獨尊的觀念，或許，就會毀滅在這種觀念之中！黃絹的相片，仍然經常出現在報章雜誌電視新聞上，原振俠仍是那麼漠然和無可奈何！

（完）

倪匡珍藏限量紀念版 34

原振俠傳奇之血咒

作者：倪匡
發行人：陳曉林
出版所：風雲時代出版股份有限公司
地址：10576台北市民生東路五段178號7樓之3
電話：(02) 2756-0949
傳真：(02) 2765-3799
執行主編：朱墨菲
美術設計：許惠芳
業務總監：張瑋鳳
出版日期：2024年1月倪匡珍藏限量紀念版一刷
版權授權：倪匡
ISBN ：978-626-7369-20-3
風雲書網：http://www.eastbooks.com.tw
官方部落格：http://eastbooks.pixnet.net/blog
Facebook：http://www.facebook.com/h7560949
E-mail：h7560949@ms15.hinet.net
劃撥帳號：12043291
戶名：風雲時代出版股份有限公司

風雲發行所：33373桃園市龜山區公西村2鄰復興街304巷96號
電話：(03) 318-1378
傳真：(03) 318-1378
法律顧問：永然法律事務所 李永然律師
北辰著作權事務所 蕭雄淋律師

行政院新聞局局版台業字第3595號 營利事業統一編號22759935

定價：340元

國家圖書館出版品預行編目資料

原振俠傳奇之血咒／倪匡著. -- 三版. --
臺北市：風雲時代出版股份有限公司，2023.11
面；公分 倪匡珍藏限量紀念版

ISBN 978-626-7369-20-3（平裝）

857.83 112015926